HEYNE <

DAS BUCH

Was als Routineflug begann, endet für Perry Rhodan mit einem ungeheuren Auftrag: Ein Bote der Superintelligenz ES bittet ihn darum, fast 30 Milliarden Menschen vor dem Untergang zu bewahren. Dazu muss Rhodan in Begleitung einiger weniger Gefährten in eine entlegene und unzugängliche Galaxis reisen, nach Ambriador. Ein Naturphänomen hat die Vorfahren dieser Menschen vor Jahrtausenden nach Ambriador geschleudert, fünf Millionen Lichtjahre von der Milchstraße entfernt, in eine Galaxis mit irrwitzigen physikalischen Bedingungen. Raumflug ist dort nur mit Mühe möglich, und doch haben sich die Menschen hier behauptet. Sie schufen eine neue Heimat und griffen von dort aus wieder nach den Sternen.

Nun aber wird ihr Sternenreich, das Alteranische Imperium, von einer überlegenen Macht mit Krieg überzogen. Dieser Gegner ist niemand anderes als die Roboterzivilisation der Posbis – dabei zählen die positronisch-biologischen Roboter in der heimatlichen Milchstraße längst zu den treuesten Verbündeten der Terraner. Rhodan sieht nur eine Chance, die Menschen von Altera zu retten. Doch um seinen Plan umzusetzen, benötigt er die Hilfe alter Feinde – der Laren nämlich, die es ebenfalls nach Ambriador verschlagen hat. Die Laren aber haben ihre eigene Vorstellung davon, wie Menschen leben sollten: als Untertanen, die in Umerziehungslagern lernen, wie man sich den larischen Gebietern gegenüber zu benehmen hat. Perry Rhodan macht sich auf einen fast aussichtlosen Weg. Er nimmt Kurs auf den Stern der Laren ...

DER AUTOR

Innerhalb weniger Jahre ist der Name Leo Lukas in der Science-Fiction-Szene zu einem Markenzeichen für rasante, mit Ironie gespickte Romane geworden. Inzwischen gehört der Wiener Autor zum festen Team der PERRY RHODAN-Serie. Und als Kabarettist ist Lukas auch in anderen Kreisen bekannt. Bei zahlreichen Auftritten auf Bühnen und im Fernsehen konnte er sein Talent unter Beweis stellen.

DER UMSCHLAGILLUSTRATOR

James Clyne studierte zunächst Kunst und Malerei und später Industriedesign, bevor er Mitte der 90er-Jahre begann, Kulissen und Figuren für Computerspiele zu entwickeln. Seit 1997 arbeitet Clyne als Illustrator in Hollywood, unter anderem für Filme wie *Krieg der Welten, Poseidon, Charly und die Schokoladenfabrik, Der Polarexpress* und *Minority Report.*

Perry Rhodan

DER POSBI-KRIEG

LEO LUKAS

STERN DER LAREN

Roman

Perry Rhodan » Der Posbi-Krieg 2

Mit einem Anhang von Hartmut Kasper

Originalausgabe

WILHELM HEYNE VERLAG
MÜNCHEN

Umwelthinweis:
Dieses Buch wurde auf chlor- und
säurefreiem Papier gedruckt.

Originalausgabe 12/06
Redaktion » Hartmut Kasper
Lektorat » Sascha Mamczak & Ursula Bergenthal

www.heyne.de
Printed in Germany 2006
Umschlagbild » James Clyne
Umschlaggestaltung » Nele Schütz Design, München
Satz » C. Schaber Datentechnik, Wels
Druck und Bindung » GGP Media GmbH, Pößneck

ISBN-10: 3-453-53263-5
ISBN-13: 978-3-453-53263-2

Der Körper des Himmels ist äußerst hoch,
Offen, rund, unermesslich, grenzenlos weit,
Alles umhüllend, alles enthaltend: Myriaden von Wesen.
Ob diese gut oder böse sind, respektvoll oder achtlos,
Gewalttätig und starrsinnig oder friedliebend und fügsam –
Weder straft sie der Himmel, noch belohnt er sie.

Die Erde ist sehr dick
Und allem zuunterst.
Alles trägt und erträgt und ernährt sie, toleriert
Das Gewicht großer Berge wie die Gewalt wilder Wasser,
Verletzung, Verschmutzung durch Pflanzen und Geschöpfe.

Wer aufgeschlossen, einladend handelt,
Wer Mitleid zeigt gegenüber Armen und Schwachen,
Wer den Verzweifelten hilft und die Verlorenen rettet,
Vom Seinen gibt, ohne Belohnung zu erwarten,
Sich und die anderen gleich unvoreingenommen sieht,
Wer großzügig alle, alles als Eins erkennt,
Kann ein Gefährte des Himmels sein.

Wer selbstbeherrscht handelt, flexibel, geduldig,
Beleidigung hinnimmt, Krankheit und Katastrophen akzeptiert,
Gänzlich ohne Furcht oder Vorbehalt in Gefahr und Konflikt,
Wer demütig alle, alles als Eins erkennt,
Kann ein Gefährte der Erde sein.

Eins
Mit dem Großmut des Himmels und der Bescheidenheit der Erde
Wirst du dich ausdehnend erstrecken in Ewigkeit.

Das Tao nach Liu I-Ming (ca. 1800)

Prolog: Das Lied von Rhodan

»Da kommt sie.«

»Die Untote.«

»Pst! Nicht hinschauen!«

Flip Kakuta senkt den Kopf, und die anderen Bengel tun es ihm nach. Während ich vorbeigehe, starren alle vier ängstlich zusammengekauert auf das Spielbrett am Boden, als gäbe es nichts Faszinierenderes im ganzen Universum.

Die Herrin, die durch meine Augen sieht, hält mich an, dreht mich um und beugt mich hinab. Auf den sechseckigen Feldern stehen winzige Kriegsschiffe: Kugelraumer, Fragmentwürfel, Troventaare; stellvertretend für Alteraner, Posbis und Laren.

Mein Mund öffnet sich. Lippen und Zunge formen Silben. Meine Stimme fragt, stockend, undeutlich, viel zu laut: »Naaa? Uwer ge-uwinn-t?«

»Ich«, murmelt Flip Kakuta, ohne den Wuschelkopf zu heben. Einer Untoten ins Gesicht zu blicken, bringt Unglück. »Ich spiele die Laren«, fügt er unnötigerweise hinzu. Es gewinnen immer die Laren, Dummchen. So sind die Regeln. Bei diesem Spiel, und nicht nur bei diesem, steht der Sieger von vornherein fest.

Ja. So sind die Regeln. Wer sie anzweifelt oder sich gar einbildet, dagegen aufbegehren zu können, muss mit den Folgen leben. Und sterben. Wie ich, langsam, qualvoll. Das will die Herrin, die durch meine Augen sieht, mir und den anderen demonstrieren. Seit Tagen, immer und immer wieder.

»Bra-uo!«, zwingt sie mich zu lallen. »Gra-tuu-lliere! Gut ge-mmoacht.«

Sie richtet mich auf und führt mich weiter, quer über den Marktplatz. Die Menschen weichen mir aus. Auch ein Maahk in seinem klobigen Druckanzug, der alle anderen überragt, bleibt stehen und wendet sich ab. Nicht einmal der Methan-Wasserstoff-Atmer erträgt meinen Anblick. Da kommt sie, die Untote; um Himmels willen, schau weg! Aber mich zu ignorieren, zu verdrängen, sich vorzumachen, es gäbe mich gar nicht, ist ein Ding der Unmöglichkeit. Faustgroße Kameradrohnen umschwirren mich. In kurzen Abständen werden die bunten Reklamen auf den Holoschirmen, die den Platz säumen, von Bildern des wandelnden Leichnams ersetzt; es gibt kein Entrinnen vor mir und der Mahnung, die ich darstelle. So will es die Herrin, die durch meine Augen sieht. Sie hebt meinen rechten Arm und lässt mich winken, auf allen Holoschirmen zugleich, schneidet mir dabei mit meinem eigenen, mumienhaften Gesicht eine Grimasse.

Meine Beine tragen mich zu einer Imbissbude. Schlagartig löst sich die Menschentraube auf, die sie umstanden hat. So panisch fliehen sie vor mir, dass einige sogar vergessen, ihre Speisen und Getränke mitzunehmen. Kitai Lechnoir, der Besitzer, duckt sich zu Boden, verkriecht sich unter die Arbeitsplatte. Ich höre ihn leise schluchzen. Er kennt mich gut und weiß, wie gern ich seine Wurstkringel gegessen habe. Früher, als ich noch aß.

Köstlich riechen die Speisen; grauenvoll köstlich. Ich habe Hunger, wahnsinnigen Hunger und Durst. Meine Hand nimmt einen Becher, hebt ihn hoch, hält ihn unter meine Nase. Süßsauer, fruchtig. Olvidbeer-Sprudel. Was gäbe ich für einen einzigen Schluck. Doch mein Mund bleibt zu, während die Hand den Becher neigt und der dunkelrote Saft über mein Kinn rinnt, das schmutzig weiße Leibchen tränkt, zu Boden tropft, zwischen den Pflastersteinen versickert. Auf dem Holo hinter der Bude erscheint die bekleckerte, spindeldürre Untote und zwinkert mir höhnisch zu.

Jetzt wird es bald vorüber sein. Für diesmal. Gewöhnlich führt mich die Herrin, die durch meine Augen sieht, vormittags wie nachmittags etwa eine Stunde lang herum; dann widmet sie sich ihren sonstigen Pflichten. Sie hat viel zu tun in diesen Tagen. Dennoch weiß ich mit Bestimmtheit, dass sie es ist, die mich über den Chip in meinem Nacken steuert. Das lässt sie sich nicht entgehen, sie nicht.

Ich sollte sie wohl hassen, aber mir fehlt die Kraft dazu. Nur noch den Tod wünsche ich herbei. Jedoch tritt er nicht ein, so sehr ich mich danach sehne; auch diese Erlösung verweigert mir die Herrin. Sie will meine Hinrichtung zelebrieren, meine Schmach so lang wie möglich auskosten. Die Impulse des Chips dirigieren mich ins Ledigenhaus und legen mich auf die Pritsche. Meine Hand schließt die Infusionskanüle an. Was mir an Flüssigkeit eingeträufelt wird, ist zum Leben zu wenig, zum Sterben zu viel. Meine Lider klappen zu. Ich fühle nichts mehr; sie hat auf Paralysemodus umgeschaltet.

Hören kann ich noch.

Vorsichtige Schritte, nach unbestimmter Zeit.

Dann ein Flüstern: »Ich bin es, Guilder. Hab dir dein Sloppelle gebracht.«

Das sollst du nicht, möchte ich sagen. Doch meine Kiefer sind wie verschraubt. Die Herrin hat sich zwar höchstwahrscheinlich aus meiner Wahrnehmung zurückgezogen, aber gelegentlich macht sie Stichproben. Falls sie Guilder bei mir erwischt, wird auch er bestraft.

»Kuschelt sich zu dir, dein Sloppelle, und wärmt dich.« Der Alte ist sich dessen bewusst, dass ich das Tier nicht spüren kann. »Es glaubt an dich, wie wir alle.«

Außer mir selbst.

»Halte durch! Ein paar Tage noch, dann ist es ausgestanden. Die Schlampe will dich demütigen, nicht umbringen. Das haben sie noch nie getan, nicht auf diese Weise, keiner kann sich an so was erinnern. Du kommst wieder auf die Beine, ganz bestimmt.«

Ich will den Kopf schütteln, ihm sagen, dass er sich irrt und ich es besser weiß. Zwecklos, mein Körper gehorcht mir nicht, weil er mir nicht mehr gehört. Der Mund bleibt zu. Ich werde nie mehr aus eigenem Willen sprechen oder auf irgendeine andere Weise kommunizieren. Das darf die Herrin auf keinen Fall erlauben. Ich kenne ihren Plan. Wir alle sind längst zum Tode verurteilt. Bloß ahnen Guilder und die Übrigen noch nichts davon. Wenn der Stern der Laren explodiert, wird er uns alle, alle mit in den Untergang reißen.

Guilder beginnt fast unhörbar zu singen. Ein Kinderlied, ein Schlaflied. Uralt, verboten natürlich, wie alles aus der wahren Heimat. Dass es gut wird, jeden Tag besser, um ein klitzekleines Stück, singt Guilder. Dass wir die Zukunft zu meistern vermögen, weil wir Terraner sind. Und dass irgendwann, morgen oder in hundert Jahren, Perry Rhodan kommt, der Großadministrator, der biologisch unsterbliche Zellaktivatorträger, und uns rettet.

Dann geht Guilder in der Hoffnung, mich ein wenig getröstet zu haben. Ich aber weiß, was die Zukunft für uns bereithält; und den Glauben an Rhodan habe ich schon lange verloren. Das ist ein Mythos, eine Sage, ein Ammenmärchen. Zweieinhalb Jahrtausende warten die Alteraner bereits auf diesen Rhodan und singen sein Lied ... Da wird er auch in den wenigen Tagen, die uns noch bleiben, nicht mehr auftauchen; wenn es ihn denn überhaupt je gegeben hat.

Ich döse ein und komme wieder zu mir, ohne dass sich mein Zustand verändert hätte. Ach, blödes Herz, hör endlich auf zu schlagen! Aber nein, ich liege in der Dunkelheit, und liege und liege.

Und halluziniere. Aus der Schwärze schälen sich Gestalten. Träume ich? Oder ... geht es doch zu Ende? Man sagt, kurz vor dem Tod liefe das Leben noch einmal ab, wie ein Film, wenigstens die wichtigsten Stationen. Ist es nun so weit? Darf ich endlich, endlich sterben? Bitte. Das wäre zu schön.

Da ist das erste Bild. Ein Stiefel ...

Perry Rhodan

DER POSBI-KRIEG

ERSTES BUCH

ZWIEBELSCHALEN

1. Ein Stiefel, der eine Puppe zertritt

Gucky kletterte an Clees Cantu hoch, setzte sich ihm auf die Brust, stupste ihn mit der Nase an und piepste: »Kann ich noch ein Möhrchen?«

Clees seufzte, musste dann aber doch lachen. »Das ist jetzt ungefähr die siebentausendste Möhre, du Vielfraß. Bald wird dein Bauch platzen. Und außerdem heißt es ›ein Möhrchen haben‹.«

»Kann ich noch ein Möhrchen haben?«

»Was bekomme ich dafür?«

»Ein Bussi!«

»Na dann ... Aber ich will eines von Tamra, nicht von dir ungewaschenem, miefendem Fellknäuel.«

Neben der Hand, die den Mausbiber hielt, wuchs ein zerstrubbelter, brünetter Haarschopf hinter der Sofakante empor. Clees Cantus Tochter zog einen Schmollmund. »Ich mag es nicht, wenn du Gucky beleidigst.«

»Der hält das schon aus, der Retter des Universums.« Clees strich der Vierjährigen über die Wange, dann tätschelte er auch die Plüschfigur. »Aber ins Reinigungsfeld sollte er wirklich wieder mal.«

»Sinnlos.« Cantus Frau Roslin trat zu ihnen ans Sofa. »Zehn Minuten danach ist er genauso verstaubt und verschmuddelt wie zuvor. Kein Wunder, bei all den Abenteuern, die er in den hintersten Winkeln dieses Schiffes erlebt. Dessen Zustand, nebenbei bemerkt, nicht unbedingt als peinlich sauber zu bezeichnen ist, Herr Leutnant.«

Clees hob die Augenbrauen. »Erkenne ich darin eine zarte Kritik an meinen Führungsqualitäten? Ich kann doch die armen Kadetten nicht pausenlos Überstunden schieben lassen.«

»Zumindest die Passagierkabinen könnten sie ruhig öfter putzen. Oder seid ihr Raumfahrer es gewohnt, euch im Dreck zu wälzen?«

»Früher hatten wir dafür Roboter. Die dürfen jetzt nicht mehr eingesetzt werden, weil ...«

»Dreck wälzen ist gesund«, krähte Tamra dazwischen. »Für Kinder. Hab ich im Trivid gehört. Ent-wick-lungs-py-scho-lo-gisch wertvoll. Und gut fürs Immundsystem.«

»Dein vorlautes Immundsystem benötigt eine Zahndusche«, sagte Roslin. »Und dann ab in die Heia, Schätzchen.«

»Schooon?«

»Höchste Schlafenszeit.« Sie runzelte die Stirn und warf Clees einen tadelnden Blick zu. »Theoretisch. Obwohl ich ohne Uhr auch nicht mehr wüsste, ob wir Tag oder Nacht haben. Der Biorhythmus gerät in diesen fliegenden Konservenbüchsen völlig durcheinander. Ich bin froh, wenn wir hier wieder rausdürfen.«

»Sind wir bald da, Papa?«

Das musste ja kommen. »Noch viermal schlafen, mein Engel. Die MERCANT ist eine alte Dame, rüstig und verlässlich, allerdings beileibe kein schneller Kreuzer.«

»Ein Wrack, wenn du mich fragst. Nichts funktioniert richtig. Das Wasser im Swimming Pool hat keine fünfzehn Grad. Dafür taut die Curling-Bahn auf.«

Roslin nörgelte ständig über so gut wie alles an Bord. In Wirklichkeit übertünchte sie damit ihre Flugangst. Clees liebte seine Frau von Herzen, aber manchmal ging sie ihm auf die Nerven. Er hatte ohnehin schon eingewilligt, seinen Flottendienst zu quittieren und ins Neubesiedlungs-Programm zu wechseln. Doch zu den Sonnensystemen in der Randzone des Imperiumsgebiets führte nun mal keine Schwebebahnlinie.

»Auf Neu-Szechuan könnt ihr schwimmen, so viel ihr wollt. In kristallklarem, fast dreißig Grad warmem Wasser.«

»Wären wir bloß schon dort!«

»Glaub mir – ich kann's ebenfalls kaum mehr erwarten.«

»Zeigst du mir unser Haus, Papa?«

»Lass Papa jetzt in Frieden, Tamra. Er hat Bereitschaftsdienst und sollte sich ausruhen.«

»Gucky will es auch sehen.« Sie schwenkte die Plüschpuppe. »Haus sehen! Haus sehen!«

»Versprichst du mir, dass du danach ohne Widerrede in die Koje schlüpfst?«

»Versprochen. Und Sonderoffizier Guck hat noch nie sein Wort gebrochen.«

»Dann bleibt Leutnant Cantu wohl keine Wahl.« Clees stand auf, streckte sich, ging zur Holokonsole und rief den dreidimensionalen Entwurf des Siedlungsarchitekten auf. Mitten in der Kabine entstand ein flacher, weißer Strandbungalow, hinter dem sich riesige, palmenähnliche Gewächse mit lila, korkenzieherartig gewundenen Blättern im sanften Wind wiegten.

Roslin schmiegte sich an ihn. »Wir werden dort sehr glücklich sein. Und jedes Jahr wird Tamra ein Geschwisterchen bekommen.«

»Mindestens.« Clees musste zugeben, dass auch er sich auf Neu-Szechuan freute. Eine ganze, eigene Welt für achthundert Menschen! Noch dazu eine, die der Vorstellung vom Paradies tatsächlich sehr nah kam.

Er drückte Frau und Tochter an sich. »Viermal schlafen. Dann ...«

Jäh unterbrach ihn der schneidend schrille Ton der Sirenen.

Roslin stampfte mit dem Fuß auf. »Was ist denn schon wieder!«

Er horchte. »Alarmstufe Rot. Vermutlich ein Hypersturm. Vielleicht aber auch nur eine Übung. Tut mir leid, Familie, so oder so wird mein Typ in der Zentrale verlangt.«

Dort empfing ihn nicht die übliche Hektik, sondern betretene, geradezu unheimliche Stille. Clees Cantu salutierte in Richtung des Schiffskommandanten; bevor er eine formelle Meldung erstatten konnte, winkte Kapitän Viñales ab. Clees huschte zum Triebwerksleitstand. Er nickte grüßend und nahm neben der Diensthabenden Yilmaz Macmahon Platz. Bei Alarmstufe Rot hatten sämtliche Leitstände doppelt besetzt zu sein.

Mit einem raschen Blick auf seine Anzeigen vergewisserte er sich, dass sämtliche Linearkonverter klaglos auf Standby arbeiteten. Auch die Auswechslung der während der letzten Überlicht-Etappe verschlissenen Hyperkristalle ging flott und störungsfrei vonstatten. Also lag der Grund für den Alarm nicht im Bereich der Bordtechnik.

Sondern außerhalb. Wortlos deutete Yilmaz auf die schematische Darstellung, die von der Ortungsabteilung geliefert wurde.

Der kleine Konvoi aus zwei Siedlerschiffen und zwei Leichten Kreuzern, die Geleitschutz flogen, hatte in einem sternenarmen Sektor einen Orientierungsstopp eingelegt. Offenbar waren sie vom Idealkurs abgekommen, wohl um einem Hypersturm auszuweichen, und trieben nun, weiter südöstlich als vorgesehen sowie unter der galaktischen

Hauptebene, im Niemandsland. Nichts Ungewöhnliches bei den Verhältnissen in Ambriador, und auch kein Problem, das nicht mit der nächsten Etappe korrigiert werden könnte.

Aber sie waren nicht allein.

Fünf feuerrot blinkende Punkte symbolisierten weitere Einheiten, die sich mit hoher Geschwindigkeit näherten. In Sekundenabständen lieferten die Orter immer genauere Daten.

Klobige Zylinderwalzen, am Bug zu einer Halbkugel gerundet. 740 Meter lang, 450 im Durchmesser. Beschleunigung: siebzig Meter pro Sekundenquadrat. Die Emissionen deuten auf eine Reaktorleistung von je fünf mal zehn hoch vierzehn Watt.

Was das bedeutete, war allen in der Zentrale klar: Schwere Troventaare. Schlachtschiffe der Laren. Fünf Stück. Jedes Einzelne davon war ihrem gesamten Verband waffentechnisch überlegen. Diese zweitgrößte Kategorie der Trovent-Flotte verfügte gewöhnlich über 21 Impulskanonen und zwei überschwere Impulsgeschütze mit einem Maximalkaliber von 650 Megatonnen Vergleichs-TNT, bei einer Kernschussweite von 500.000 Kilometern. Dazu kamen 21 Desintegratorkanonen sowie ein umfangreiches Arsenal mit einfach lichtschnellen Raumtorpedos.

Troventaare besaßen gegenüber alteranischen Kugelraumern den Nachteil, schwerfälliger manövrierbar zu sein. Da sich die meisten Geschütze im Bug befanden und darauf optimiert waren, Ziele in einem Winkel von zirka 45 Grad vor dem Schiff unter Feuer zu nehmen, mussten die Zylinderraumer bei einem Richtungswechsel im Ganzen geschwenkt werden. Freilich kam es selten dazu. Larische Troventaare waren auf den militärischen Erstschlag ausgerichtet, gebaut für eine Vernichtung des Gegners schon im Anflug, direkt von vorn. Die überschweren Impulsgeschütze benötigten zwanzig Sekunden zum »Nachladen«, Dauerfeuer war damit unmöglich – aber gegen einen kleinen Verband wie den der Siedler leider auch gar nicht nötig. Ein Volltreffer aus einer dieser Waffen durchschlug jeden in Ambriador gebräuchlichen Schutzschirm ...

Kapitän Oberstleutnant Vulf Mayang vom Leichten Kreuzer GORATSCHIN, der das Oberkommando über den Siedlerkonvoi innehatte, erkundigte sich per Funk, wann die MERCANT und ihr Schwesternschiff PULANG zu einer neuen Linearetappe bereit sein würden.

»Selbst für einen Sprung über Minimaldistanz ohne genaue Zielbestimmung frühestens in zehn Minuten, Sir«, antwortete Yilmaz.

»PULANG?«

»Sir, dito, Sir.«

Clees presste die Lippen aufeinander. Die wendigen, auf blitzschnelle Manöver ausgerichteten Leichten Kreuzer hätten sich den larischen Troventaaren wohl noch durch Flucht in den Linearraum entziehen können. Aber dann hätten sie die behäbigen Transporter zurücklassen müssen, zu deren Schutz sie doch eigentlich abgestellt waren. Der Begegnung einfach aus dem Weg zu gehen, stand daher leider nicht zur Debatte. Es hing alles davon ab, was die Laren, die in Sternformation auf sie zurasten, im Schilde führten.

Das Imperium Altera und der Trovent der Laren befanden sich nicht im Krieg. Beide Reiche hatten mehr als genug damit zu tun, sich der Attacken der Posbis zu erwehren. Verbündet oder gar befreundet konnte man sie deswegen nicht nennen. Einigermaßen friedliche Koexistenz, also Respektierung der jeweiligen Einflusssphären in der West- beziehungsweise Südseite der Galaxis war schon das höchste der Gefühle. Immer wieder einmal gab es kleinere Scharmützel, und es mehrten sich die Berichte über alteranische Einheiten, welche in Regionen verschollen waren, in denen nichts auf schwere Hyperstürme hingedeutet hatte.

»Schutzschirme hochfahren!«

»Sir, ausgeführt, Sir!«, erklang es vom Waffenleitstand.

Clees verzog das Gesicht. Mit der »Feuerorgel« eines Kampfraumers hatte das kläglich ausgestattete Geschützpult der MERCANT wenig gemein. Auf der PULANG sah es auch nicht besser aus. Einzig die Leichten Kreuzer GORATSCHIN und SERLAI konnten, wenn es hart auf hart gehen sollte, dem larischen Verband einigermaßen Paroli bieten. Für wie lange, stand allerdings in den Sternen ...

»Langsam Fahrt aufnehmen!«, ordnete Mayang an.

Clees nickte. Er hätte es als Oberkommandierender genauso gehalten. Auf Zeit spielen, während der Konvoi beschleunigte – um sich im Konfliktfall absetzen zu können, sobald die Siedlertransporter dazu bereit waren.

Die Larenschiffe waren auf Kernschussweite heran. Und jetzt sandten sie auch eine Funkbotschaft: »Sie sind ins Hoheitsgebiet des Trovents der Laren eingedrungen und verletzen somit interstellares Völkerrecht. Kehren Sie unverzüglich um, oder wir sehen uns gezwungen, defensive Maßnahmen zu ergreifen.«

»Ich grüße Sie«, antwortete Oberstleutnant Mayang, der sich genauso wenig mit Rang und Namen vorstellte wie sein Gegenüber. »Wiewohl uns keine Ansprüche Ihres Staatswesens auf diesen Sektor bekannt sind, stellen wir diese zur Stunde nicht in Zweifel. Wir beabsichtigen ohnehin nicht, uns hier lang aufzuhalten, sondern setzen in Kürze unseren Flug in ein definitiv alteranisches Sonnensystem fort. Es besteht also kein Grund zu ...«

»Ich gebe Ihnen drei Minuten«, unterbrach der Anführer des larischen Geschwaders rüde. Die Zeitangabe war von den Translatoren bereits umgerechnet worden. »Sollten Sie dann nicht verschwunden sein, eröffnen wir das Feuer.«

Kapitän Viñales drehte den Kopf zu Clees und Yilmaz und fragte halblaut: »Ist das zu schaffen?«

Clees las die Statusanzeigen ab, dann schüttelte er simultan mit seiner Kollegin den Kopf. »Sechs Minuten mindestens«, sagte Leutnant Macmahon. »Eher sieben, Sir.« Einen Hinweis darauf, dass ihre Leute im Maschinendeck ihr Bestes gaben, ersparte sie sich; das verstand sich von selbst.

Viñales leitete die Information sofort an Mayang weiter. »Euer Ultimatum ist erstens unnötig und zweitens zu kurz bemessen«, funkte dieser an die Laren. »Erhöhen Sie es auf die dreifache Spanne, und ich garantiere Ihnen, dass wir den Rückzug antreten und uns hier nie wieder blicken lassen.«

»Abgelehnt. Die Zeit läuft.«

»Nun seien Sie doch vernünftig, Mann! Wir wollen nichts von Ihnen, hegen keinerlei Absichten in diesem Sektor. Wir fliegen weiter, Sie fliegen weiter, und die ganze Geschichte ...«

»Noch zweieinhalb Minuten. Keine Sekunde mehr.«

Clees spürte, wie ihm der Schweiß ausbrach. Der Lare wollte nicht verhandeln; sonst hätte er, um das Gesicht zu wahren, Mayangs Vorschlag zurückgewiesen und anschließend seinerseits eine Verdopplung der Frist angeboten. Und das wäre vielleicht ausgegangen; haarscharf, aber doch. Beide Seiten wussten recht gut übereinander Bescheid. Wenn die da drüben auf dem viel zu knappen, unerfüllbaren Ultimatum beharrten, dann deswegen, weil ihnen daran lag, einen Konflikt zu provozieren.

Warum, verdammt? Wenn sie uns aus dem All pusten – was haben sie davon? Zumal es auch für die Troventaare wohl kaum gänzlich ohne Schrammen abgehen wird ...

Er hätte jetzt nicht in Vulf Mayangs Uniform stecken wollen. Wie sollte der Oberstleutnant einschätzen, was die Laren wirklich vorhatten? Klopften sie bloß auf den Busch, dann reichte es, über die Frist hinaus abzuwarten, bis sich nach einigen harschen Wortwechseln die Situation in Wohlgefallen auflöste. Wollten sie hingegen ein Gefecht entfesseln, um ein Exempel zu statuieren, und den Alteranern begrenzten Schaden zufügen, sie letztlich aber davonkommen lassen? In diesem Fall war Vorwärtsverteidigung von Seiten der Kreuzer angebracht, eventuell sogar ein Eröffnen der Feindseligkeiten durch Warnschüsse, die den Pulk der Troventaare etwas länger auf Distanz hielten. Strebten die Laren jedoch Totalvernichtung an – was ihnen bei dieser Übermacht letztendlich gelingen musste –, so wandten sich SERLAI und GORATSCHIN am besten zur Flucht, solange ihnen dies noch möglich war; damit wenigstens zwei der Schiffe und ihre Besatzungen verschont wurden.

Knifflig. Und die Frist verstrich. Unerbittlich tickten die Chronometer ...

Roslin Cantu ärgerte sich. Über dieses alte, staubige Schiff und dessen Führung, die es nicht der Mühe wert fand, immerhin fast vierhundert Passagiere darüber aufzuklären, was eigentlich los war. Über ihren Ehemann, der mitten in der Zentrale hockte, jedoch ebenfalls keinen Mucks von sich gab; obwohl er wissen musste, wie sehr die Ungewissheit ihre Nerven belastete.

Am meisten freilich ärgerte sich Roslin über sich selbst. Clees und den anderen Offizieren Vorwürfe zu machen, war ungerechtfertigt, ja kindisch und einer erwachsenen Alteranerin unwürdig, die den akademischen Titel »Xeno-Veterinärin« trug. Schon öfter während des langen Flugs hatten die Sirenen geheult. Mittlerweile waren sie verstummt – ein Zeichen dafür, dass alle Mannschaftsmitglieder ihre Posten eingenommen hatten und keine unmittelbare Gefahr bestand. Wie bei den vorangegangenen, allesamt glimpflich verlaufenen Zwischenfällen würden die mitreisenden Zivilisten informiert werden, sobald die Lage geklärt war. Das konnte nicht mehr lange dauern; erfahrungsgemäß höchstens noch ein paar Minuten.

Minuten, die sich zu Ewigkeiten dehnten; in denen Roslin Höllenqualen litt.

Sie fürchtete sich, fürchtete sich erbärmlich. Unsichtbare Bänder quetschten ihren Brustkorb zusammen. Am liebsten wäre sie aufgesprungen, hätte um sich geschlagen, sich schreiend Luft verschafft. Doch das durfte sie nicht. Sie zwang sich, still zu liegen, nicht zu hyperventilieren, sondern ruhig und kontrolliert zu atmen. Dabei kam es ihr vor, als würde die Koje von Sekunde zu Sekunde stickiger, beklemmender, enger: ein Sarg, der sich um sie schloss und sie mitsamt ihrer Tochter verschluckte.

Eine Hand berührte ihren Kopf; kleine, weiche Finger fuhren in Roslins Locken, streichelten sie sanft. »Papa kommt bald«, wisperte Tamra.

Tränen der Scham schossen Roslin in die Augen. Ihr vierjähriges Kind spürte, wie es ihr erging, beschwichtigte sie und sprach ihr Mut zu! Sie schluckte mehrmals, bis sie den Kloß im Hals so weit hinuntergedrückt hatte, dass sie ebenso leise zurückgeben konnte: »Ja, ganz bestimmt. Papa ist groß und stark, und er beschützt uns vor allem Übel. Schlaf jetzt gut weiter, mein Schätzchen!«

»Du auch, Mama. Ich hab dich lieb.« Ein feuchter Schmatz hinters Ohr, ein zufriedenes Schnurren, bald darauf tiefe Atemzüge.

Vier Tage, schärfte Roslin Cantu sich ein, während sie in die Dunkelheit starrte. Nur noch vier Tage, dann sind wir auf Neu-Szechuan, und alles wird gut. Ich muss nie mehr in diese schreckliche, kalte Leere hinausfliegen; auch Clees nur selten, um Güter mit benachbarten Systemen auszutauschen. »Selbst für die MERCANT sind das kurze Hüpfer, gar nicht der Rede wert«, hat er geschworen.

Clees ...

Clees! Wo steckst du?

Sie zuckte zusammen, als plötzlich der Gong ertönte, der eine Durchsage der Schiffsführung ankündigte. »Hier spricht Kapitän Viñales. Ich habe Ihnen allen eine Mitteilung zu machen ...«

Tamra verstand nicht viel von dem, was die scheppernde, irgendwie traurige Stimme sagte. Warum sollten sie sich beugen, und weshalb über Nacht? Wieso hatte ein tragender Held namens Gorhatschi gezeigt, dass sein Stand wieder zwecklos war?

Sie setzte sich auf, blinzelte und gähnte. Was hatte es zu bedeuten, dass Mama aus der Koje gestiegen war und in großer Eile Sachen zusammenraffte? Schlaftrunken, zu verwundert, um zu protestieren, ließ Tamra sich anziehen, obwohl sie den warmen Overall mit den rosa Rüschen hasste. Die hohen, festen Schuhe, in die sie schlüpfte, waren nagelneu, noch nie getragen, für Neu-Szechuan bestimmt ...

»Sind wir schon da?«, fragte sie.

Ihre Mutter hob sie vom Bett und presste sie an sich, so fest, als wolle sie Tamra nie wieder loslassen. »Du musst jetzt sehr tapfer, vernünftig und brav sein und genau das tun, was ich oder die anderen Großen verlangen, klar?«

»Mhm. Ist das eine Übung?«

»Etwas ... in der Art.«

»Darf Gucky auch mitmachen?«

»Natürlich.«

Mama gab ihr den Mausbiber und trug sie zur Tür, hinaus auf den Gang, der von Schritten und Rufen widerhallte. Bei den Antigravschächten stauten sich viele Menschen, Erwachsene wie Kinder. Uniformierte mit verhärmten Gesichtern sorgten dafür, dass niemand drängelte. Tamras Mutter fragte einen davon, ob er wisse, wo Leutnant Clees Cantu sei. Der Mann zuckte die Schultern, keine Ahnung, keine Zeit nachzuforschen, bedaure, Madam, bitte geordnet weitergehen ...

Sie sanken hinab in die Röhre, umgeben von Stimmengewirr und sauren Gerüchen. Wurden unten ergriffen von Armen, die zu anderen Raumsoldaten gehörten, vorwärts geschoben auf ein Laufband, mit der Menge mitgerissen in ein niedriges Zimmer, dessen Wände vibrierten und dessen dicke, abgerundete Tür sich zischend schloss, als niemand mehr Platz darin hatte. Das Licht flackerte; fauchende, prasselnde, schleifende Geräusche erklangen. Tamra fühlte sich leicht und schwindlig, in sich verdreht, als fiele sie in alle Richtungen zugleich. Ihr wurde schlecht, doch sie erbrach sich nicht; das wäre nicht tapfer, vernünftig und brav gewesen.

Einige größere, aber dümmere Kinder quengelten. Scharfe Zurufe brachten sie zum Schweigen. Jemand ermahnte zur Besonnenheit und dass »drüben« auf keinen Fall auf aggressive Handlungen gesetzt werden sollte. Daraufhin, spürte Tamra, wuchsen eher noch Unsicherheit und Angst unter den Erwachsenen. Mama keuchte, begann zu schwanken. Doch als eine andere Frau anbot, ihr das Mädchen abzunehmen, verneinte sie schroff. Froh darüber, schlang ihr Tamra die Arme um den Hals und hielt sich gut fest, damit die Mama nicht so schwer zu tragen hatte. Auch beklagte sie sich nicht über den unbequemen Overall, obwohl der an mehreren Stellen zwickte.

Dann gab es einen Ruck und ähnliche Geräusche wie zuvor. Das Schwindelgefühl verging zum Glück bald wieder. Dafür wurde das Licht so grell, dass es in Tamras Augen stach. Verschwommen sah sie, wie die Wände des seltsamen Zimmers nach außen kippten und lautlos verschwanden.

Ein Stöhnen ging durch die Gruppe der Alteraner. Sie befanden sich in einer riesigen, hohen Halle, umringt von bulligen Gestalten, die Kampfanzüge und schwere Waffen trugen.

»Die können uns nichts tun«, raunte Tamra ihrer Mutter ins Ohr. »Weil, wenn sie blöd werden, nimmt ihnen Gucky die Strahler weg oder teleporteriert mit uns davon.«

»Psst.« Mama zitterte.

»Keinem von euch wird Leid geschehen«, schnarrte es aus unsichtbaren Lautsprechern, »sofern ihr die Anweisungen befolgt. Ihr werdet in Quartiere gebracht, wo es euch an nichts mangeln wird. Vorher erfolgt für alle Erwachsenen und Jugendlichen über zwölf Jahren eine Befragung. Diese wird kurz und schmerzlos abgewickelt, so ihr freiwillig wahrheitsgetreu antwortet.«

Gedrungene Soldaten, deren Gesichter hinter dunklen Helmscheiben verborgen waren, dirigierten die Großen zu vier Türen in der Wand der Halle. Durch eine fünfte wurden die Kinder weggeführt. Ihre Mutter wollte Tamra nicht hergeben, doch einer der Bulligen entriss sie ihr grob. Dabei fiel Gucky zu Boden und geriet unter die Stiefel des fremden

Soldaten, der die Puppe achtlos zertrat. Tamra weinte sehr. Auch ihre Mama verlor die Beherrschung. Sie schrie und tobte, bis der Mann seine Waffe auf sie richtete und abdrückte. Von einem bläulichen Strahl getroffen, brach sie auf dem spiegelglatten Boden zusammen.

Das war das Letzte, was Tamra Cantu von ihrer Mutter Roslin sehen sollte.

2. Das Alptraumschiff

»Nimm einen Würfel«, hatte Perry Rhodan gesagt, »mit zweitausend Metern Kantenlänge aus hochwertigem Stahlplast-Verbundstoff. Zwei Kilometer; das ist viel. Hast du's? Gut.

Und nun stell dir vor, dieses extrem widerstandsfähige, unserem Terkonit vergleichbare Material hätte eine Art ... Wildwuchs entwickelt. Metallkrebs sozusagen. Bizarre Geschwüre wuchern auf der gesamten Oberfläche, durch- und übereinander, sodass die geometrische Grundform kaum mehr zu erkennen ist. Erker und Türmchen, sinnverwirrend in sich selbst verdrehte Gebilde; schroffe stählerne Gebirge, tiefe, scharf eingeschnittene Schluchten, abstrakte Formen sonder Zahl. Lange, mit starren Wedeln behangene Stangen ragen weit heraus; plumpe, drei- und vierzinkige Gabeln stehen, obszön angriffig, in den Raum. Kein Stil, kein Anflug von übergeordnetem Design verbindet die unzähligen Bruchstücke. Oder doch, insofern, als jedes einzelne Segment das ästhetische Empfinden humanoider Lebewesen verletzt. Unwillkürlich siehst du weg, denn was du auch betrachten könntest, kleinste Details oder die Gesamtheit dieser stählernen Monstrosität, alles verwirrt und erregt in Folge Übelkeit. In den Nischen und Furchen glänzen, blinken, wabern verschiedenfarbige Lichterscheinungen. Und auf den hügelartigen Vorsprüngen herrscht Bewegung, ein unüberschaubares Wuseln und Wimmeln, vergleichbar einem ins Riesenhafte vergrößerten Ameisenhaufen. Denn die Besatzung, ja der gesamte Fragmentraumer besteht aus Robotern, denen das lebensfeindliche Vakuum des Weltalls nichts anhaben kann.«

So hatte der biologisch unsterbliche Zellaktivatorträger schon vor Jahrtausenden ein Posbi-Schiff beschrieben.

Die auf amüsante Weise antiquiert wirkende Schulfunk-Sendung, aus der diese historische Passage stammte, war Teil des Datenmaterials, das sich Startac Schroeder vor Antritt ihrer Reise zu Gemüte geführt hatte. Selbstverständlich waren auch zahlreiche Bilder diverser Fragmentwürfel-Raumer dabei gewesen, von den über und über mit Geschützen bewehrten Schlachtschiffen der Frühzeit bis zu den BOXEN mit drei Kilometern Kantenlänge der Gegenwart. Schließlich gehörten die Maschinenwesen, seit Perry Rhodan sie im Jahr 2114 Alter Zeitrechnung befriedet hatte, zu den treuesten und zuverlässigsten Freunden der Menschheit.

In der Milchstraße.

Hier jedoch, in IC 5152/Ambriador, aufgrund ihrer unerklärlichen Anziehungskraft auch »Magnet-Galaxie« genannt, hier nicht. In dieser ganz und gar außergewöhnlichen, unter einer Vielzahl unbekannter hyperphysikalischer Phänomene stöhnenden Sterneninsel wiederholte sich ein längst überstanden geglaubtes Drama. Wie jene zwölf terranischen Schiffe, aus deren Ruinen ab 2409 das »Imperium Altera« entstanden war, hatte die Kleingalaxis offenbar schon vor Jahrzehntausenden auch eine Posbi-Flotte »eingefangen«. Zum Glück für die anderen, hierher verschlagenen Völkerschaften verhielt sich die Roboter-Zivilisation, die aus den irgendwo in der Nordseite Ambriadors gestrandeten Fragmentraumern hervorgegangen war, lange Zeit friedlich. Genau genommen traten die positronisch-biologischen Hybridwesen kaum in Erscheinung. Anscheinend fehlte deren Zentralplasma jene so genannte »Hass-Schaltung«, die Rhodan bei ihren Artgenossen erst mühsam hatte entschärfen müssen.

Ursprünglich.

Vor 36 Standardjahren jedoch, Anno Domini 4894, um bei der AZ zu bleiben, drehten die Posbis von einem Tag auf den anderen durch. Anders konnte man es nicht ausdrücken. Genau wie ihre damaligen »Verwandten« in der Milchstraße starteten sie einen Vernichtungsfeldzug gegen alle anderen raumfahrenden Völker. Und sie sendeten, bevor sie gnadenlos zuschlugen, exakt dieselbe Botschaft: »Seid ihr wahres Leben?«

»Seid ihr wahres Leben?« Das funkten sie unablässig auf allen Frequenzen. Egal, was die Überfallenen antworteten – die Fragmentraumer-Flotten eröffneten das Feuer. Mörderisch effizient vernichtete die Kriegsmaschinerie der Maschinenkrieger sämtliche erreichbaren kleineren Sternenreiche; die größeren drängte sie unerbittlich zurück. Für die biologisch-organischen Wesen, die bis dahin einigermaßen mit den Widrigkeiten Ambriadors zurechtgekommen waren, erhielt der Begriff Materialschlacht eine neue Bedeutung.

»Seid ihr wahres Leben?«, funkten die Posbis.

»Ja! Nein! Vielleicht! Zweiundvierzig!«, gaben die Angegriffenen verzweifelt zurück, und Millionen andere, immer abstrusere Datenketten.

Vergeblich. Die Roboter, die man so lange für eine abgeschieden-beschaulich vor sich hin existierende, skurrile Bereicherung des bunten Völkergemisches der Kleingalaxis gehalten hatte, flogen Amok. Etwas in ihnen lebte, die biologische Komponente; aber der überwiegende Teil war künstlichen Ursprungs, modulhaft austauschbar, und kannte keine Angst vor dem Tod. Sie opferten sich nicht aus religiöser Verblendung oder sonstigen Motiven, wie die Kamikaze-Piloten und Selbstmord-Attentäter der terranischen Frühgeschichte. Sie erledigten einfach ihren Job. »Flieg hin und detoniere«, war ihnen ein ebenso logischer Befehl wie »Dupliziere dich zehntausendmal!«. Ob Vermehrung oder Vernichtung – was ihnen vom Zentralkommando aufgetragen wurde, führten sie aus, ohne eine Millisekunde zu zögern. Bessere, effektivere, da unbarmherzigere, sturere Soldaten hatte dieses Univerums nie gesehen.

Und jetzt, 4930 A.D. oder 1343 NGZ, standen sie, wie weiland Hannibal vor den Toren Roms, an den Außengrenzen des alteranischen Imperiumgebiets. Fort Kanton hatten sie bereits überrannt, den 616 Lichtjahre entfernten, strategisch und nicht zuletzt auch wegen seiner reichen Hyperkristall-Lagerstätten so wichtigen Vorposten. Sogar einen Sturmangriff auf den Zentralplaneten Altera hatten sie jüngst versucht, und nur mit größter Mühe waren sie zurückgeschlagen worden.

Die Überbleibsel des von beiden Seiten erbittert geführten Raumgefechts trieben mit Restfahrt durch das Alter-System. In einer winzigen Nussschale von Beiboot flog Startac Schroeder auf eines der Wracks zu.

»Nimm einen Würfel«, hatte Perry gesagt. »Aber nicht irgendeinen. Dieser dort scheint mir am besten für unsere Zwecke geeignet.«

Wer würde dem Terranischen Residenten widersprechen, dem ehemaligen Großadministrator, der schon vor Jahrtausenden gegen Posbis gekämpft hatte? Nicht einmal Mondra Diamond äußerte Kritik. Also pirschten sie sich in Unterlichtfahrt an den Fragmentraumer, den Rhodan ausgewählt hatte, bis die zerklüftete, pervers uneinheitliche

Stahllandschaft des Wracks das gesamte Sichtfeld ausfüllte. Gase entwichen aus tiefen Kratern, die von den alteranischen Röhrenfokus-Geschützen verursacht worden waren; an anderen Stellen glühten weiße, ultraheiße Brandherde.

»Nah genug«, sagte Perry lakonisch. »Gib Pfötchen, Startac. Wir gehen rein.«

Er war Teleporter. Er konnte sich und eine sehr kleine Anzahl anderer Personen über eine Distanz von bis zu fünfzig Kilometern befördern, zeitverlustfrei, aus reinem Willen und konzentrierter, ultrahochfrequent geballter Gedankenkraft.

»Bitte verzeih die Frage, die dir sicher schon oft gestellt worden ist«, hatte Mondra ihn angesprochen, an einem der vielen, müßigen Abende während des Überlicht-Flugs zu ihrer ersten Destination Rundor. »Aber wie machst du das eigentlich? Wie kanalisierst du die Energien, die du mittels deines Para-Talents aus dem Hyperraum abziehst, um sie auf dein Sprungziel zu lenken? Wie versetzt du dich so haargenau in Zeit und Raum? Gucky hüllt sich diesbezüglich in Schweigen, beziehungsweise gibt er, wenn ich ihn bedränge, ein für Normalsterbliche total wirres Kauderwelsch von sich, wovon ich nicht mal die Pronomen kapiere. Naja, der Ilt ist ein Fremdwesen und einzigartig, soweit wir wissen. Du hingegen bist ein Mensch, einer von uns, Monochrom-Mutant hin oder her. Also: Wie machst du es?«

»Du wirst lachen«, hatte Startac Schroeder geantwortet. »Oder dir die Haare raufen. Tatsache ist: Ich habe nicht die geringste Ahnung. Sobald ich anfange, darüber nachzudenken, funktioniert es nicht. Ich werfe mich blindlings neben die Welt, und nachdem ich mich vollständig verloren habe, klammere ich mich an eine frappant flache Erinnerung. Dort komme ich dann raus, ohne zuvor bewusst irgendwo hineingetaucht zu sein. Hilft dir das?«

»Eigentlich weniger.«

»Dachte ich mir. Nach wie vor wundert mich, dass sich unter diesen Umständen mir jemand anvertraut. Es ist wahrscheinlich wegen Gucky. Der sprang ja zu seinen besten Zeiten durch ganze Sonnensysteme und hat in all den Jahrtausenden nie jemanden unterwegs verloren. Im Vergleich zu ihm verhalten sich meine kurzen Hüpfer wie die lächerlichen Flugversuche eines Huhns gegen die aeronautische Kunstfertigkeit eines Kondors.«

»Na, nun stell dein Licht mal nicht so unter den Scheffel.«

»Es stimmt aber. Der Mausbiber mag sich als knuddelige Witzfigur gerieren, aber ich glaube, ein nicht unwesentlicher Teil von ihm wohnt im übergeordneten Kontinuum – während ich dort gerade mal reinschnuppern kann und jedes Mal wieder Gefahr laufe, mir dabei die Nase zu verbrennen.«

An dieses Gespräch erinnerte sich Mondra, als Startac die Hände nach Perry und ihr ausstreckte. Rhodan fasste zu, und sie folgte seinem Beispiel. Genau deshalb, dachte sie, muss die Frau, die mit diesem Mann zusammenleben kann, erst erfunden werden. Er ist immer vorn, ständig voraus.

Ebenso gut könntest du versuchen, einen Regenbogen einzuholen oder einen Tryortan-Schlund zu begreifen. Mondra hatte den Gedankengang noch nicht beendet, da befand sie sich schon an einem völlig anderen Ort, und die Phase des Übertritts, des Durchgangs durch die höhere Dimension, hatte sie wie stets versäumt.

Das TLD-Training klickte ein. Sie sondierte die Umgebung, las die Anzeigen ihres Raumanzugs ab. Keine Atmosphäre; keine Gravitation, wenn sie von den vernachlässigbaren Fliehkraft-Vektoren des gemächlich um seine eigene, fiktive Längsachse rotierenden Schiffswracks absah. Keine Bewegung oder Energieentfaltung im näheren Umfeld. Mondra versenkte ihren Kombistrahler wieder im Halfter. Startac tippte sich an den Helm und verschwand ohne Nebeneffekte.

»Endlich wieder an der Front«, sagte Perry über Richtfunk und verzog kaum merklich den rechten Mundwinkel. »Habe ich schon erwähnt, dass ich mich gleich viel sicherer fühle, wenn du dabei bist?«

»Mehr als einmal, Großadministrator.« Das musste sein. Während die Alteraner Mondra kaum beachteten, behandelten sie Rhodan wie einen Gott. Ihr Begleitoffizier, ein junger Schlaks namens Demetrius Onmout, hätte Perrys Schweißtropfen einzeln vom Boden aufgetunkt, wenn sein Idol das zugelassen hätte.

Wie auf Stichwort erschien Startac Schroeder mit dem halben Kind, das hier als Captain durchging, und dessen vierschrötigem Unteroffizier. Der riss gleich das Strahlgewehr hoch und bedrohte damit seinen eigenen Schlagschatten.

»Alles so weit klar?«, keuchte der Teleporter.

»Keine verdächtigen Emissionen im weiten Umfeld«, sagte Rhodan in seinem legendär nonchalanten Tonfall. Wie angespannt er trotz seiner aufgesetzt lässigen Körperhaltung innerlich war, bekam außer Mondra niemand mit. »Momentan sind wir hier sicherer als in Abrahams Schoß. Kannst dich problemlos ein paar Minuten ausruhen, bevor du Nano und Drover holst.«

Startac schnappte nach Luft. Und dann geschah das, was Mondra schon so oft in Einsätzen mit Perry Rhodan erlebt hatte: Obwohl der Resident scheinbar Druck aus der Situation genommen hatte, mobilisierte sein Mitstreiter extra die letzten Kräfte. »Geht schon noch«, krächzte Startac, entmaterialisierte und kehrte einen Lidschlag später mit den beiden Rundor-Posbis zurück.

»Sir, Einsatzgruppe vollzählig versammelt, Sir!«, meldete Captain Onmout unnötiger Weise und hieb sich dabei mit der Handkante beinah eine Delle in den Helm.

Rhodan stieß sich von der Metallwand ab und schwebte elegant in die Mitte des leeren Hangars. Wenn jemand Erfahrung mit Schwerelosigkeit hatte, dann er. »Danke«, sagte er. »Startac – hast du noch ausreichend Reserven?«

Der Teleporter nickte. Sein Gesicht hinter der entspiegelten Sichtscheibe war grau und diffus wie der Morgennebel über dem Fluss, an dem Mondra aufgewachsen war.

»Fein«, sagte Perry. »So lasst uns diese kleine, würfelförmige Welt erobern und uns untertan machen.«

Demetrius Onmout hoffte inständig, dass niemand merkte, wie aufgeregt er war. Am liebsten hätte er eine Beruhigungspille eingeworfen. Doch das wagte er nicht, weil davon sein Reaktionsvermögen beeinträchtigt worden wäre. Gerade an der Seite Perry Rhodans, des legendären »Sofortumschalters«, wollte er auf gar keinen Fall als Schlafmütze erscheinen. Da bibberte er lieber innerlich und bemühte sich, seine Überreiztheit nicht nach außen dringen zu lassen.

Immer noch konnte Demetrius es kaum fassen, dass er, der jüngste Captain der Legion Alter-X, zusammen mit dem Großadministrator an einem Risikoeinsatz teilnahm. Streng genommen führte er sogar das Kommando. Denn Rhodan weigerte sich, einen anderen militärischen Rang als den eines »Sonderberaters« anzunehmen. Aber die Vorstellung, jener Persönlichkeit, die der Menschheit den Weg zu den Sternen gewiesen hatte, einen Befehl zu erteilen, erschien Demetrius absurd. Sein Ur-ur-ur-ur-und-noch-ein-paar-Ur-Großvater hatte unter diesem Mann gedient! Alle nachfolgenden Generationen, bis herauf zu Dmetris eigener, hielten Perry Rhodans Andenken in höchsten Ehren. Noch heute wurde in praktisch jeder Ratssitzung mindestens einmal die Frage gestellt, »Wie hätte Großadministrator Rhodan gehandelt?« – Und jetzt flog er leibhaftig neben ihm!

Als reiche die Präsenz des Idols noch nicht, aus Dmetri ein Nervenbündel zu machen, bewegten sie sich innerhalb einer BOX! In ein Schiff der Maschinenteufel einzudringen, war so ziemlich das Verbotenste, was ein alteranischer Raumsoldat tun konnte. Gewöhnlich wurden in der Nähe von Imperiumsplaneten verbliebene Posbi-Wracks ehestmöglich zur Gänze zerstrahlt. »Die machen auch keine Gefangenen«, hieß es. Vor allem aber ging selbst von antriebslos und scheinbar energetisch tot durch den Leerraum treibenden BOXEN noch eine Gefahr aus. Kam man ihnen zu nahe, konnte der eigene Raumer oder Anzug von einem Virenbomben–Schauer getroffen und befallen werden. Kurz nach Kriegsbeginn hatte man kampf- und fluchtunfähig geschossene Posbi-Einheiten durchsucht, weil man sich Aufschlüsse über die Technologie der Maschinenteufel erhofft hatte. Davon war man rasch wieder abgekommen. Nicht nur entpuppten sich manche Robotschiffe als Todesfallen. Auch konnten mit dem scheinbar harmlosesten, zum Zweck der späteren Untersuchung geborgenen Aggregat überaus gefährliche positronische Konstrukte eingeschleppt werden, die, sobald sie wieder mit Strom versorgt wurden, als eine Art »Fünfte Kolonne« Laborgeräte sabotierten und ganze Rechnersysteme »umdrehten«. Damals hatte ein TRIANGOLO-Raumfort zerstört werden müssen, gerade noch im letzten Moment, bevor es die eigene Flotte attackiert hätte!

Entsprechend paranoid beäugten Onmout und Firsam, sein Unteroffizier, die Umgebung. »Bizarr« war ein Hilfsausdrück dafür. Jedem Schiffsdesigner, der eine solche Innenarchitektur entwarf, hätte man Geisteskrankheit im Endstadium unterstellt. Menschen waren gewöhnt an künstliche Gravitation, klare, leicht überschaubare Bauformen und zusätzlich eine Fülle von Aufschriften, Hinweissymbolen und sonstigen optischen Leitsystemen. In dieser chaotischen Techno-Hölle, in der es kein definiertes Oben und Unten, Links und Rechts gab, verloren sie alsbald die Orientierung, ja mussten ernstlich um ihren Verstand fürchten. Es brauchte schon Posbis, um sich in dem haarsträubenden Gewirr zurechtzufinden.

Deshalb hatten sie zwei der Maschinenwesen dabei.

Noch etwas, das Demetrius nicht kalt ließ. Er war Jahre nach Kriegsausbruch geboren. Keine Sekunde seines Lebens, die nicht im Schatten der furchtbaren Bedrohung aus dem Nordsektor der Galaxis gestanden hätte. Von klein auf hatte er gelernt, dass die ausgezuckten Roboter das Absolute Böse repräsentierten. Der »Schwarze Posbi« holte Kinder, die nicht brav ihre Hausaufgaben machten oder die obligatorischen Heimwehr-Übungen schwänzten. Der Heilige Nikolaus – der in den Holo-Darstellungen übrigens, trotz des weißen Bartes, eine gewisse Ähnlichkeit mit Perry Rhodan hatte, bis hin zur Narbe auf dem Nasenrücken – wurde vom schrecklich schnaufenden »Kramposbi« begleitet. Ein bei der pubertierenden Jugend sehr populärer Freistilringer nannte sich »Posbikiller«; sein schurkischer Erzfeind trat in Roboter-Verkleidung auf und setzte dauernd regelwidrige Kunstglieder ein. Begriffe aus der Kyber-Mechanik hatten Aufnahme in den täglichen Sprachgebrauch gefunden. Ein Betrunkener befand sich »in der Ölung«. Wer Unsinn redete, litt unter einem »Syntax Error«. Sportlern, die nicht in Form waren, warfen die Fans lautstark vor, sie pfiffen »aus dem letzten Ventil«, et cetera.

Und nun wurde Onmouts Trupp von zwei Posbis durch das verödete und doch so unheimliche Gekröse dieser BOX gelotst! Gut, der Großadministrator hatte die beiden aus der Milchstraße mitgebracht, in der ihr Volk, behauptete er, seit Langem zu den wertvollsten Alliierten der Menschheit zählte. Dmetri zweifelte Rhodans Aussage nicht an. Immerhin hatte der Unsterbliche sogar den Kommandeur der Legion Alter-X, Staatsmarschall Laertes Michou, von der Redlichkeit seiner Begleiter überzeugt.

Trotzdem. Sie waren Posbis!

Dmetri vermochte sie nie länger als ein paar Sekunden anzusehen, dann stellten sich ihm unweigerlich die Nackenhärchen auf. Der eine bewegte sich auf Prallfeldern, konnte aber aus seinem fassförmigen, eineinhalb Meter hohen und 80 Zentimeter durchmessenden Körper zwei kurze, kräftige Beine und dreigelenkige Arme mit Greifern ausfahren. Wenn er die wie Blüten auffächerte, kamen die Abstrahlmündungen leistungsstarker Impulskanonen zum Vorschein. Er war also, obwohl er sich als »Schwerer Arbeiter, Individualterminus ›Drover‹« bezeichnete, ein mächtiger Kampfroboter! Dmetri graute vor ihm.

Und der andere verschaffte Captain Onmout, Jahrgangsbester an der Akademie, persönlicher Favorit des Staatsmarschalls, Elite-Offizier, der sich immer so viel auf seine Coolness und Nervenstärke eingebildet hatte, erst recht eine Gänsehaut. Das fing schon mit dem Namen an. »Nano Aluminiumgärtner«! Hä? Ein positronisch-biologischer Roboter, der sich Aluminiumgärtner nannte – hatte der noch alle Koffeinschalen in der Anrichte? Was Drover zu wenig an zu Gefühlen fähiger Plasmakomponente abgekriegt hatte, hatte dieser Nano Aluminiumgärtner eindeutig zu viel. Zwar sah er aus, als hätte man ihn aus den Beständen verschiedenster Sondermüll-Deponien zusammengeschraubt, doch die schmalen, überwiegend blaugrauen und anthrazitfarbenen »Hüften« und ausladenden »Schultern« schwang er ärger als ein schwuler Eistänzer. Die vier Extremitäten wirkten angeschmort, die beiden Multi-Sensorflächen am Kopf wie Augen, der halbmondförmig gebogene Sprachausgabeschlitz glich einem melancholisch nach unten verzogenen Mund. Insgesamt: ein tuntiger Clown.

Und er stotterte! Als sei er schüchtern und dauernervös. Ein verklemmter Roboter: Hatte das Universum so etwas schon erlebt?

»Nach den b-bisher vorliegenden Beobachtungsergebnissen gehe ich mit einer W-Wahrscheinlichkeit von sechsundsechzig Komma acht Prozent davon aus«, funkte er, »dass es an Bord dieser BOX keine Po-Population von Matten-Willys gegeben hat. Dies ist schon einmal der erste gegege-gewichtige Unterschied zu unserer Zivilisation in der Milchstraße beziehungsweise auf der Hundertsonnenwelt.«

»Interessant.« Der Großadministrator klang trotz des sie umgebenden Irrsinns verehrungswürdig entspannt und souverän. »Weitere Abweichungen von eurer Konstruktionsweise?«

»J-ja.«

»Nämlich?«, fragte Rhodan nach einer halbminütigen Pause.

»Äh ... Ich möchte mich im D-Detail noch nicht festlegen, aber unzweifelhaft wurden unsere hiesigen Verwandten, wenn ihr diesen Aaa...nthropomorphismus gestattet, durch die hyperphysikalischen Verhältnisse in Ambriador zu einer technischen Evolution gezw-zw-zw...«

»Gezwungen?«, warf Mondra Diamond ein, die sehr attraktive Leibwächterin des Großadministrators. Eine echte Granate, wie man auf der Akademie gesagt hätte. Dmetri würde sie garantiert nicht von der Bettkante schubsen; ein Gedanke, für den er sich sogleich schämte und tadelte.

»Affirmativ. Wie ihr gewiss bereits registriert habt, verwenden diese Posbis keine T-Transformkanonen, keine Relativschirme, und Syntrons oder einen M-Metagrav-Antrieb schon g-gar nicht. Dieses Schiff ist mit Sicherheit einige hundert Jahre alt, der Verzicht auf besagte Technologien also nicht der Hyperimpedanz-Erhöhung, sondern den Umständen in der Ma-Magnet-Gagagalaxis geschuldet.«

»Aber der Fragmentraumer hat dennoch viel mit den in der Milchstraße gebräuchlichen Modellen gemein?« Jetzt lag ungeachtet der eigentümlichen Aussprache mancher Wörter ein besorgter Unterton in Rhodans so angenehmem Organ. »Anders ausgedrückt: Ihr seht euch in der Lage, die Kiste auf Vordermann zu bringen?«

»Könnte dauern«, funkte Drover.

»Lange?«

»Lange.«

»Wie lange?«

»Sehr lange.«

»Zu lange?«

»Zu Pr-Prognosen würde ich mich beim derzeitigen Stand der Dinge nicht hinreißen la...lala...lalala...«

»Hab verstanden. Wie weit noch bis zum Robotkommandanten?«

»Luftlinie?«

»Realzeit.«

»Etwa se-sechzehn Minuten vierzig Sekunden. Grob geschätzt.«

»Danke.«

»Bitte. Gern g-geschehen.«

Sie flogen weiter. Die Lichtkegel ihrer Helmscheinwerfer entrissen der Dunkelheit immer neue Bereiche, jedes Mal erneut schockierend ob der perversen Widernatürlichkeit, die jeglicher nachvollziehbaren Ordnung entbehrte. Demetrius Onmout fühlte dieselbe Furcht in sich aufsteigen, die er als Kind in einer Geisterbahn durchlebt hatte. Aber das hier war keine billige Illusion, kein Phantasiegebilde aus flimmernden Holos und abgewetzten Pappmaché-Kulissen, sondern real, der wahre Horror. Umso schwerer fiel es ihm, nicht überall Fratzen und lauernde Ungeheur zu erspähen.

Ohne in seiner Konzentration nachzulassen, überdachte Dmetri das Gehörte. Sehr lange, hatte Drover gesagt. Was bedeutete das aus dem Funkmodul eines Posbis? Falls die Wiederinstandsetzung der grässlichen BOX Wochen oder gar Monate verschlang, war Rhodans Plan zum Scheitern verurteilt und ihr überaus riskanter Einsatz nutzlos.

»Sie wollen was?«, hatte Staatsmarschall Michou bei der Besprechung im Administurm von Neo-Tera gefaucht.

»Tut mir leid, falls ich mich unklar ausgedrückt habe. Ich rege an, eine der durchs Alter-System treibenden BOXEN wieder flottzumachen, wenn nötig auch aus mehreren Wracks eine flugtaugliche Einheit zusammenzubauen und unter das Kommando von Nano Aluminiumgärtner zu stellen.«

»Vergessen Sie's, Großad... Sonderberater Rhodan. Vor meiner Haustür fliegt garantiert kein Posbi-Kahn frei herum, schon gar nicht mit einem Maschinenteufel am Steuer.«

»Vergessen Sie nicht, wem Sie den glimpflichen Ausgang der gestrigen Schlacht zu verdanken haben. Letztlich war es Nano, der das Alter-System noch einmal gerettet hat.

Aber mir ist klar, dass das Wort ›Verständigung‹ in Ihrem Vokabular nicht vorkommt, wenn es um Posbis geht.«

»Sehr richtig. Mit Stumpf und Stiel ausrotten, eine andere Option haben wir nicht.«

»So stellen Sie sich doch endlich der Wahrheit, Staatsmarschall: Auf herkömmliche militärische Weise ist dieser Krieg nicht zu gewinnen. Eher morgen als übermorgen erdrückt Sie die Übermacht der Posbi-Flotten.«

»Wir werden kämpfen bis zum letzten Blutstropfen.«

»Und in Glanz und Glorie untergehen. Nur, dass niemand übrig bleiben wird, der Ihnen Denkmäler errichten könnte.«

»Was schlagen Sie als Alternative vor? Wollen Sie mit der notdürftig zusammengeflickten BOX zu den Posbis fliegen und die weiße Fahne schwenken? Das wäre Selbstmord, den ich nicht zulassen kann. Ich brauche Sie hier; als, nun ja, zusätzlich motivierendes Element.«

»Da müsste ich aber mitspielen. Ich habe nicht vor, bloß eine Gallionsfigur abzugeben. Zumal ich überzeugt bin, dass sich Ursache wie Lösung des Konflikts einzig und allein auf dem Zentralplaneten der Posbis finden lassen.«

»Von dem niemand weiß, wo er liegt.«

»Wir werden seine Position eruieren, nachdem wir mit dem manipulierten Fragmentraumer, als Posbis getarnt, in deren Gebiet eingedrungen sind. Dieses Verfahren ist gangbar, glauben Sie mir. Bei uns zu Hause hat ein Kommando auf praktisch demselben Weg, ebenfalls eine havarierte BOX zur Passage benutzend, die Hundertsonnenwelt erreicht. Sollten Sie Wert darauf legen, lassen wir Ihnen gern nähere Details über den besagten Einsatz zukommen. Was in der Milchstraße funktioniert hat, sollte auch in Ambriador zu machen sein. Außerdem verfügen wir mit Nano und Drover über nicht zu unterschätzende Trumpfkarten.«

»Oder Läuse im Pelz; Ungeziefer, das die Pest überträgt.«

»Michou. Wir sind unter uns, nicht auf einer Pressekonferenz. Sie brauchen sich nicht noch komissköpfiger zu geben, als Sie es ohnehin sind. Der Bote einer Superintelligenz hat mich über fünf Millionen Lichtjahre hierher entsandt, damit ich neunundzwanzig Milliarden Menschen vor der Auslöschung bewahre. Lotho Keraete sprach von einem Schloss, das es zu öffnen gälte und für das, aus welchen Gründen immer, nur ich den Schlüssel besorgen könne. Wo sonst sollte sich dieses Schloss befinden als auf dem Zentralplaneten, beim Zentralplasma? Ihre Vaterlandsliebe und Opferbereitschaft in Ehren, Staatsmarschall, aber ich bin überzeugt, dass nur dort, vor Ort, die Angriffe auf das Imperium Altera dauerhaft gestoppt werden können.«

»Die Botschaft hör ich wohl ...«

»Sie vergeben sich nichts, wenn Sie uns versuchen lassen, eine BOX zu adaptieren. Dafür stelle ich mich bei der nächsten Truppenparade artig neben Sie und winke moralsteigernd.«

Demetrius hätte beinahe seinen Ohren nicht getraut, als er seinen Kommandeur einlenken hörte: »Na schön. Ihren Versuch haben Sie, aber nur diesen einen. Und wahren Sie allerhöchste Vorsicht! Captain Onmout wird Sie darin unterstützen.«

Darin unterstützen. Viel hatte nicht gefehlt, und Dmetri wäre das Herz in die Hose gerutscht.

Dem Großadministrator helfen, hier drinnen?, dachte er nun, während die alptraumhafte Stahllandschaft an ihm vorüber glitt. *Ich kann froh sein, wenn Firsam und ich Rhodans Trupp nicht allzu sehr behindern.*

Er konnte unmöglich sagen, welchen Teil des Monsterschiffs sie gerade durchquerten. Ob Peripherie oder Kernzone, alles sah gleich verwirrend aus, beispiellos, unbeschreiblich. Nicht zu erkennen, wo ein Abschnitt endete und der nächste begann, was tragende Konstruktion war, was mobile Apparatur oder überhaupt autarke Maschine, sprich: Posbi. Denn das Schiff war ein acht Kubikkilometer ausfüllender Roboter, der seinerseits aus Tausenden und Abertausenden von Robotern bestand.

»Nach wie vor keinerlei Energie-Emissionen«, meldete Mondra Diamond. »Nirgendwo im ganzen Riesenkübel auch nur ein Fünkchen Strom. Seltsam. Man würde meinen, dass es wenigstens Notstrom-Speicher gäbe, zur Versorgung von Selbstreparatur-Routinen.«

»Wenn eine BOX so schwer beschädigt wurde«, erklärte Demetrius Onmout, »dass sie nicht mehr in den Kampf eingreifen oder sich zurückziehen kann, fahren die Maschinenteufel ihre noch intakten Reaktoren nieder und entleeren sämtliche Speicher. Sie begehen quasi Selbstausschaltung. Dadurch benötigen umgekehrt wir einen erhöhten Energie-Aufwand, um den Feindraumer zur Detonation zu bringen, wozu sonst ein richtig platzierter Kernschuss ausreichen würde. Roboterlogik: Sie schädigen uns bei jeder noch so kleinen Gelegenheit.«

»Nano?«

»Ja, R-Resident?«

»Sechzehn Minuten sind um.«

»Wir haben unser Z-Ziel erreicht. Da der Robotkommandant ausgefallen ist, müssen wir einen Teil der Kommandozone wiederer-erwecken, um eine Gesamtdiagnose vornehmen zu können.«

Die Gruppe hielt an. Sie verteilten sich so, dass ihre Sicht- und Schussfelder einander möglichst wenig überlappten. Dieses Standardverfahren beherrschten der Großadministrator, seine Leibwächterin und der schweigsame

Teleporter perfekt; Onmout und Firsam fügten sich passabel in das Schema ein.

Der fassförmige Posbi namens Drover fuhr einen Kabelstrang aus und dockte damit an einem grob pyramidenförmigen, schlierig verspiegelten Block an. Aluminiumgärtner schwebte kopfüber hinzu und steckte einen teleskopartig verlängerten Finger in den Sensorkranz, den sein Kompagnon statt eines Schädels trug. »E-Energie!«, rief er, was offenbar scherzhaft gemeint war.

Etwas britzelte. Winzige Funken sprühten.

Plötzlich hatte Dmetri eine Vision, die ihn ähnlich bis ins Mark erschreckte wie die Horror-Effekte in der Geisterbahn seiner Kindheit. Einen Herzschlag, nachdem Nano Aluminiumgärtner mit der Reaktivierung der Systeme begonnen hatte, erwachte rings um sie die Einrichtung zu mechanischem Leben. Alles geriet in Bewegung, veränderte sich schlagartig. Verschalungen klappten zur Seite. Greifarme schossen hervor und streckten sich, schneller als das Auge ihnen zu folgen vermochte, nach den Eindringlingen aus. Wände und Aggregattürme schoben sich, nein, stürzten von allen Seiten auf sie zu, während andere spurlos verschwanden und den Blick auf rotierende Waffenläufe freigaben, deren Mündungen soeben aufglühten. Die gesamte Umgebung verwandelte sich in Captain Demetrius Onmouts Vision, zerfiel, zerbarst, zersplitterte zu Dutzendschaften von Posbis verschiedenster Größen und Bauweisen, die sofort ohne Rücksicht auf Verluste attackierten.

Genau so geschah es.

3. Blutstropfen, die auf glühende Kohlen fallen

An den Flug mit dem Schiff der Laren erinnerte sich Tamra Cantu nicht mehr. Vielleicht wurde alles vom Trennungsschmerz überlagert, vielleicht hatte man ihr auch ein Sedativ verabreicht.

Das nächste Bild, das vor ihrem geistigen Auge Gestalt annahm, war jenes des Schlafsaals im Internat. Gewaltig groß, gut zwanzig Meter breit und mehr als doppelt so lang, bot er Platz für unzählbar viele Betten. Ein Geruch nach Heublumen erfüllte den Raum. Beständig dudelte, kaum hörbar, fremdartige, aber nicht unangenehme Musik. In den Mauern waren handbreite, senkrechte Schlitze aus milchigem Kunststoff ausgespart, durch die tagsüber goldgelbes Licht einfiel. Nachts glomm der Boden rötlich, damit kein Kind eine Lampe brauchte, wenn es aufs Klo musste.

Alle, Mädchen wie Jungen im Alter von zwei bis elf Jahren, trugen dieselbe Kleidung: hellgraue Hemdblusen mit Dreiviertelärmeln, knielange, gelb-rot-braun karierte Röcke, ebensolche Strümpfe und weiße Sandalen. Jeden Morgen lagen frische Garnituren, in knisternde Folie verschweißt, auf den Pulten neben den Betten. Abends schwebten auf einem Polster aus Luft Wägelchen durch den Schlafsaal, in die sie ihre gebrauchten Sachen warfen.

Geschlafen wurde in seidenweichen, dunkelblauen Nachthemden. Anfangs schluchzten viele Kinder nach ihren Eltern, doch das legte sich im Verlauf der ersten Wochen. Sie fanden sich bald zurecht und gewöhnten sich erstaunlich schnell ein.

Das Internat wurde von Heelghas geführt, birnenförmigen, geschlechtslosen Wesen, die sich auf drei Stummelbeinen fortbewegten. Meistens hatten sie Rollschuhe angeschnallt und flitzten bemerkenswert rasch durch die Gänge und Säle. Dort, wo sich der dralle, beigefarbene Leib verjüngte, entsprang ein Kranz von sechs kurzen, biegsamen Armen mit Greiflappen; dazwischen befanden sich ebenso viele Mundöffnungen und unmittelbar darüber ovale, senkrecht stehende Augen, denen nichts im weiten Umkreis entging. Oben auf den Köpfen, deren Haut schrundig wirkte wie die Borke eines Baumes, wuchsen dichte Büschel fingerlanger, dünner Stäbchen, welche an Seeanemonen erinnerten und als Hörorgane dienten; sie leuchteten in den unterschiedlichsten Farben. Daran konnte man die Heelghas, die allesamt die gleichen sackartigen, grünblau karierten, mit vielen Taschen besetzten Kleiderschürzen anhatten, am besten auseinanderhalten.

Das Heelgha mit dem knallpinken Kopfbüschel hieß Kulwolvagg. Am Vormittag leitete es die Sport-und-Spiel-Stunden von Tamras Altersgruppe in einer der weitläufigen, lichtdurchfluteten Turnhallen. Dann hatte Kulwolvagg in dreien seiner Münder Trillerpfeifen mit verschiedenen Tonhöhen. Die Kinder lernten rasch, dass jede der sieben möglichen Pfiff-Varianten einer anderen Übung entsprach, die sie sofort ausführen mussten: Purzelbaum, Hopserlauf, Klappmesser und so weiter; das dreistimmige Signal stand für »Ausschütteln«. Wer falsch oder zu spät wechselte, bekam einen Schlechtpunkt. Kulwolvagg tadelte kaum, ermunterte die Schwächeren und lobte die Eifrigen mit weicher, melodischer Stimme. Zum Abschluss wurde jedes Mal Flugball gespielt. Das war sehr lustig, denn dazu verzauberte Kulwolvagg die Kinder, sodass sie viel leichter waren und hohe, weite Sprünge machen konnten. Es ging darum, Bälle in Körben unterzubringen, die auf komplizierten Kursen durch die Halle schwebten und oft im letzten Moment noch auswichen. Für jeden Treffer erhielt man einen Punkt auf der großen Leuchttafel gutgeschrieben. Manchmal entwickelten sich Raufereien, die Kulwolvagg duldete; aber wer dabei einen anderen Spieler verletzte, musste eine Zeit lang aussetzen.

Das Essen wurde im Speisesaal eingenommen und schmeckte köstlich. Die Kinder durften an einem Buffet zwischen gelbem Getreide, braunen Nudeln und verschiedenen, pürierten Gemüsen wählen. Dazu gab es mehrere Soßen, manchmal mit Fleischstücken, und hinterher süße Kuchen oder saftiges Obst. Allerdings genügte es nicht, mit dem Finger auf das Gewünschte zu zeigen. Man bekam die Speisen und Getränke nur, wenn man laut, deutlich und richtig betont das passende Wort sagte; nicht auf alteranisch, sondern in der hiesigen Sprache. Die Heelghas waren da sehr strikt. Jedoch schimpften sie fast nie, schlackerten nur bedauernd mit ihren vielen Armen, falls einem die zutreffende Bezeichnung nicht einfiel. Dann musste man wohl oder übel mit etwas anderem vorliebnehmen, von dem man bereits wusste, wie es hieß.

Der Sprachunterricht fand in Kleingruppen statt. Dazu wuchsen aus dem Boden der größten Turnhalle binnen weniger Sekunden Trennwände, Tische und Bänke. Das weißbüschelige Heelgha namens Omneamuf, das Tamra und elf weitere ungefähr Gleichaltrige betreute, führte holografische Bilder und Schriftzeichen vor, welche die Kinder mit den Zeigefingern auf den Kontaktfeldern der Tischplatten nachzogen. Dabei wiederholten sie die von Omneamuf produzierten Laute, zuerst im Chor, dann der Reihe nach allein. Auch hierfür wurden Pluspunkte vergeben, und Schlechtpunkte, falls man nicht aufpasste oder gar störte.

Wenn Tamra später an ihr erstes Jahr im Internat zurückdachte, erschien ihr alles ein wenig verschwommen, in mildes, milchig-rotgoldenes Licht getaucht. Gleichförmig flossen die Tage dahin. Oft fühlte sie sich träge und schwerfällig, als hätten ihre Beine, ausgenommen während der Flugball-Spiele, ein erhöhtes Gewicht zu tragen. Wenn sie sich mitunter überanstrengte, um Gutpunkte zu ergattern, litt sie minutenlang unter Atembeschwerden, als wäre die Luft zu dick für ihre Lungen. Tamra bemerkte, dass es fast allen Mitschülern ähnlich erging. Dennoch jammerte oder beklagte sich niemand. Eine Art heiterer Zufriedenheit erfüllte sie, sowie selbstverständliche Dankbarkeit gegenüber den Heelghas, die sie geduldig umsorgten.

Und die Erinnerung an ihr Leben vor dem Internat verblasste zusehends.

Die Menschenkinder lernten, sich ausschließlich in der neuen, viel schöneren Sprache zu verständigen, die Larion genannt wurde. Ertappten die Heelghas jemand bei einer Unterhaltung auf Alteranisch, setzte es Schlechtpunkte, und nicht zu knapp. Dieses Risiko wollte bald keiner mehr eingehen, zumal die Birnenförmigen über ein äußerst scharfes Gehör verfügten.

Was es mit den Punkten für eine Bewandtnis hatte, erfuhr Tamra bei der ersten Sonnenfeier.

Schon mehrere Tage zuvor hatten die Größeren, angeleitet von ihren Heelghas, den Innenhof des Internats festlich geschmückt. Die Fenster waren beflaggt, entlang der

Mauern spannten sich bemalte Stoffbahnen, und von der Milchglaskuppel, die den siebeneckigen Hof lückenlos überdachte, hingen bunte Girlanden. Auch Tamras Gruppe hatte im Unterricht etliche dieser Bänder mit Schriftzeichen verziert, die Begriffe wie »Glück«, »Wonne«, »Frohsinn« und dergleichen ergaben.

Tamra war sehr gespannt auf die Sonnenfeier, stellte diese doch eine Abwechslung im monatelangen Einerlei dar. Außerdem taten Omneamuf, Kulwolvagg und die anderen Heelghas ungeheuer geheimnisvoll und machten nur vage Andeutungen über das bevorstehende Ereignis. Die Kinder, ließen sie durchblicken, hätten sich alles in allem als gehorsam und fleißig erwiesen und daher eine Belohnung verdient. Worin diese bestehen sollte, war ihnen nicht zu entlocken. »Ihr werdet schon sehen, und die Augen werden euch übergehen!«

Endlich kam der große Tag. Als Tamra nach dem Weckruf und der Morgenwäsche das Paket aus Knisterfolie zerriss, um ihre Kleidung zu entnehmen, war diese anders beschaffen als sonst. Zwar passten Rock und Bluse ebenfalls wie angegossen, doch der Stoff flimmerte, als leuchte er von innen heraus, in einfarbigem, sattem Orange; desgleichen die hauchdünnen Strümpfe und die weichen Pantoffeln, die an Stelle der üblichen Sandalen beilagen. Auch einen Schal und sogar eine Kappe derselben Farbe fand Tamra. Im ganzen Schlafsaal breiteten sich Rufe der Überraschung und freudiges Jauchzen aus. Die Kinder zogen sich an, so schnell sie konnten, dann stürmten sie in den Waschraum, wo sie sich vor den Spiegeln drängten und balgten. Jemand von den Älteren kam auf die Idee, das Licht auszuschalten, und tatsächlich – sie schimmerten in den unterschiedlichsten Farbtönen, jeder und jede für sich einzigartig!

»Glaubst du, das ist die Belohnung?«, fragte Frizzi, Tamras Bettnachbarin, später beim Frühstück. Alle an ihrem Tisch gaben Acht, das wunderschöne Festgewand nur ja nicht zu bekleckern, und nippten äußerst vorsichtig am Olvidbeeren-Saft.

»Hmmm ... ein Teil davon. Aber ich denke, da kommt noch mehr.«

»Uns geht es schon gut, was?«

Tamra nickte mit den anderen. Für einen kurzen Moment war ihr, als öffne sich tief in ihrer Brust eine Leere, vielleicht faustgroß, eine hohle Stelle, wo etwas fehlte, das früher da gewesen war. Doch das Gefühl verflog schnell wieder, wurde von der Aufregung ersetzt, mit der sich die Kinder seit Tagen gegenseitig ansteckten.

Nachdem sie fertig gegessen und den Dankspruch aufgesagt hatten, wurden sie von Kulwolvagg und Omneamuf, die ebenfalls andersfarbene, viel adrettere Kleider als gewöhnlich trugen, hinaus in den Innenhof geführt. Heelghas, deren Namen sie nicht kannten, wiesen ihnen Plätze auf den Tribünen zu. Je mehr sich die Sitzreihen füllten, desto deutlicher wurde ein Schema erkennbar ... bis Tamra, die es als Erste ihrer Gruppe entdeckte, laut aufschrie: »Seht nur, seht! Ein Regenbogen!«

Und in der Tat – die Kinder und Heelghas waren so angeordnet, dass die Farben ihrer Gewänder und Schürzen von links nach rechts das gesamte sichtbare Spektrum abbildeten. Welch ein Anblick! Auch wenn Tamra es noch nicht mit Worten hätte ausdrücken können, verstand sie instinktiv die Symbolik: Jedes Kind und jedes Heelgha funkelte in seinem eigenen, nur ein einziges Mal vorkommenden Farbton; und doch waren sie Teile eines viel größeren, viel prächtigeren Ganzen. Sie gehörten dazu, gehörten zusammen, gehörten hierher; nirgendwohin sonst.

Tamra war glücklich.

Die Sonnenfeier begann mit Liedern, die sie in den Vorwochen einstudiert hatten. Das war ihnen leicht gefallen; schließlich hörten sie diese Melodien, wann immer sie sich im Schlafsaal aufhielten. Allerdings wirkten die Gesänge hier und jetzt um ein Vielfaches eindrucksvoller, geradezu ... das war ein schwieriges Wort ... ja, ma-jes-tä-tisch. So viele Kinder! Dazu die zahlreichen Heelghas, die wegen ihrer sechs Mundöffnungen mehrstimmig zu singen vermochten, sowohl dröhnend tief als auch berückend hoch. Die Kuppel warf den Schall zurück und verstärkte ihn noch. Der gesamte Innenhof schien zu vibrieren, zu schwingen in Har-mo-nie.

Wie lange sie einander so beschenkten, hätte Tamra nicht zu sagen gewusst. Irgendwann verwehten die Töne, und auch die Stille war herzergreifend schön.

Dann erhob sich aus ihrer Mitte, auf einer pulsierenden Säule aus Licht, ein Heelgha mit schwarzem Kopfbüschel, in Tücher gehüllt, deren Farben den Regenbogen auf den Tribünen widerspiegelten. »Gemeinde des Internats der Heelghas von Dekombor zu Taphior!«, sagte es, gar nicht aufdringlich laut, jedoch so gut verständlich, als rede es direkt in Tamras Ohren. »Mein Name ist Güraldenip, und ich diene als General-Direktor dieses segensreichen Institutes.«

Tamra kannte Güraldenip nicht persönlich. Aber seinen Namen hatte sie die anderen Heelghas manchmal erwähnen gehört, in ehrfürchtigem Tonfall. Als sie zu dem General-Direktor aufschaute, spürte sie, dass sie eine Gänsehaut bekam.

»Euch Menschenkindern«, setzte er fort, »ist große Gnade widerfahren. Ihr wurdet aus Raumnot gerettet, aus einer misslichen, lebensbedrohlichen Lage, in die euch jene verantwortungslosen Schurken gebracht hatten, die sich eure Vormunde schimpften.«

Bei diesen Worten überkam Tamra erneut das Gefühl brennender, geballter Hohlheit in ihrer Brust. Aber sie wurde augenblicklich abgelenkt. Über dem hübsch bunt gekleideten, schwarzbüscheligen Heelgha entstand, unangenehm pulsierend, ein hässliches, ja abstoßend wirkendes Bild. Es zeigte ein kugelförmiges Raumschiff. Dessen eisengraue Hülle wies schwere Beschädigungen auf, wie schwärzliche, an den Rändern rot glühende Wunden. Während der General-Direktor weitersprach, trieben Wrackteile von dem Raumer weg.

»Euer Schicksal wäre besiegelt gewesen, euer Tod unausweichlich. Da aber griffen die Wohltäter und Protektoren dieser Galaxis ein. Angehörige des Trovents jenes Volkes der Gönner und Förderer, die wir mit respektvoller Bewunderung unsere Herren, die Laren, nennen, erbarmten sich eurer. So wurdet ihr vor der drohenden Vernichtung bewahrt, geborgen und hierher ins Internat der Heelghas von Dekombor verbracht.«

Der Kugelraumer über Güraldenip brach entzwei, explodierte, verwandelte sich in einen Feuerball, eine rote Sonne. Das widerwärtige Flimmern hörte auf. Nun war das Licht sanft, zugleich beruhigend und erbaulich, und das Bild schön anzusehen. Leise, freundliche Musik setzte ein, als fünf Raumschiffe hinter der Sonne hervor und in elegantem Bogen über die Köpfe der Kinder hinwegflogen.

Einige der Größeren hauchten: »Troventaare ...«

»Der unermesslichen Huld unserer guten Herren, der Laren, verdanken wir alle – wie auch zahllose andere Hilfsbedürftige – das Überleben sowie unsere heutige, behagliche Existenz in Sicherheit und Wohlstand«, sagte Güraldenip. »Die Laren haben uns errettet, uns in der schwärzesten

Unglücksstunde ihre starke Hand gereicht. Aber sie ließen es nicht dabei bewenden. Sondern sie hoben uns empor zu sich, nahmen uns, Heelghas wie Menschlinge, in ihrer Mitte auf, gaben uns großzügig ein neues Zuhause, eine neue Aufgabe, neuen Sinn in einem zweiten, ungleich besseren Leben.«

Ein Raunen ging durch die Kinder. Frizzi stieß Tamra mit dem Ellbogen an, deutete, die Augen weit aufgerissen, auf die Sitzreihen vor ihnen.

Jetzt bemerkte auch Tamra die Veränderung, das nächste Wunder: Als färbe das Licht der Sonne über Güraldenip auf die Versammelten ab, verblassten ihre Gewänder, gleichzeitig, alle auf einmal, bis sie in reinstem Weiß erstrahlten. Die Kinder sahen einander an, klatschten entzückt in die Hände und fielen in den Jubelchoral ein, den die Heelghas angestimmt hatten.

Nachdem das Lied verklungen war, sagte der General-Direktor feierlich: »Wir können, müssen, nein: dürfen uns der Gunst, die uns ereilt hat, würdig erweisen. Wir Heelghas, indem wir unsere bescheidenen pädagogischen Fähigkeiten nutzen, um euch kleine, schwache Menschlinge zu lehren, zu schulen, zu bilden – damit ihr zukünftig die für euch bestimmten Plätze im herrlichen Trovent, im wundervollen Reich der Laren einnehmen könnt. Ihr eurerseits, indem ihr euch nach Kräften bemüht zu lernen; zu wachsen, gesund an Geist und Körper; euch ohne Bockigkeit und störrischen Eigensinn heranziehen zu lassen zu brauchbaren Mitgliedern der Gesellschaft, die unsere Herren, die Laren, gestiftet haben und an deren Spitze sie stehen.«

Güraldenip reckte alle sechs Arme nach oben. Das Abbild der Sonne erlosch. Im selben Moment verlor das Glas der Kuppel seine Milchigkeit fast völlig, und noch viel intensiveres, viel gleißenderes Goldlicht strömte in den Innenhof, um von den weißen Kleidern hundertfach reflektiert zu werden.

»Sprecht mir nach: ›Wir werden unser Bestes geben.‹«

»Wir werden unser Bestes geben«, wiederholten Kinder und Heelghas im Chor.

»Zum Wohle der Herren, die uns das Leben geschenkt.«

»Zum Wohle der Herren, die uns das Leben geschenkt.«

»Ihnen werden wir dienen, allzeit und immerdar.«

»Ihnen werden wir dienen, allzeit und immerdar.«

»Dank für Gnade.«

»Dank für Gnade.«

»Das ist geziemend und recht.«

»Das ist geziemend und recht.«

»Wir huldigen dem Stern der Laren.«

»Wir huldigen dem Stern der Laren.«

»Das ist geziemend und recht.«

»Das ist geziemend und recht.«

Tamra wurde schwummelig. Ihre Umgebung zerfloss, verschmolz zu einer Masse aus weißen, wirbelnden Flecken, die trotz geschlossener Lider weitertanzten, schnell und immer schneller herum. Der grelle, rasende Strudel aus Licht zog sie an, und sie ergab sich ihm gern, ließ sich einfangen, aufnehmen, ausfüllen vom tröstlichen Glorienschein. Tamra fühlte sich leicht, leichter noch als beim Flugballspiel, und erfrischt, gelabt, gestärkt. Sogar die Atemluft, die sie in tiefen Zügen einsog, schmeckte viel würziger denn je ...

War sie eingeschlafen? Träumte sie? Jemand drückte ihre Hand, nein beide Hände, ganz fest: Frizzi zur Linken, auf der anderen Seite Wilbur, der dicke Junge, dessen Nase fast immer tropfte. Wieder sangen sie, stehend diesmal, wie Tamra erstaunt bemerkte; mühelos balancierte sie auf den Zehenspitzen. Alle Schwere war von ihr abgefallen. Nichts belastete sie. Es gab keinen Kummer mehr, keine Angst, kein Sehnen. Innen und Außen waren eins geworden; Wohlklang, Gleichklang, Gleichgewicht, Zuversicht. Tamra schwamm, driftete, ließ sich treiben, umspülen von den hellen Tönen, den weißgoldenen Wogen. Sie hoffte inständig, dass diese Glückseligkeit nie mehr vergehen möge – und ahnte doch, dass sie das unbeschreibliche Gefühl, in All-Einigkeit zu schwelgen, schon bald schmerzlich vermissen würde.

»Heute begehen wir«, sagte unbestimmte Zeit später Güraldenip, »vereint mit dem gesamten Trovent, das Fest der flammenden Sonne Illindor, die uns Wärme und Erleuchtung spendet. Wir huldigen dem Stern der Laren. So halten wir es jedes Jahr, seit das Internat besteht. Diese Feier neigt sich ihrem Ende zu. Freilich wissen diejenigen, die schon länger bei uns sind, dass jetzt noch etwas ganz Besonderes kommt – nämlich die Belohnung.«

Die Heelghas und Kinder setzten sich wieder hin. Erwartungsvolle Stille trat ein. Der General-Direktor schwebte zu einer Plattform hinab, die aus dem Nichts entstanden war, als hätte sich Rauch zu einer Bühne verdichtet, unmittelbar vor der Mauerwand eines der Gebäude.

Tamra war zu verwirrt, um dem Rest der Zeremonie bewusst folgen zu können. Vielleicht wehrte sie sich auch gegen die Ernüchterung, die sich allmählich einstellte. Erst einen Tag später verstand sie, was sie benommen und geistesabwesend beobachtet hatte.

Frizzi war es ähnlich ergangen. »Noch mal«, sagte sie am nächsten Morgen, während die beiden Mädchen ihre Nachthemden ablegten und ins Alltagsgewand schlüpften. »Güraldenip hat die Punkteliste vorgelesen. Also, wer hatte am meisten an Plus ohne Minus?«

»Mit Minus.«

»Nein, ohne. Wenn das Minus schon weggezählt war.«

»Eben. Plus ohne Minus wäre nur Plus. Gut- und Schlechtpunkte zusammen ergeben ... äh. Dings. Was herauskommt.«

»Sag ich doch.«

»Ja, eh. Ich meine bloß, das Minus ist dabei. Weil es abgezogen wird. End-sum-me heißt das. Von der Dif-fe-renz.« Tamra kratzte sich am Kinn. So genau wusste sie plötzlich selbst nicht mehr, wie die Rechnerei funktionierte. »Äh ... Gutpunkte weniger Schlechtpunkte.«

»Hab ich ja gesagt: ohne.«

»Nicht ohne. Mit ohne ändert sich gar nichts. Mit. Mit weniger.«

»Mit weniger gibt's nicht.« Frizzi schüttelte den Kopf, dass die rotblonden Zöpfe flogen. »Weil ›mit‹ heißt ja immer mehr. Und das ist das Gegenteil von weniger.«

»Blödsinn. Wenn Minus dazu kommt, wird's weniger. Je mehr, desto mehr weniger. Von viel.«

»Glaub ich nicht. Weil, dann könnte es sein, falls viel mehr weniger war und viel weniger mehr, dass am Ende gar kein Mehr übrig ist; aber trotzdem weniger Weniger.«

Wu Pasterz, der aus dem Waschraum geschlendert und bei ihnen stehen geblieben war, tippte sich an die Stirn. »Seid ihr noch ganz dicht?«

Tamra nahm ihr Kissen, warf es hoch und rief dem Jungen zu: »Fang!« Als Wu seine Arme nach oben reckte, stach sie ihm mit dem Finger in die Rippen, sodass er japsend zusammenklappte und ihm das Polster auf den Schädel plumpste. »Mehr oder weniger reingefallen!«, verhöhnte sie ihn.

Nachdem er sich murrend getrollt hatte, sagte Frizzi: »Jetzt nimm einmal an, du hast genau gleich viel Minus wie Plus.«

»Möglich, klar. Bleibt, äh ... nichts.«

»Alles umsonst?«

»Ja.«

»Zingo! Erwischt! Dass mehr und weniger weniger Mehr und weniger Weniger ergibt, mag vielleicht sein. Aber alles und nichts sind ganz sicher nicht dasselbe.«

Tamra kaute auf ihrer Unterlippe. »Weniger Alles und mehr Nichts ... Weniger Nichts und mehr Alles ... Stimmt. Hast Recht.«

Eine Weile sahen sie sich schweigend an. Dann sagte Frizzi langsam: »Ohne weniger und nur mit mehr wäre sowieso alles einfacher. Einfach alles.«

»Mhm.« Tamra erwog, die Frage aufzuwerfen, ob Alles ein-fach sein könne, befand aber, dass es genug der Spitzfindigkeiten war. »Güraldenip hat die Punkteliste vorgelesen«, erinnerte sie. »Und wir haben laut geklatscht.«

»Dann sind die Sieger der Reihe nach aufgerufen worden und zur Bühne gegangen und durften sich eine Belohnung aussuchen, für die sie genügend Gutpunkte hatten. Hauptsächlich Bücher und Spiele. Und als das vorbei war, sind die Belohnungen gezeigt worden, die es bei den nächsten Sonnenfeiern geben wird.« Plötzlich strahlte Frizzi übers ganze Gesicht. »Jetzt weiß ich wieder. Da waren Rollschuhe, ähnlich wie sie die Heelghas tragen, aber für Kinderfüße ... Die muss ich haben! Vierhundert Punkte. Hui. Das ist viel. Ich werde mich ganz schön dahinterknien müssen.«

Tamra wurde ebenfalls von jäher Erregung ergriffen. Ihr Blickfeld verengte sich, wie dies auch gestern geschehen war. Durch die Röhre erblickte sie ein Lebewesen, das am Rande des Tisches auf der Bühne lag. Ein Tier, grau und braun gestreift, eine Art Mischung aus einem Seehund und einer kurzen Schlange. Flauschig und anschmiegsam wirkte das Tier, gutmütig und lustig mit der Knubbelnase und den Schnurrbarthaaren ... Und seine großen, feuchten, dunklen Augen starrten Tamra durch die Röhre an, als gäbe es nur sie zwei im ganzen Innenhof des Internats.

»Ich will das Sloppelle«, sagte Tamra, der eben erst eingefallen war, wie Güraldenip das Tier bezeichnet hatte.

»Das Sloppelle? Du spinnst. Das ist der zweithöchste Preis. Dreitausendsechshundert Punkte! Wie viele hast du bisher?«

»Siebenundfünfzig.«

Frizzi lachte fassungslos. »Schaffst du nie. Nicht in zehn Jahren! Zehnmal so viel sind, äh ... siebenhundertfünfzig. Immer noch zu wenig.«

Tamra hörte nicht mehr hin. Sie sah nur noch das Sloppelle vor sich. Die Hochstimmung der Sonnenfeier war verweht; stattdessen plagten sie leichte Kopfschmerzen. Aber die Verheißung in den Augen des Sloppelles blieb.

»Es ist meins«, sagte sie leise. »Es will zu mir. Wir werden zusammen sein.«

Sie stürzte sich in die Flugballspiele und auf die Lernübungen, kämpfte fanatisch um jeden einzelnen Punkt.

Anfangs war es sehr hart, denn die Sonnenfeier und vor allem die in Aussicht gestellten Prämien hatten auch ihre Mitschüler stärker als zuvor motiviert. Mit der Zeit jedoch erlahmten deren Bemühungen. Der alte Trott kehrte wieder ein. Je länger das Fest im Innenhof zurücklag, umso mehr der Menschenkinder vergaßen über die tägliche, alles in allem gemütliche Routine die Belohnungen. Sie litten ja keinen Mangel. Das Internat bot ihnen überschaubare Geborgenheit, und die Heelghas verteilten ihre Zuwendungen ziemlich gleichmäßig auf alle Zöglinge. Außerdem sammelte man auch nebenher, ganz von selbst, Pluspunkte. Wer sich diszipliniert verhielt, sodass er nicht allzu viel an Abzug einkassierte, würde irgendwann ohnehin ausreichend Bonus für eine der kleineren Belohnungen beisammen haben – wenn nicht in diesem Jahr, so im nächsten oder übernächsten.

Tamra aber zerriss sich förmlich für das Sloppelle. Sie ließ in ihrem Eifer auch nicht nach, als absehbar wurde, dass sie die benötigten 3600 Punkte unmöglich bis zur kommenden Sonnenfeier erringen konnte. Frizzi und die anderen verspotteten sie als Streberin. Das nahm Tamra hin. Einige der Jungen, angeführt von Wu Pasterz, machten sich einen Spaß daraus, sie extra zu behindern, störten ihre Konzentration durch allerlei Streiche oder spielten beim Flugball nicht für sich selbst, sondern ausschließlich gegen sie. Dafür nahmen sie sogar Schlechtpunkte in Kauf. Tamra durchlebte harte Wochen. Sie trug nicht wenige Verletzungen davon; kaum ein Tag, an dem sie nicht aus der Turnhalle humpelte oder getragen werden musste. Kulwolvagg erhöhte schließlich die Strafe für absichtliche Fouls auf Nachtischsperre. Danach verlor Wus Bande weitgehend das Interesse an Tamra.

So oder so ließ sie sich nicht beirren. Auch bei ihrer zweiten Sonnenfeier genoss sie das Gemeinschaftserlebnis. Allerdings wurde sie von den Gesängen, Farbzaubern und Licht-Zeremonien bei weitem nicht mehr so mitgerissen. Alle ihre Gedanken galten dem Sloppelle.

Wenn ihr bloß niemand zuvorkam ...

Als Güraldenip endlich die Liste verlas, ballte Tamra ihre Hände zu Fäusten, so fest, dass sich die Fingernägel schmerzhaft in die Handballen bohrten. Bei der Bekanntgabe der ersten Zahlen durchflutete sie grenzenlose Erleichterung: Niemand hatte mehr als zweieinhalbtausend Punkte angehäuft! Und die älteren Kinder, die vor ihr an die

Reihe kamen, tauschten ihre Guthaben samt und sonders für irgendwelchen elektronischen Tand ein. Sie stellten also auch im nächsten Jahr keine große Gefahr dar.

Tamra wurde als Sechste aufgerufen. Der Applaus, der ihr zu Ehren erschallte, war ihr herzlich egal. Während sie zur Bühne lief, hatte sie nur Augen für das Sloppelle. Bei jedem Schritt wuchs ihre Gewissheit, dass auch das Kuscheltier sie ansah, und ausschließlich sie. Es hatte keine Flossen oder Beine; erst aus der Nähe waren unterhalb des Kopfes zwei winzige Arme erkennbar, jeder dreifingrig und gerade mal sechs, sieben Zentimeter lang. Täuschte sich Tamra, oder winkte ihr das Sloppelle tatsächlich verstohlen mit einem davon zu?

»Neunhundertneunzig Punkte«, lobte Güraldenip. »Und das im ersten Jahr. Eine beachtliche Leistung! Was möchtest du dir dafür aussuchen?«

»Nichts, bitte.«

»Nichts?« Güraldenip wies auf die ausgebreiteten Spielsachen. »Um diese Summe könntest du beispielsweise einen eigenen Holo-Projektor erwerben, und zwei unterhaltsame, lehrreiche Film-Chips noch dazu!«

»Ich möchte die Pluspunkte aber sparen.«

Das oberste Heelgha verbog den birnenförmigen Leib und neigte ihr sein schwarzes Kopfbüschel zu, als hätte es sich verhört. »Soso. Und welche der großen Belohnungen steht dir im Sinn?«

»Muss ich das sagen?« Sie hatte Angst, die Begierde anderer Kinder auf das Sloppelle zu lenken.

»Nein, musst du natürlich nicht.« General-Direktor Güraldenip zwinkerte mit mehreren Augen. »Spekulierst du etwa gar auf den ersten Preis? Wenn du so tüchtig weitermachst, könntest du ihn mit etwas Glück schon in drei Jahren dein Eigen nennen.«

»Vielleicht.« Das Sloppelle hatte den runden Kopf gesenkt. Die Schnurrbartspitzen vibrierten, als sei es traurig oder enttäuscht. Weil sich Tamra nicht zu ihm bekannt hatte? Der Gedanke versetzte ihr einen Stich in der Brust.

»Nun, es ist deine freie Entscheidung, was du mit deinem Bonus anstellst. Ich wünsche dir alles Gute. – Der nächste Name auf meiner Liste lautet ...«

Ein weiteres Jahr und eine weitere Sonnenfeier gingen vorüber, ohne dass jemand das Sloppelle erstanden hätte. Diesmal aber verlegten sich mehrere Kinder darauf, ihre Punkte nicht frühzeitig auszugeben, sondern für wertvollere Belohnungen zu horten.

Tamras ernsthaftester Konkurrent erwuchs ihr ausgerechnet im tropfnasigen Wilbur. Der Junge war beträchtlich gewachsen, wie sie alle ein schönes Stück in die Höhe geschossen; zwar immer noch der Kleinste der Altersgruppe, aber mittlerweile eher untersetzt als dicklich. Beim Flugball wurde er täglich stärker. Nach wie vor hatte er gegen Tamra genauso wenig zu melden wie die Übrigen; jedoch glich er ihre Wendigkeit langsam, aber sicher durch erstaunliche Sprungkraft, Treffsicherheit und körperbetonte Spielweise aus. Hatte sie ihm noch vor einem Jahr mit Leichtigkeit jeden Ball weggeschnappt, so musste sie nun ihre ganze Schnelligkeit und Raffinesse einsetzen, um nicht den Kürzeren zu ziehen.

Bei den Aufgaben, die ihnen Omneamuf im Unterricht stellte, war Wilbur sowieso der Beste. Seit Längerem schlug er alle anderen aus dem Feld, Tamra eingeschlossen. Nicht einmal die mathematisch besonders begabte Frizzi konnte mit ihm mithalten. Allerdings entwickelte das schmächtige, rotblonde Mädchen wenig Ehrgeiz; statt Hausübungen machte sie lieber auf ihren geliebten Rollschuhen die Gänge des Internats unsicher.

Ganz klar, Wilbur war drauf und dran, Tamra in der Punktewertung zu überholen. Er hatte ebenfalls bereits zweimal auf mögliche Belohnungen verzichtet, ohne anzugeben, mit welchem Ziel. Sie führte nur über ihr eigenes Guthaben Buch, schätzte aber, dass auch der eklige Dauerrotzer mittlerweile die Dreitausender-Marke überschritten hatte. Und obwohl Tamra in jeder verfügbaren Freiminute besessen lernte, verlor sie mehr und mehr Boden an ihn.

Wenn sie nur abends nicht immer so müde gewesen wäre! Gern hätte sie auch einen Teil der Nachtstunden fürs Studium verwendet. Mit aller Gewalt versuchte sie, länger wach zu bleiben. Jedoch fielen ihr stets wenige Minuten, nachdem sie ihre Pastille geschluckt hatte, die Augen zu, und sie dämmerte weg, ob sie wollte oder nicht.

Die bunten Pastillen ... Bewirkten etwa sie jenes verflixte Schlafbedürfnis, das Tamra allabendlich übermannte, so sehr sie sich auch dagegen wehrte? Ihr war schon länger aufgefallen, welch großen Wert ihre Betreuer darauf legten, dass kein Kind seine Tablette vergaß. Die Einnahme fand im Waschraum statt, unmittelbar nach der Zahnreinigung, vor dem gemeinsamen Dankgebet an die Laren. Das jeweilige Heelgha, dem die Nachtwache oblag, beobachtete die Kinder dabei scharf. Sie mussten die Pastillen eine Zeit lang im Mund behalten und auf Zuruf mit kräftig Wasser hinunterspülen. Dann streckten sie ihre Zungen heraus; hatten diese sich leicht bläulich verfärbt, war alles in Ordnung.

Über Wochen hinweg zerbrach sich Tamra den Kopf, wie sie den lästigen Schlaf, der sie vom Lernen abhielt, hinauszögern könnte. Mehrmals – immer wenn Kulwolvagg Aufsicht hatte, bei dem sie eine gewisse Nachlässigkeit festgestellt hatte – zerbiss sie ihre Tablette und schluckte nur das kleinere Stück. Den Rest spuckte sie später ins Klo. Aber die Müdigkeit setzte trotzdem ein. Es kam offenbar nicht darauf an, wie viel von der Wirksubstanz der Pastille in den Stoffwechsel gelangte.

Hmm.

Noch etwas gab Tamra zu denken. Die frischen Kleidungsstücke, die jeden Morgen eingeschweißt auf den Studierpulten lagen, passten ausnahmslos allen Kindern ganz genau. Konnte es sein, dass die von den Heelghas verteilten Pillen ebenfalls äußerlich identisch, in Wirklichkeit aber sozusagen maßgeschneidert waren? Im Unterrichtsfach Ernährungslehre hatten sie unlängst den Zusammenhang von Körpermasse und Nahrungsbedarf behandelt. Darauf, dass Größere und Kräftigere mehr aßen, wäre Tamra freilich auch von selbst gekommen. Wu Pasterz lieferte bei jeder Mahlzeit den Beweis; der lange Lulatsch schlang Unmengen in sich hinein, als gäbe es Pluspunkte dafür.

Frizzi hingegen war deutlich zarter gebaut als sie ...

Tamra passte die Rollschuhläuferin im toten Winkel eines Seitengangs ab, den die Heelghas kaum frequentierten. »He! Pssst!«

»Was ist?«

»Ich wette, du traust dich nicht.«

»Nicht was?«

»Ach, hat ja doch keinen Zweck. Bist ohnehin zu feig.«

»Bin ich nicht. Zu feig wozu überhaupt?«

»Nicht so laut! Nö, Wu hat Recht, das machst du nie.« In letzter Zeit scharwenzelte Frizzi häufig in der Nähe des Langen herum, der sie leidenschaftlich ignorierte.

Am Aufblitzen der grünen Augen erkannte Tamra, dass die Andere den Köder geschluckt hatte. »Jetzt red schon! Was sagt Wu, was ich mich nicht traue?«

»Darfst aber niemandem verraten, von wem du das hast.«
»Eh nicht.«
»Schwöre?«
»Schwöre.«
»Die Jungs tauschen die Pastillen.«
»Hä? Wieso?«
»Mutprobe. Sie haben es schon ein paarmal gemacht, ohne dass Kulwolvagg etwas mitgekriegt hätte. Wu meint, wir Mädels bringen so was garantiert nicht zustande. Und du schon gar nicht.«
»Er hält mich für eine Feignuss.« Frizzi ließ die schmalen Schultern hängen.
»Naja, eher für noch zu klein und ungeschickt. Obwohl er dich sonst ganz niedlich findet.«
»Das hat er gesagt?«
»Sinngemäß«, log Tamra schamlos. In Wahrheit betrachtete Wus Bande sämtliche Mädchen als Verirrungen der Schöpfung, einzig dazu geeignet, dass man ihnen ein Bein stellte oder sie an den Haaren zog.
»Der wird sich umschauen. Und ob ich mich das traue! Wann tun wir's?«
»Wenn Kulwolvagg wieder Aufsicht hat. Aber wir müssen es vorher üben. Damit.« Tamra vergewisserte sich, dass die Luft rein war, dann holte sie zwei Beerenzucker-Drops aus dem Strumpf. Sie zeigte Frizzi, wie sie sich den Austausch vorstellte: Stolpern, scheinbar unabsichtlich zusammenstoßen, halb zu Boden gehen, sich gegenseitig schubsen, dann doch aufhelfen ... Etliche Male landete Frizzis Drops auf dem Boden, bis der Trick verlässlich funktionierte.

Auch im Waschraum bemerkte niemand etwas. Das Wagnis gelang. Kulwolvagg bewunderte, wie meist, in den Spiegeln sein knallrosa Kopfbüschel. Das Sport-Heelgha reagierte erst auf den vermeintlichen Streit der Mädchen, als Tamra bereits Frizzis Pastille in der schweißnassen Hand hielt, und ließ es bei einer Ermahnung bewenden. Auch, dass die Rotblonde wie blöd kicherte und Wu zuzwinkerte, während sie ihre verfärbte Zunge herausstreckte, zog keinerlei Konsequenzen nach sich. Menschenkinder benahmen sich halt manchmal komisch. Tamra rollte indigniert die Augäpfel. Gleich darauf gähnte sie herzhaft.

Nach dem Dankgebet lag sie im Bett, zugedeckt bis über die Stirn, und horchte in sich hinein. Die Schläfrigkeit kam, blieb, wurde stärker und gewann schließlich die Oberhand. Vielleicht lag es auch nur an der Aufregung – aber kurz, bevor sie wegschlummerte, war Tamra überzeugt, länger Widerstand geleistet zu haben als je zuvor.

An mehreren folgenden Abenden wiederholten sie den Streich. (Tamra redete Frizzi ein, ihr Schwarm Wu würde erst Notiz von ihr nehmen, wenn die Mädchen annähernd gleich viele Erfolge vorzuweisen hätten wie die Burschen.) Jedes Mal blieb Tamra ein wenig länger munter.

Und dann, eines Nachts ... schwang sie ganz, ganz leise die Beine aus dem Bett und stand auf.

Sie orientierte sich im matten Glimmerlicht, das der Boden abstrahlte. Ringsum schliefen die Kinder tief und fest. Einige schnarchten. Aus Frizzis Mundwinkel war eine Flüssigkeit geronnen, eine Mischung von Speichel und Zahnpasta, die das Kinn bläulich verfärbte. Igitt ...

Kein Heelgha zu sehen. Trotzdem tapste Tamra wie schlaftrunken zum Pult, wo sie sich abstützte und tat, als nicke sie erneut ein. Derweil holte sie die Lernsachen aus der Lade und verbarg sie unter dem Nachthemd. Im Geist zählte sie bis fünfzig, bevor sie Richtung Toilette schlurfte.

Sie durchquerte den Waschraum, dessen Beleuchtung sich automatisch einschaltete. Tamra rümpfte die Nase. Wieso stank es hier so grässlich? Und warum waren ihr die klaffenden Sprünge in den Fliesen noch nie aufgefallen, aus denen braunschwarzer Schimmel wuchs? Über den Brauseköpfen der Duschen blätterte die Wandfarbe ab; grünes, glitschiges Moos bedeckte ein Gutteil der Wannen.

Tamra rieb sich die Augen. War sie gar nicht wach und das alles bloß ein übler Traum? Sie drehte den rostigen, quietschenden Wasserhahn auf und wusch sich das Gesicht. Das grobe, zerschlissene, mehrfach geflickte Handtuch, mit dem sie sich abrubbelte, roch muffig; ihr grauste. Sie erschauerte, schlotterte vor Kälte. Wohin war plötzlich, über Nacht, nein, binnen weniger als einer Stunde, die anheimelnde Wärme verschwunden, und all der andere Luxus? Tamra betrachtete sich im fleckigen, halb blinden Spiegel und sprang schockiert zurück. Auch sie selbst war verändert! Viel größer, als sie es sich vorstellte, und viel hässlicher. Das braune Haar stumpf, strähnig, verfilzt, die bleiche Haut übersät von Pickeln, die Lippen voller Fieberblasen. An Stelle des schönen Nachthemds hing ein verwaschenes, fadenscheiniges, löchriges Fetzchen an ihr, das die Blöße ihrer Rundungen kaum bedeckte.

Tamra unterdrückte einen Schrei. Vor allem wirkte das Gespenst, das ihr mit weit aufgerissenen, schwarz umrandeten Augen aus dem Spiegel entgegenglotzte, bedeutend älter als sieben Jahre. Eher wie zwölf oder dreizehn. Ja: Akiko Durkheim, die mit ihren Eltern die Kabine neben jener der Cantus bewohnt hatte, war dreizehn gewesen, und etwa so groß wie Tamra ... jetzt.

Schreckliche Unruhe ergriff sie. Wallungen, als kräusle sich ihre Haut inwendig. Plötzlich erinnerte sie sich – an das Schiff namens MERCANT. An Clees und Roslin; an den Plüsch-Gucky und den Stahlkappen-verstärkten Stiefel, der die geliebte Puppe zerstampft hatte. Das lag sehr, sehr lange zurück ... Waren seither nicht bloß drei Jahre vergangen, sondern deren neun?

Tränen strömten aus Tamras Augen. Ihre Eingeweide verkrampften sich. Die Lernunterlagen rutschten unter dem schäbigen Nachthemd hervor und polterten zu Boden.

Nichts war, wie es schien. Die Menschenkinder, die jungen Alteraner wurden getäuscht, beschwindelt, zum Narren gehalten.

Oder als Narren?

Tamra begriff, dass ihnen die Heelghas mithilfe der Pastillen – und der seltsamen, würzigen Dämpfe bei den Sonnenfeiern – eine heile Welt vorgaukelten, die so nicht existierte. Warum kam niemand auf die Idee, genauer nachzufragen, was sich außerhalb der Mauern und blickdichten Glasscheiben des Internats befand? Oder weshalb sie den siebeneckigen Bau nie verließen? Wenn man sie dermaßen betrog – waren dann die Laren überhaupt jene verehrungswürdigen, gottgleichen Gönner, als die sie von den Heelghas dargestellt wurden? Hatten sie die Kinder tatsächlich gerettet – oder nicht eher entführt, brutal den Eltern entrissen?

Und was war mit denen geschehen? Mit Papa? Mit Mama!

Tamras Knie gaben nach. Zu viel brach schlagartig über sie herein. Sie sackte weg, rollte sich auf den dreckigen, eiskalten Fliesen zusammen wie ein Baby.

Lange lag sie wimmernd da, hin und her gerissen zwischen Lähmung und Schüttelfrost, Ohnmacht und Wut, bis sie wieder einen klaren Gedanken fassen konnte. So elend hatte sie sich nie zuvor gefühlt. Nichts, gar nichts stimmte. Sie war einem Bluff aufgesessen, hatte sich die ganze Zeit willig blenden und einlullen lassen.

Und, schlimmer noch: Dieses unvermittelt erworbene Wissen half ihr kein bisschen, nützte ihr nicht das Geringste. Im Gegenteil, es stieß sie in abgrundtiefe Verzweiflung, in eine Hölle, aus der jeglicher Fluchtweg versperrt war.

Keine Chance. Keine Hoffnung. Bitterkalt erkannte sie die Sinnlosigkeit ihrer Anstrengungen; sowie, dass sie nicht länger die Pastillen mit Frizzi tauschen durfte. Erstens würden sie unweigerlich auffliegen. Zweitens brachte Tamra die Gesundheit ihrer naiven, unschuldigen Bettnachbarin in Gefahr. Schon jetzt lief das zarte, rotblonde Mädchen kaum mehr Rollschuh, sondern hockte meist antriebslos da und stierte vor sich hin. Unlängst war sie mitten in der Unterrichtsstunde eingedöst. Bekam sie weitere Überdosen, bevor die Heelghas Verdacht schöpften, brachte die Droge Frizzi möglicher Weise um. Konnte Tamra das mit ihrem wachen Gewissen vereinbaren? Nein.

Und drittens, da machte sie sich nichts vor, vermochte sie die neu gewonnene Realität nicht zu ertragen. Das überstieg schlichtweg ihre Kräfte. Als Sehende unter Blinden, ganz auf sich allein gestellt, musste sie über kurz oder lang wahnsinnig werden. Abhauen, heute Nacht noch, solange sie bei nüchternem Verstand war? Wohin denn? Selbst wenn sie, äußerst unwahrscheinlich, an den Heelghas vorbeikäme, die am einzigen, fest verriegelten Tor Wache schoben – da draußen wartete ein fremder Planet, bewohnt von bulligen, rücksichtslosen, Stiefel mit Stahlkappen tragenden Gestalten; und nur noch mehr Angst, unvorstellbare Schrecknis, gepaart mit grenzenloser Einsamkeit.

Sie war dem keinesfalls gewachsen; nein, beim besten Willen nicht.

Tamra Cantu, Tochter von Roslin und Clees, auf dem Flug von Altera nach Neu-Szechuan gekapert und verschleppt ins Heelgha-Internat von Dekombor zu Taphior, erhob sich langsam vom Boden. Schwerfällig, schwermütig, bar jeder kindlichen Leichtigkeit, zog sie sich am Waschbecken hoch, das vor eingetrocknetem Schmutz starrte. Schleimige Haarknäuel verstopften den Abfluss. Ihr ekelte. Morgen jedoch, morgen würde sie wieder die ihr zugedachte Tablette schlucken; und übermorgen, und die Tage darauf. Dann würde ihr dieser stinkende, versiffte Waschraum sauber, komfortabel, ja luxuriös erscheinen, und das gräuliche Internat als Paradies. Und sie würde abermals vergessen haben, wer sie eigentlich war; vielleicht für allzeit und immerdar.

Sie bückte sich, klaubte ihre Lernbehelfe auf, lachte bitter. Wie läppisch ihr nun die alberne Punktejagd erschien, zu der die Heelghas sie anstachelten! Sei's drum. Bald würde sie sich erneut mit dieser ach so raffinierten pädagogischen Methode disziplinieren lassen, würde brav und tüchtig und begierig sein zu lernen, zu ver-lernen, was ihre Persönlichkeit, ihr Menschsein ausmachte. Dafür würde sie sich nicht so rettungslos deprimiert fühlen, sondern glücklich; oder wenigstens glauben, sich einreden, einreden lassen, dass dem so wäre.

Geknickt wandte sie sich zur Tür. Einen letzten Blick warf sie ihrem Ebenbild zu, verabschiedete sich gleichsam von der unattraktiven, aber echten Tamra. Da wallte Trotz in ihr hoch, wilder, unbändiger Zorn. Mit der Faust drosch sie auf den ohnehin bereits zersprungenen Spiegel. Ein dreieckiges Stück löste sich und fiel herunter. Tamra ergriff die scharfe Scherbe, führte sie an die Stirn, stach zu, schnitt tief in die Haut. Mit aller Kraft ritzte sie drei Striche ein, die zusammen einen Buchstaben ergaben; nicht in der Schrift der Laren, sondern in jener ihres alten, wahren Zuhauses. Ein »A«, wie sie es auch damals schon gekannt hatte, weil es in ihrem Namen wie auch in dem des Heimatplaneten gleich zweimal vorkam: ein »A« für Tamra, für Altera! Bald, sehr bald würde sie nicht mehr wissen, was es bedeutete. Aber vielleicht blieb eine Narbe zurück. Und vielleicht würde sie dieses Zeichen ermahnen, wachsam zu sein, nicht alles arglos zu schlucken, was man ihr aufzwingen wollte.

Blut sprudelte von der Stirn in ihre Augen und auf das kümmerliche Nachthemd, als sie zurück in den Schlafsaal wankte. Unter ihren nackten Füßen glomm der Boden rot wie glühende Kohlen. Aber Tamra spürte nichts, keine Hitze oder Kälte, keinen Schmerz. Die Leere hatte gänzlich von ihr Besitz ergriffen. Sie würde, ahnte sie, lange nichts mehr spüren, vielleicht nie wieder.

Dicke Blutstropfen besudelten Boden und Pult. Sie kümmerte sich nicht darum, verstaute die Lernsachen, legte sich ins Bett, versuchte zu schlafen. Unaufhörlich dudelte die Musik. Ganz von selbst formten Tamras Lippen die zugehörigen Worte.

»Dank für Gnade.
Wir huldigen dem Stern der Laren.
Das ist geziemend und recht.
Das ist geziemend und recht.«

4. Der Wonnemond

Kreuz und quer verliefen die gleißenden Bahnen von Strahlschüssen, nicht fauchend oder knatternd, sondern gespenstisch lautlos, mangels einer Atmosphäre, die den Schall geleitet hätte. Schutzschirme bauten sich auf und flackerten sogleich unter Treffern. Von allen Seiten wogte wimmelndes maschinelles Leben heran.

Posbis! Posbis! Posbis!

»Pulk bilden!«, erklang im Helmfunk Perry Rhodans Stimme, keineswegs panisch, sondern ruhig und klar. »Schirmfelder vereinigen!«

Demetrius Onmout sah aus unendlich weiter Ferne sich selbst dabei zu, wie er dem Befehl Folge leistete. Sein Unteroffizier Firsam schoss auf alles, was sich bewegte, doch die energetischen Schutzsphären der Maschinenteufel waren den ihrigen mindestens ebenbürtig. Null Chance, dachte Dmetri, obwohl auch er feuerte, was sein Strahlgewehr hergab. Fünf Menschen gegen eine ganze BOX – das hielten sie keine Minute durch.

Aber Perry Rhodan, raunte eine zweite Stimme in seinem Kopf, ist doch unsterblich, oder? Nicht unverletzlich, klar; aber er hat ganz andere Situationen überstanden in all den Jahrtausenden. Der Großadministrator kommt nicht nach so langer Zeit zu seinem versprengten Volk nach Ambriador, um hier in einem Posbi-Wrack zu fallen, oder?

Oder?

Das Strahlengewitter verstärkte sich weiter. An mehreren Stellen flammten ihre kombinierten Schirme auf und verfärbten sich bedenklich. Dmetri war sehr kalt, innerlich wie äußerlich, trotz der Hitze des Gefechts. Er stand im Zentrum, im Fokus, im Fadenkreuz unzähliger Schüsse; dennoch lief das Geschehen irgendwie an ihm vorbei.

»Startac?«, funkte Rhodan.

Na klar, dachte Dmetri, *der Mutant! Das ist seine Rückversicherung. Eine Teleportation, und der Großadministrator befindet sich – zack! – in Sicherheit.*

Die andere Stimme erwiderte: *Schroeder kann nur zwei weitere normal große Personen mitbefördern. Rhodan, das versteht sich von selbst, sowie dessen Leibwächterin. Firsam und ich bleiben bei den Maschinenteufeln zurück; mit einem um drei Fünftel schwächeren Schirmfeld ...*

»Spring, so schnell du kannst«, befahl der Zellaktivatorträger. »Nimm die Alteraner zuerst.«

Wie?

Er meint ... Er will uns beide vorher ...?

»Halt, warte. Nur noch einen Au-au-augenblick.«

»Zehn Sekunden«, sagte Rhodan trocken. Überschlagsblitze zuckten nach allen Richtungen. Der Energieschirm flackerte bedenklich, stabiliserte sich wieder. »Acht, sieben, sechs, fünf, vier, drei, zwei...fellos eine knappe Sache.«

So plötzlich, wie der Spuk begonnen hatte, war er wieder vorbei. Die Waffen schwiegen. Gleichsam festgefroren, hielt die Posbi-Horde inne. Nur zahlreiche Lämpchen und Sensorflächen glühten noch tückisch.

»Wäre ich dazu fähig, ich hätte jetzt ein wenig tr-transpiriert«, funkte Aluminiumgärtner. »Drover und ich mussten erst einen Bypass um die hypertoyktische Verzahnung der Biopon-Blöcke legen und das ziemlich g-giftige Hinterhalt-Programm aufheben, das auch bereits die Selbstzerstörungsanlage ausgelöst hatte, bevor wir meine historischen Kodes initii-iieren konnten. Dazu waren etwa eine Billion A-Arbeitsschritte erfordlich, insbesondere, weil ...«

»So genau wollen wir es gar nicht wissen.« Mondra Diamond klang ein wenig kurzatmig. »Ist das Terrain jetzt sicher?«

»Affirmativ. BOX-1122-UM hört en gros wie en detail auf meinen B-Befehl.«

»B-Begrüße das«, ahmte ihn Perry Rhodan nach.

Alle fanden das in diesem Moment sehr witzig, sogar Nano Aluminiumgärtner.

Leider stellte sich bei genauerer Analyse heraus, dass BOX-1122-UM sich in einem übleren Gesamtzustand befand als angenommen.

Das »Chassis« erwies sich als brauchbar; der Rumpf hatte nur relativ geringe Schäden davongetragen, desgleichen der Plasmazusatz, der dem Schiff erst seine »Seele« einhauchte. Aber der Robotkommandant war vollkommen hinüber, und für die Antriebssysteme wäre »Schrott« eine schmeichelhafte Untertreibung gewesen. Was nicht die Röhrenfokus-Geschütze der Alteraner zerstört hatten, war von den Posbis selbst mit maschineller Gründlichkeit außer Gefecht gesetzt worden.

»Die altbekannte Taktik der verbrannten Erde«, sagte Perry achselzuckend. »Sie hatten offensichtlich Befehl, möglichst wenig Verwertbares zu hinterlassen. Die in der Kernzone aufgebaute Falle war das letzte Aufbäumen.«

»Laut Bericht von Captain Onmout haben Sie Ihrem Teleporter Anweisung gegeben, meine Männer als Erste zu evakuieren?«, fragte Laertes Michou. Der Staatsmarschall runzelte die Stirn und schob den kantigen Unterkiefer vor.

»Waren Sie von allen guten Geistern verlassen? Ihre Person ist ungleich wichtiger!«

»Diese Meinung teile ich nicht. Keines Menschen Wert darf von vornherein höher eingeschätzt werden als der eines anderen. Im Übrigen verfügen Mondra und ich über die bessere Ausrüstung. Wir hätten länger standgehalten.«

Michou klopfte, Unverständliches brummend, mit den Fingerknöcheln auf die Platte des Besprechungstisches. Für den schlanken, asketisch und immer äußerst beherrscht wirkenden Mann stellte das schon fast einen Gefühlsausbruch dar. Kein Trividregisseur hätte die Rolle eines eingefleischten Militaristen mit Laertes Michou zu besetzen gewagt, weil er sämtliche Klischees allzu perfekt erfüllte, vom rasiermesserscharf gezogenen Scheitel über die verkrampft stramme Körperhaltung bis zu den makellos blank polierten Stiefeln.

Sie befanden sich in einem der Glastürme des »Imperialen Dreizacks«, der Administration im Zentrum von Neo-Tera. Wie Startac Schroeder mittlerweile erfahren hatte, war die Hauptstadt auf den Überresten der zehn hier notgelandeten terranischen Kugelraumer erbaut worden. Pagodenartige Hochhäuser und schlanke Minarette wuchsen buchstäblich aus den zehn »Schüsseln« empor. Die Elfte bildete das Fundament des so genannten Festwerks der Legion Alter-X auf der Insel Gonda; Startac verband nicht die allerbesten Erinnerungen damit.

Auch mit Laertes Michou hätte er noch mehr als ein Hühnchen zu rupfen gehabt. Aber Perry hatte ihn und Mondra gebeten, die persönlichen Animositäten zurückzustellen. Da Administrator Anton Ismael nach wie vor im Koma lag – wie durch Zufall in der Klinik auf Gonda –, war der Staatsmarschall de facto Regierungschef und bestimmte die Richtlinien der Politik. Startac brachte ihm etwa so viel Sympathie entgegen wie einem tollwütigen Bulldackel. Obwohl, Intelligenz konnte man Michou nicht absprechen. Sie wurde allerdings von Fanatismus in enge Schranken gezwängt.

Zur Stunde saß der »Starke Mann« Alteras fester im Sattel denn je. Immerhin hatte er Drover und Nano Aluminiumgärtner in ausgewählten Sektionen der Administration freie Bewegung gewährt. Keineswegs überall, nur dort, wo die Leute darauf vorbereitet waren. Allein der Anblick der Rundron-Posbis war dazu angetan, unter den 36 Jahre lang zutiefst traumatisierten Alteranern Panik auszulösen.

»Das Problem ist«, sagte Perry, »dass sich die Adaptierung der BOX-1122-UM schwierig und vor allem zeitaufwändig gestalten wird. Nano rechnet mit Monaten, wenn nicht einem ganzen Jahr.«

»Damit ist Ihr Projekt gestorben. Wir haben kein Jahr mehr. Und falls Sie glauben, ich könnte irgendwelche Kapazitäten dafür erübrigen, sollten Sie sich das blitzschnell aus dem Kopf schlagen. Von der Heimatflotte melden sich gerade mal noch knapp dreihundert Schlachtschiffe, etwas über hundert Schwere und fünfhundert Leichte Kreuzer einsatzfähig. Die TRIANGOLO-Raumforts wurden bis auf sechsundachtzig dezimiert. Viele Einheiten sind schadhaft; die Reparaturanstrengungen laufen auf vollen Touren. Nicht einen Mann werde ich für Ihre Hirngespinste erübrigen.«

»Michou. Wir sind beide lang im Geschäft, ja? Ich kann mir einfach nicht vorstellen, dass Sie so wenig über Ihre Gegner wissen. Der Geheimdienst, die von Ihnen höchst persönlich kommandierte Legion Alter-X, muss sich trotz der bekannten Schwierigkeiten intensiv mit der Posbi-Technologie befasst haben oder zumindest Datenmaterial über Wissenschaftler besitzen, die auf diesem Gebiet bewandert sind. Ich denke an zivile Forscher an Universitäten oder technischen Hochschulen, eventuell sogar skurrile Privatgelehrte ...«

»Fehlanzeige. Vor Kriegsbeginn standen wir mit den Mordrobotern nicht in Kontakt, und seither haben sie uns jede diesbezügliche Neugierde nachhaltig vergällt. Kenntnisse, die Ihnen helfen würden, die Reparatur des Teufelskahns entscheidend zu beschleunigen, werden Sie im ganzen Imperium Altera nicht finden.«

Captain Demetrius Onmout hüstelte. »Sir, ich bitte ums Wort.«

»Erteilt.«

»Meines Wissens beschäftigen wir einen Doppelagenten, der auch für die Laren arbeitet und einmal erwähnt hat, deren Trovent habe früher Beziehungen zur Posbi-Zivilisation unterhalten. Die Informationen, die er anbot, wurden von Ihnen als uninteressant eingestuft, Sir.«

»Weil der Kerl ein Windhund ist und im Austausch für sein ... aller Erfahrung nach völlig wertloses ... Gewäsch höchst sensible Geheimdaten gefordert hat.«

»Sir, vielleicht könnte er uns aber weiterhelfen.«

»Wen meinen Sie mit ›uns‹, Captain?« Das kam schneidend, und Michou durchbohrte den schlaksigen jungen Mann dabei mit seinem Blick. »Mir scheint, Sie fühlen sich dem, äh, Residenten von Terra bereits verbundener als Ihrem Staatsmarschall!«

Onmout starrte zurück, ohne zu blinzeln. »Sir, ich kann keinen Loyalitätskonflikt erkennen.«

»Meine Rede. Wir ziehen am selben Strang.« Perry beugte sich vor. »Wo finde ich den erwähnten Doppelagenten?«

»Sie vergeuden bloß Zeit, wenn Sie diesem Phantom hinterherjagen«, sagte Michou schmallippig. »Glauben Sie, wenn die Laren so viel über die Maschinenteufel wüssten, hätten sie nicht längst eine hochwirksame Waffe gegen sie entwickelt und zum Einsatz gebracht?«

»Es müssen nicht immer Waffen den Ausschlag geben.«

»Ihr Verhandlunsversuch bei Fort Kanton ist jedenfalls kläglich gescheitert. Aber ich kann Ihnen wohl ebenso wenig Vorschriften machen wie Sie mir. Daher ein Vorschlag zur Güte: Ich gebe Ihnen Captain Onmout noch einen weiteren Tag, damit Sie in Rhod..., in Gottes Namen Ihre Nachforschungen betreiben können; und Sie stellen mir im Gegenzug Ihre Posbis zur Verfügung.«

»Wofür?«

»Liegt das nicht auf der Hand? Noch sind die Kommando-Kodes dieses Aluminiumkerls gültig; zweifellos eine zeitlich begrenzte Angelegenheit, nach dem Debakel, das die Maschinenteufel erlitten haben. Also müssen die Kodes möglichst bald und effektiv verwendet werden, solange sie wirken – indem wir mit ihrer Hilfe das Kanton-System zurückerobern.«

»Ich dachte, Ihre Flotte sei stark angeschlagen?«

»Ist sie auch. Trotzdem, das Sprungbrett nach Altera, die ergiebigsten Hyperkristall-Vorräte unserer Galaxis ... Fort Kanton darf um keinen Preis in den Klauen der Posbis bleiben.«

Er habe, berichtete der Staatsmarschall, über Funkbrücken an die Kolonien Weisung erteilt, jede dritte dort stationierte Einheit unverzüglich Richtung Altera in Marsch zu setzen, um die Heimatflotte zu verstärken. »Mir ist klar, dass die Außenposten bis über die Schmerzgrenze ausgeblutet sind und daher ihre schwächsten beziehungsweise reparaturbedürftigsten Schiffe schicken werden. Was im Prinzip in Ordnung geht, denn erstens darf man die Kolonien nicht vollständig jedem Angriff preisgeben – darauf warten die Laren bloß –, und zweitens haben wir im Alter-

System um Klassen bessere Werften. Aus demselben Grund behalte ich auch die rund hundertachtzig beschädigten Einheiten hier und entsende zweihundertfünfzig Schlachtschiffe, achtzig Schwere sowie vierhundert Leichte Kreuzer gen Kanton.«

»Verstehe.« Perry legte den Kopf schief. »Sie gehen ein hohes Risiko ein, Staatsmarschall.«

»Was bleibt mir übrig? Ganz ehrlich – würden Sie anders handeln?«

»Bezüglich Fort Kanton und Nanos Kodes stimme ich Ihnen zu, und Ihre grundsätzliche Einschätzung der Gesamtlage zweifle ich nicht an. Sie sind längst an einem Punkt angelangt, an dem Sie Ihre Strategie nicht mehr narrensicher gestalten können, sondern auf eine Prise Glück hoffen müssen. Sollte sich derzeit eine weitere, mit der letzten vergleichbare Posbi-Welle im Anflug auf Ihr Zentralsystem befinden ...«

»... ist für die Menschheit von Altera alles vorbei, mit oder ohne Kodes.«

Er schließt seinen eigenen Tod implizit ein, dachte Startac. *Ein Feigling ist Michou gewiss nicht; bloß ein militaristischer Dreckskerl, der für seine Gesinnung über Leichen geht ...*

»Also. Kriege ich Ihre Robotfreunde?«

»Vorausgesetzt, Nano und Drover erklären sich einverstanden.« Perry sah vom Staatsmarschall zu Captain Onmout. »Ihnen ist bekannt, wo sich dieser Doppelagent aufhält?«

Das Gebilde wurde »Wonnemond« genannt, obwohl es sich um keinen herkömmlichen Trabanten handelte; ganz und gar nicht. Auch die Begriffe »Raumstation« oder »Habitat« trafen nur im weitesten Sinne zu. Denn der Wonnemond war ein Intelligenzwesen – ein über zwei Kilometer langer, bis zu zwölfhundert Meter breiter Stachelrochen aus Quarzkristall!

»Versteinert? Eine Art Weltraum-Fossil?«, fragte Mondra fasziniert, während sich ihr Vier-Personen-Raumjäger dem gigantischen Manta näherte.

»Nein«, antwortete Onmout, »insofern, als es – oder sie oder er – nach wie vor lebt, jedoch auf Silikat-Basis; und sehr ... langsam.«

»Ihr könnt kommunizieren?«

Äußerst eingeschränkt, erläuterte der junge Offizier. Der subjektive Zeitablauf des Rochenwesens war aus menschlicher Sicht um einen Faktor von etwa hundert Millionen verlangsamt. Anders ausgedrückt: Während einer »Manta-Minute« vergingen, grob gerundet, zweihundert »normale« Jahre!

»Scheint's nicht eilig zu haben, diese Spezies«, sagte Startac leise. »Irgendwie beneidenswert.«

»Naja, nicht unbedingt. Es ist sehr krank, oder beschädigt; das macht wohl wenig Unterschied, wenn man aus Quarz besteht. Sofern wir die Signale richtig interpretieren, strandete es lang vor uns im Alter-System. Beim Durchgang durch den Tryortan-Schlund wurde es so stark verletzt, dass es seither praktisch bewegungsunfähig ist. Ob es jemals die Fähigkeit zum Überlichtflug besessen hat, wissen wir nicht.«

»Die quasi ›eingebaute‹ Zeit-Dilatation würde eher dagegen sprechen«, sagte Perry, und zu Mondra: »Im ersten Moment habe ich an die Rochenschiffe der Motana, wegen des Materials aber auch an Nocturnenstöcke gedacht. Doch je näher wir herankommen, desto geringer erscheinen mir die Ähnlichkeiten. Findest du nicht auch?«

Mondra bestätigte diesen Eindruck. Die Nahaufnahmen zeigten die zernarbte, schrundige, ja zerklüftete Außenkruste des Mantas. »Wirkt stark verwittert, uralt; irgendwie ... mumifiziert.«

Während Captain Onmout jene Stelle ansteuerte, an der der rautenförmige, flache Leib in den Stachelschwanz überging, sagte er: »Unsere Vorfahren hielten es zuerst für einen Klein-Asteroiden, einen Irrläufer, den Zeus' Schwerefeld als vierundvierzigsten Mond eingefangen hatte. Die Basisdaten des Alter-Systems sind euch bekannt?«

Mondra nickte, simultan mit Perry.

Wieder einmal ...

Sie rekapitulierte: Sieben Planeten umkreisten die gelbweiße G0-Sonne, deren Durchmesser und Masse Sols um ein Weniges übertrafen. Altera, verblüffend erdähnlich, stand ihr am nächsten. Der zweite Planet, eine trockene Wüstenwelt mit dünner Stickstoff-Kohlendioxid-Atmosphäre, war auf den Namen Hermes getauft worden. Darauf befanden sich Flottenstützpunkte, insgesamt 22 Raumhäfen, zahlreiche Automat-Fabriken sowie zirka fünfzehn Prozent aller Werften des Imperiums. Aphrodite, von Eis und Tundra bedeckt, mit einer kalten, jedoch atembaren Sauerstoff-Stickstoff-Atmosphäre, diente als Ausweich-Raumhafen und zum Rohstoffabbau. Dann kamen die Gasriesen Zeus, Hera und Poseidon; zu guter Letzt, als äußerster Planet, fast zweieinhalb Milliarden Kilometer von der Sonne Alter entfernt, der kalte Gesteinsbrocken Hades, auf dem nur Fernortungs- und Hyperfunk-Stationen betrieben wurden.

Zeus, der die linke untere Ecke ihres Sichtfelds ausfüllte, sowie einige seiner 43 Trabanten lieferten diverse Rohmaterialien; auf dem größten, fast zehntausend Kilometer durchmessenden Mond Thor unterhielten die Alteraner Forschungsstationen und weitere Raumhäfen. In Summe hatten die hiesigen Menschen ihr Zentralsystem sehr respektabel ausgebaut. Dazu kamen 132 andere besiedelte Sonnensysteme innerhalb einer Scheibe von 1200 Lichtjahren Durchmesser und 700 Lichtjahren Dicke ... Im Geiste zog Mondra den Hut vor dem, was aus den Überlebenden von nur elf notgelandeten terranischen Raumschiffen entstanden war.

Und all das drohten die Posbis, ausgerechnet Posbis!, nun zunichte zu machen. 29 Milliarden Menschen standen vor der Ausrottung; Männer, Frauen und Kinder ...

Demetrius Onmout landete den Raumjäger von Hand. Vielleicht wollte er vor Perry, Startac und Mondra (die er beharrlich als Rhodans Leibwächterin ansah) protzen; vielleicht verzichteten die Alteraner, seit der große Krieg tobte, aus Prinzip nach Möglichkeit auf robotische Unterstützung. Jedenfalls setzte der Captain butterweich auf. Dann lehnte er sich im Schalensitz zurück. »Ich habe euch noch nicht alles erzählt«, sagte er. »3705, etwas mehr als zweihundert Jahre, nachdem der erste voll zum Linearflug taugliche, positronisch ausgerüstete Kugelraumer aus alteranischer Produktion zu seinem Jungfernflug gestartet war, fingen meine Vorfahren Normalfunk-Impulse auf, die von diesem bis dahin wegen seiner Kleinheit unbeachteten Himmelskörper ausgingen. Die damaligen Linguisten haben einige Monate getüftelt und heftig gestritten, bis sie sich einigen konnten, dass die Nachricht, extrem gerafft, sinngemäß besagte: ›Hallo. Scheiß-Galaxis, was?‹«

Als das allgemeine Gelächter verstummt war, setzte er fort: »Selbstverständlich landete sofort ein Stoßtrupp, fand einen Zugang und im Inneren des Rochens ausgedehnte Grottensysteme. Nichts, was man als Funksender hätte identifizieren können; dafür verwitterte Chitinpanzer und Skelette etwa einen Meter großer, aufrecht gehender Reptilien.«

»Der Manta trug vor der unfreiwilligen Versetzung nach Ambriador andere Intelligenzwesen ›an Bord‹, die mit ihm in einer Art Symbiose lebten?«

»Zum selben Schluss kamen meine Altvorderen, Großadministrator. Da ihn der Tryortan-Schlund im wahrsten Wortsinn arg mitgenommen hatte, war es dem Wonnerochen nicht länger möglich gewesen, die Sicherheit seiner Passagiere zu gewährleisten, insbesondere deren Atemgemisch-Versorgung.«

»Wonnerochen?«, wiederholte Mondra. Etwas an der Art, wie Onmout unbehaglich auf seinem Pilotensessel hin und her wetzte, verriet ihr, dass ihnen noch eine Enthüllung bevorstand.

»Diese Bezeichnung drängt sich auf. Äh ... Ich vergaß zu erwähnen: Wir werden, sobald wir drin sind, die Raumanzüge ablegen müssen. Das ist so ... Sitte.«

»Sitte, ja? Drucks nicht herum, Jungchen.« Mondra hatte die Erfahrung gemacht, dass es manchmal zielführend im Sinn von zeitsparend war, männliche Exemplare der Gattung homo sapiens sapiens ein wenig härter anzufassen. »Rück's raus – was spielt sich da drin ab?«

Der Geheimdienstoffizier schlug die Augen nieder und bellte: »Sir, ich bitte, zuerst die Geschichte fertig erzählen zu dürfen.«

»Gewährt«, sagte Perry trocken. »Bei dieser Gelegenheit: Solange Sie mich siezen und mit ›Sir‹ ansprechen, Demetrius, werde ich diese Höflichkeit erwidern, Captain, Sir. Lieber wäre mir allerdings, angesichts dessen, dass wir vermutlich noch eine Weile zusammengespannt sind, du könntest das Du-Wort, das ich dir hiermit anbiete, akzeptieren.«

Genau der falsche Moment, dachte Mondra. Der Typ fühlt sich ohnehin gerade äußerst unwohl, weil er uns etwas für ihn Peinliches verschwiegen hat. Wenn er jetzt auch noch dazu vergattert wird, sein Idol zu duzen, reißt ihm das endgültig die Hufe weg. So viel zur Jahrtausende alten psychologischen Erfahrung gewisser Aktivatorträger.

»Sir, ich danke, äh ... dir. H-hm. – Im Laufe der Dezennien«, referierte Onmout steif, »trafen weitere Funkbotschaften des Rochens ein. ›Willkommen. Aua. Bitte nur mit den optischen Sensoren schauen. Nichts anfassen, was größer als einer von euch ist. Den Rest könntet ihr wegputzen, wenn es keine Umstände macht.‹ Meine Vorfahren interpretierten das als Aufforderung, die Grotten von Rückständen zu säubern und einer ... Nutzung zuzuführen.«

»Nämlich welcher?«

»Ähem. Der Wonnemond«, murmelte Demetrius Onmout kleinlaut, »ist – ein Bordell.«

Mondras Mundwinkel zuckten verräterisch.

Perry konnte es ihr nicht verübeln, dass sie mit dem Lachen kämpfte. Er sah im Spiegel der Umkleidekabine, welchen Anblick er bot. Man hatte ihm eine eine knapp sitzende, mit Rüschen und Bommeln besetzte, türkisfarbene Frottee-Jacke gegeben, die er als einziges Kleidungsstück trug. In dem Ding fühlte er sich fast nackt.

Seine männlichen Begleiter hatten, nachdem sie eingeschleust waren, ebenfalls ihre Anzüge in Spinde gehängt und Flausch-Jäckchen übergestreift. Für Mondra hingegen hatte ein leichtes, duftiges, hochgeschlossenes, durchaus geschmackvolles Strandkleid bereitgelegen.

»Mir schwant Übles«, sagte Perry. »Hier sind die Prostituierten männlich und die Kunden weiblich, stimmt's?«

Onmout nickte mit hochrotem Kopf. »Es tut mir sehr leid, Großadministrator, doch wir müssen mitspielen, wenn wir unseren Kontaktmann treffen wollen. Träten wir offiziell und in Uniformen auf, würde er sofort die Flucht ergreifen, und mit ihm die halbe Belegschaft des Wonnemonds.«

»Verstehe. – Das Imperium legt nach wie vor großen Wert auf hohes Bevölkerungswachstum?«

»In der Tat. Aber wegen des langen Krieges sind erstens viele Männer an der Front, und zweitens kehren nicht wenige«, der Captain sprach fast tonlos, als hätte er einen Frosch im Hals, »... zeugungsunfähig zurück. Könnte am Stress liegen, oder an Überdosen von Aufputschmitteln. Hier entlang, bitte.«

»Moment noch«, sagte Mondra. »Da wir inkognito bleiben wollen – hätte sich Perry nicht tarnen sollen? Ich meine, wo immer er bisher in Erscheinung getreten ist, gab's einen Riesenwirbel.«

»Das wird hier nicht der Fall sein. Großad... Perry, mir ist das furchtbar unangenehm, und ich möchte mich nochmals für die widrigen Umstände entschuldigen.«

»Keine Ursache. Ich glaube, ich ahne, worauf du mich vorbereiten willst. Gehe ich recht in der Annahme, dass hier mehrere Typen herumlaufen, die so aussehen wie ich?«

»Ja.«

»Du solltest dich geschmeichelt fühlen«, neckte Mondra und fasste ihn unter. »Na komm schon, mein Sex-Symbol!«

Captain Onmout führte sie. Schwül war es in den sich windenden Stollen, die Luft war mit schwerem Moschus-Parfüm gesättigt. Die Gänge weiteten sich zu ausgedehnten Höhlen, ähnlich gestaltet wie eine römische Therme oder ein türkisches Hamam. Auf Marmorbänken saßen und lagen gut gebaute Männer jüngeren Alters; als sie Mondra bemerkten, brachten sie ihre eingeölten Leiber in noch vorteilhaftere und aufreizendere Stellungen. Darunter waren etliche Doppelgänger von Perry, dem seltsam zumute wurde angesichts so vieler, so schamlos kokettierender, um Mondra buhlender Ebenbilder. Beim offenbar zweitbeliebtesten, fast ebenso häufigen »Modell« handelte es sich um einen zwei Meter großen, sehr breitschultrigen, lächerlich übertrainierten Muskelprotz mit rotem Bürstenhaar.

Perry brauchte einige Sekunden, bis der Groschen fiel. *Wenn ich das Bully erzähle!,* dachte er amüsiert. *Oder gar Gucky – der zieht ihn noch Jahrzehnte damit auf ...*

Vor einer Gruppe von Liegestühlen am Rand eines dampfenden Schwimmbeckens hielt Onmout an. »Bitte setzt euch. Der Bademeister wird gleich erscheinen. Neulinge nimmt er in aller Regel sehr rasch persönlich unter die Lupe.«

»Der Bademeister. Er ist unser Mann?«, fragte Mondra, und nachdem Onmout bejaht hatte: »Spüre nur ich es, oder geht von den Kristallwänden tatsächlich ein leichter psychischer Einfluss aus?«

Perry horchte in sich hinein. »Kann nichts Ungewöhnliches feststellen. Du, Startac?« Als Orter war der Mutant deutlich sensibler für Para-Phänomene.

»Da ist was, aber sehr schwach.«

Wieder einmal wand sich Demetrius Onmout verlegen. »Die ... äh ... anregende Ausstrahlung des Rochens wirkt ungleich stärker auf Frauen. Warum, ist bislang nicht erforscht.«

»Oh ja, das fährt ganz schön ein«, gurrte Mondra, sich räkelnd. »Mir wird auf einmal so ich-weiß-nicht-wie ...« Sie rieb ihre Hüfte an Perrys. »Was meinst du, sollen wir zwei Hübschen uns eine verschwiegene Grotte suchen?«

Einen Augenblick lang war Perry ernstlich verdattert, doch dann sah er das Funkeln in ihren Augen und begriff, dass sie ihn auf die Schippe nahm. »Ich komme darauf zurück«, schnurrte er, möglichst viel Bass-Timbre in seine

Stimme legend. »Nach dem Einsatz. Bis dahin darf ich dich an deine Mentalstabilisierung erinnern ...«

Mondra zog einen Schmollmund und ließ sich mit der ihr eigenen, unvergleichlich fließenden Eleganz in einen Liegestuhl gleiten. Auch die Männer nahmen Platz. In einer mit Eiswürfeln gefüllten Schüssel auf dem Tisch stand eine bauchige Karaffe mit rosafarbener, perlender Flüssigkeit. Perry, dessen Mund trocken war, goss sich ein Glas voll und trank es auf einen Zug aus. Mit Fruchtsaft vermischter Schaumwein, vermutete er; nun, gegen Alkohol war er, wie gegen die meisten Gifte, dank seines Zellaktivatorchips resistent.

Onmout behielt Recht. Nach wenigen Minuten tauchte der Bademeister auf – und zwar durchaus spektakulär: Aus dem Thermalbecken hob sich, spritzend und prustend, ein Koloss von Mann, der nicht nur des Schnauzbarts wegen an ein Walross erinnerte. Gut hundertsiebzig Kilogramm mochte der Fleischberg wiegen; dennoch wuchtete er sich ohne erkennbare Anstrengung über den Beckenrand. Der allen Alteranern eigene, leichte Körpergeruch nach Safran war bei ihm besonders intensiv.

»Dmetri, Dmetri, Dmetri«, sagte er vorwurfsvoll, mit hoher Fistelstimme, zu Captain Onmout. »Was schleppst du mir da schon wieder an?« Ohne eine Antwort abzuwarten, watschelte er triefend zu Mondra, verneigte sich erstaunlich geschmeidig, ergriff ihre Hand und küsste sie. »Sie, Gnädigste, sind hier als Freierin selbstverständlich willkommen. Aber glauben Sie mir, mein Haus führt weit Besseres im Angebot als derlei traurige Gestalten.«

»Ich bin sicher, wir werden ins Geschäft kommen«, wich Mondra galant aus.

Der Bademeister – er war hellhäutiger als die meisten Alteraner und mit einer bis fast unter die Achseln hochgezogenen, grün-schwarz gepunkteten Latexhose bekleidet, deren Stoff für ein Viermannzelt gereicht hätte – stemmte die Arme in die Hüften, dass das Fett schwabbelte. »Dieser ›Rhodan‹ zum Beispiel«, sagte er abfällig zu Onmout, mit der Pranke auf Perry deutend, »ist das mieseste Mängelexemplar, das mir seit langem untergekommen ist. Wo hast du diesen armen Tropf bloß aufgegabelt, Dmetri? Was für ein Pfusch! Dem Schönheitschirurgen, der den verbrochen hat, gehört schnellstens die Lizenz entzogen. Lady ... wie war doch gleich der Name?«

»Diamond.«

»Das passt zu Ihnen. Das Strahlfeuer Ihrer Schönheit gleicht dem eines hochkarätigen Brillanten. Lady Diamond, hören Sie auf das Wort eines Kenners: Vertrödeln Sie Ihre Zeit nicht an diesen armseligen Abklatsch einer Legende. Falls Ihnen danach gelüstet, sich mit einer würdigen Inkarnation des Großadministrators fortzupflanzen, so habe ich drei Dutzend Bessere, dem Original Ähnlichere für Sie.«

»Klingt verlockend«, sagte Mondra schmunzelnd.

Dass sie sich an der Situation ergötzte, stand für Perry außer Frage. Er wiederum büßte, schwitzend, innerlich kochend, zur Passivität verdammt, etliche seiner Sünden ab. Unvermutet war er in die Bredouille geraten. Als sein eigenes Double durfte er nicht aufmucken oder gar die Initiative ergreifen, wollte er nicht aus der Rolle fallen und seine »Tarnung« aufgeben ... Was Mondra weidlich auskostete. Aufgekratzt wie selten – möglichwerweise wegen der psionischen Emissionen des Quarzrochens –, ließ sie sich die Vorzüge der »besseren« Rhodans ausgiebig schildern, desgleichen die Qualitäten der »Bullys«, und zwar bis ins kleinste Detail. Rein rational betrachtet, agierte sie absolut richtig, indem sie nicht gleich mit der Tür ins Haus fiel, sondern erst eine gewisse Vertrauensbasis schuf. Als ehemalige TLD-Agentin beherrschte sie dieses Spiel perfekt. Sie streute auch dezente Andeutungen ein, aufgrund derer der Doppelspion inzwischen begriffen haben musste, dass es ihr hier um mehr ging als um amouröse Abenteuer und Familienplanung. Im Prinzip hatte Perry gegen ihre Verfahrensweise nichts einzuwenden. Die intime, ironische Meta-Ebene allerdings, von der, außer seiner langjährigen Gefährtin und ihm, maximal noch Startac Schroeder etwas mitbekam, behagte ihm ganz und gar nicht.

Er war daher heilfroh, als Mondra zum eigentlichen Thema umschwenkte. »Man munkelt«, sagte sie mit gesenkter Stimme, »dass du außer knackigen Jungs noch andere Waren von großem Wert zu offerieren hast.«

Grinsend wischte sich der Bademeister über die Glatze. »So. Munkelt man. Wer ist ›man‹? Mein alter Freund Dmetri, der sich während seiner Akademiezeit manches Zubrot in den Wonnegrotten verdient hat?«

Captain Onmouts Gesicht glühte so dunkelrot, dass man damit hätte eine Sauna heizen können. Er griente Perry zu, zuckte die Achseln und zwinkerte unbeholfen. Damit wollte er wohl signalisieren, dass er schon damals für den Geheimdienst gearbeitet hatte.

»Das tut nichts zur Sache.« Mondra sah sich um. »Ist dieser Raum abhörsicher?«

»Sicherer als das Festwerk der Legion.«

»Untertreibung liegt dir nicht sonderlich, was? Na schön. Anscheinend pflegte der Trovent der Laren früher, in den Zeiten vor Kriegsausbruch, Kontakt mit den Posbis, diplomatische Beziehungen, die auch einen beschränkten Technologietransfer inkludierten.« Das hatte Demetrius Onmout nie behauptet. Mondra schoss ins Blaue, um sich eine bessere Ausgangsposition bei der unweigerlich folgenden Feilscherei zu verschaffen: Je mehr sie vorgab, bereits zu wissen, desto geringer hoffentlich der Preis, den der Info-Broker verlangen würde.

Aber wie sich herausstellen sollte, war auch der tropfnasse Fettberg in mehrfachem Sinn mit allen Wassern gewaschen.

Quul Ting, der Bademeister, roch eine Jahrhundertchance, wenn sie sich ihm darbot. Und er konnte eins und drei zusammenzählen.

Eins, das war Captain Demetrius Onmout, ausgewiesener Liebling des Staatsmarschalls Laertes »Posbifresser« Michou. Drei, das waren seine merkwürdigen Begleiter. Die mysteriöse Lady Diamond agierte smart wie ein Vollprofi allergrößten Kalibers. Wie kam es dann, dass Quul, der sämtliche im Heimatsystem tätigen, höherrangigen Agenten der Legion Alter-X zumindest flüchtig kannte, noch nie etwas von dieser Frau gesehen oder gehört hatte? Die beiden Männer wiederum gaben sich unbeteiligt. Aber es arbeitete in ihnen, das spürte der Bademeister. Hinter ihren Pokergesichtern verbarg sich weit mehr als der Wunsch, für Liebesdienste ein paar Moneten einzusacken; abgesehen davon, dass der Ältere höchstens noch für die Abteilung »geriatrische Perversionen« infrage kam. Und der andere ...

... war Perry Rhodan.

Beziehungsweise jener Mann, den Ismael und Michou dem Alteranischen Parlament kürzlich als Großadministrator präsentiert hatten; oder, wie er angeblich neuerdings tituliert wurde, »Terranischer Resident«. Der Typ hatte eine Rede gehalten, die alle Medien lang und breit zitierten: »Ich bin kein Gott, der von seinem Sockel steigt. Ich bin auch kein Heiland, der in Momenten höchster Not die Lösung für alle Probleme bringt. Ich bin schlichtweg ein

Terraner, dem es durch Zufall vergönnt ist, die Geschichte seines Volkes über einen sehr langen Zeitraum hinweg zu beobachten und in bescheidenem Ausmaß zu beeinflussen. Ich komme als Freund. Ich bitte euch, nehmt meine Freundschaft an.«

Schöne Worte. Aber Quul Ting war von Natur aus Skeptiker. Es fiel ihm schwer zu glauben, dass Perry Rhodan, der Held unzähliger Schundromane und -trivids, jemals wirklich gelebt hatte. Quuls Kundinnen schliefen mit einem Mythos, nicht mit einer realen Person. Noch viel unwahrscheinlicher war, dass dieser Rhodan ausgerechnet jetzt, mehr als zweieinhalb Jahrtausende nach Versetzung der Gründer-Flotte durch den Tryortan-Schlund (falls man der Geschichtsschreibung überhaupt trauen durfte), den Weg aus der Milchstraße nach Ambriador gefunden haben sollte. Nein, Freunde des Schwarzgelds und der Hormonausschüttung! Da lag die Vermutung weit näher, Anton Ismael und Posbifresser Michou kochten ausnahmsweise einmal ein gemeinsames Süppchen, um die angeschlagene Moral der Truppen zu stärken.

Wie auch immer, etwas war im Busch, und man schien seiner Mitwirkung zu bedürfen. Eine Sachlage ganz nach des Bademeisters Geschmack. Er gedachte, den höchstmöglichen Profit daraus zu schlagen.

»Die Laren«, sagte Quul, »sind ein schwieriges Kapitel. Mit ihnen Geschäfte zu machen, kommt teuer. Für jedes Datenbit, das sie herausrücken, fordern sie hundertfache Gegenleistung. Womit ich wohlgemerkt keineswegs ausgesagt habe, dass ich, ein schlichter Rekreationsbetriebsleiter, eine solche Transaktion überhaupt einfädeln könnte.«

»Geschenkt«, mischte sich Captain Grünschnabel ein. »Du brauchst nicht ums heiße Öl rumzureden. Wir haben Michous Rückendeckung.«

Das hatte Quul hören wollen: Sie verhandelten in offiziellem Auftrag. Er rieb sich die Hände. Soeben war der Preis um zweihundert Prozent gestiegen. »Was bietet ihr?«

»Was verlangst du?«, fragte Onmout zurück.

»Ein kleines Vöglein hat mir gezwitschert, dass die Laren schon vor einigen Jahren in den Besitz von Konstruktionsunterlagen für ein im Imperium Altera verwendetes Transportmittel gelangt sind; ich schwöre, ich hatte nichts damit zu tun! Jedenfalls haben sie die Dinger nachgebaut. Jedoch kriegen sie's noch nicht richtig hin, weil die Pläne unvollständig waren.«

»Du meinst ... Käfigtransmitter?«

»Jetzt, wo du's sagst ... Könnte sein, dass ich diese Bezeichnung schon mal aufgeschnappt habe.«

Onmout erbleichte. »Das ist nicht dein Ernst. Nie und nimmer lässt der Kommandeur zu, dass diese Technologie in larische Hände fällt.«

»Aber sie haben die Technologie doch bereits, Dmetri, alter Junge. Ihnen fehlt bloß ein Teil der Bedienungsanleitung. Das wird es euch doch wohl wert sein, oder?«

»Auszeit!« Die Frau, die sich Diamant nannte, stieg beeindruckend gewandt aus ihrem Liegestuhl. »Erlaubst du, dass wir uns kurz beraten?«

»Aber gern.« Sie hatten den Köder geschluckt, und der Haken saß fest. »Muss mich ohnehin entschuldigen, meine Blase drückt. Wenn ich wiederkomme, solltet ihr mir etwas Vernünftiges unterbreiten.«

Er schritt gravitätisch in Richtung der Toiletten von dannen. Als er sich in der Verbindungsgrotte und außer Sicht befand, rannte er los. Zwei Biegungen weiter betätigte er einen versteckten Schalter, worauf sich eine Geheimpforte öffnete. Quul Ting quetschte sich hinein. Dies war sein Büro, seine Kommandozentrale. Von hier aus konnte er fast alle Räume des Wonnemonds überwachen. Auch auf Onmouts Gruppe hatte er schon vorhin Richtmikrofon-Felder einjustiert. Zu belauschen, was sie besprachen, würde ihm einen entscheidenden Vorteil verschaffen.

Der Bademeister ging zum Schreibtisch und wollte sich gerade in seinen bequemen, überformatigen Drehsessel fläzen, als dieser herumschwenkte.

Jemand saß darin.

Zu Tode erschrocken wich Quul Ting zurück. Es handelte sich um Onmouts Begleiter, den hageren, grimmig wirkenden Mann mittleren Alters.

Unmöglich! Wie konnte der Fremde noch vor ihm hierher gelangt sein? Woher hatte er von diesem Raum erfahren? Und vor allem: Was wollte er?

»Mein Name«, sagte der Eindringling ruhig, »ist Startac Schroeder. Ich besitze die Mutantenfähigkeit der Teleportation. Der Ausdruck ist dir theoretisch bekannt?«

Quul brachte keinen Ton heraus. Er schaffte es gerade noch zu nicken.

»Lehrreiche Erfahrung, so eine Teleportation. Pass auf, ich zeige es dir.«

Der Mutant berührte Quul am Arm. Im nächsten Augenblick hatte sich die Umgebung schlagartig verändert. Sie befanden sich vollständig unter Wasser, offenbar in einem der kalten Tauchbecken. Er hatte den Schock noch nicht annähernd verdaut, da waren sie schon wieder woanders – diesmal zurück bei der Gruppe am Dampfpool.

»Bemerkenswert, nicht wahr?«, sagte die Lady Diamond. »Spitz jetzt die Ohren, Bademeister, damit ganz bestimmt keine Missverständnisse aufkommen. Du wirst uns alles sagen, was du über Laren und Posbis weißt. Alles. Nicht das kleinste Detail wirst du auslassen. Weigerst du dich oder versuchst du uns zu belügen, springt Startac mit dir ins freie All hinaus – in der Badehose, ohne Raumanzug, und lässt dich dort zurück. Glaube nicht, du könntest vor ihm fliehen. Er ist nämlich zusätzlich auch Psi-Orter und spürt dich jederzeit überall im ganzen Alter-System auf. Klar? Dann los.«

Quul Ting redete schneller und rückhaltloser als je zuvor in seinem Leben.

5. Eine ganze Stadt, die sich in Luft auflöst

Zeichen geschahen und Wunder. Tamra kam aus dem Staunen gar nicht mehr heraus.

Frizzi und Wu heirateten. Es war eine sehr schöne Trauung, die General-Direktor Güraldenip vornahm. Das Heelgha mit dem schwarzen Hörbüschel sprach von einem neuen Lebensabschnitt, in den nun die ersten der Menschlingskinder eintraten; weitere würden bald folgen.

Omneamuf stieß Tamra vertraulich mit einem Greiflappen an: »Na, wäre das nicht auch etwas für dich und Wilbur?«

»Wie – Wilbur?«

Das weißbüschelige Heelgha summte einen Dreiklang. »Sag bloß, du hast noch nicht bemerkt, dass er dir den Hof macht? Ihr wärt ein tolles Paar, die zwei Intelligentesten und Strebsamsten von allen. Ihr hättet gewiss ebenso kluge und emsige Kinder.«

»Kinder?«

»Fortpflanzung ist der Kernsinn der Existenz. Wer unseren guten Herren, den Laren, gesunde künftige Diener schenkt, steht besonders hoch in ihrer Gunst und wird reich belohnt.«

Tamra schüttelte den Kopf. Noch mehr Belohnungen? Die interessierten sie nicht. »Ich will nur das Sloppelle.«

»Ach geh. Für ein Kuscheltier bist du doch eigentlich schon zu groß.«

Was sollte das bedeuten? Unwillkürlich griff sich Tamra an die Stirn und tastete nach der Narbe, die sie von ihrem Unfall beim Schlafwandeln zurückbehalten hatte. Seit jener Nacht litt sie gelegentlich unter geistigen Aussetzern. Dann wurde sie konfus, desorientiert, stand irgendwie neben sich. Zu groß? Ja sicher, sie war beinahe erwachsen – aber zugleich auch noch ein kleines Mädchen, oder etwa nicht?

»Ich will das Sloppelle«, beharrte sie. An diesem Gedanken zumindest fand sie Halt. Die Welt war verwirrend genug, unbegreiflich, nicht zu fassen. Hinzu kamen Sehstörungen in Form von Doppelbildern. Beispielsweise trug die vor Gesundheit strotzende Frizzi ein atemberaubend prachtvolles Hochzeitskleid. Blickte Tamra jedoch unfokussiert, aus den Augenwinkeln, daran vorbei, nahm sie ein dürres, hohlwangiges Wesen wahr, kunstlos eingewickelt in alte, fransige Leintücher. Das ging nicht zusammen! Dieser Kipp-Effekt, der immer wieder unerwartet auftrat, verursachte Schwindel und Übelkeit, manchmal bohrende Kopfschmerzen. Tamras schulische und sportliche Leistungen waren zurückgegangen; inzwischen bestand kein Zweifel, dass Wilbur unangefochten die Punktewertung anführte.

Wilbur. Heiraten. Sie? Tamra schauderte.

Omneamuf seufzte aus mehreren Mündern. »Zielstrebigkeit ist schon in Ordnung. Dein übertriebener Starrsinn hingegen könnte dir noch zum Verhängnis werden. Zumal ... Ich sollte dir das nicht sagen, aber unsere Direktiven wurden geändert. Aufgrund erhöhten Bedarfs wünscht man, dass ihr früher als ursprünglich vorgesehen ...« Die melodische Stimme des Heelghas erstarb; General-Direktor Güraldenip rollte vorbei.

»Früher was?«

»Nichts. – Hoch lebe das Brautpaar!«

Frizzi und Wu Pasterk schritten eng umschlungen durchs Spalier. Die Kinder streuten duftende Blüten, bewarfen sie mit funkelnden Perlen.

Am Rande von Tamras Gesichtsfeld jedoch waren es bloß Papierschnitzel und Kieselsteine.

Sie bekam das Sloppelle.

Ihr Konkurrent und Verehrer Wilbur, die Tropfnase, hatte Tamra weit überflügelt; aber er wählte den ersten Preis, einen halbtägigen Rundflug über die herrliche Stadt Taphior. Dass der Felsblock, der ihr vom Herzen fiel, kein Erdbeben auslöste, war ein Wunder.

Das Sloppelle sprang in Tamras Arme mit einem Satz, den sie ihm nicht zugetraut hätte. Es fühlte sich noch viel weicher und wärmer an, als sie es sich all die Jahre lang ausgemalt hatte. Tamra musste lachen, weil die Schnurrbarthaare sie im Gesicht kitzelten. Das Tierchen schnurrte. Dabei schaute es so lieb drein, dass sie ihm einen dicken Schmatz auf seine Knubbelnase drückte.

Wilbur verzog abfällig das Gesicht. »Wieso gibst du dich mit der dummen, aufgeblähten Made zufrieden? Küss mich – und ich schenke dir, was immer du willst.«

»Schieb ab, Rotzer.«

»Sogar den Rundflug.«

»Nein! Behalt deinen Preis. Ich mag ihn nicht, und dich genauso wenig.«

»Du weißt, wie lange ich darauf hingearbeitet habe«, sagte Wilbur halb gekränkt, halb trotzig, unsicher von einem Fuß auf den anderen steigend. »Trotzdem gäbe ich ihn dir mit Freuden. Für einen einzigen Kuss.«

»Hast du was Schlechtes gegessen? Bist du schwerhörig?

Vergiss es. Bei mir landest du nicht, und wenn du mir den Stern der Laren zu Füßen legtest!«

Der Junge schluckte. »Dann bleib halt allein. Dich garstige, entstellte Hexe nimmt sowieso keiner!«, schrie er, spuckte ihr vor die Füße und lief davon.

Das Sloppelle brummte beruhigend. Fast klang es wie »Trottel«.

Tamra herzte und streichelte das drollige Tierchen. Den Rest des Tages trug sie es bei sich, in den Armen oder um die Schultern gelegt, als samtpelzigen Kragen. Wenn sie es ansah, dann immer direkt und gerade.

Warum, wurde ihr erst zur Schlafenszeit bewusst. Sie hatte furchtbare Angst, das Sloppelle könnte sich gekippt als abscheuliches Monster entpuppen. Tamras Fantasie spielte ihr üble Streiche. Spinnenbeine kamen ihr in den Sinn, lange dünne schleimige Zungen mit Saugnäpfen ... Weil der Schein trog. Wie bei den Internatsgebäuden, die in der anderen Sicht öden, verdreckten, miefigen Ruinen glichen. Wie bei den Heelghas, deren Borkenköpfe von Ekzemen verunstaltet waren. Die Erzieher taten souverän, dahinter jedoch wirkten sie nervös, erschöpft, überfordert; sobald es zur geringsten Abweichung von der Routine kam, wedelten ihre sechs kurzen Arme Hilfe suchend durch die Luft.

Es ist alles falsch, dachte Tamra, alles gefälscht. Aber bitte, bitte, bitte nicht das Sloppelle!

Von Minute zu Minute verstärkte sich der Drang, nachzusehen, ihre Augenstellung derart zu verändern, dass sich die Perspektive verschob; dass die zweite, entlarvte Natur zum Vorschein kam. Was war das Sloppelle wirklich? Ein obszön überdimensionierter Wurm? Eine hässliche, dumme, aufgeblähte Made, wie Wilbur gesagt hatte? Die Ungewissheit nagte in Tamra. Quälte sie. Ein Blick nur, eine unachtsame Bewegung der Pupillen, und ...

Kurz bevor ihr die Augen zufielen, geschah es. Ihre Wahrnehmung schlug um. Tamra konnte nichts dagegen tun. Sie betrachtete das Sloppelle in seiner wahren Gestalt – und es sah vollkommen unverändert aus, ganz genau wie zuvor.

Welche Erleichterung, welche Seligkeit! Sie hielt das Sloppelle im Arm, hielt sich an ihm fest. Durch das weiche Fell spürte sie die Schläge seines kleinen Herzens.

Eng aneinander geschmiegt, schliefen sie ein.

Laren besuchten das Internat.

Es war, als stiegen Götter vom Himmel herab.

In Reih und Glied knieten die Menschenkinder, ihre Stirnen auf die Oberschenkel gepresst. Omneamuf hatte ihnen eingeschärft, dass sie die Körperhaltung nur verändern durften, wenn sie von ihren Wohltätern ausdrücklich dazu aufgefordert wurden.

Natürlich siegte die Neugierde, und einige linsten dennoch. »Sie sehen fast so aus wie wir!«, hörte Tamra zischeln.

»Na logisch. Weil wir nach ihrem Ebenbild erschaffen wurden, Dummbeutel!«

»Ruhe!«, dröhnte Kulwolvagg.

»Ein Mädchen«, sagte eine sonore Männerstimme, die das Larion eigentümlich schleppend in die Länge zog, als sei der Sprecher gewohnt, beliebig viel Zeit zu haben und niemals unterbrochen zu werden: »Folgsam, geschickt, robust. Lernfähig; nicht auf den Kopf gefallen. Muss in Haushaltung geschult sein.«

»Die Grundlagen wurden in den letzten Wochen durchgenommen, Herr.« So unterwürfig und hektisch hatte Tamra General-Direktor Güraldenip nie zuvor reden gehört. »Allerdings konnten wir noch nicht zu den Feinheiten mancher Küchengeräte oder Rezepte vordringen. Die Weisung ereilte uns vollkommen unerwartet, wir waren bislang davon ausgegangen, dass ...«

»Ja, ja. Welche von deinen Zöglingen kannst du uns empfehlen?«

»Herr, versteht mich bitte nicht falsch, Eure Berechtigung steht selbstverständlich außer Zweifel, jedoch ...«

»Das will ich meinen. Morgen wird das Hetranat die Aufstockung des Kontingents offiziell bekannt geben, dann kriegst du auch deinen beglaubigten Schrieb. Bis dahin sollte dir mein Wort genügen.«

»Natürlich, Herr. Ganz wie Ihr wünscht, Herr.«

»Also?«

»Diese hier ist die Fleißigste, Herr. Erst unlängst hat sie einen der höchsten Preise errungen.«

»Hat sie das, soso. Erhebe dich, Magd!«

Jemand schubste Tamra. Sie stand auf.

Der Lare war nur wenig größer als sie. Aber er strahlte immense Überlegenheit und Autorität aus. Die smaragdgrünen, stechenden Augen in dem dunkelhäutigen, breiten Gesicht musterten sie huldvoll. »Erkläre ihr, wen sie vor sich hat.«

»Dies ist«, sagte Güraldenip eindringlich zu Tamra, »unser Herr und Meister Pulpon-Parkk, der Hohe Verwalter des Bezirks Dekombor. All das Glück, das du hier im Internat erfahren hast, verdankst du ihm.«

Der Lare lächelte. Er hatte volle, gelbe Lippen und eine Nase mit vier Öffnungen. Halbmondförmige Ohren zogen sich bis zum Halsansatz; die goldfarbenen, fingerdicken, spiralig gewundenen Haare bildeten auf dem flachgedrückten Kopf einen Kranz, fast wie ein Vogelnest. »Was hat sie denn da? Eine Missbildung?« Er zeigte auf Tamras Stirn.

»Kein Geschwür, Herr; vielmehr das Rudiment eines Sportunfalls. Schon lange bestens verheilt. Die Narben freilich ... Wir verfügen, wie Ihr wisst, nur über eingeschränkte medizinische Kapa...«

»Schweig. Dein ewiges Jammern um Budgeterhöhung langweilt mich. Naja. Mag sogar von Vorteil sein, diese Entstellung. Hält die Kleine davon ab, Eitelkeiten zu entwickeln.« Der Lare griff Tamra an den Mund, schob ihr mit Daumen und Zeigefinger die Lippen auseinander und begutachtete ihre Zähne. »Passabler Zustand. Irgendwelche Krankheiten?«

»Nein, Herr. Sie erfreut sich bester Gesundheit.«

Pulpon-Parkk befühlte Tamras Oberarme, so grob, dass sie mit Mühe einen Aufschrei unterdrückte. »Kräftig wäre sie, auch nicht wehleidig ... Und man sagt den Menschlingen ja außerdem eine gewisse Zähigkeit nach. Wie steht es um den Charakter?«

»Sie ist ein wahrer Sonnenschein, Herr. Ein fröhliches, unkompliziertes Ding. Von rascher Auffassungsgabe, dabei geduldig und äußerst verlässlich. Sehr dankbar.«

»Nicht, dass wir zu wenig Bedienstete hätten. Aber meine Tochter Mitrade wünscht sich seit Langem eine Zofe ungefähr im selben Alter.«

»Dafür wäre dieses Mädchen ideal geeignet, Herr. Sie spricht sehr schön und fehlerfrei.«

Der Lare kniff Tamra in die Wange, diesmal relativ sanft. »Ist dem so? Kann sie etwa auch singen? Sing mir ein Lied, Vögelchen!«

Güraldenip intonierte aufmunternd die einleitenden Akkorde von »Stern der Laren«. Tamra nahm all ihren Mut zusammen. Sie sang. Allein, ohne die Unterstützung der Heelghas, kam ihr ihre Stimme dünn und kläglich vor.

Als sie geendet hatte, klatschte Pulpon-Parkk langsam dreimal hintereinander in die Hände. »Bravo, bravo, bravo. Ganz reizend. Ich denke, wir nehmen sie.«

Das große, schwere Tor des Internats schwang auf. Mit dem Hohen Verwalter und seinen beiden schweigsamen Begleitern ging Tamra hindurch. Ihr Atem stockte. Zum ersten Mal setzte sie einen Fuß aus dem siebeneckigen Gebäude, in dem sie fast ihre gesamte Kindheit verbracht hatte.

Tamra fuhr erschrocken zusammen, als Nässe ihr Gesicht benetzte. Wasser, das vom Himmel fiel: Das musste ... »Regen« sein! Sie wischte sich über die Wangen und leckte ihre Finger ab. Es schmeckte ... eigen. Da hob einer der Laren die Hand. Sogleich hörte der Regen auf; das heißt: nein, die Tropfen stoppten einen Meter über ihren Häuptern, als prallten sie auf einen unsichtbaren Schirm, und flossen, ehrfürchtig ausweichend, zur Seite hin ab.

Kein Zweifel, diese Wesen waren Götter.

Sie führten Tamra zu einem »Gleiter«, der wenige Meter vom Tor entfernt etwa zwei Handbreit über dem grünen Rasen schwebte. Die Flugmaschine, von der ein tiefes Brummen ausging, wirkte viel beeindruckender als die Darstellungen in den Holo-Spielen; sie war mindestens zwei Stockwerke hoch und doppelt so lang. Tamra wurde ins Innere gehoben und auf eine weich gepolsterte Bank gesetzt. Gegenüber nahm der Hohe Verwalter Platz. Er lehnte sich zurück, verschränkte seine kräftigen Finger und bog sie durch, dass es knackte. »So«, sagte er. »Wie heißt du noch mal?«

»Tamra, Herr.«

»Du möchtest sicher aus dem Fenster schauen, nicht wahr, Tamra?« Ohne eine Antwort abzuwarten, betätigte er einen der in seine Armlehne eingelassenen Schalter. Ein großes Stück Wand rechts von Tamra war plötzlich nicht mehr vorhanden.

Sie sog scharf die Luft ein und presste ihre Hand vor den Mund, um nicht laut aufzuschreien. Sie flogen, flogen hoch über dem Boden! Rings um sie breitete sich ein Meer von Gebäuden aus, eines gewaltiger und prunkvoller als das andere.

»Ist ... ist ... ist das die herrliche Stadt Taphior?«

»In der Tat, Vögelchen, das ist sie.« Der Lare drückte einen anderen Knopf, worauf ein flirrender Ring vor seinem Mund erschien. »Pilot, zieh eine Schleife! Wir wollen Tamra etwas bieten.«

Sie konnte sich nicht erinnern, jemals derartige Pracht gesehen zu haben. Endlos erstreckte sich die herrliche Stadt Taphior. Manche der Bauwerke, an denen ihr Gleiter in geringem Abstand vorbeisauste, ragten bis in die Wolken auf; unter einem, das wie ein gigantischer Bogen geformt war, flogen sie sogar hindurch, und gleich darauf über hunderte niedrigere Häuser hinweg. Dann kamen Parklandschaften; sieben mächtige, entlang eines Kreisumfangs angeordnete Pyramiden; mehr Grünanlagen, Seen, Wälder; und schließlich in der Ferne eine Ebene, auf der unzählige Troventaare standen. »Bloß ein kleiner Teil der Neunten Flotte«, erklärte Pulpon-Parkk. »Das Gros parkt im Orbit. Gleichwohl ein imposanter und beruhigender Anblick, findest du nicht?«

Tamra nickte, ohne viel verstanden zu haben. Ihr schwirrte der Kopf. So viele neue Eindrücke galt es zu verarbeiten! Am meisten machte ihr die unendliche Weite zu schaffen. Wie hätte sie sich vorstellen können, dass die Welt so groß war? Ihr Blick hatte nie weiter gereicht als bis zur Kuppel des Innenhofs.

Sie schwankte zwischen Angst und Euphorie, klammerte sich an die mit Luftlöchern versehene Tasche auf ihrem Schoß. Darin befand sich das Sloppelle. Ihre größte Sorge war gewesen, dass sie es im Internat zurücklassen müsste. Aber der Hohe Verwalter hatte auf Güraldenip gehört und Tamra erlaubt, es mitzunehmen. Dieses harmlose, pflegeleichte, stubenreine Tier fördere, hatte das Heelgha argumentiert, ihre seelische Ausgeglichenheit und stelle andererseits ein ideales Druckmittel dar, falls die Jungmagd, was in diesem Alter nie vollends auszuschließen wäre, unbotmäßiges Benehmen an den Tag legen sollte.

Nichts dergleichen hatte Tamra vor. Bei aller Aufgewühltheit erkannte sie sehr wohl, dass sich ihr eine einmalige Chance bot. Sie schwor sich, diese zu nutzen. Nichts und niemand brachte sie wieder zurück in die Enge des Internats, das viel mehr vom Rest der herrlichen Stadt Taphior trennte als bloß eine dicke Ziegelmauer. Wilbur, der arme Tropf, war jahrelang Pluspunkten hinterhergehetzt für einen Rundflug wie diesen – den Tamras guter Herr, der Hohe Verwalter Pulpon-Parkk, ihr ganz nebenbei beschert hatte.

»Es reicht, Pilot. Kehr um«, sagte der Lare, als sie sich die brennenden Augen rieb. »Unser Vögelchen ist müde; es will heim in seinen neuen Käfig.«

Der Gleiter stürzte ab, ins Meer, und ging unter wie ein Stein.

»Keine Angst«, beruhigte der Hohe Verwalter Tamra, die entsetzt hochgeschreckt war. »Die Hangardecks sind subaquatisch angelegt.«

Ähnlich wie der Regen vor dem Tor des Internats, wurden auch die Wassermassen von einem unsichtbaren Schirm abgehalten und beiseite gedrängt. Bunt gemusterte Fische schwammen außerhalb der Blase. Tamra drückte sich die Nase an der Scheibe platt, bis sich das Glas verdunkelte und wieder zur Metallwand wurde. Wenig später erklang ein fauchendes Geräusch.

»Darf ich etwas fragen, Herr?«

»Nur zu.«

»Sind wir angekommen, und wird der Gleiter jetzt geföhnt?«

Pulpon-Parkk lachte schallend. »Ja, so könnte man das nennen. Etwas exakter: Breit gefächerte Thermostrahler entfernen die Restfeuchtigkeit in der Schleuse.«

Lautlos wiederholte Tamra bei sich den Satz, als handle es sich um einen Zauberspruch. Sie schämte sich für ihre Unwissenheit. Wenn sie ihrem Herrn eine gute Magd sein wollte, musste sie noch viel lernen. Und zwar rasch: Es ging nicht an, dass sie von dem, was er sagte, kaum die Hälfte kapierte. Noch erklärte er ihr bereitwillig alles Mögliche. Aber die Geduld eines Gottes, ahnte Tamra, kannte Grenzen.

Der Pilot blieb im Hangar zurück. Dem anderen Laren trug Pulpon-Parkk auf: »Bring sie zu Boffään in die Werkstatt, wegen des Peilers. Er weiß Bescheid.«

Das war ein wahres Wort, gelassen ausgesprochen. Niemand wusste besser als Boffään Bescheid darüber, was im Aquadom vor sich ging. Ohne ihn hätte sich Tamra nie so rasch in ihrem neuen Heim zurechtgefunden.

So beschrieb ihr Boffään, der Reparator, wo sie gelandet war: »Wie hunderte andere auch, ist unser Aquadomizil am Grunde des Meeres vor Taphior verankert, ja? Eine zylindrische Röhre, fünfzehn Meter im Durchmesser und vierzig hoch, bildet das Fundament, worin die Hangardecks und Versorgungsräume untergebracht sind sowie diese meine Hauptwerkstatt, ja? Darauf ruht ein ebenso hohes, dreißig Meter dickes Ei, das zur Hälfte aus dem Wasser ragt, ja? Stell dir nun vor, jemand hätte das Ei geköpft.«

»Ja?«

»Um es zu essen. Zum Frühstück. Isst du gern ein weiches Ei zum Frühstück?«

»Äh ... glaub schon.«

»Eier, liebes Kind, sind eine Frage der Begierde, nicht des Glaubens. Falls du für dein Frühstücksei keine Verwendung haben solltest, was ich aufgrund deines mangelnden Enthusiasmus stark annehme, weißt du ab sofort, für wen du es aufbewahrst, ja?«

»Äh ... Ja.«

Tamras Verblüffung erklärte sich daraus, dass Boffään ein Kaktus war. Er bestand im Wesentlichen aus einem Dutzend knallgrüner, einen halben Meter langer Blattstängel mit dreieckigem Querschnitt, fest und zugleich biegsam wie Hartgummi, aus denen anstelle von Stacheln die unterschiedlichsten feinmechanischen Werkzeuge wuchsen. Wo die Stängel entsprangen, befand sich eine fleischige, hellblaue Blüte mit winzigen Stielaugen und einer Sprechmembran. Boffään lief auf unzähligen weißlichen, haarfeinen Wurzeln, und zwar problemlos auch die Wände hoch und die Decke entlang. Als Reparator war er, wie Tamra bald herausfinden sollte, die gute Seele des Aqua-Domizils, das augenblicklich unrettbar auseinanderfallen und versinken würde, falls das Kaktuswesen auch nur eine Minute in seiner Umtriebigkeit nachließe. Daran zweifelte niemand, am wenigsten Boffään selbst.

»Also ein Ei, ja? Aufgeschlagen, und darin steckt ein gewölbter Trichter, wie die Kappe eines Pilzes; sollte es Pilze zum Frühstück geben, darfst du sie übrigens gern behalten, ja? Die Sonnenterrassen der Herrschaft liegen obenauf, logischer Weise, während sich die schattigen Balkone unter der Krempe befinden, ja? Achtung, das wird jetzt ein wenig wehtun.«

Tamra, die nicht empfindlich war, spürte nur ein kurzes Brennen im Nacken. »Was hast du gemacht?«

Boffään turnte an ihr herunter und pflanzte sich vor ihr auf. »Dir den Peilchip eingesetzt, ja? Jeder von uns Gunstbolden hat einen, ja? Über die Chips können die Herren stets kontrollieren, wo wir uns aufhalten; damit wir nie vom rechten Weg abweichen und uns, horribler Gedanke, herumtreiben, wo wir nichts verloren haben, ja?«

»Gunstbolde?«

»Leibeigene. Sklaven. Dienstboten. Alle außer den Laren, ja? Seit die Posbis durchdrehen, will niemand mehr Roboter um sich, die schlauer sind als ein Eierkocher. Ja sag mir, wer soll dann die ganze Drecksarbeit erledigen? Eben. Also gliedern unsere guten Herren haufenweise Angehörige unbedeutender Kleinvölker, hauptsächlich aus der Ostseite der Galaxis, wie beispielsweise meines, in ihren wundervollen Trovent ein und gestatten uns gnädig, uns ein bisschen nützlich zu machen, ja? Du grinst so belämmert. Kennst du den Begriff Zynismus?«

»Nein.«

»Dachte ich mir. Ja?« Ein durchdringender Summton war erklungen. »Schon unterwegs!«

Über steile Rolltreppen und durch lange, gewundene Gänge führte Boffään, dessen Tempo Tamra nur im Laufschritt halten konnte, sie in ein Zimmer, dermaßen üppig und verschwenderisch ausgestattet, dass sie spontan ihren Kipp-Blick einzusetzen versuchte. Dies misslang jedoch. Was sie sah, entsprach wohl der Wirklichkeit.

Die längste, leicht gebogene Wand des Raums war ganz aus Glas. Er musste teils über, teils unter der Wasserlinie liegen, denn schaumgekrönte Wellen schlugen von außen daran.

»Die neue Zofe, ja? Das Menschenkind Tamra.«

»Sei bedankt, Boffään. Du darfst dich zurückziehen.« Der Hohe Verwalter winkte mit einer lässigen Armbewegung den Reparator fort und Tamra näher. »Das ist sie, mein Schatz. Na, was meinst du?«

Im Gegenlicht der untergehenden, roten Sonne zeichnete sich die Silhouette einer zweiten, schlankeren Gestalt ab. Sie hatte die Arme vor der Brust verschränkt, wiegte den Oberkörper hin und her und sagte mit heller Stimme: »Pfui. Gefällt mir überhaupt nicht. Kleiner als ich, und außerdem am Kopf beschädigt! Tausch das um!«

»Mitrade, mein Zirbeldrüschen, ich bitte dich inständig, wahre die Vernunft. Tamra wird bald über dich hinauswachsen, und gerade die Narben sowie die bleiche Hautfarbe machen sie auch jetzt schon als Menschling kenntlich. Sie war die Beste des ganzen Heelgha-Internats.«

»Meine Freundinnen werden mich auslachen, wenn ich mit der da aufkreuze. Ewig bettle ich um eine Zofe, und dann schleppst du so eine Scheuche an?«

»Mitrade ...«

Das Larenmädchen stampfte mit dem Fuß auf, schlug aus und warf eine Stele um. Die Vase, die darauf gestanden war, zerschellte am Boden. »Wozu bist du Bezirksvorsteher von Dekombor, wenn du nichts Besseres heranschaffen kannst? Nindel-Greer hat ...«

»Nindel-Greers Onkel Kat befehligt die Neunte Flotte«, sagte der Hohe Verwalter scharf und unüberhörbar verärgert. »Und wir sind seine Vasallen. Dass die Greers sich zum Unterschied von uns eine larische Zofe für Nindel leisten können, haben wir schon tausendmal durchgekaut. Altera... Menschlinge kommen uns von allen Gunstbolden am nächsten; dementsprechend schwierig sind sie zu erwerben. Ich musste all meine Beziehungen spielen lassen, um in Erfahrung zu bringen, dass der Erste Hetran« – dabei vollführte Pulpon-Parkk eine seltsam servile und doch wegwerfende Geste – »mehr von ihnen im Stadtbild sehen möchte und deshalb morgen eine Ausweitung des Kontingents für Privathaushalte verkündet. Sobald das bekannt ist, werden die anderen Sekundarfeudalen das Internat der Heelghas stürmen und leer räumen. Ich aber habe dir schon vorab diejenige Magd besorgt, die mir Güraldenip, mein ergebener General-Direktor, bei Einsatz seines Lebens empfohlen hat.«

Inzwischen hatten sich Tamras Augen an die Lichtverhältnisse in dem überreich geschmückten Zimmer gewöhnt. Das Larenmädchen – fraglos Mitrade-Parkk, die Tochter des Domherren – erinnerte sie an Frizzi, ihre ehemalige Bettnachbarin. Ungleich besser gepflegt und gekleidet, klar, aber ähnlich schmal, und die Gesichtszüge ebenso wenig markant.

Eine graue Maus, dachte Tamra. Im selben Moment wurde ihr die Blasphemie bewusst, die sie insgeheim begangen hatte. Dies war eine Larin, eine junge Göttin. Sie hatte mit Frizzi so wenig gemein wie Wilbur mit einem richtigen Mann.

Nun heulte Mitrade auf und griff sich an die Brust, als habe sie aus nächster Nähe ein Flugball getroffen. Langsam und theatralisch sank sie in einen Polstersessel. Mit matter Stimme, unterbrochen von hysterischem Schluckauf, hauchte sie: »So wenig ... liebst du ... deine einzige ... Tochter, dass du ... mich zum Gespött der ... Leute machst ...«

Ohne lang zu überlegen, fiel Tamra auf die Knie. »Bitte verurteile mich nicht vorschnell, Herrin«, sagte sie einschmeichelnd. »Mein zerstörtes Antlitz mag dein ä-sthe-ti-sches Empfinden beleidigen. Jedoch werde ich mich mit jeder Faser meines unwürdigen Leibes bemühen, dir die beste Zofe dieser Welt abzugeben. Ich flehe dich an, stell mich zumindest auf die Probe!«

Sie staunte, wie leicht ihr diese Selbstverleugnung von der Zunge ging. Offenbar gab es außer dem optischen noch andere Kipp-Effekte. »Ja?«, setzte sie nach, plötzlich den Hintersinn von Boffääns seltsamer Art zu reden durchschauend.

Mitrade war sichtlich verdutzt. Sie schob die Unterlippe vor, blickte von ihrem Vater zu Tamra und wieder zurück, dann fragte sie mit leidendem Unterton: »Borgst du mir deinen Kreditchip, damit ich der Scheuche wenigstens etwas Gescheiteres zum Anziehen kaufen kann?«

Es war gar nicht so schwierig, mit der jungen Herrin auszukommen. Solange Tamra ihr in allen Belangen Recht gab und sie bei jeder Gelegenheit anhimmelte, verhielt sich Mitrade-Parkk gönnerhaft freundlich.

Und, das musste man ihr lassen, großzügig. Gleich am nächsten Tag kleidete sie Tamra von Kopf bis Fuß neu ein. Dass sie nebenbei dreimal so viele, noch bedeutend besser geschnittene Gewänder für sich selbst erwarb, tat dem keinen Abbruch.

Sie waren mit Mitrades eigenem, zweisitzigen Kleingleiter in die Stadt geflogen. Die Herrin ergötzte sich daran, wie perplex Tamra die Kaufhäuser und Verwaltungstürme im Zentrum von Taphior begaffte. Wobei sie keineswegs fingierte, sprachlos vor Bewunderung zu sein. Jedes einzelne der Gebäude, die so hoch aufragten, dass sie den Kopf weit in den Nacken legen musste, um auch nur einen Teil der oberen Geschosse zu sehen, erschien ihr wie ein Palast. Viele bauliche Elemente spotteten den Gesetzen der Schwerkraft. Brücken ohne jegliche Pfeiler oder Tragseile spannten sich in Schwindel erregenden Höhen zwischen umgekehrten Pyramiden, die auf der Spitze balancierten. Gläserne Kugeln segelten, kolossalen Seifenblasen gleich, über Zeltkonstruktionen, die nur aus kaum sichtbaren Spinnweben bestanden und doch ganze Sportarenen enthielten. Wie leuchtende Schlangen schwangen sich Energiestraßen zwischen schwebenden Gärten, Hügelzügen und Seen hindurch. Dazu kam, dass sich die Fassaden mancher Komplexe sukzessive veränderten – und zwar nicht bloß ihre Farbe oder Beleuchtung, sondern die gesamte Gestalt! Mitrade-Parkk erklärte nicht ohne Stolz, dass die Laren den Umgang mit so genannter »Formenergie« beherrschten wie kein anderes Volk im bekannten Universum. Tamra, überwältigt von der sie umgebenden Herrlichkeit, glaubte ihr gern.

Auch sonst erfuhr sie viel, darunter einige schockierende Details; zum Beispiel über das Sloppelle.

»Waren einmal recht beliebt, die Viecher«, sagte Mitrade abfällig. »Obwohl sie nun wirklich rein gar nichts können. Aber inzwischen sind sie sowas von aus der Mode ...«

Tamra war recht froh darüber, nicht von der Larin um ihr geliebtes Tier beneidet zu werden. Sie hatte schon befürchtet, Mitrade würde Eifersucht entwickeln und das Sloppelle für sich beanspruchen.

Sicherheitshalber legte sie noch ein Schäuflein drauf: »Ich weiß eh, dass Jugendliche sich nicht mehr mit so was abgeben sollten. Aber wir Menschlinge bleiben länger infantil.« Sie hatte im Aquadom beobachtet, dass die Laren, auch die zum Gesinde gehörigen, alle fremdrassigen Gunstbolde als unmündige Kinder betrachteten und dementsprechend behandelten. Sogar Boffään, der nach eigenen Angaben weit über hundert Jahre alt war, riefen sie »Bursche« ... Aber diese Überheblichkeit, hatte sie entdeckt, ließ sich durchaus auch gegen die hohen Herrschaften verwenden.

Mitrade-Parkk nahm prompt den ihr zugespielten Ball auf. »Zu deinesgleichen mag das Vieh passen. Ist übrigens ein besonders minderwertiges Exemplar. Kupiert, und wahrscheinlich auch stark gedrosselt.«

»Wie, wieso – was bedeutet das, Herrin?«

»Kupiert? Beine und Flügel entfernt.«

Tamra schnappte nach Luft. »Mein Sloppelle hatte früher ... Aber warum, ich meine, war es krank, oder hatte es einen Unfall?«

»Nein. Sie wurden ihm gestutzt; amputiert; abgeschnitten, verstehst du? War üblich. Die Flügel sind ohnehin zu kaum was nütze, und aus den Pfoten konnten die Biester lästige Krallen ausfahren. Naja, manche liefen auch häufig davon.«

In diesem Moment verlor Mitrade-Parkk alles Göttliche für Tamra. Wer dermaßen ungerührt, im Plauderton, als sei nicht das Geringste dabei, die Verstümmelung eines fühlenden Geschöpfes guthieß, konnte kein höheres Wesen sein.

Zu beschäftigt damit, ihre Abscheu und Erregung zu bezähmen, vergaß Tamra nachzufragen, was mit »gedrosselt« gemeint war. Oder vielleicht wollte sie es gar nicht so genau wissen.

Ansonsten verliefen die Tage im Großen und Ganzen unbeschwert. In den Nächten jedoch schlief Tamra schlecht.

Das war eine neue Erfahrung für sie und wurde vermutlich davon verursacht, dass sie keine Pastillen mehr bekam, die ihre Zunge blau und die Welt rosengoldig färbten. Warum auch? Hier gab es nichts zu übertünchen, Glanz und Luxus waren echt. Selbst eine niedrige Magd wie sie hatte ein eigenes Zimmer. Es handelte sich zwar nur um eine winzige, im Unterteil des Aquadoms gelegene Kammer, deren Bullauge zu einem Gutteil von Meeresalgen überwachsen war. Dennoch genoss Tamra es sehr, sich nach Beendigung ihres Dienstes dahin zurückziehen zu können. Im Internat der Heelghas war ausschließlich für Vermählte wie Frizzi und Wu ein privater Bereich des Schlafsaals abgeteilt worden, mit dünnen Trennwänden und oben offen, sodass alle mithörten, was darin geschah. An diese Geräusche dachte sie ungern. Bei der Vorstellung, sie müsste sich einen ähnlichen Verschlag mit Wilbur teilen, stellten sich ihre Nackenhaare auf.

Auch andere, weiter zurückliegende Erinnerungen stiegen hoch, während Tamra sich in den – tatsächlich! – makellos reinen Laken wälzte, die mit kunstvoll verschlungenen Monogrammen bestickt waren. Ihr fiel wieder ein, dass sie sich die Verletzung auf ihrer Stirn selbst zugefügt hatte und dass darin eine Botschaft versteckt war. Aber welche? Die Narben formten einen Buchstaben, ein »A«, in einer Schrift, einer fremden Sprache, die einmal die ihre gewesen war ... Sie zermarterte sich das Gehirn, doch ihr wollte einfach nicht in den Sinn kommen, was sie damit beabsichtigt hatte. Manchmal, im Halbschlaf, suchten Visionen sie heim, für Sekundenbruchteile, blitzartig. Leider vermochte sie diese unscharfen, schwarzweißen Bilder nie festzuhalten; kaum wurde sich Tamra ihrer bewusst, entschwanden sie wieder und ließen nichts zurück außer Sehnsucht.

Sie weinte viel. Ihr Sloppelle, so lieb es war, spendete nur eingeschränkt Trost. Tamra musste immerzu daran denken, wie grausam seine Vorbesitzer – Laren! – das Tier misshandelt hatten; dann flossen die Tränen erst recht.

Wenn sie gar keine Ruhe finden konnte, suchte sie Boffään in dessen Hauptwerkstatt auf. Als Pflanzenwesen kannte der Reparator keinen Schlaf. Er rastete höchstens sporadisch unter einer speziellen Lampe. Aber selbst dabei fummelte er ständig an irgendwelchen Bestandteilen von Haushaltsgeräten herum. Boffään war, in seiner schusseligen Art, sehr nett; und Tamra gewogen, weil sie tagtäglich ihr Frühstücksei bei ihm ablieferte.

»Kann es sein«, fragte sie ihn einmal, »dass ich nicht von hier bin?«

»Streng genommen stammt niemand von hier, denn alle wurden in unterschiedlich ferner Vergangenheit nach Forn-Karyan verschlagen, ja? Soweit bekannt, besteht die gesamte Bevölkerung dieser Galaxis aus Schiffbrüchigen, ja? Gib mir doch bitte mal den Lötstrahler rüber.«

»Ich meinte, von Taphior. Ich bin im Internat der Heelghas aufgewachsen. Aber davor? Güraldenip hat erzählt, wir Menschenkinder wurden aus Raumnot gerettet ...«

»Oh, das kenne ich. Und dafür müssen wir den Laren ewig und noch einen Tag dankbar sein, ja? Großer Succulent, man möchte förmlich austreiben vor lauter Dankbarkeit!«

»War das gerade Zynismus?«

»Nein, Ironie; egal, das sind Schösslinge vom selben Samen. Mehr Binder, ja?«

Tamra reichte ihm das Gewünschte. Sie seufzte. »Wäre ich bloß nicht so schrecklich dumm!«

»Glaub das nicht. Ganz im Gegenteil, du hast ein schlaues Köpfchen, ja? Die Heelghas haben bloß gründlich dein Gehirn gewaschen. Deshalb fehlen dir die meisten frühkindlichen Erinnerungen. Soll wohl die Integration erleichtern, ja?«

»Kann man das rückgängig machen?«

»Da muss ich leider passen. Psycho-Technik ist nicht mein Revier; ich bin ein simpler Mechaniker, ja? Schon möglich, denke ich. Jedenfalls sollte man sich besser nicht dabei erwischen lassen, ja? Dieser verdammte Koch mag eine Koryphäe auf dem Gebiet des weichen Eis darstellen, aber das Waffeleisen hat er jetzt schon zum dritten Mal durchgesengt!«

Es machte Tamra Spaß, Boffään bei seinen Reparaturen zu assistieren. Im Lauf der Zeit eignete sie sich dabei einige Kenntnisse an. Außerdem unterwies das Kaktuswesen sie während der gemeinsam verbrachten Nachtstunden in vielerlei anderen, nützlichen Fertigkeiten und erzählte ihr die Geschichte ihrer guten Herren, der Laren.

Deren Ursprung lag in einer Galaxis namens Larhatoon. Von dort war ein Konvoi aus 22 so genannten »Strukturvariablen Energiezellen-Raumern« zu einer anderen Hetos-Galaxie unterwegs gewesen, als ihn ein Tryortan-Schlund erfasste und hierher nach Forn-Karyan versetzte, was so viel bedeutete wie »Kleiner Wirbelsturm«. Zu diesem Zeitpunkt hatten die meisten der SVE-Raumer eine aufgeblähte Größe von rund fünf, zwei davon sogar von zwölf Kilometern Durchmesser; sie waren also energetisch »prall gefüllt«. Die mitgeführte Fracht bestand unter anderem aus Modulen zum Aufbau von Stützpunkten sowie den dazu notwendigen Aggregaten und Baumaschinen. Nach der erzwungenen Materialisation in einem Hypersturmriff, dem heutigen »Ereton/A«, erlitten die Überlichttriebwerke infolge des Strukturschocks einen Totalschaden. Weitere Ausfälle ergaben sich durch die Gewalten des Sturmriffs; betroffen waren vor allem die Hyperzapfanlagen inklusive der Polungsblöcke. Da der Konvoi keine so genannte Mastibekk-Pyramide zur Versorgung mit Polungsenergie mitgeführte hatte – spätestens hier nickte Tamra zwar eifrig, kapierte jedoch kaum ein Wort –, stand nur noch die in den SVE-Zellen gespeicherte Normal- und Hyperenergie zur Verfügung. Ganz abgesehen davon, dass drei Raumer verschollen waren.

Die Ausdehnung des Eretron/A-Riffs betrug, erklärte Boffään, etwa 50 Lichtjahre und war insgesamt Teil eines Sektors von rund 1000 Lichtjahren Durchmesser, der permanent von sehr starken Hypersturm-Ausläufern heimgesucht wurde. Die Position des Konvois befand sich zwölf Lichtjahre vom Riff-Zentrum und 13 von seinem Rand entfernt. Da die Fernortung massiv gestört war, konnte über für eine Notlandung geeignete Sonnensysteme zunächst wenig herausgefunden werden. Vordringlich hieß es, mit den verbliebenen 19 SVE-Raumern dem Riff zu entkommen. Um Energie zu sparen, wurden die Schiffe mit den nur noch »stotternd« arbeitenden Sublichttriebwerken auf einen geringen Prozentsatz der Lichtgeschwindigkeit beschleunigt. Folge war, dass die 13 Lichtjahre bis zum Rand des Riffs bereits eine Flugzeit von 278 Jahren beanspruchten, welche die Besatzungen zum Großteil im Tiefschlaf verbrachten. Erst außerhalb des Riffs gelang es, ein brauchbares Sonnensystem zu finden – und auch dieses wurde nur deshalb entdeckt, weil der rote, weitere rund 125 Lichtjahre entfernte Stern in ein hypersturmbedingtes »Flammen« gehüllt war. Jenes Phänomen erlosch bald wieder. Trotzdem nannte man die rettende Sonne auch heute noch Illindor, »die Flammende«.

Eine Erhöhung der Geschwindigkeit bis in relativistische Bereiche stand nicht zur Debatte. Das hätte, auch wegen der späteren Abbremsung, zu viel Energie erfordert, die für den Aufbau einer neuen Zivilisation dringend benötigt wurde. Weil keine Hyperzapfung mehr möglich war, wären die SVE-Raumer außerdem zu sehr geschrumpft. Folglich setzte der Konvoi seinen Flug nach einer Kurskorrektur mit der vorhandenen Geschwindigkeit fort. Was allerdings mit der Konsequenz verbunden war, dass das Ziel erst nach 2677 Jahren erreicht wurde! Während stets ein Großteil der Besatzungen im Tiefschlaf ruhte, nutzte der Rest die verstreichende Zeit, um aus vorhandenen Aggregaten, der mitgeführten Fracht und der in den SVE-Zellen gespeicherten Rest-Energie die Grundlagen des bevorstehenden Besiedlungsprojekts zu schaffen. Unter anderem wurden auch befruchtete Eizellen in Stasis eingefroren – all das, um anschließend möglichst schnell wieder zur alten Blüte aufzusteigen.

Als sie die rote Sonne Illindor und den zweiten der sechs Planeten, die angenehm bewohnbare Sauerstoffwelt Caligo, endlich erreichten, war es den Laren gelungen, auf der Basis ihres Wissens eine völlig neue, angepasste Technologie zu entwickeln. Allerdings wiesen 15 der SVE-Raumer inzwischen einen Durchmesser von nur noch 1200 Metern auf; zwei waren auf 3000 Meter sowie die ursprünglich beiden größten auf rund fünf Kilometer geschrumpft. Die Umsetzung der während des Flugs gewonnenen Erkenntnisse kostete zwar weitere Zeit und gab den meisten SVE-Raumern endgültig den Rest, aber schließlich gelang es den Laren, wieder zur überlichtschnellen Raumfahrt zurückzukehren. Mittlerweile lagen ausreichend Informationen vor, die eindeutig besagten, dass an ein Verlassen der Kleingalaxis Forn-Karyan und somit an eine Rückkehr zum Hetos der Sieben nicht zu denken war. Stattdessen wuchs aus der kleinen Kolonie der Trovent – zunächst in Gestalt von sieben weiteren, durch Laren besiedelten Sonnensystemen in bis zu 200 Lichtjahren Distanz, dann mittels Unterwerfung diverser nicht-larischer Völker in diesem von Hyperstürmen so arg gebeutelten Sektor.

Erste Vorstöße über größere Distanzen fanden vor etwa 400 Jahren statt. Dabei traf man auf die Posbis und die Alteraner. Während sich abzeichnete, dass angesichts der expansiven Politik des larischen Trovents über kurz oder lang ein Konflikt mit dem sich ähnlich rasch ausdehnenden Imperium Altera ins Haus stehen würde, schien es mit der Roboter-Zivilisation keinerlei Probleme zu geben – bis plötzlich, ohne jegliche Vorwarnung, der unerbittliche Vernichtungskrieg ausbrach.

»Ich hätte wenig dagegen, dass unsere ach so guten Herren einmal ordentlich eine aufs Haarnest kriegen, ja?«, sagte Boffään. »Aber leider hegen die durchgeknallten Robs keinerlei Absicht, uns aus der Knechtschaft zu befreien, ja? Im Gegenteil, für die gehören wir genauso zum unwahren Leben wie alle anderen: mitgefangen, mitgehangen, mit draufgegangen.«

Eines Nachts wagte Tamra endlich auch die Frage zu stellen, die ihr schon lang auf der Zunge lag: »Wieso besorgst du dir eigentlich nicht selbst Frühstückseier beim Koch, sondern lässt sie dir von mir und anderen Bediensteten zustecken?«

»Weil er mir keine geben darf. Wenn du's unbedingt wissen willst, Hühnereier haben eine berauschende Wirkung auf mich, ja? Bringen meinen Stoffwechsel aufs Trefflichste durcheinander. Glaubst du, wenn ich nicht andauernd zugedröhnt wäre, hielte ich das hier aus? Ja?«

Tamra war baff. Während sie ständig nach mehr Wissen gierte, dämpfte Boffään gezielt seine Intelligenz! Sie bemühte sich vergeblich, ihn zu verstehen.

Wie konnte man anstreben, dümmer zu sein, als man war?

Sie traf ihren Vater.

Beinahe hätte sie ihn nicht erkannt. Hinterher hasste sich Tamra dafür, denn das Wiedersehen endete fatal. Rückwirkend betrachtet, wäre es wohl für alle Beteiligten besser gewesen, die Begegnung hätte nie stattgefunden.

Es geschah im sechsten Jahr ihres Dienstes als Jungmagd und Zofe bei der Familie des Hohen Verwalters. Wie Pulpon-Parkk prophezeit hatte, überragte Tamra ihre etwas ältere Herrin Mitrade inzwischen um Haupteslänge. Und das war gut so: Eine hoch aufgeschossene, schlanke Figur entsprach nicht dem larischen Schönheitsideal. Neben und mit Tamra, die allgemein als »faszinierend hässlich« bezeichnet wurde, vermochte sogar die unscheinbare Mitrade zu glänzen.

Damals verkehrte die Clique, um deren Anerkennung Pulpons Tochter so verbissen buhlte, regelmäßig in einem Teegarten am Rand der zentralen, weitläufigen Plaza von Taphior. Hier wurden des Öfteren Waffenschauen, Defilees oder sonstige kulturelle Veranstaltungen abgehalten. Unter den blühenden Olvidbäumen, die die Grünanlagen säumten, promenierten bei Schönwetter die Damen der feinen Gesellschaft, Angehörige von Primärfeudalen der Großen Boote, mit ihrem Gefolge. An diesem Tag allerdings herrschte relativ wenig Betrieb, denn für das Illindor-System war Hypersturm-Warnung gegeben worden. Den Platz dominierte das höchste Gebäude der Herrlichen Stadt: ein bis in die Wolken aufragender Turm mit siebenzackigem Grundriss, historisches Monument und Museum in einem, genannt »Stern der Laren«.

Als Tamra und ihre gute Herrin zum Teegarten kamen, wurden sie von der versammelten Clique mit schallendem Gelächter empfangen. Mitrade-Parkk verkrampfte sich augenblicklich. Zum Glück stellte sich heraus, dass die Heiterkeit nicht ihr galt. Vielmehr amüsierten sich die jungen, nach der neuesten Mode herausgeputzten Larinnen über eine Gruppe von Gärtnern, die mit der Pflege der angrenzenden Blumenrabatten betraut waren und die Beete von Müll säuberten. Dabei wurden die Gunstbolde von drei Velorapten gestört, großen, gut hundert Kilo schweren, mit mächtigen Reißzähnen bewehrten Raubsauriern. Die Tiere waren zwar im Prinzip zahm; jedoch hatten ihre Besitzer sie von Leinen und Beißkörben befreit und auch ihre Fernsteuer-Chips deaktiviert, wohl in der Absicht, sich mit den Gärtnern einen Spaß zu machen.

Nindel-Greer, die Wortführerin der Clique, erwiderte Mitrades Gruß, indem sie sich lässig an die Schulter tippte. »Neue Jacke?«

Gespielt gleichgültig antwortete Tamras Herrin: »Ach, nichts Besonderes. Ein Schnäppchen. Hab ich schon länger.«

In Wirklichkeit waren sie die halbe vergangene Woche durch sämtliche Modehäuser der Innenbezirke gehetzt, um das sündteure, aus hauchdünnem Webflor geschneiderte Stück zu ergattern. Mitrade konnte die Erleichterung darüber, dass Nindel ihre Errungenschaft bemerkt hatte und würdigte, kaum verbergen. Sie setzte sich zu den anderen und befahl Tamra, ihr ein Mixgetränk zu holen. »Hopp hopp, spute dich, Scheuche. Und verschütte nicht wieder die Hälfte!«

Natürlich bedienten Kellner in diesem Lokal. Aber bei solchen Anlässen, vor Nindel-Greer und den anderen höheren Töchtern, kommandierte Mitrade ihre Zofe leidenschaftlich gern herum, wobei sie sich noch bedeutend launischer und zickiger gab als sonst. Tamra spielte mit, stellte sich manchmal sogar extra tolpatschig an, um der jungen Herrin Gelegenheit zu verschaffen, sie zu rügen und zu schmähen. Die Demütigungen nahm sie hin, daran hatte sie sich gewöhnt. Im Grunde tat ihr Mitrade leid, deren Platz weit unten in der Hackordnung der Clique angesiedelt war und wohl für immer bleiben würde – so sehr sie sich auch anstrengte, ihren blasierten angeblichen Freundinnen zu gefallen und nachzueifern.

Tamra kehrte an den Tisch zurück. Sich tief verbeugend, servierte sie den Cocktail ihrer Herrin, die mit den anderen lauthals johlte und klatschte. Der Tumult in den Blumenbeeten hatte sich weiter gesteigert. Einem Saurier war es gelungen, den größten der Gärtner am Hosenboden zu erwischen. Nun steckte der Gunstbold, ein älterer Menschling, in beträchtlichen Schwierigkeiten. Unter Zuhilfenahme seines Desintegrator-Besens hätte er sich des Tieres wohl erwehren können, doch dabei wäre der Velorapt sehr wahrscheinlich verletzt worden. Larisches Eigentum zu beschädigen, und sei es in Notwehr, zog mit Sicherheit eine Strafe nach sich. Die umsitzenden Beobachter weideten sich an der misslichen Lage des Mannes und quittierten seine verzweifelten Bemühungen, den Saurier abzuschütteln, mit Applaus und witzig gemeinten Kommentaren. Eine Weile ging das so dahin. Endlich erbarmte sich der Besitzer des Tieres und immobilisierte es per Fernsteuerung, damit sich der Gärtner aus den Fängen befreien konnte. Man legte den beiden anderen Velorapten wieder die Leinen an, zumal der Höhepunkt des Schauspiels überschritten und der Mann verwundet war; schließlich repräsentierte auch ein Gunstbold einen gewissen materiellen Wert.

Seine Hose hing in Fetzen herab. Obwohl er stark blutete, zeigte der Menschling keinerlei Regung, während er sein Werkzeug zusammenkramte und stoisch mit der Arbeit fortfuhr.

»So ist's recht, Bursche!«, grölte ein halbwüchsiger Lare. »Schön fleißig sein, sonst schicken wir dich wieder zurück auf den stinkenden Müllplaneten, von wo du herkommst!«

Ein einzelner Sonnenstrahl stach aus einer Lücke in der Wolkendecke, wurde von der diamantenen Einfriedung des Beets reflektiert und erhellte das wettergegerbte, von markant hervorstehenden Backenknochen geprägte Gesicht des Gärtners. Da verspürte Tamra einen Stich in der Brust. Ihr Herzschlag setzte aus.

Sie kannte den Mann.

Als würde ein Schleier hinweggewischt, fiel ihr im selben Sekundenbruchteil der zugehörige Name ein: Clees. Clees Cantu. Leutnant Clees Cantu.

Ihr Vater.

Ohne nachzudenken, erhob sich Tamra und ging langsam, wie in Trance, auf den Menschling zu.

»He, Scheuche, was fällt dir ein?«, hörte sie hinter ihrem Rücken die Herrin. »Spinnst du, dich unerlaubt zu entfernen? Marsch, zurück auf deinen Platz!«

Tamra blieb stehen, drehte sich jedoch nicht um, sondern fixierte ihren Vater, der den Kopf gehoben hatte und wachsam in ihre Richtung blickte, weil abermals Rufe und Gekicher erklangen. Kein Zweifel, er war es. Älter, abgezehrter, dennoch unverkennbar.

»Scheuche! Hast du Maden in den Ohren? Hierher!«, schrie Mitrade-Parkk.

»Oje, krasser Fall von Autoritätsverlust«, ätzte Nindel-Greer. »War ja immer schon relativ schwierig zu unterscheiden, wer von euch beiden die Herrin ist.«

Die Larinnen gluckten und raschelten entzückt mit ihren perlenbesetzten Fächern. Tamra tat einen Schritt in Richtung Blumenrabatte. Jemand ergriff sie am Oberarm.

Sie riss sich los. Mitrade überholte sie, stellte sich ihr in den Weg. Ihre Augen sprühten Feuer. »An deinen Platz, Magd!«, zischte sie, »Unverzüglich, oder ...«

Tamra ging weiter. Ihre Herrin schlug ihr mitten ins Gesicht, hart, kreischte: »Tamra! Gehorche!« Sie aber spürte nichts und schob Mitrade, die sich an ihr festklammerte, um sie aufzuhalten, achtlos beiseite. Ein Handgemenge entstand. Tamra registrierte nicht im Mindesten, welchen Affront sie beging. Sie handelte unbewusst, in der Art einer Schlafwandlerin, hatte nur Augen für den Vater, der zusammengezuckt war, als er ihren Namen vernommen hatte, und sie nun ungläubig anstarrte. Erneut traf sie ein Hieb. Sie schlug zurück, instinktiv, wie beim Flugball, wenn Wu Pasterz sie durch ein Foul am Korbwurf hindern wollte. Mitrade taumelte, stürzte. Reflexhaft versuchte Tamra sie aufzufangen, erwischte sie jedoch nur an der Jacke, die von oben bis unten aufriss, während die Larin zu Boden fiel. Tamra stieg über sie hinweg, rannte los und warf sich in Papas Arme.

Die Welt versank. Es gab nichts mehr außer ihnen beiden. Sie stammelten Koseworte. Alles wurde gut. Noch viermal schlafen, dann waren sie auf Neu-Szechuan, im weißen Strandbungalow unter den Korkenzieher-Palmen. Mit Mama.

»Mama. Was ist mit ihr?«

»Es tut mir leid, mein Schätzchen. Sehr leid, aber ... deine Mutter lebt nicht mehr«, antwortete Clees Cantu stockend, ebenfalls auf Alteranisch. »Dekombor war zu viel für sie. Roslin ... hat die Knechtschaft nicht verkraftet. Noch im ersten Jahr ist sie ... krank geworden. Dahingesiecht. Von uns gegangen.«

Sich gegenseitig stützend, hielten sie einander fest umschlungen, eine halbe Ewigkeit lang; bis sie von groben

Händen ergriffen und brutal getrennt wurden. Polizisten drehten Tamra die Arme auf den Rücken, zwangen sie in die Knie und prügelten auf sie ein. Ihr schwanden die Sinne.

Als sie wieder zu sich kam, tobten Nindel-Greer und ihre Clique vor Begeisterung. Sie lachten, lachten, lachten Mitrade aus.

Plötzlich ertönte durchdringendes, an- und abschwellendes Sirenengeheul. Auf allen Gebäuden blinkten Warnsignale. Jemand rief: »Hypersturm-Alarm!« Spottlieder absingend, dabei mit spitzen Fingern auf Tamra und ihre Herrin zeigend, zogen die jungen larischen Göttinnen von dannen.

Die Polizisten trieben zur Eile. »Es können demnächst Energieabfälle eintreten«, sagte der Hauptmann. »Ihr müsst Euch in einen Schutzraum begeben, Jungdame Parkk.«

»Kein Problem. Ich habe einen autarken Gleiter und fliege damit nach Hause. Unser Aquadom ist sturmsicher.« Mitrade wirkte wieder gefasst, konzentriert, ja eiskalt. In ihren Augen jedoch loderte Hass. »Nimm zu Protokoll: Jener Gunstbold hat mich grundlos attackiert und verletzt. Deshalb musste ich euch zu Hilfe rufen.«

Obwohl sie noch sehr benommen war, wollte Tamra widersprechen. Aber auf einen Wink Mitrades hielt ein Polizist ihr mit seinem ledernen, nietenbesetzten Handschuh den Mund zu.

Daten von seinem Unterarm-Display ablesend, sagte der Hauptmann, wobei er kaum merklich den bulligen Schädel wiegte: »Jener Menschling namens Clees ist bislang noch nie auffällig geworden. Keinerlei Vorstrafen. Er besitzt den Leumund eines zuverlässigen und manierlichen Arbeiters.«

»Falls du Zweifel an meiner Aussage hegst, könnt ihr gern bei Nindel-Greer, der Tochter von General Kat-Greer, nachfragen. Sie saß die ganze Zeit dort drüben.«

»Das wird nicht nötig sein, Jungdame Parkk.«

Sie führten Tamras Vater in Fesseln ab. Mitrade beugte sich zu ihr herunter und raunte: »Präge ihn dir noch einmal gut ein, Scheuche. Von dort, wohin sie deinen Erzeuger bringen, kommt er garantiert nie wieder zurück.«

Tamra bäumte sich auf. Sie versuchte sich loszureißen, doch gegen die Muskelkraft-Verstärker in der Montur des Polizisten hatte sie keine Chance.

»Was soll mit Eurer Magd geschehen?«

»Ich nehme die Frevlerin, die dem Angreifer beisprang, mit und übergebe sie der Gerichtsbarkeit meines Vaters, des zuständigen Verwalters von Dekombor. Aber ich wäre euch verbunden, wenn ihr das durchgeknallte Monstrum vorsichtshalber paralysieren könntet, Herr Hauptmann.«

Kaum waren sie abgeflogen, begann die Stadt zu zerfallen.

Gelähmt, vollkommen unfähig, ein Glied zu rühren, hing Tamra in ihrem Schalensitz. Rings um den Sportgleiter löste sich die herrliche Stadt Taphior in Luft auf. Die funkelnden Fassaden, die eleganten architektonischen Konstruktionen verschwanden, als habe es sie nie gegeben. An ihrer Stelle duckten sich schmutzig graue, klotzige, erschreckend niedrige Bunkerbauten zwischen die kahlen Hügel. Einzig der Larenstern-Turm stand noch, wenngleich auch er gut zwei Drittel seiner Höhe eingebüßt hatte.

»Schuld daran ist der Hypersturm, dessen Ausläufer bis ins Illindor-System durchschlagen«, erklärte Mitrade-Parkk mit schneidender, vor Wut, Verachtung und Bosheit triefender Stimme. »Genieße den Anblick, Scheuche! Ich habe so etwas auch noch nicht erlebt, aber davon gelesen. Die Energieversorgung ist zusammengebrochen oder musste aus Sicherheitsgründen stark reduziert werden.« Die Herrin hingegen stand immer noch unter Hochspannung. Sie redete wie aufgezogen. »Infolgedessen fallen die hochkomplexen Prallschirme, Traktorstrahlnetze, Antigrav-Schichtfelder und so weiter aus. Kombiniert erwecken sie normaler Weise einen Eindruck, der jenen Meisterleistungen zumindest ähnelt, welche unsere Ahnen vor der Versetzung nach Ambriador ungleich leichthändiger aus Formenergie geschaffen haben.«

Tamra traute ihren Ohren nicht. Sie hätte bitter aufgelacht, wenn ihr dies in ihrem paralysierten Zustand möglich gewesen wäre. Auch die ach so herrliche Stadt Taphior unterlag einem Kipp-Effekt! War denn jeder Ort, an den sie verschlagen wurde, auf Lug und Trug gebaut?

Und wenn schon. Was zählte das alles noch? Sie hatte ihren Vater wiedergefunden; und unmittelbar darauf, durch ihre eigene, unbedachte, völlig falsche Reaktion für immer verloren. Clees Cantus Schicksal war besiegelt. Es bestand kein Grund, daran zu zweifeln, dass Mitrade ihre Drohungen wahr machen würde.

Die Herrin riss den Zweisitzer in eine enge Kurve. Sie flog haarscharf am Limit. »Wegen dir elender Scheuche bin ich für immer und ewig zum Gespött derjenigen Leute geworden, die mir die wichtigsten von allen waren. Gratuliere, du hast meine Welt zerstört, Menschenkind. Und im Unterschied zu Taphior wird sie nicht in neuem Glanz erblühen, sobald der Hypersturm vorüber ist. Ich bin und bleibe gesellschaftlich ruiniert, darauf kannst du Gift nehmen. Nindel-Greer und ihre verdammte, hochnäsige Zicken-Meute ziehen mich mit dem, was heute vorgefallen ist, noch durch den Dreck, wenn ich alt und grau bin. Meine Zofe, ein schwaches Menschending, hat mich bloßgestellt, in aller

Öffentlichkeit niedergerungen, umgeworfen, mir die Jacke zerrissen! Dafür wirst du bezahlen, das schwöre ich dir. Dein Vater war erst der Anfang. Ich werde dich vernichten, Alteranerin, wie du mich vernichtet hast. Nein, nicht heute, morgen oder in den nächsten Tagen. Das wäre viel zu billig, viel zu glimpflich für dich.«

Das Aquadomizil kam in Sicht. Am Himmel über den von Böen gepeitschten Meereswogen wetterleuchteten weit verästelte Blitze. »Glaube nicht, dass du mir so schnell davonkommst, scheußliche Scheuche Tamra Cantu. Oh ja, ich werde dich umbringen, genüsslich, Stück für Stück. Aber es wird lange dauern, sehr lange.«

Sie drehte Tamra den Kopf zu und spuckte ihr ins starre Gesicht. »Dein und mein ganzes, verfluchtes Leben lang.«

6. Der Kahn der Hoffnungslosen Fälle

»Mit Verlaub, Sir, Sie ... äh ... du bist verrückt.«

Perry lachte. »Das haben schon viele vor dir behauptet, Menschen wie Angehörige anderer Völker, angefangen mit einigen für unsere Historie nicht völlig unbedeutenden Arkoniden. Die meisten konnte ich später davon überzeugen, dass in meinem Oberstübchen doch noch alles in Ordnung ist.«

Demetrius Onmout raufte sich die Haare. Wie alle Alteraner kannte er eine Fülle von Geschichten über den Wagemut des Großadministrators. Aber es machte einen Riesenunterschied, ob man diese kühnen Abenteuer mit heißen Wangen aufsaugte – oder selbst dabei mitwirken sollte!

Der Bademeister hatte nicht besonders viel zu berichten gehabt; das aber war brisant. Laut seinem Datenmaterial gab es in Ambriador tatsächlich eine Gruppe von Spezialisten, die zumindest eine Zeit lang Umgang mit Posbis gepflegt hatten: das Team eines Laren-Technikers namens Verduto-Cruz. Selbiger erfreute sich im Trovent einer gewissen Berühmtheit als ebenso schwieriger wie genialer Kybernetiker. Was genau damals zwischen den Laren und den positronisch-biologischen Robotern gelaufen war, konnte der Bademeister nicht sagen; bloß, dass es einen intensiven Austausch gegeben hatte und bei Ausbruch des Großen Krieges die Kontakte logischerweise abrissen. Der derzeitige Aufenthalt jenes Verduto-Cruz war unbekannt; vielleicht musste er ja, als ausgewiesener »Posbi-Freund«, seinen Abschied nehmen und untertauchen. Dmetri hatte inzwischen im Festwerk nachgefragt – auch die anderen Informanten der Legion Alter-X wussten nicht mehr über Verduto, als dass er vor dem Krieg an der Technischen Universität des Trovents eine große Nummer gewesen, dann emeritiert war und sich seither an einem unbekannten Ort aufhielt.

»Das ist unser Mann«, wiederholte Perry Rhodan. »Er oder, falls er nicht mehr leben sollte, einer seiner ehemaligen Assistenten. Wenn heute jemand näher über die Technologie der Ambriador-Posbis Bescheid weiß, dann diese Leute. Fazit: Wir brauchen mindestens einen davon auf Altera, um BOX-1122-UM rechtzeitig wieder flottzukriegen.«

»Kein Nestschädel wird freiwillig hierher kommen und uns unter die Arme greifen.«

»Das ist nicht gesagt. Die Befriedung der Posbis liegt auch im Interesse der Laren. Über Funk würden wir freilich nichts ausrichten, dazu sind die Beziehungen zwischen den beiden Sternenreichen zu gespannt. Deshalb müssen wir nach Caligo, damit ich vor Ort meine bekannt unwiderstehlichen Überredungskünste anwenden kann.«

»Einfach so, ja?«

Obwohl, dachte Dmetri, genau das ist Rhodans legendärer Stil: Auf gut Glück hinfliegen und dann irgendwie die Sache schaukeln.

Aber ...

Das funktioniert in Räuberpistolen und Kindermärchen. In der Realität hingegen ...

Rhodan, der Furcht erregend reale Rhodan, antwortete heiter: »Wir brechen daher besser heute als morgen zum Trovent-Planeten Caligo auf.«

»Und womit? Das sind über fünftausend Lichtjahre! Ganz abgesehen davon, dass ein alteranisches Schiff schon im Grenzgebiet jederzeit mit einem Abschuss rechnen muss.«

»Vertrau mir – was das betrifft, habe ich einen leidlich guten Trumpf im Ärmel. Die Frage ist: Wie schaffen wir es, Staatsmarschall Michou einen Raumer samt Besatzung abzuluchsen?«

»Gar nicht.«

»Geschätzter Demetrius, sei bitte nicht so pessimistisch. Du machst das schon.«

»Ich?«

»Na, wer denn sonst?«

Und in der Tat, Captain Onmout besorgte ihnen ein Transportmittel.

Er musste mit Engelszungen auf seinen Kommandeur eingeredet haben. Mondra war nicht dabei gewesen, genauso wenig wie Startac oder Perry. Der hatte sich mit Nano, Drover und dem Mattenwilly Mauerblum eingebunkert, jedoch niemandem verraten, zu welchem Zweck.

Die Chuzpe, die Rhodan manchmal an den Tag legte, rang Mondra auch nach all den Jahren noch widerwillige Bewunderung ab. Er schickte den jungen Geheimdienst-Offizier ohne jede weitere Unterstützung oder Rückendeckung ins Feuer. Allein die von Perry strahlend vermittelte Gewissheit, Onmout sei der Aufgabe gewachsen, motivierte diesen dermaßen, dass er tatsächlich Erfolg hatte.

Am 16. April 1343 NGZ begaben sie sich an Bord des Experimentalraumers MINXHAO und brachen damit Richtung galaktische Südseite auf. Die Rundror-Posbis und der Mattenwilly blieben im Alter-System zurück. Laertes Michou garantierte für ihre Sicherheit; wie es dem Charakter des Staatsmarschalls entsprach, nicht ohne Eigennutz. Insbesondere Nano Aluminiumgärtner sollte versuchen, den Speicherinhalt von BOX-1122-UM zu entziffern, um eventuell Informationen über Posbi-Stützpunkte, -Verbände, die Zentralwelt und deren Position auszulesen. Und in jeder freien Millisekunde »impfte« er die Rechner der Flotte, die in Kürze zur Rückeroberung Fort Kantons aufbrechen würde, mit seinen uralten, aber vorläufig noch gültigen Befehlskodes.

Mondra, Startac, Perry und Demetrius verfolgten den Start in der Zentrale der MINXHAO. Das Schiff war voll funktionstüchtig, allerdings fast vierzig Jahre lang eingemottet gewesen. Äußerlich glich es einem Leichten Troventaar, maß also fünfhundert Meter in der Länge und dreihundert im Durchmesser. Damals hatte man versucht, zu Spionagezwecken einen Larenraumer nachzubauen. Die Triebwerke hatte man ganz gut hingekriegt, wenngleich mit geringerer Reaktorleistung, aber das fiel nur in Extremsituationen auf. Drei Linearkonverter, wie sie in Schweren Kreuzern der Alteraner Verwendung fanden, ergaben mit zusammen 3600 Lichtjahren sogar eine höhere Gesamtreichweite als beim larischen »Original«. Am Halbraumfeld jedoch, das Troventaare statt eines HÜ-Schirms benutzten, waren die Ingenieure gescheitert, desgleichen am überschweren Impulsgeschütz. Somit konnten die für diese Schiffsklasse charakteristischen Emissionen nicht erzeugt werden, und das Projekt wurde ad acta gelegt. Die MINXHAO umzurüsten und in die reguläre Flotte einzugliedern, zahlte sich nicht aus: Wegen des komplizierten Durcheinanders verschiedener experimenteller Hybrid-Technologien hätte man mehr Zeit und Material investieren müssen als für einen Neubau.

Hermes, der Fabriksplanet, auf dem die MINXHAO die letzten Jahrzehnte im Konservierungs-Dock verbracht hatte, fiel unter ihnen zurück. Soweit Mondra das aufgrund der Datenholos und des Verhaltens der Zentrale-Crew beurteilen konnte, war der Start geglückt. Captain Onmout thronte entspannt am erhöhten Sitz des Kommandanten. Als er Mondras Blick bemerkte, zeigte er ihr den erhobenen Daumen. Lächelnd erwiderte sie die Geste.

Wieder einmal unterwegs ins Ungewisse, dachte Mondra Diamond. *Wieder einmal mit Perry auf einem seiner klassischen Himmelfahrtskommandos. In einem ausrangierten Kahn, der zwar fliegt und dabei, scheint's, keine gröberen Mucken macht, aber nicht viel mehr ist als eine Hülle, ohne nennenswerte offensive oder defensive Waffensysteme.*

Ob die Besatzung in der Lage war, dieses Manko auszugleichen, musste sich erst noch zeigen. Jedenfalls handelte es sich bei den fünfhundert Männern und Frauen um eine sehr spezielle Form von Elite. Denn wie die MINXHAO kam auch ihre Mannschaft vom sprichwörtlichen Abstellgleis.

Genauer: aus dem Militärgefängnis.

»Keinen einzigen Raumsoldaten«, hatte Laertes Michou kategorisch festgestellt, »werde ich für dieses Hirngespinst erübrigen.« Nun, dann musste sich Captain Onmout seine Crew eben unter denjenigen suchen, die bereits übrig waren. Klar, dass es sich bei den Gründen für ihre Suspendierung vom Fronteinsatz in Zeiten wie diesen um keine Kleinigkeiten handeln konnte. An Bord des Walzenraumers versammelten sich einige tausend Jahre an Haftstrafen: Diebe und Deserteure, notorische Streithähne und sonstige Unruhestifter, Gauner, Gangster, Asoziale jeglicher Couleur. »Insubordination« war das häufigste Delikt, gefolgt von »Drogenabusus« – was etwas heißen musste angesichts dessen, wie leichthändig an der Front mit Mittelchen aller

Art umgegangen wurde. »Nicht für den Flottendienst verwendungsfähig«, stand in jeder einzelnen Urteilsbegründung.

Abschaum also, ausnahmslos hoffnungslose Fälle. Demetrius Onmout bot ihnen eine allerletzte Chance, sich zu rehabilitieren.

Das hatte er seinem Staatsmarschall abgetrotzt: Wer sich freiwillig zur Teilnahme an diesem Hochrisiko-Unternehmen entschloss und dabei bewährte, dem winkte eine Generalamnestie. Als sie erfuhren, dass sie zusammen mit dem Großadministrator Perry Rhodan in den Einsatz gehen würden, meldeten sich Tausende. Onmout und die Psychiater der Legion Alter-X konnten deshalb unter all den verdorbenen Früchtchen wenigstens die schimmligen Rosinen herauspicken.

Der Captain ließ die erste Linearetappe über 40 Lichtjahre einleiten. Ihr Zwischenziel, das sie in zwölf bis 15 weiteren Sprüngen zu erreichen hofften, war Fort Blossom, ein Siedlungsplanet und Stützpunkt, 624 Lichtjahre von Altera entfernt, der wichtigste Außenposten zum Sektor der Laren. Dort würden sie eine letzte Sicherheitswartung durchführen. »Dahinter« lagen dann tausende Lichtjahre Leerraum ...

Mit 50 Prozent der Lichtgeschwindigkeit verschwand die MINXHAO aus dem Einsteinuniversum. Mondra verfolgte die Statusanzeigen am zentralen Holokubus. Bislang keine Probleme; die Kalupschen Kompensationskonverter arbeiteten einwandfrei. Bei diesem Hauptaggregat handelte es sich um keinen Antrieb im eigentlichen Sinn. Es erzeugte vielmehr ein kugelförmiges Mantelfeld zur Totalkompensation vier- und fünfdimensionaler Konstanten, das ein Raumschiff sowohl von den Einflüssen des Standarduniversums wie auch des übergeordneten Kontinuums abschirmte. Ein tatsächliches Eindringen in den Hyperraum wurde vermieden; die MINXHAO befand sich nun in ihrem eigenen, künstlich aufrechterhaltenen Miniaturuniversum, eingebettet in eine Enklave, deren Grenzschicht dem Halb- oder Linearraum entsprach. Für den »Schub« sorgten die Impulstriebwerke. Deren im Normalbetrieb nur lichtschnelle Impulswellen wurden durch das Kompensatorfeld strukturverformt und glichen sich hierbei dem metastabilen Halbraumniveau an.

Abermals rief sich Mondra zu Bewusstsein, welch gigantische Leistung es darstellte, dass die hiesige Technologie wieder in etwa das terranische Niveau des 25. Jahrhunderts erreicht hatte. Und dies trotz der Zustände in dieser vor hyperphysikalischen Anomalien strotzenden Galaxie! Unter dem außergewöhnlichen Umweltdruck war jegliche Technik, die 5-D-Komponenten enthielt, notgedrungen auf extrem robust und störungsbeständig getrimmt worden. Den Schock, den die sprunghafte Erhöhung des Hyperwiderstands in anderen Bereichen des bekannten Kosmos ausgelöst hatte, hatte das Imperium von Altera deshalb relativ leicht und rasch verdaut, wie übrigens auch die anderen raumfahrenden Völker Ambriadors. Fortan steigerte sich »nur« nochmals der Energiebedarf, und die Schwingquarze, die für zahlreiche fünfdimensionale Anwendungen benötigt wurden, laugten deutlich rascher aus.

Mit einem Überlicht-Faktor von 600.000 raste die MINXHAO dahin. Die normaloptische Außenbeobachtung zeigte das für die instabile Librationszone des Halbraums typische, graurötlich wallende, von dunklen Streifen und Schlieren durchzogene Medium. Kaum jemand hatte einen Blick dafür. Demetrius Onmouts Offiziere mochten schwierig sein, Rabauken oder Ganoven, aber sie verfügten allesamt über reichlich kosmonautische Erfahrung.

Nachdem sich der Captain vergewissert hatte, dass der Linearflug klaglos verlief und in näherer Umgebung keine Hyperstürme drohten, kommandierte er alle Besatzungsmitglieder, die nicht zur diensthabenden Schicht gehörten, an die Hypnoschuler ab. Mondra und Startac schlossen sich ebenfalls an; im Unterschied zu Perry beherrschten sie kein Larion. Das Idiom des Trovents zu erlernen, war das Mindeste an Vorbereitung auf die kommenden Tage.

Die Männer und Frauen der MINXHAO wussten auch so wenig genug darüber, was sie erwartete.

7. Ein Zoo, voll mit guten alten Bekannten

Tamra hockte bettelnd am Straßenrand.

Sie fror. Ein kalter Wind blies, und sie war am ganzen Körper durchnässt. Der Regen hatte zugenommen; schmutzig braunes Wasser schoss durch die Abflussrinne, in der sie seit Stunden kauerte.

Ein Lare näherte sich im Schutz seiner Prallschirm-Blase. »Oh, guter Herr«, flehte Tamra, »habt Ihr vielleicht eine milde Gabe für mich übrig, oder wenigstens ein paar freundliche Worte der Aufmunterung?«

Der Lare verlangsamte seinen Schritt und blieb stehen, sodass das Energiefeld auch sie einschloss und von Wind und Wetter abschottete. Er trug Zivilkleidung, billige Massenware. Das verwaschene Hemd spannte sich über seinem dicken Bauch. »Ein Menschling. Du wirst dir noch den Tod holen. Hast du denn keinen Vormund, der dir Unterschlupf und Nahrung gibt?«

»Nein, guter Herr. Ich gehöre zu keinem Haus oder Boot, bin kein Gunstbold, sondern eine Vagabundin und vogelfrei. Eigenes Verschulden, das ich zutiefst bereue, hat mich in diese missliche Lage gebracht. Wenn Ihr vielleicht eine milde Gabe ...?«

»Hm. Ich weiß nicht recht.« Schnaufend wischte er sich Schweißperlen vom feisten, spiegelnden Gesicht. »Man hört einiges über deinesgleichen. Dass ihr Geld, welches man euch spendet, sofort gegen Rauschdrogen eintauscht ... Dafür wäre mir mein sauer Erspartes zu schade. Mir bleibt ohnehin so gut wie nichts übrig. Gerade erst wurde wieder mein Gehalt gekürzt, Sparmaßnahmen, Rationalisierung, seit Jahrzehnten befinden wir uns im Ausnahmezustand, alles fließt in die Rüstung ... Nicht, dass es vorher viel besser war, die Raumflotte hat immer schon das größte Stück vom Kuchen bekommen, aber ...«

»Seid Ihr ein Bäcker, guter Herr?«

»Wie kommst du darauf? Ja, ich arbeite in der Brotfabrik.«

»Weil Ihr so eine sympathische Ausstrahlung besitzt«, flunkerte Tamra. In Wirklichkeit staubte dem widerlichen Fettsack das Mehl aus seinem Haarnest, den Sichelohren und sämtlichen Kleidungsstücken. »Man sagt doch, dass Bäcker besonders freundliche und freigiebige Leute seien.«

»Sagt man das?« Er grinste geschmeichelt. Sein Atem roch säuerlich.

»Bei uns gibt es ein Sprichwort: ›Weichherzig wie ein Bäcker‹. Hättet Ihr nicht ein warmes Plätzchen für mich in Eurer Backstube? Ich würde mich auch sehr gern durch harte Arbeit oder jedweden anderen Dienst erkenntlich zeigen.«

»Hm... Najaaa, da, da ließe sich eventuell etwas machen.« In seinen Mundwinkeln zogen sich Speichelfäden. Er leckte über die gelben Lippen und schmatzte lüstern. »Ihr Menschlinge sollt ja in gewissen Belangen ganz außerordentlich ...«

»So darf ich mit Euch gehen? Erlaubt Ihr, dass ich mich erhebe, guter Herr?«

»Äh ... ja; ja sicher. Steh ruhig erst einmal auf und lass dich anschauen.«

Tamra griff nach den Krücken und hievte sich ächzend hoch. Dabei rutschte ihr die Perücke vom Kopf. Der Lare zuckte zurück, starrte auf ihren kahl geschorenen, vernarbten, von Abszessen bedeckten Schädel, dann fiel sein Blick auf den Beinstumpf, von dem gelber Eiter tropfte. »Mir, mir, da fällt mir gerade ein, dass ich, äh, noch einen wichtigen Termin habe und spät dran bin, ich kann also heute leider nichts für dich tun, äh, und morgen wohl ebensowenig, extremer Stress gerade, wir fahren praktisch pausenlos Doppelschichten, du verstehst?«

Tamra verstand.

Nachdem der dicke Schwätzer von dannen geeilt war, fischte sie die Perücke aus dem Rinnstein, wrang sie aus, setzte sie auf und nahm die frühere Position wieder ein. Sie grinste. Die schwärenden Furunkel und das halbe Bein verfehlten ihre Wirkung selten.

Es war ein ruhiger Tag, wenig los; kaum Jugendliche unterwegs, die sie zur Zielscheibe für Spott und derbe Streiche erkoren. Als sie, zwei Stunden und ebenso viele weitere, entsetzt geflüchtete »Gönner« später, ihre Zeit erfüllt hatte, fanden sich in der Bettelschale einige Münzen für die öffentliche Rohrbahn, zwei Kreditchips – höchst wahrscheinlich leer –, dazu die üblichen Steine und zerknüllten Verpackungsfolien. Ein durchschnittlicher Ertrag, trotz des Schlechtwetters; sie packte die Beute fein säuberlich in ihren Rucksack. Auf die primitiven Krücken gestützt, humpelte Tamra den Gehsteig entlang, viele Häuserblocks weit, bis sie zu einer engen, dunklen Seitengasse kam, in die sie einbog. Erbärmlich stinkende Müllsäcke türmten sich meterhoch. Obwohl fast drei Mondzyklen seit dem großen Hypersturm vergangen waren, funktionierten in Unterschicht-Vierteln wie diesem die Abfallkonverter immer noch nicht. Alles floss in die militärische Aufrüstung, da hatte der Bäcker schon Recht.

Am Ende der Sackgasse befand sich eine niedrige, verrostete Eisentür. Tamra sah über die Schulter zurück; niemand war ihr gefolgt. Sie klopfte dreimal kurz, dreimal lang, dreimal kurz.

Das Türblatt verschwand. Gebückt schlüpfte sie durch die Öffnung, die sich gleich danach wieder schloss. Licht ging an. Aufatmend löste Tamra die Gurte, welche ihren linken Unter- am Oberschenkel fixiert hatten. Noch auf der obersten Treppenstufe vollführte sie fünfzig Kniebeugen, um die Blutzirkulation anzukurbeln. Dann stieg sie hinab in den Keller.

Jason lümmelte im Schaukelstuhl vor der Holowand, wo sich plastische Zeichentrick-Figuren gegenseitig die Extremitäten wegschossen. »Lass mich raten«, sagte Tamra. »Die Bösen sind als Alteraner verkleidete Posbis, und die guten Laren haben sie im letzten Moment enttarnt.«

»Gewonnen. He, was erwartest du dir vom Kinderprogramm? Immerhin, die Animationen sind klasse. Offenbar haben sie einen neuen Chef-Designer, der kann echt was. Total retro, aber geiler Stil.«

Tamra sah ein paar Minuten zu, während das schmerzhafte Pulsieren in ihrem linken Bein abklang. »Warum stecken die Roboter eigentlich nie in Heelgha-Verkleidungen? Oder treten als sonstige Gunstvölker auf? Stets entpuppen sich nur Menschlinge als feindliche Agenten.«

»Wir ähneln den Laren nun mal rein äußerlich am stärksten.« Jason schob sich eine Handvoll Nüsschen in den Mund. »Daher haben sie uns gegenüber den höchsten Abgrenzungsbedarf. Die diversen Exoten erachten sie nicht als potenzielle Gegner, beziehungsweise halten sie für auch nur annähernd vollwertig. Mit anderen Worten: Wir sind privilegiert. Hahaha, das ist wirklich witzig!« Im Holo wurde gerade eine gut 200 Kilo schwere Alteranerin mit Flammenwerfern geröstet, bis unter den verschmorten Fleischwülsten ein positronisch-biologischer Roboter zum Vorschein kam und in tausend Teile zerplatzte. »Nein, im Ernst: Unsere guten Herren entlasten sich psychisch, indem sie die zwei größten aktuellen Bedrohungen, nämlich die Posbis und das Imperium Altera, in ein und derselben Gestalt zur Deckung bringen. Das ist momentan voll in Ordnung und ändert nichts daran, dass letztlich Laren und Alteraner vereint die mörderischen Blechkübel aus dem Weichbild der Galaxis tilgen werden.«

»Wenn ich etwas an dir ganz besonders mag, dann deinen Optimismus.« Tamra entledigte sich der durchweichten Lumpen. Ihre Thermo-Unterwäsche zog sie erst in der Hygiene-Zelle aus. Sie schüttete sich das scharf riechende Lösungsmittel über den Kopf und wusch die aufgeschminkten Furunkel ab, dann genoss sie die heiße Dusche. Darauf hatte sie sich schon den ganzen Tag gefreut.

»Große Tournee« nannten die Alteraner von Dekombor das, wozu Pulpon-Parkk, der Hohe Verwalter, Tamra verdonnert hatte. Einige Dutzend Menschlinge durchstreiften ständig, als schwerkranke und invalide Bettler verkleidet, die wichtigsten Städte des Planeten. Sie wurden allgemein als Ärgernis empfunden, dabei erfüllten sie eine wichtige Funktion: Dank ihrer Präsenz konnten sich arme Tröpfe wie der schwatzhafte Bäcker einreden, ihnen gehe es vergleichsweise gut – denn schließlich gäbe es Leute, die noch weit übler dran wären.

Jason Neko koordinierte die zur »Tournee« Strafversetzten in Groschir, der zweitgrößten Metropole Caligos. Er selbst musste nicht auf die Straße, sondern überwachte via

Peilchips die Einsätze und betreute den Stützpunkt, der über zwanzig schlichte, aber saubere Schlafkabinen verfügte. Tamras Verhältnis zu Neko war ... nun ja, ambivalent. Daran, wie er sie und die anderen »Vagabunden« behandelte, hatte sie nichts auszusetzen. Er missbrauchte seine Position keineswegs, verhielt sich stets kollegial und drückte auch mal ein Auge zu, wenn man ein paar Minuten früher Schluss machte. Schimpfte jemand, was häufig vorkam, sich im Aufenthaltsraum lautstark die Frustration von der Seele, so musste er oder sie nicht befürchten, dass Jason deswegen Meldung ans Büro des Verwalters erstattete. Allerdings machte er kein Hehl daraus, dass er die Laren grundsätzlich verehrte. Er blickte zu ihnen voll Bewunderung auf, wie ein jüngerer Bruder zum älteren. Von der Wichtigkeit und Richtigkeit ihrer Mission war er felsenfest überzeugt; vom harten, gleichwohl zumutbaren »Sozialdienst« würden unterm Strich beide Seiten, Laren wie Menschlinge, profitieren. Tamra, die diesbezüglich durchaus Zweifel hegte, stieß die geradezu fanatische Unbedingtheit ab, mit der Neko seinen Herren nacheiferte, sich ihnen unterordnete und anpasste. Er trug sein blauschwarz schimmerndes Haar auf larische Art zum Nest geflochten; das löste bei Tamra jedes Mal wieder ein unangenehmes Gefühl aus. Sie konnte nicht verstehen, was die anderen Bettlerinnen, die für ihn schwärmten und hemmungslos mit ihm flirteten, an Jason so attraktiv fanden. Immerhin, er stellte ihr nicht nach und akzeptierte, dass es ihr am liebsten war, wenn man sie in Ruhe ließ. Sogar das Sloppelle duldete er, obwohl Tiere im Stützpunkt offiziell verboten waren. Kurz, er begegnete Tamra mit einem gewissen Respekt.

Das wog die Demütigungen, denen sie tagsüber ausgesetzt war, beinah auf; aber nur beinah.

Zwei Bauwerke prägten das Stadtbild von Groschir. Beide stammten, was die Fundamente betraf, noch aus der Zeit der Erstbesiedelung und stellten Machtzentren dar, die für den Planeten Caligo, ja den gesamten Trovent der Laren von enormer Bedeutung waren.

Das eine hatte die Form einer Titanenhand, deren ausgestreckter »Zeigefinger« lotrecht in den Himmel wies. Der seitlich abgespreizte »Daumen« kragte weit über die niedrigeren Häuser der Umgebung aus; seine Oberseite fungierte als Landeplatz für Gleiter und Beiboote. Dieses imposante Gebäude beherbergte die Zentrale des larischen Geheimdienstes, welcher »Lichtnetz« genannt wurde. Angeblich übertrafen die subplanetaren Etagen die sichtbaren Teile noch an Ausdehnung. Wie viel Wahrheit in diesem Gerücht steckte, wollte niemand so genau wissen oder gar am eigenen Leib erfahren. So sehr es die Bewohner Groschirs mit Stolz erfüllte, dass sich der Sitz des überaus einflussreichen, sagenumwobenen »Geheimen Flottenauges« in ihrer Heimatstadt befand, so ungern hatten sie persönlich damit zu tun. »Kriegt dich diese Hand zu fassen«, hieß es, »hält sie dich eisern im Griff und lässt dich nie wieder los.«

Auch Pulpon-Parkk wandte den Blick scheu und nervös gleich wieder ab und dem zweiten dominierenden Bau zu. Beeindruckte der Wolkenkratzer des Lichtnetzes wegen seiner Höhe und der strengen Kühnheit der Architektur, so wirkte die gegenüberliegende »Bastion Groschir« durch ihre schiere Masse und Hässlichkeit fast noch verstörender. Die Festungsanlagen, ein Sammelsurium verschiedenster Baustile und -materialien, hatten im Lauf der Jahrtausende zwei komplette Hügel überwuchert. Wie eine äußerst wehrhafte, zum Sprung bereite Stachelkröte hockte die Bastion mitten in der Metropole, eine martialische Geschwulst, die jederzeit aufbrechen konnte. Bei ihrem Anblick lief es Pulpon kalt über den Rücken.

Dennoch steuerte er seinen Gleiter darauf zu. Mit schweißnassen Händen: Die Einladung, die ihn vor wenigen Tagen überraschend ereilt hatte, stellte eine hohe Ehre für ihn dar. Sekundarfeudale wurden gewöhnlich nicht zum Vasallentag berufen. Und der Verwalter eines Stadtbezirks, selbst wenn es sich dabei um Dekombor handelte, das Exotenviertel von Taphior, stand keineswegs auf einer hierarchischen Stufe mit Regiments- oder gar Flottenkommandanten.

Ein Leitstrahl erfasste den Zweisitzer, überprüfte dessen Kennung und nahm ihn in Fernsteuerung. Während sie eingeschleust wurden, strich Pulpon-Parkk zum hundertsten Mal die Hosen glatt. Die nagelneue Uniform hatte ihn ein kleines Vermögen gekostet; freilich nur einen Bruchteil dessen, was er für das Kleid seiner Tochter Mitrade ausgelegt hatte. »Eine solche Gelegenheit, meine Ehre vor Nindel-Greer und ihrer Clique wiederherzustellen, kommt vielleicht nie mehr«, waren ihre Worte gewesen. »Sieh bloß zu, dass auch du einen halbwegs zufriedenstellenden Eindruck auf ihren Vater machst.«

Nindels Vater. General Kat-Greer, Oberbefehlshaber der ruhmreichen Neunten Flotte, Erster Steuermann des Großen Bootes GREER und damit Anführer eines der einflussreichsten Familienclans im Trovent, Pulpon-Parkks Lehnsherr und nicht zuletzt Gebieter über die Bastion Groschir. Ein Mann, der Pulpon und die Seinen mit einem einzigen Fingerschnipsen vernichten konnte, oder aber protegieren, gesellschaftlich aufwerten, vielleicht sogar mit einem höheren Amt betrauen. Der Verwalter von Dekombor hoffte inständig, mehr noch für seine Tochter als für sich selbst, dass sich die Einladung zum Vasallentag als ein gutes Omen erweisen würde.

Ein larischer Bediensteter geleitete sie vom Hangar in den Empfangssaal. »Ihr seid zum ersten Mal hier?«, fragte er, eine Braue ganz leicht hochgezogen.

»Merkt man das denn so deutlich?« Mitrade versetzte Pulpon einen Knuff in die Seite und zischte: »Nun glotz halt nicht dermaßen offensichtlich!«

Das war leichter gesagt als getan. Pomp und Gepränge allein der Treppenhäuser und Korridore erschlugen ihn förmlich. Hinzu kam, dass entlang der Wände alle paar Schritte Soldaten in übergroßen Kampfmonturen postiert waren, Hitze abdampfende Ungetüme, die ihre schweren Waffen präsentierten, ohne erkennbare Anstrengung, als handle es sich um Dessertgabeln. Dass dieser Aufwand nicht so sehr der Sicherheit diente – wer würde wagen, General Kat-Greer in seiner ureigensten Bastion anzugreifen? –, sondern vielmehr der Einschüchterung, war Pulpon-Parkk klar. Zumindest bei ihm, musste er sich eingestehen, wurde die erwünschte Wirkung nicht verfehlt. Ihm war äußerst mulmig zumute, und beim Betreten der Empfangshalle zitterten seine Knie.

Hier hatten sich Tausende und Abertausende Laren versammelt. Aus allen Richtungen, durch unzählige Eingänge, strömten weitere hinzu. Dennoch entstand mitnichten der Eindruck einer drohenden Überfüllung, so gigantisch waren die Dimensionen des Saales, den schwebende Kandelaber in der Form maßstabgetreuer Modelle von Troventaaren erhellten. Stetig gruppierten sie sich in komplizierten Mustern um, wie bei einem präzise ablaufenden Manöver. Über ihnen wölbte sich die Decke scheinbar bis in die schwarze Unendlichkeit des Alls.

Ihr Anweiser führte sie zu einem Stehtisch, der durch ein Plättchen mit der Zahl 2998 gekennzeichnet war. »Immerhin«, raunte Pulpon, bemüht aufgekratzt, seiner Tochter zu: »Wir gehören zu den oberen Dreitausend.«

Der Lakai räusperte sich. »Diese Tische sind für vier Personen gedacht«, sagte er trocken, einen kaum merklichen Hauch Herablassung in der Stimme. »Bitte entfernt Euch von hier nur, wenn Höherrangige Euch dazu auffordern oder die Veranstaltung offiziell für beendet erklärt wurde. Bis dahin darf ich mich empfehlen.«

Dienerinnen servierten Knabbereien und Erfrischungen. Gern hätte Pulpon seine Aufgeregtheit mit den angebotenen Rauschgetränken bekämpft. Die Vernunft jedoch gebot, nüchtern zu bleiben. Zu viel stand auf dem Spiel, für ihn selbst und seine ganze Familie.

Etliche der an den umliegenden Tischen angeregt Parlierenden kannte er aus den Medien; die meisten waren hohe Offiziere. Traf ihn ein Blick, neigte er ehrerbietig das Haupt. Niemand grüßte zurück. Pulpon-Parkk fühlte sich als Eindringling, schlimmer noch: als winziges Nagetier inmitten einer Voliere voller hungriger Jagdfalken. Nie zuvor war ihm die unüberwindbare Kluft zwischen seinesgleichen und den Primärfeudalen derart schmerzhaft demonstriert worden. Er schaffte es kaum, sich zu konzentrieren, wenn Mitrade ihn flüsternd auf die eine oder andere junge Dame der Gesellschaft aufmerksam machte.

Ein älteres Paar wurde an ihren Tisch geführt. Der Lakai – derselbe wie vorhin, oder doch ein anderer? – stellte die beiden als Zlakore-Buld, Betriebsleiter der Orbitalen Werften, und seine Gemahlin Freas vor. Erleichtert, dass es sich bei seinem Gegenüber ebenfalls um einen Zivilbeamten handelte, begann Pulpon eine Konversation über das Wetter. Erst nach einigen inhaltslosen Floskeln bemerkte er, dass sowohl Mitrade als auch Freas-Buld sich nicht am Gespräch beteiligten, sondern einander in einer Mischung aus Entsetzen und unterdrückter Aggression anstarrten.

Plötzlich erkannte er den Grund.

Sie trugen das gleiche Abendkleid.

Haargenau derselbe Schnitt, exakt dieselben Farben, Stoffe und Applikationen ... Sogar die mit Halbedelsteinen besetzte Gemme, die als Verschluss am Hals diente, war vollkommen identisch.

Pulpon beschloss, die peinliche Situation durch dezenten Humor zu entkrampfen. »Was es nicht alles gibt. So ein Zufall aber auch! Ist es nicht erstaunlich, wie sehr die Geschmäcker unserer Damen übereinstimmen? Tja, ich sage immer: Von etwas wirklich Schönem kann man gar nicht genug, äh, Exemplare haben!«

Zlakore-Buld lachte ein klein wenig zu laut. Seiner Frau schlief das Gesicht ein. Mitrade bedachte ihren Vater mit einem Seitenblick, der einen Raubsaurier zu einem Häufchen Asche verschmort hätte. In der Tat war Freas-Buld, dürr, knochig und überdurchschnittlich groß, nicht eben attraktiv zu nennen. Seine Tochter mit dieser Schreckschraube verglichen zu haben, würde Pulpons Konto in den kommenden Wochen gehörig belasten, das wusste er jetzt schon.

»Dabei hat unser Händler geschworen, bei dem Kleid handle es sich um ein Einzelstück«, setzte er nach. »Da sieht man wieder einmal, was von den Beteuerungen dieser Wucherer zu halten ist.«

»Ihr habt es erworben?«, fragte der Werftleiter. »Jenes meiner Gattin ist bloß geliehen. Offenbar eine Nachbildung, und Eure Tochter besitzt das Original.«

Wie schnell sich doch ein Blatt wenden konnte! Nun war Zlakore-Buld es, der von den Blicken seiner Begleiterin erdolcht wurde, während sich Mitrade merklich entspannte.

»Eigentlich ohnehin viel vernünftiger«, sagte sie zuckersüß. »Vor allem, wenn man es nur einmal benötigt. Speziell bei Euch im Orbit wird's wohl nicht so viele Anlässe geben, exquisite Abendgarderobe zu tragen, wie bei uns in der Hauptstadt Taphior.«

»Meine Rede. Die Uniform habe ich mir von meinem Schwager geborgt. Ehrlich gesagt fühle ich mich sowieso in einer praktischen Raumkombi viel wohler als in diesem lächerlich bombastischen Aufzug.« Zlakore – ein recht sympathischer Kerl, wie Pulpon fand – tätschelte beschwichtigend die Hand seiner Gemahlin.

Damit war das Eis gebrochen. Man plauderte zwanglos über dies und das, tauschte Tratsch und sonstige Neuigkeiten aus, erzählte heitere Anekdoten aus den jeweiligen Tätigkeitsbereichen und so weiter. Auch Mitrade trug, zusehends gelöster nun, da sie die Oberhand hatte, zur Unterhaltung bei. Freas-Buld hingegen, eher ein verklemmter Typ und offensichtlich nicht die hellste Kerze im Luster, warf nur selten eine beipflichtende Anmerkung ein.

Erstaunt stellte Pulpon fest, dass er die Nervosität abgelegt und begonnen hatte, sich regelrecht zu amüsieren. Da verstummte das Gemurmel im Saal, so auffällig graduell, als brande eine machtvolle Flutwelle aus Schweigen über die vieltausendköpfige Menge der Vasallen. Kein Einziger sprach es aus, nicht einmal gehaucht; und doch wusste augenblicklich jeder, sogar Pulpon-Parkk, der kleine Bezirksverwalter, was die atemlose Stille bedeutete.

Ihrer aller Lehnsherr war erschienen. Der Erste Steuermann des Großen Bootes GREER hatte sich zu seinen Matrosen gesellt.

General Kat-Greer ließ den traditionellen Ritus der Unterwerfung mit unbewegter Miene über sich ergehen.

Insgeheim langweilte ihn das schleppend-pathetische Zeremoniell maßlos. Den vielen Weihrauch konnte er nicht ausstehen, und die blutigen Tieropfer verabscheute er.

Aber er hütete sich, dies selbst in intimster Runde auch nur anzudeuten, geschweige denn, es vor der breiten, größtenteils erschreckend dumpfen Masse seiner Gefolgsleute zu offenbaren. Die Ersten Steuermänner des Großen Bootes GREER waren immer schon als besonders konservativ und rigoros am Überlieferten festhaltend bekannt gewesen. Auch er hatte frühzeitig den Ruf kultiviert, die Ehre, Treue und Gesinnung seiner Vorväter mit Verve hochzuhalten. Diese Rolle, diese Funktion im komplexen Machtgefüge des Trovents war ihm zugefallen – weshalb hätte er sich partout eine andere, weniger probate suchen sollen? Also stand er reglos, hoch aufgerichtet, die Beine gespreizt und durchgedrückt; wohl wissend, dass die Vasallen, je länger sich der Akt hinzog, umso bewundernder rätseln würden, wie er diese unnatürlich gerade, steife Pose so lange durchhielt. »Gleichsam aus Erz gegossen«, würden sie hinterher tuscheln. »Und dabei habe ich aus verlässlicher Quelle erfahren, dass der General weder Exo-Skelett noch teilparalysierende Mittel verwendet. Derlei Tricks passen auch nicht zu ihm, so etwas lehnt er aus tiefster Überzeugung ab. Nein, es ist angeborene Würde, stählerne Selbstbeherrschung, pure Willenskraft.«

Mhm. Sowie eine Sehnenoperation, die im zwölften Lebensjahr des Erbfolgers durchgeführt wird, plus ein Paar Spezialstiefel mit keilförmigen Einlagen.

Nachdem die Hymnen endlich abgesungen, die Eide kollektiv erneuert und die Kadaver der Opfertiere weggeräumt worden waren, mischte sich Kat-Greer wie üblich unters Volk. Seine Adlaten hatten die Route durch den Saal dergestalt ausgetüftelt, dass der General in unmittelbarer Nachbarschaft jedes Tisches vorbeikam und kurz stehen blieb, um ein paar Worte zu wechseln. Dadurch würde jeder der Geladenen später behaupten können, sein Lehnsherr habe sich ihm persönlich gewidmet: »Ich schwöre dir, wir standen einander so nahe wie jetzt wir beide. Ich hätte nur den Arm auszustrecken brauchen, um ihn zu berühren.«

Dieser Teil der Veranstaltung zog sich noch viel endloser dahin und war in seiner nervtötenden Eintönigkeit noch ungleich anstrengender, da in 95 Prozent aller Fälle reine Pflichtübung, Repräsentation ohne nennenswerten politischen Nutzen. Andererseits durfte Kat sich nicht davon einlullen lassen, denn die verbleibenden fünf Prozent erforderten seine höchste Aufmerksamkeit. Dazu war weit mehr Selbstdisziplin vonnöten als für das kindische, akrobatische Kunststück, stundenlang strammzustehen ...

Gegen Ende des Rundgangs kamen sie zu Tisch 2998 – ebenfalls ein Bluff, Nummern unter 200 gab es sowieso nicht, desgleichen keine Zahlen, denen in der Volksmystik negative Bedeutung angedichtet wurde, und das waren eine ganze Menge. Kat-Greer rief sich routiniert ins Gedächtnis, mit wem er es hier zu tun hatte, dann begrüßte er alle vier Personen mit vollem Namen und Titel. Zum blassen, trotz des kostspieligen Aufputzes erbarmungswürdig reizlosen Balg des Verwalters von Dekombor sagte er: »Meine Tochter Nindel, welche sich sehr gefreut hat, dass du uns heute mit deiner Anwesenheit beehrst, verlangt nach dir, Fräulein Mitrade. Du wirst im Jungdamensalon erwartet. Man bringt dich hin.«

Nachdem das Mauerblümchen, sichtlich enthusiasmiert, mit einem Lakai abgerauscht war, tat Kat, als wollte er weiterziehen, verhielt jedoch im letzten Moment den Schritt, weil ihm noch etwas eingefallen war. »Dekombor ... Eine in ihrer Bedeutung oft zu Unrecht unterschätzte Einrichtung. Und nicht zuletzt ein Lieblingsprojekt unseres höchlichst verehrten Ersten Hetrans Elbanger-Tan. Du setzt seine Richtlinien geflissentlich um, nehme ich an?«

Schweißperlen bildeten sich auf der Stirn des dröge wirkenden Verwalters. »Selbstverständlich, Herr. Ich befolge sämtliche Anweisungen auf Punkt und Komma.«

»Weil du mit den Intentionen vollinhaltlich übereinstimmst?«

»So ist es, Herr. Ja. In der Tat. Die Institution Dekombor führt wie keine andere den Angehörigen unseres Volkes vor Augen, dass es sich beim Trovent um eine multikulturelle Gesellschaft handelt, allerdings geprägt nicht von Beliebigkeit, sondern einer unzweideutig definierten Leitkultur, eben der in allen Belangen überlegenen larischen.« Das Gewäsch klang auswendig gelernt und war es wohl auch. »Wobei der Integration der so genannten Menschlinge erhöhte Priorität eingeräumt und selbigen eine spezielle, möglichst genau auf sie zugeschnittene Behandlung zuteil wird.« Nachdem er diesen Sermon relativ fehlerfrei hervorgesprudelt hatte, blinzelte Pulpon-Parkk treuherzig wie ein Schoßtier, das sich für gute Dressurleistung einen Leckerbissen erhofft.

»Aber ist der Aufwand, der betrieben wird, um Rassenfremde durchzufüttern, denn überhaupt gerechtfertigt, gerade in schwierigen Kriegszeiten wie diesen? Du magst offen sprechen, ich bin an deiner psychologischen Expertise interessiert.«

»Ähem. Ja nun. Schon. Nämlich, Ihr müsst wissen, Herr, es geht dem Hetranat nicht um die paar Tausend minderwertigen Laroiden, sondern um das Imperium Altera, von dem sie abstammen. Bekanntlich bietet dieses« – der Verwalter senkte die belegte Stimme – »seit sehr langer Zeit dem Trovent die Stirn. Mit Ausnahme der vor Kriegsausbruch wenig präsenten, ergo bis dahin vernachlässigbaren Posbis stellen die Alteraner das einzige Volk und Staatswesen dar, das unsere ruhmreichen Raumflotten noch immer nicht zu unterwerfen vermochten. Was ich« – seine Augen weiteten sich erschrocken – »keineswegs als auch nur die leiseste Kritik an unserer Heeresführung verstanden wissen möchte!«

»Natürlich nicht. Wir zweifeln nicht an deiner Intelligenz und unbedingten Loyalität.« Das musste Kat-Greer sagen. Sonst hätte der Verwalter, der befürchtete, sich um Kopf und Kragen zu reden, demnächst aufgrund zu hohen Blutdrucks einen Schlaganfall erlitten. »Weiter.«

»Ja. Danke. Verzeihung.« Pulpon schluckte. »Die bloße Existenz des Imperiums Altera impliziert die Gefahr einer Traumatisierung gewisser Schichten unserer Bevölkerung. Unsere Ahnen haben weiland bekanntlich zahlreiche, weit größere Galaxien als Ambriador vollkommen erobert und dem Hetos der Sieben unterstellt. Das Gefühl einer Niederlage, oder auch nur länger anhaltenden Widerstands, ist unserem Volk bis dato gänzlich unbekannt. Daher wirken Dekombor und die Außenstellen diesem potenziellen Trauma entgegen, indem sie das rassische Selbstwertgefühl durch direkte Konfrontation mit den Alte... Menschlingen stärken. Die Botschaft, welche übrigens sehr gut und gern angenommen wird und auf überaus fruchtbaren Boden fällt, lautet: ›Seht die menschlichen Knechte von Dekombor – auch über sie herrschen wir, weil wir Laren sind.‹«

»Eine ausgezeichnete Analyse«, lobte Kat-Greer. »Elbanger-Tan würde sich freuen, dich reden zu hören. Und auch ich habe, ungeachtet gewisser historischer Animositäten zwischen den Großen Booten GREER und TAN« – er gab dem Verwalter Gelegenheit, dümmlich-verschwörerisch zu feixen – »bis zum heutigen Tag diese bestimmt gut gemeinte, auf Versöhnung und sozialen Frieden abzielende Politik unterstützt. Umso mehr schmerzt mich, was mir jüngst zugetragen wurde.«

»J-ja?« Sofort war Pulpon-Parkk wieder alarmiert.

In der Gewissheit, dessen volle Geistesgegenwart erweckt zu haben, sagte Kat betont nachdrücklich: »Es mehren sich Stimmen, die behaupten, von den Menschlingen gehe ein verderblicher Einfluss auf unsere Jugend aus. Nicht nur resultiere aus dem regelmäßigen Kontakt mit ihnen eine bedenkliche Laxheit der Sitten; einige alteranische Knechte und Mägde betätigten sich, heißt es, auch in Rauschgifthandel und anderen Ausschweifungen und würden so zu den Verderbern unserer Kinder. Man munkelt sogar über im Aufbau befindliche terroristische Zellen, gegen die schleunigst mit allen Mitteln vorgegangen werden sollte.«

»Oh nein, da kann ich Euch ganz beruhigen.« Der Bezirksvorsteher strahlte. »An dem ist garantiert nichts dran, das sind maximal einige wenige Einzelfälle, die sofort strengstens sanktioniert werden. Ich weiß, wovon ich spreche; meine eigene Tochter wurde vor Monaten Opfer der Attacke eines Geistesgestörten, der seine gerechte Strafe erhalten hat. Aber solche Vorkommnisse sind äußerst selten, und etwaige Berichte weit übertrieben, wenn nicht bewusst von übelwollenden Kreisen künstlich aufgebauscht. Macht Euch keine Sorgen, Herr, wir haben alles bestens unter Kontrolle!«

»›Macht Euch keine Sorgen, Herr‹«, äffte der General später, als der Vasallentag endlich vorüber war, Pulpon-Parkks sich vor Begeisterung überschlagende Stimme nach: »›Wir haben alles bestens unter Kontrolle!‹ Ist der Mann der raffinierteste Verstellungskünstler, der mir je untergekommen ist, oder tatsächlich so dumm wie Olvidlaub?«

»Ich fürchte, Letzteres«, sagte Zlakore-Buld. »Ein Idiot. Aber leider kein nützlicher.«

Die Frau, die sich als seine Gattin Freas ausgegeben hatte, fragte kühl: »Soll er beseitigt werden? Ein bedauerlicher Gleiter-Unfall ist rasch arrangiert. Entsprechende Vorkehrungen wurden bereits getroffen.«

Zlakore verdrängte die horrible Vorstellung, mit dieser Furie Heim oder gar Bett teilen zu müssen. Es reichte schon, sich im selben engen Besprechungsraum wie die gefürchtetste Assassinin des Lichtnetzes zu befinden, dass sich sein Puls beschleunigte und das beklemmende Gefühl von Atemnot einstellte. Man nannte sie »die Eisfrau«. Ihren wahren Namen kannte angeblich nicht einmal Kat-Greer.

»Entsprechende Vorkehrungen getroffen!« Beim Konzil! Für wie viele Personen galt das eigentlich noch?

»Er hat nicht im Geringsten kapiert, worauf ich hinauswollte.« Der General, ein Bulle von Mann, dank strikter Diät und permanenter körperlicher Ertüchtigung gut 20 Jahre jünger aussehend, als er war, erschlaffte resignierend im Lehnsessel. Sein Schädel kippte nach vorn, bis das kantige Kinn die Brust berührte. Kat-Greer rieb sich müde mit den Handballen die Augen, holte tief Luft und sagte, immer noch erschüttert: »Unglaublich. Wie kann jemand, der immerhin die besten Hochschulen besucht hat, die seiner Klasse offen stehen, derartig hirnverbrannt sein? Noch deutlicher hätte ich doch wohl kaum werden können, oder?«

Zlakore verneinte. Er reichte dem Kommandanten der Neunten Flotte ein belebendes Getränk, das dieser in einem Zug hinunterstürzte. »Also weg mit ihm? Unseren Plänen ist Pulpon jedenfalls hinderlich. Er würde zweifellos alles tun, was sein Lehnsherr von ihm verlangt, sich jedoch mit hoher Wahrscheinlichkeit bei der ersten Gelegenheit verplappern.«

»Was wir nicht riskieren dürfen; das ist mir klar. Wartet gleichwohl noch, bis ich Rat eingeholt habe.«

»In der Fundament-Halle?«, fragte Zlakore-Buld, der zwar tatsächlich so hieß, die orbitalen Werften jedoch nur aufsuchte, um sie zu inspizieren und in großem Maßstab neue Schiffe zu ordern.

»Das lass meine Sorge sein, Sternbruder. Oder willst du mitkommen?«

»Nein, danke.« Kats gereizter Unterton ließ es opportun erscheinen, das Thema nicht weiter auszuwalzen. Obwohl der General für Zlakores Begriff in letzter Zeit etwas gar häufig in die Kavernen der Bastion Groschir hinabstieg.

»Außerdem möchte ich noch meine Tochter befragen, was sie von dieser Mitrade hält. Die mag optisch weniger hergeben als ein wochenlang nicht gegossener Zierstrauch, aber wenn ich mich nicht völlig irre, besitzt allein ihr kleiner Finger mehr Verstand als ihr Erzeuger. Falls sie überhaupt von ihm ist, was mich sehr wundern würde.«

Weder Zlakore noch die Eisfrau kommentierten diese Äußerung. Kat tendierte dazu, überall Untreue, Betrug und Hinterlist zu wittern; nun ja, Paranoia war in seiner Position normal und schwerlich zu verübeln.

Der General ging. Kurz darauf verließ auch Zlakore-Buld das Zimmer, unter dem Vorwand, sich erfrischen zu müssen. Keine zwölf Troventaare hätten ihn dazu gebracht, allein mit der Totmacherin Kat-Greers Rückkehr aus der Fundament-Halle abzuwarten.

Da wäre er lieber nach Dekombor übersiedelt.

Wie Tamra erging es allen, die von der »Großen Tournee« zurück in den Bezirk Dekombor kamen: Nach der Bettelei und Selbstverleugnung erschien ihnen das Exotenviertel Taphiors, speziell dessen alteranischer Teil, beinahe als Himmel auf Erden.

»Ein Heim fern der wahren Heimat«, sagte Wilbur; mit einem Anflug von Sarkasmus, wie Tamra zu hören glaubte. Oder Zynismus? Ironie? Boffään hätte ihr den Unterschied erläutert. Aber der Reparator gehörte zu einem anderen, unendlich weit in der Vergangenheit liegenden Leben.

Wilbur, die Tropfnase, ebenso. An dem muskulösen, ausgewachsenen, ja stattlichen Mann, der es sich nicht hatte nehmen lassen, ihr Dekombor zu zeigen, erinnerte nicht mehr viel an Tamras einstigen pummeligen Konkurrenten um die Pluspunkte der Heelghas, am ehesten noch die wachen, flinken, fast gehetzten Augen und der Wirbel im unbändigen hellblonden, fast weißen Haarschopf. Sie hätte ihn nicht wiedererkannt, als er auf sie zurannte, gleich nachdem sie aus dem Personal-Schweber gestiegen war. Zögerlich und unsicher – schließlich stellte der gesamte Exotenbezirk außer der geschlossenen Anstalt, in der sie beide den Großteil ihrer Kindheit verbracht hatten, für Tamra Neuland dar.

»Tamra? Tamra!«

Sie war verwirrt. Die Zeitebenen, die Eindrücke, die so unterschiedlichen Umgebungen des Internats, des Aquadoms, der Regionen, in denen sie ihren Vagantendienst abgeleistet hatte – all das geriet durcheinander. Gestern, vorgestern, heute ... und morgen? Sollte Dekombor, der Ausgangspunkt ihrer Reise um den Planeten, auch zur Endstation werden? Es sah ganz danach aus. Von einem Tag auf den anderen waren die Außenstellen geschlossen und die Bettler sowie Leiharbeiter eingezogen worden. Personelle Wechsel in der Verwaltung, lautete die knappe Erklärung. Alles zurück, alles neu.

Dekombor also. Und Wilbur Donning.

»Entschuldige bitte«, sagte Tamra. »Das kommt ein bisschen plötzlich für mich. Können wir uns für ein paar Minuten ausruhen?«

»Klar.« Sie setzten sich auf eine Bank am Rand des Marktplatzes. »Willst du was trinken? Hast du Hunger?«

»Ehrlich gesagt, ja. Ich war zwanzig Stunden unterwegs. Für unsereins setzt man keine Hochgeschwindigkeits-Schweber oder gar Suborbital-Schiffe ein. Nur die ältesten und langsamsten Röhrenbahnzüge dürfen wir benutzen.«

Ein Blitzlicht: Alt und langsam. Wie die MERCANT.

Mit Papa und Mama und dem Plüsch-Gucky ...

Wilbur stellte sich bei einer der Buden an. Tamra holte das Sloppelle aus der Transporttasche und legte es sich um den Hals. In letzter Zeit roch es manchmal recht streng. Wie alt wurden diese Tiere eigentlich? Nicht auszudenken, wenn sie auch das Sloppelle verlöre ... Sie streichelte es, und wie immer erwiderte es mit seinen winzigen Händchen die Zärtlichkeiten.

Der junge Mann, der ihr so fremd und so vertraut zugleich war, brachte Tamra einen Becher und eine Papiertüte. »Wichtigste Information über Dekombor«, sagte er scherzhaft. »Die besten Wurstkringel und den süßesten Olvidbeeren-Sprudel hat Kitai Lechnoir. Das ist der mit dem Spitzbart.« Er winkte zur Bude hin, worauf die kugelrunde Gestalt hinter der Theke sich übertrieben diensteifrig verneigte.

Während Tamra aß und trank – Wilbur hatte nicht zu viel versprochen –, klärte er sie über die verschiedenen Läden am Marktplatz auf. Da gab es Gewand, dort Musik- und Holochips, dieser Fleischer hatte nur zu Wochenbeginn frische Ware, jene Ärztin suchte man besser am Vormittag auf, weil sie später zu betrunken war ...

»Haben wir so gelebt?«, fragte Tamra leise. »Ich meine ... Du weißt schon. Zu Hause. Auf Altera.«

»Schwer zu sagen. Mein Gedächtnis trügt, denke ich. All die Pastillen, die uns die Heelghas verabreicht haben ... Ich glaube, der alteranische Teil von Dekombor entspricht weniger der Realität als dem, was sich die Laren unter einem Menschlings-Dorf vorstellen. Idyllisch rückständig. Eine Ansiedlung originell unterentwickelter Eingeborener eines Hinterwäldler-Planeten.«

Er zeigte mit dem Daumen nach oben. Etwa 30 Meter über ihnen schwebte ein Gleiter-Bus; Laren glotzten durch die entspiegelten Scheiben herunter. »Für die sind wir Halbwilde in ihrem natürlichen Lebensraum. Dekombor ist ein Freigehege, Tamra. Eine Menagerie, eine Attraktion für Touristen der Herrenrasse; ein Menschenzoo.«

Wann er registrierte, dass er sich in sie verguckt hatte, und zwar gnaden- und rettungslos verschossen, hätte Wilbur später nicht mehr sagen können. Dafür war ihm die Aussichtslosigkeit seiner Liebe vollkommen bewusst. Tamra wollte nichts von ihm, von niemandem. Sie suchte keinen Partner, kein Gegenüber, vielleicht nicht einmal sich selbst. Einem Vögelchen gleich, das aus dem Nest gefallen war, hatte sie mehr als genug damit zu tun, in einer widrigen Umgebung zu bestehen.

Und doch ... Ihr geschorener, wunderschön geschwungener Hinterkopf. Die keineswegs entstellende, »A«-förmige Narbe auf der Stirn. Die langen Beine. Die Hüften, kein Gramm Fett zu viel. Die Adern auf Tamras Unterarmen, überhaupt die Handgelenke! Im Licht der Holoschirme zeichneten sich feinste Härchen in den Grübchen unter ihren Ohren ab. Die Lippen. Die dunklen Augen ...

Ich habe sie gehasst, dachte Wilbur. Tamra war meine Feindin, meine Rivalin. Außerdem hat sie mir einen gewaltigen Korb verpasst. Fasziniert sie mich deshalb so? Oder regt sich mein Beschützerinstinkt, weil sie derart verloren ist, hilflos, kaum einer Orientierung fähig? Und doch, paradoxerweise, eine solch immense innere Stärke besitzt?

Wir zwei könnten diese Welt aus den Angeln heben. Ach was, diese ganze Galaxis!

Er kürzte den Rundgang ab, da sie sichtlich überfordert war. Von der Aussichtswarte am höchsten Hügel blickten sie auf den Block der Maakhs, aus dem permanent grünliche Giftgas-Wölkchen entwichen, als Tamra fragte: »Weißt du, was mit meinem Vater geschehen ist?«

Das hatte Wilbur befürchtet. »Leutnant Clees Cantu ... Ich habe ihn nur kurz kennen gelernt. Aber alle hier sprechen mit Hochachtung von ihm. Er war ein Vorbild, weil er nie die Hoffnung aufgegeben hat, obwohl seine Frau – deine Mutter – sehr früh gestorben ist und du für ihn unerreichbar warst. Seinen Augenstern, so hat er dich genannt. Den Stern, den er irgendwann vom bösen Himmel holen würde. Clees« – ganz vorsichtig legte Wilbur seinen Arm um Tamras Schultern, die in Heulkrämpfen zuckten – »war immer überzeugt, dass wir hier wieder wegkommen. ›Einmal ergibt sich eine Gelegenheit, und dann ergreifen wir sie‹, hat er gesagt. ›Dann drehen mein Schätzchen und ich den verdammten Laren die lange Nase und hauen ab. Nach Neu-Szechuan. Nach Hause. Zum weißen Bungalow, am blauen Meer, unter den lilafarbenen Palmen.‹«

»Er ist tot.« Keine Frage, sondern eine Feststellung.

»Ja. Es tut mir leid, Tamra. Clees war Straßenpfleger und Gärtner, aber dann hat man ihn versetzt, zur Hyperkristall-Gewinnung im Asteroidengürtel, und die Strahlung ... Leukämie wäre problemlos heilbar; doch Therapien gibt es nur für Laren.«

»Ich bin schuld daran.« Sie schluchzte.

Er ließ sie gewähren, ausweinen, dann sagte er: »Selbstvorwürfe bringen uns nicht weiter. Du musst nach vorn sehen, auch die positiven Beispiele. Deine beste Freundin im Internat, Frizzi Pasterz, und ihr Mann Wu haben drei gesunde Kinder. Der Älteste läuft bereits Rollschuh. Man kann sich ... arrangieren.«

»Ja, sicher. Und du?«

Wilbur fühlte sich am falschen Fuß erwischt. »Ich komme zurecht«, wich er aus. Alles in ihm drängte danach, Tamra einzuweihen. Auf jemand wie sie warteten die Taoisten schon lange, und er sowieso. Aber es war zu früh. »Du wirst im Ledigenhaus wohnen müssen«, sagte er. »Wir sind ein wenig überfüllt, seit alle Externen zurückberufen wurden.«

Sie legte die Arme um ihr grausiges, halb verwest wirkendes Kuscheltier. »Passt schon. Habe ich das richtig verstanden, dass nicht mehr Pulpon-Parkk den Posten des Verwalters bekleidet?«

»Er wurde in den Flottendienst übernommen, quasi weg-befördert. Neue Bezirkschefin von Dekombor ist seine Tochter.«

Tamras Pupillen weiteten sich. »Mitrade?«

Sie hasste diesen Job.

Und die, denen sie ihn »verdankte«: erstens Pulpon, der geistig zu minderbemittelt war, um die Zeichen der Zeit zu erkennen und Kat-Greers Andeutungen zu verstehen. Zweitens Nindel, die Tochter des Generals, weil sie Mitrade als Nachfolgerin vorgeschlagen hatte. Dass Ämter vererbt wurden, war nicht unüblich; vor allem aber besäße sie, so Nindel-Greer, ausgezeichnete Erfahrung im Umgang mit Alteranern. Gemeint war natürlich drittens Tamra, die Zofe, die verfluchte Scheuche. Sie trug die Hauptschuld. Denn wegen der Begebenheit mit ihr und ihrem Vater im Teegarten am Stern der Laren, deren wahren Hergang Nindel beobachtet hatte, durfte Mitrade nicht den leisesten Widerspruch wagen. Dass sie nun Tamras Schicksal unmittelbar bestimmen und sich höchstpersönlich an ihr rächen konnte, war noch der einzige Lichtblick.

»Hohe Verwalterin von Dekombor« ... Pah!

Für Aftervasallen oder Gunstbolde mochte das bedeutsam klingen. In Wirklichkeit sanken durch die Berufung in dieses Amt Mitrades Chancen auf gesellschaftlichen Aufstieg gegen null. Aus der Traum, in eine noblere Familie einzuheiraten und sich fortan mit Kunst, Kultur und Gartengestaltung zu beschäftigen! Um die Hand einer Frau, die eine Stellung innehatte, hielt garantiert kein Primärfeudaler an, auch kein Spross eines der besseren sekundarfeudalen Häuser. Bis dahin hatte sich Mitrade für eine ganz gute Partie gehalten. Reich und schön war sie nicht, da machte sie sich nichts vor, jedoch mit Abstand intelligenter als die meisten anderen. Das konnte für eine Adelsfamilie, die Blutauffrischung benötigte, durchaus von Interesse sein: Wohlstand besaß man selber, Schönheit konnte man in Form von Mätressen kaufen, aber kluge Stammhalter ... Es war keineswegs vermessen gewesen, sich Hoffnungen zu machen; die waren nun geplatzt, unwiederbringlich dahin. Stattdessen musste sie sich darauf einstellen, als verbitterte alte Jungfer zu enden.

Danke, Tamra.

Zu allem Überdruss barg diese Position beträchtliche Gefahren. General Kat-Greer hatte zweifellos vor, sich anhand der Alteraner als Scharfmacher zu profilieren. Das war seinen Andeutungen am Vasallentag unschwer zu entnehmen gewesen. Die Exotenfrage stellte eines der wenigen Themen dar, mittels derer er dem Ersten Hetran Elbanger-Tan nachlässiges, zu lasches Verhalten und damit Führungsschwäche unterstellen konnte. Mitrade würde viel

Fingerspitzengefühl benötigen, um es sich weder mit ihrem Lehnsherrn noch dem Hetranat zu verscherzen. Lieferte Dekombor – sie! – einem der beiden Kontrahenten allzu gute Argumente, brachte sie mit hoher Wahrscheinlichkeit den anderen gegen sich auf. Lavierte die Verwalterin hingegen herum, war womöglich keiner von beiden zufrieden. Kurz: Wenn sie nicht höllisch Acht gab, drohte sie zwischen den zwei stärksten politischen Lagern des Trovents zerrieben zu werden.

So weit, so schlecht. Sich bei ihren Untergebenen Respekt zu verschaffen, konnte allerdings auf keinen Fall schaden. Sonst glaubten die Kerle noch, mit ihr leichteres Spiel zu haben, nur weil sie eine Frau war, und wurden aufmüpfig. Derlei Tendenzen mussten gleich zu Beginn im Keim erstickt werden.

Mitrade rieb sich die juckenden Hände. Sie würde ein Exempel statuieren.

Und sie wusste auch schon, an wem.

8. Frechheit siegt (fast) immer

»Männer und Frauen der einzigartigen MINXHAO-Besatzung!«, rief Perry Rhodan. »Hört mir zu! Auch du, Flohbein!«

Gelächter kam auf. Sie waren noch nicht mal zwei Tage zusammen unterwegs, aber Flohbein kannten inzwischen fast alle; die Übrigen hatten von ihm gehört.

Niemand fragte, wie er wirklich hieß, oder wer ihm diesen Spitznahmen verliehen hatte. Egal: Er passte, Punktum. Flohbein rannte pausenlos durch den Walzenraumer, als würden seine Gliedmaßen nicht von seinem Gehirn gesteuert, sondern von Myriaden Flöhen. Schlaf schien er nicht zu benötigen. Theoretisch leitete er die kleine Wissenschaftssektion; sein Intelligenzquotient von knapp 200 und seine 14 Doktorate sowie 20 Ingenieursdiplome hatten ihn dazu prädestiniert. In der Praxis dachte, sprach und handelte er zu schnell für jede Person an Bord, eingeschlossen ihn selbst. Er war Kleptomane, oder besser: Umverteiler. Flohbein klaute unablässig, aber nicht, um zu besitzen, sondern um auszutauschen. Wenn er etwas wegnahm, hinterlegte er etwas anderes. Manchmal waren die betroffenen Geräte danach kaputt, manchmal funktionierten sie besser als zuvor. Oder sie sendeten, ohne in ihrer eigentlichen Tätigkeit beeinträchtigt zu sein, kryptische Botschaften aus wie: »Wir werden von einer fremden Macht regiert.« – »Jonas im Walfisch ist sicherer als schlank.« – »G-String-Theorie: Unerschöpfliche Energiequelle, solange keiner nie nicht hingreift.«

Die gesamte Mannschaft der MINXHAO hatte sich im Backbordhangar eingefunden. Mit langsamer Restfahrt driftete das Schiff ins Blossom-System, überwacht vom Autopiloten des Bordrechners. Die Autorisierung durch Staatsmarschall Michou war von Captain Onmout übermittelt und seitens der hiesigen Behörden akzeptiert worden. Daraufhin hatte Perry dieses Plenum einberufen.

Erwartungsgemäß reagierte Flohbein nicht, sondern wieselte weiter durch die Reihen. Nach Art eines Taschendiebs stahl er Hosenträger oder Multifunktions-Armbänder und gab sie wieder zurück als verschlungene Skulpturen oder umprogrammiert zu Vibra-Summern, die fremdartige Melodiefolgen abspielten. Er lebte in seinem eigenen Multiversum, das er von einem Moment zum anderen umdefinierte. Flohbein war wahnsinnig; alle mochten ihn.

Von seinem Podest aus überblickte Perry die bunt zusammengewürfelte Meute. Insgesamt war die Stimmung bis jetzt gut. Vereinzelte Schlägereien hatte es gegeben, aber eher harmlose Hahnenkämpfe, wie in allen Pausenhöfen des Kosmos, und sie waren glimpflich, ohne gröbere Verletzungen, von den Beteiligten selbst beendet worden. Die Bordsicherheit, bestehend aus Ex-Agenten der Legion Alter-X, die wegen Befehlsverweigerung gegenüber Staatsmarschall Michou degradiert und inhaftiert worden waren, hatte nicht eingreifen müssen.

Nun aber wartete eine besondere Herausforderung auf die Mannschaft, eine Hürde ganz spezieller Art.

»Wir erreichen in Kürze Bluebelle, den größten Mond des siebenten Planeten Strega«, rief Perry. »In der dortigen Werft wird die MINXHAO gewartet. Das sollte in etwa sechzehn Stunden erledigt sein. Kommandant Captain Onmout und ich haben uns jedoch entschlossen, einen vollen Ruhetag einzulegen – damit alle drei Schichten in den Genuss eines Landurlaubs kommen können.«

Ungläubiges, atemloses Schweigen – dann brach die Menge in Freudengeheul aus.

Als sie sich einigermaßen wieder eingekriegt hatten, verschaffte sich Perry mit einer Armbewegung Ruhe. »Ja, wir lassen euch auf die Hafenkneipen, Spielhöllen und sonstigen Freizeitbetriebe dieses bedauernswerten Himmelskörpers los. Sauft, hurt, führt euch auf wie die letzten Menschen! Denn ihr und die tapferen Bewohner von Fort Blossom seid die letzten Menschen hier an der Außengrenze des Imperiums Altera. Die im Blossom-System Stationierten sind zähe, krisenfeste Leute. Sie haben mehr als einen Überfall larischer Piraten abgewehrt. Da werden sie auch mit euch fertig werden.«

»Das werden wir erst sehen!«, schrie jemand aus den hinteren Reihen. Gejohle antwortete ihm.

Perry schmunzelte. »Wir wissen, dass die meisten von euch längere Zeit gesiebte Luft geatmet und daher einiges nachzuholen haben. Und Bluebelle bietet die letzte Gelegenheit dazu. Danach warten über viereinhalbtausend Lichtjahre durch interstellaren Leerraum, ohne einen einzigen alteranischen Stützpunkt. Also tobt euch aus, auf welche Weise immer ihr es für richtig haltet. Niemand wird euch beaufsichtigen oder dreinreden, nicht ich, nicht Captain Ormout, nicht die Bordsicherheit. Aber«, er hob die Stimme, »es wird euch auch niemand holen kommen, falls ihr nicht rechtzeitig am Ende eurer jeweiligen Freischicht wieder zurück an Bord der MINXHAO findet! Bildet euch nicht ein, unser Psi-Orter und Teleporter Startac Schroeder würde Kindermädchen für Volltrottel spielen, die besinnungslos in irgendwelchen Hinterzimmern schnarchen. Ihr seid freie Menschen und tragt selbst Verantwortung für euch – aber auch für unsere gemeinsame Mission, von der das Schicksal der alteranischen Menschheit abhängen könnte.«

Er hatte jetzt ihre volle Aufmerksamkeit und setzte leiser, noch nachdrücklicher fort: »Wer abhauen und untertauchen will, weil er oder sie plötzlich doch die Hosen voll hat, kann dableiben – und muss das vor dem eigenen Gewissen rechtfertigen. Wer die Gesetze Blossoms verletzt, bleibt ebenfalls da. Habe ich mich klar genug ausgedrückt? Wer in einem Zustand zurückkommt, der es ihm unmöglich macht, seinen nächsten Schichtdienst ohne Beeinträchtigung auszuüben, bleibt da. Basta.«

Perry schlug mit der Faust auf das Pult. »Mitgenommen wird nur, wer sich dessen würdig erweist. Verdammt, zur Not fliegen Demetrius und ich diese hässliche Raumgurke mit der Hälfte von euch nach Caligo! Doch dazu wird es nicht kommen, das weiß ich. Weil ihr zwar eine Horde elender Halunken seid – aber Terraner. Danke, viel Spaß.«

Am 18. April 4930 n. Chr. oder 1343 Neuer Galaktischer Zeitrechnung, wie sie laut Rhodan mittlerweile in der Milchstraße gebräuchlich war, legte die MINXHAO von Bluebelle ab, ließ das Blossom-System hinter sich, und ihre Reise durchs Niemandsland zum Trovent der Laren begann. Ausnahmlos alle 500 Besatzungsmitglieder waren mit von der Partie; manche ein wenig lädiert, jedoch alle voll einsatzfähig. Dmetris Verehrung für den Großadministrator hätte sich weiter gesteigert, wäre dies noch möglich gewesen.

Flohbein hatte das Experimentalschiff gar nicht erst verlassen, sondern während aller drei Schichten die Wartungsarbeiten auf seine Weise ... nun ja, unterstützt. Perry Rhodan hatte darauf bestanden, dass man den kleinen, quirligen Mann, der mit niemandem auch nur ein Wort wechselte, gewähren ließ. Etliche der Werftingenieure verfluchten Flohbein und hätten ihn am liebsten zum Teufel geschickt, weil er sie in ihrer Routine behinderte. Außerdem mussten sie wegen seiner »Interventionen« manche Reparatur doppelt und dreifach ausführen. Unterm Strich aber war die MINXHAO hinterher besser in Schuss und vor allem problemloser zu handhaben. Irgendwie hatte Flohbein die Koordinierung der unterschiedlichen Hybrid-Elemente beträchtlich vereinfacht. Dass nun anstelle der üblichen Warntöne Neunachteltakt-Polkas erklangen, wurde in Kauf genommen.

Da sie das auf gerader Linie zwischen Fort Blossom und Caligo liegende Ereton/A-Hypersturmriff umfliegen mussten, verlängerte sich die Strecke um 150 Lichtjahre oder drei Linearetappen. Vor weiteren hyperhysikalischen Anomalien blieben sie verschont, daher machten sie gute Fahrt und konnten einen durchschnittlichen Überlichtfaktor von 650.000 erzielen. Unangefochten erreichte die MINXHAO am 21. April, nach drei erfreulich ereignislosen Flugtagen, das System der roten M1-Sonne Illindor.

Unmittelbar, nachdem sie weit außerhalb der Umlaufbahn des sechsten Planeten Hat-No aus dem Halbraum gefallen waren, ging der Großadministrator in die Offensive. Er wartete gar nicht erst ab, bis ihr Walzenraumer von den Anlagen der Systemüberwachung entdeckt wurde, sondern ließ auf allen Frequenzen mit höchster Leistung eine Botschaft senden: »Hier spricht Perry Rhodan, Erster Hetran der Galaxis Milchstraße. Ich komme im Auftrag von Hotrenor-Taak, dem Verkünder der Hetosonen. Das Konzil der Sieben hat Kenntnis von einer irregulären Laren-Kolonie erhalten, die nicht dem Hetos angeschlossen ist, und mich als Berichterstatter entsendet. Ich wünsche unverzüglich mit dem höchsten Repräsentanten des hiesigen Trovents zu kommunizieren.«

Beigefügt waren Sublinks zu den wichtigsten vorgekommenen Namen und Begriffen: Rhodan, Milchstraße, Hotrenor-Taak sowie sämtliche Völker, die zum Hetos der Sieben gehörten, dazu Daten- und Bildmaterial, das gemäß Perrys Erinnerungen rekonstruiert worden war. Denn ein Teil seiner Behauptungen stimmte. Jener Hotrenor-Taak hatte ihn tatsächlich einmal als Ersten Hetran der Milchstraße eingesetzt. Dass der Verkünder letztlich besiegt worden und das Konzil untergegangen war – wozu Rhodan nicht unwesentlich beigetragen hatte –, konnten die seit Jahrtausenden isolierten Laren von Ambriador nicht wissen.

Gleichwohl hinkte die Geschichte gewaltig. Die Suppe, die sie auftischten, war dünn, der Bluff ein allzu leicht durschschaubarer. Erstens ließ sich die MINXHAO, Experimentalraumer hin oder her, schon bei etwas genauerer Ortungsanalyse als auf Altera gebautes Schiff enttarnen. Zweitens verfügte Perry über keine authentisch verschlüsselten Identifizierungs-Chiffren, wie sie der Bote eines Verkünders der Hetosonen früher gewiss mitgeschickt hätte; so gut war sein Gedächtnis nun auch wieder nicht. Aber der Großadministrator wollte auf seiner Behauptung gar nicht bis zum bitteren Ende beharren. Sein frech zur Schau getragenes Halbwissen sollte lediglich Aufmerksamkeit erregen, ihnen die Tür öffnen und zu einem Gespräch mit einem möglichst ranghohen Entscheidungsträger verhelfen. Dann würde Perry die Wahrheit offenbaren – darauf vertrauend, dass sein Anliegen, die Befriedung der Posbis, letztlich auch im Interesse der Laren lag. »Borgten« diese ihm daraufhin Verduto-Cruz oder zumindest einige andere Experten aus dessen ehemaligem Team, war ein erster Schritt getan, ein wichtiger Teilerfolg erzielt.

Tja. So weit der Plan. Jetzt, da es darauf ankam, erschien er Dmetri noch gewagter und lange nicht mehr so realistisch wie während der Anreise. Was, wenn die Laren keine Fragen stellten, sondern gleich einmal schossen und erst später, in den Überresten der MINXHAO, nach Antworten suchten? Zuzutrauen war ihnen das allemal.

Unablässig funkten die Hypersender Perrys Nachricht. Antwort traf keine ein. Die Spannung in der Zentrale steigerte sich von Minute zu Minute.

Während sie auf eine Reaktion warteten, verglich Dmetri, um seine Nervosität zu bezähmen, die Ergebnisse der Ortungsabteilung mit den Informationen, die der Legion Alter-X vorgelegen hatten. Hat-No, ein kalter Gesteinsbrocken, 790 Millionen Kilometer von der Sonne Illindor entfernt, fungierte mehr oder minder ausschließlich als Lafette für superschwere Impulsgeschütze, die nicht einmal auf Schlacht-Troventaaren installiert werden konnten. Auch der fünfte Planet Gan-Lar, der fast 40.000 Kilometer durchmaß, und die meisten seiner elf Monde dienten vorwiegend der Systemverteidigung. Astaro und Ferrenth, atmosphärelose Wüstenwelten, wurden als Rohstofflieferanten und Industriestandorte genutzt. Um Caligo, den zweiten Planeten, massierten sich besonders viele Troventaar-Verbände. Das verwunderte einerseits nicht, da es sich um die Zentralwelt der Laren handelte; andererseits vollführten die Flotten, glaubte man der vorläufigen Auswertung, derzeit recht merkwürdige Manöver.

Dmetri machte den lässig an einer Konsole lehnenden Großadministrator darauf aufmerksam und fügte hinzu: »Wir können ihren Funkverkehr nicht abhören. Die Störsender, die sie im ganzen System einsetzen, sind zu stark für uns. Vielleicht findet gerade eine Gefechtsübung statt.«

»So nah am Trovent-Planeten, und in derart großem Maßstab?«

»Die Nestschädel ziehen es generell vor, zu klotzen statt zu kleckern. Vielleicht probieren sie ja eine neue Taktik für den Fall eines direkten Posbi-Angriffs auf Caligo. Das könnte erklären, warum sie uns nach wie vor ignorieren.«

»Hm.«

Mondra Diamond deutete auf den Hauptholoschirm, der eine schematische Darstellung des Sonnensystems mit eingeblendeten Basisdaten zeigte. »Der erste Planet ...«

»Kogar.«

»Der ist nicht ganz normal, oder?«

»Kann man wohl sagen. Ein glühender Gesteinsbrocken, mit nur achthundertsechzigtausend Kilometern Abstand zur Sonne, rast in weniger als sechs Stunden einmal um sie herum.«

Die Leibwächterin pfiff burschikos durch die Zähne. »Schnell und heiß.«

»Hyperheiß. Ob die extrem enge Umlaufbahn natürlichen oder künstlichen Ursprungs ist, wissen wir nicht; fest steht allerdings, dass Kogar bei starken Hyperstürmen teilweise von der Bildfäche verschwindet.«

»Wie bitte?«

In einem solchen Sturm, erklärte Dmetri, schlugen mehrfach kurzfristige hyperenergetische Bogenentladungen aus Illindor empor, vierdimensionale Protuberanzen, die Kogar minutenlang einhüllten, bevor sie zur Oberfläche des Sterns zurückfielen. Als deren Folge wurde der Planet für jeweils exakt einen Umlauf zu einem halbmateriellen Schemen teilentstofflicht. An diesem höchst eigenartigen Phänomen hatte auch der Hyperimpedanz-Schock nichts geändert. »Seither erhalten jedoch auf Kogar deponierte Schwingquarze dadurch eine Art Aufladung, die ihre Stabilität erhöht, und zwar auf zirka drei Viertel der vormals üblichen Werte.«

»Wie praktisch.«

Dmetri nickte. »Beneidenswert, in der Tat. Wir hätten auch gern einen solchen Brutofen für Hyperkrista...« Er sprach nicht zu Ende, denn die von Flohbein modifizierten Sirenen gaben eine ohrenbetäubende Kakofonie von sich. Zugleich flammten Dutzende Warnlichter auf.

Rotalarm.

»Strukturerschütterung in Nahdistanz!«

»Endlich«, sagte Perry, als hätte man ihm mitgeteilt, der Kaffee sei fertig. Für Mondras Geschmack übertrieb er es mit der zur Schau gestellten Ruhe. Drohender Hektik durch Gelassenheit entgegenzuwirken, war schön und gut, doch himmelten ihn Captain Onmout und die übrigen Offiziere schon mehr als genug an. Mondra hatte Rhodan im Verdacht, dass er die ihm dargebrachte Vergötterung heimlich doch ein wenig genoss, obwohl er sich anderweitig äußerte. Nun, er war auch nur ein Mann und sein Testosteron-Spiegel gewiss nicht zu niedrig ...

Sie konzentrierte sich auf den Hauptholokubus. Ein Pulk, bestehend aus 14 Schweren Troventaaren, war nur fünf Millionen Kilometer von ihnen entfernt aus dem Halbraum ausgetreten und raste direkt auf sie zu. Was bewies, dass der perfekt synchron ausgeführte Sprung nicht zufällig hierher geführt hatte, sondern auf die Position der MINXHAO abgezielt gewesen war.

Der larische Verband fächerte auf, wohl in der Absicht, sie zu umzingeln. Wie abgesprochen unternahm Kia Lung, ihre Pilotin, keinen Fluchtversuch; ein solcher wäre ohnehin zum Scheitern verurteilt gewesen.

»Sir, Richtfunkspruch, Sir!«, meldete Awadalla, der Cheforter.

»Auf das Holo!«

Das dreidimensionale Abbild eines Laren erschien. Selbstverständlich hatte Mondra inzwischen zahlreiche Darstellungen dieser untersetzten Humanoiden mit der dunklen Haut, den gelben Lippen und den Smaragdaugen gesehen. Dennoch verspürte sie ein leichtes Kribbeln zwischen den Schulterblättern.

Ohne ein Wort des Grußes oder der Vorstellung schnarrte der Lare: »Anordnung vom Oberkommando der Neunten Trovent-Flotte. Unternehmen Sie nichts, was als aggressive Handlung gedeutet werden könnte. Dazu zählt bereits das Hochfahren höherenergetischer offensiver oder defensiver Waffensysteme. Ich wiederhole ...«

Perry gab ein Handzeichen, dass die Bildübertragung auch von ihrer Seite aktiviert werden sollte, dann sagte er: »Sie werden lachen, wir haben gar keine solchen Waffen an Bord. Der Erste Hetran der Galaxis Milchstraße benötigt nichts dergleichen.«

»Spare dir deine erbärmlichen Versuche, mich zu beeindrucken, Menschling. Ich führe nur Befehle aus. Die lauten, euch nach Caligo zu eskortieren.«

»Dies ist ganz in meinem Sinn. Ich wünsche, mit dem höchsten Repräsentanten ...«

»Deine Wünsche zählen nicht«, unterbrach der Lare. Seine Uniform war in einem kräftigen Hellrot gehalten, was ihn als mittleren Dienstgrad auswies. »Ihr bekommt in regelmäßigen Abständen Flugziel-Parameter von uns überspielt. Diese sind absolut einzuhalten. Bei der geringsten Abweichung puste ich euch mit Freuden aus dem All.«

Der Kubus wurde dunkel. Im selben Moment erlosch auch ein Gutteil der übrigen Holo-Anzeigen.

»Was ist das?«, rief Captain Onmout.

»Totalausfall sämtlicher Ortungsgeräte, Sir. Mir schleierhaft, warum, ich meine, wir haben keinen Treffer abbekommen, aber ... Wir sind blind und taub.«

»Sie hüllen uns in ein Abschirmfeld«, sagte Perry Rhodan. »Um die Geheimnisse ihres Zentralsystems zu bewahren. Schließlich wissen die Laren noch nicht, woran sie mit uns sind. Immerhin würden sie sich eine solche Mühe nicht antun, wenn wir nicht ihre Neugier erweckt hätten.«

»Sir, Daten eingelangt. Ein Koordinatensatz. Ansonsten dringt nach wie vor nicht das Geringste von außen zu uns durch.«

Onmout wechselte einen raschen Blick mit Perry. »Wir folgen den Anweisungen. Der Vollalarm für alle Stationen bleibt bestehen.«

Es war ein seltsames, keineswegs angenehmes Gefühl, im Blindflug ein Sonnensystem zu durchqueren. Noch dazu eins, in dem es von Ortungsimpulsen nur so gewimmelt hatte.

Der Kurs, den ihnen die nicht unbedingt überschwänglich liebenswürdige Eskorte vorschrieb, führte nicht auf geradem Weg zum Planeten Caligo. Vielmehr zwang man sie, im Zickzack hin und her zu springen, mal kürzer, mal weiter, mal schneller, mal langsamer.

Mondra trat zu Perry und fragte leise: »Hast du eine Ahnung, was das soll?«

Er zuckte die Achseln. »Möglicherweise Psychotricks. Man will uns zermürben, unsere Nervenstärke testen. Vielleicht ist hier aber auch etwas im Gang, das diese Art des Vorgehens erforderlich macht.«

»Nämlich?«

Perry schluckte die Antwort, die ihm auf der Zunge lag, hinunter und schüttelte den Kopf. »Spekulationen ohne ausreichende Grundlage bringen nichts.« Viele Crewmitglieder besaßen sehr scharfe Ohren. Er wollte niemanden zusätzlich beunruhigen. Die Mannschaft hielt sich wacker, war aber zweifellos verunsichert. Wer flog schon gern mit verbundenen Augen?

Der Navigator vollzog mithilfe der Bordpositronik die ihnen diktierten Bewegungen nach und fügte die zurückgelegten Strecken als strichlierte Linien in die Darstellung des Sonnensystems und der stärksten zuvor angemessenen Impulsballungen ein. Vor Perrys geistigem Auge formte sich ein Bild ... das ihn nicht erfreute. Wenn seine Vermutung richtig war, hätten sie kaum einen ungeeigneteren Zeitpunkt für ihren Besuch auf dem Trovent-Planeten erwischen können.

Vorausgesetzt, dem Rechner war bei der verhältnismäßig simplen Rekonstruktion kein Fehler unterlaufen, mussten sie Caligo schon sehr nahe sein. Abermals meldete sich der Cheforter. »Sir, ans letzte von unseren Freunden übermittelte Datenpaket war ein kurzer Text angehängt. Soll ich ihn projizieren, Sir?«

»Machen Sie schon, Mann!«, blaffte Demetrius Onmout. Um sein Nervenkostüm stand es nicht mehr zum Besten.

Wird Zeit, dachte Perry, dass das Blindekuh-Spiel aufhört.

Larische Schrift erschien. In großen Lettern stand zu lesen: GESCHÄTZTER HOCHSTAPLER – WER ODER WAS IMMER SIE WIRKLICH SEIN MÖGEN, SIE VERDIENEN MEINEN RESPEKT. MAN HAT IHNEN EINEN LANDEPLATZ ZUGEWIESEN. BITTE VERWEILEN SIE DORT UNTER ALLEN UMSTÄNDEN MIT DEAKTIVIERTEN SYSTEMEN. RÜHREN SIE SICH ZU IHRER EIGENEN

SICHERHEIT NICHT VON DER STELLE, BIS ICH ZEIT FINDEN WERDE, MICH IHNEN ZU WIDMEN.

Die Pilotin leitete den Landeanflug ein. Auf den Gesichtern der Umstehenden zeichnete sich Erleichterung ab.

»Wer sagt's denn. Läuft doch wie geschmiert.«

Perry hatte den Satz kaum beendet, da brach das Inferno los. Der Boden unter seinen Füßen erzitterte, einmal, zweimal ... beim dritten Mal versagten die Andruckabsorber. Unvermittelt schlugen so viele Gravos durch, dass es Perry von den Beinen riss. Das Licht ging aus. Der Antigrav seines Kampfanzugs bremste Perrys Sturz, dennoch ging unter ihm etwas zu Bruch. Im Dämmerschein der Notbeleuchtung und blinkenden Warnlämpchen sah er, dass sich sein Raumhelm schloss. Offenbar registrierte die Mikro-Positronik einen Druckabfall.

Bei einem Raumschiff dieser Bauart konnte das nur eins bedeuten: Volltreffer.

Die MINXHAO zerbrach. Sie stürzten ab.

9. Ein Schacht, der bis in die Hölle führt

Der Mob heulte auf, als die Schandknechte anrückten.

In Zweierreihen kamen sie aus der Unterführung marschiert, flott, zackig, obwohl ihnen die Ketten, die um ihre nackten Knöchel klirrten, nur Trippelschritte erlaubten. »Links – rechts – links – rechts!«, kommandierten mit monotonen Lautsprecherstimmen die Maahks, die sie als Aufseher und Antreiber flankierten. Und nicht zuletzt als Beschützer; denn ohne das halbe Dutzend breitschultriger, Betäubungsstöcke schwingender Riesen in grauen Druckanzügen hätte die aufgebrachte Meute ihre gebrüllten Drohungen wohl wahr gemacht.

»Lynchen sollte man euch Schädlinge, ohne Umschweife aufhängen!«

»Jawohl, am besten gleich hier! Und zwar verkehrt herum!«

»Verdammtes Pack! Kinderschänder!«

»Zurück verfrachtet auf eure Kloakenplaneten gehört ihr, aber in Särgen!«

»Versteck dich gut hinter deinem Giftschlucker-Freund, räudige Hure, elendige! Weißt du, was ich mit dir anstellen würde, wenn er und seine Kumpel nicht wären?«

Tamra, der diese Stimme bekannt vorkam, sah sich den Schreihals genauer an. Er hatte Schaum vor dem Mund;

Geifer stob in Flocken bei jedem Wort. Das feiste Gesicht, die geplatzten Äderchen, der schüttere Haarkranz: Ja, es handelte sich um den Bäcker, der ihr noch vor weniger als einem Jahr gönnerhaft Unterschlupf in der Brotfabrik von Groschir offeriert hatte ... Es gab sie also tatsächlich, die Pöbel-Touristen, die um den halben Planeten reisten, um an den Schandknechten von Taphior verbal ihr Mütchen zu kühlen. Der Lare hingegen erkannte Tamra nicht wieder. Sie war damals wie heute ein Zerrbild für ihn, nur eben mittlerweile ein anderes. Die Wahrnehmung hatte sich gleichermaßen gewandelt wie das Klima verschärft. Aus Hilfsbereitschaft – wenngleich geknüpft an die Erwartung gewisser Gegenleistungen – war purer Hass geworden.

Nicht bloß Beschimpfungen trafen sie von beiden Seiten der Gasse, durch die sie trippelten, links-rechts, links-rechts. Sie wurden bespuckt, beworfen mit Schlammbatzen, faulem Obst, kleinen Steinen. Die Maahks hatten Anweisung, erst beim Gebrauch größerer Mauerbrocken oder lebensgefährlicher Waffen einzuschreiten. Schräg über dem Getümmel schwebte für alle Fälle ein Polizeigleiter, dessen abschreckende Präsenz die tobende Menge einigermaßen in Zaum hielt.

Obwohl immer wieder Wurfgeschosse sie trafen, ging Tamra mit hoch erhobenem Kopf, ebenso wie die Frau neben ihr. In gewisser Weise empfand sie es als Ehre, ausgerechnet mit ihr zusammengekettet zu sein. Yilmaz Macmahon hatte auf der MERCANT gedient, als Leitende Bordingenieurin im Leutnantsrang, abwechselnd oder gemeinsam mit Tamras Vater. Sie hatte Tamra schon als Kleinkind gekannt – zu einer Zeit, an die ihr selbst jegliche Erinnerung fehlte.

Und jetzt marschierten sie Seite an Seite. Die Stahlfesseln scheuerten die härteste Hornhaut blutig, doch die Alteranerinnen zeigten den Laren ihren Schmerz nicht; sehr wohl aber ihren Stolz. Das hatte Tamra von Yilmaz gelernt. *Bleib aufrecht, halte dich am Letzten fest, das du noch hast.* Wie das uralte Sprichwort besagte: »Wenn nichts mehr übrig ist, dein Haus zu heizen, musst du dich selbst in Brand setzen.«

»Stopp!«, befahl Grek-331, der Truppführer. Mit ihm gab es, solange man sich an die Regeln hielt, nie Schwierigkeiten. Maahks atmeten ein Wasserstoff-Methan-Gemisch ein und Ammoniak aus; dieses Gas war unter den Druck- und Temperaturverhältnissen, die auf ihren Welten herrschten, noch nicht flüssig. Die grauen Riesen kannten nur logisches Denken, keine sadistische Grausamkeit. Derlei blieb zu Gefühlen fähigen Wesen wie Alteranern und Laren vorbehalten.

Die Schandknechte hielten vor der Wand des Schuppens an. Slogans waren darauf gemalt worden, einige sogar per Thermostrahl eingebrannt: *LARENHUNDE, WIR KRIEGEN EUCH! – ALTERA WIRD SIEGEN! – TOD DEM MENSCHENSCHINDER!*

Mit Letzterem meinte, wer immer für die Schmierereien verantwortlich war, General Kat-Greer, den Kommandanten der Neunten Flotte. Er hatte sich in letzter Zeit zum Wortführer all derer aufgeschwungen, die den Umgang des Hetranats mit den Menschlingen als zu lau und rückgratlos kritisierten. »Fort mit der parasitären Brut!«, forderten jene Medien, die unter seiner Kontrolle standen. Nahezu täglich berichteten sie von angeblichen Übergriffen der Alteraner, brandmarkten sie als notorische, unheilbare, da geborene Kriminelle, bezichtigten sie der Prostitution, des Drogenhandels und aller möglicher anderer Verbrechen. Wie sie diese Untaten begehen sollten – wo doch jeder ihrer Schritte und Tritte mittels der Peilchips überwacht und aufgezeichnet wurde, die sie wie alle Gunstbolde im Nacken trugen –, kümmerten die in Kat-Greers Huld stehenden Scharfmacher nicht.

In Wahrheit mussten die Alteraner als Sündenböcke dafür herhalten, dass die Lebensqualität der larischen Unterklassen immer weiter sank, genauso wie deren Glaube an die seit Jahrzehnten gleichen Durchhalteparolen. Gerüchte, die menschlichen Zwangsarbeiter nützten bei jeder Gelegenheit schamlos der Laren sprichwörtliche Gutherzigkeit aus, fielen auf fruchtbaren Boden. Außerdem wurde unterstellt, die Flotten des Imperiums Altera stemmten sich, aus mangelnder Opferbereitschaft und rassenbedingter Charakterschwäche, nicht mit vollem Einsatz gegen den Posbi-Ansturm. Daher banden sie zu wenig Verbände der Mörderroboter und schädigten auf diese Weise indirekt auch den Trovent. Mit anderen Worten: Sie, niemand sonst, waren die eigentliche Ursache dafür, dass die Laren die Posbis noch nicht besiegt hatten, ja sich ihrer im Gegenteil sogar immer schwerer erwehrten.

Wegen dieser Propaganda wurde inzwischen jedes öffentliche Auftreten von Alteranern außerhalb Dekombors zum Spießrutenlauf. Zumal dies, seit Mitrade-Parkk im Exotenviertel die Macht übernommen hatte, ausschließlich in Form von Schandknecht-Kettentrupps stattfand, über die es in der Ankündigung hieß, sie bestünden aus besonders üblen überführten Straftätern.

»Das Kotzen kommt mir beim Gedanken, dass dieses Gesindel dieselbe Luft atmet wie unsereins!«

»Zu feig, die eigene Heimat zu verteidigen, aber unsere Jugend vergiften und in die Gosse ziehen, das könnt ihr!«

»Wisch – wisch – wisch es weg! Wisch – wisch – wisch es weg!«

»Ja, schab nur, Nutte, schab! Brecht euch die Finger, ihr Lumpenpack, und erstickt am Schmutz, den ihr selbst produziert habt!«

Tamra hatte die Schmährufe schon unzählige Male gehört. Sie war immer dabei; von Anfang an. Was sie tagsüber mit bloßen Händen und verätzender, die Atmung beeinträchtigender Säure wegputzten, stand am nächsten Morgen doppelt so groß wieder da, wie von Zauberhand geschaffen. Um so viele Wände überall in Taphior zu beschmieren, hätte es gut und gern der zehnfachen Anzahl von Menschlingen bedurft, als auf ganz Caligo lebten.

Wilbur holte Tamra zu den Taoisten.

Anfangs hatte es ihm das Herz gebrochen, ohnmächtig mit ansehen zu müssen, wie sie von der Verwalterin gequält wurde. Zusammen mit Yilmaz Macmahon und einigen anderen Freigeborenen protestierte er schriftlich gegen diese Schikanen, die offensichtlich persönliche Rachegelüste befriedigen sollten – mit dem Erfolg, dass sich die Unterzeichner flugs ebenfalls bei der Kettentruppe wiederfanden. Auf diese Weise machte Mitrade-Parkk klar, dass in Dekombor nun ein anderer, schärferer Wind wehte als unter ihrem Vater und Vorgänger. Der hatte zumindest geheuchelt, sich um das Wohlergehen seiner Untergebenen zu sorgen und ein offenes Ohr für deren Bedürfnisse zu haben. Tamra selbst bat Wilbur daraufhin, von weiteren Solidaritäts-Bekundungen Abstand zu nehmen; es handle sich um eine Sache zwischen ihr und Mitrade, und es bringe niemandem etwas, wenn zusätzlich Unschuldige zum Handkuss kämen.

Im Lauf der Wochen und Monate wandelte sich Wilburs Mitleid zu Bewunderung. Durch ihre Zähigkeit und ihr stilles, jedoch unbeugsames Verhalten erwarb Tamra großen

Respekt im Viertel, ja sie wurde regelrecht zum Symbol für passiven Widerstand. »Da kommt sie«, raunten die Alten, zu Krüppeln Geschundenen. »Tamra, ihr wisst schon, Leutnant Cantus Tochter, die nicht unterzukriegen ist, weil sie trotz allem nie zu Kreuze kriecht. Hölle, Tod und Teufel, sie ist sogar noch härter als Yilmaz!«

Freilich stellten die Freigeborenen nur die Minderheit der alteranischen Bevölkerung von Dekombor. Mehr als drei Viertel machten diejenigen aus, die sie abfällig »Knechtgeborene« nannten, weil jene bereits in Schande und Gefangenschaft zur Welt gekommen waren, manche schon in zweiter oder dritter Generation. Die meisten besaßen eine ausgeprägte Sklavenmentalität. Sie glorifizierten ihre Unterdrücker und verstanden sich selbst als eine Art »arme Verwandte« der Laren, unendlich weit niedriger als diese, dennoch privilegiert unter den Fremdvölkern. Mit dem alteranischen Erbe, das sie als minderwertig empfanden, wollten sie so wenig wie möglich zu tun haben. Stattdessen ahmten sie die Sitten und Gebräuche des Herrenvolks nach, flochten ihre Haare zu Nestern und schminkten sich die Lippen gelb. Einige knechtgeborene Eltern gingen so weit, dass sie für ihre Kinder am Schwarzmarkt Präparate besorgten, die das Körperwachstum hemmten und eine gedrungene, eben »larischere« Statur förderten.

Die ehemaligen Zöglinge der Heelghas standen zwischen den beiden Gruppierungen. Einerseits hatten sie noch in der Freiheit Alteras das Licht der Welt erblickt, andererseits waren sie im Internat nach allen Regeln der Kunst umerzogen worden. Manche, zu denen sich Wilbur zählte, hatten die Indoktrination erfolgreich abgeschüttelt; andere nicht. Die Bruchlinie konnte mitten durch eine Familie verlaufen, wie bei Wu und Frizzi Pasterz: Während die reichlich gluckenhaft gewordene Frizzi sich eifrig zu integrieren trachtete und jeden Winkel ihrer Behausung mit kitschigen, knallbunten larischen Altären vollstopfte, hielt Wu im Zweifelsfall eher zu den Freigeborenen. Er hatte sogar kürzlich, hinter dem Rücken seiner Gattin, um Aufnahme bei den Taoisten gebeten.

Was Tamra betraf, war Wilbur sich lange Zeit nicht sicher. Sie bot Mitrade-Parkk die Stirn, doch ansonsten deklarierte sie sich nicht, sondern hielt gleich großen Abstand zu beiden Bevölkerungsteilen. Das änderte sich erst nach der unerfreulichen Sache mit Neko.

Jason Neko – der war Wilbur ein Dorn im Auge, seit er nach Dekombor gekommen war und sich alsbald zum Wortführer der Knechtgeborenen aufgeschwungen hatte. Niemand verteidigte die Laren fanatischer als er. »Furzschnüffler« nannte Wilbur ihn bei sich, weil Jason noch in jedem Darmwind seiner Herren und Meister Gutes, Schönes und Wahres zu erkennen vermeinte. Mann, ging ihm dieser Kriecher an die Nieren! Dass er bei jeder Gelegenheit um Tamra herumscharwenzelte, verminderte Wilburs Abneigung gegen ihn nicht unbedingt.

Es war Abend, die blutrote Sonne Illindor versank gerade hinter der Skyline von Taphior, und Tamra und er delektierten sich an Kitai Lechnoirs famosen Wurstkringeln, als Jason Neko quer über den Marktplatz auf ihre Bank zugeschlendert kam. Unübersehbar sonnte der Kerl sich in den bewundernden Blicken, die ihm zahlreiche Frauen schenkten. Er sah gut aus, das musste widerwillig auch Wilbur eingestehen, drahtig, energiegeladen, pralle Lebensfreude vermittelnd. Sein unverkennbarer, tänzerischer Gang hatte etwas Fließendes, Katzenhaftes, und seine ganze Erscheinung strahlte Zuversicht aus, als erklängen in seinem Inneren beständig die Gesänge der Heelghas. Bei einer jungen Mutter blieb er kurz stehen, nahm ihr behutsam das Baby ab, warf es in die Luft, dass es jauchzte, fing es gekonnt wieder auf und gab es der vor Stolz zerfließenden Mama zurück, nicht ohne ihr irgendwelche schmeichelnden Anzüglichkeiten ins Ohr zu raunen.

»Der gute Onkel persönlich«, kommentierte Wilbur und rümpfte angewidert die Nase.

»Lass ihn«, sagte Tamra, rechtschaffen müde vom Schandknecht-Einsatz. »Er verbreitet gute Laune und tut keinem was zuleide.«

Wilbur unterdrückte, was ihm als Entgegnung eingefallen wäre, denn Neko baute sich soeben, die Daumen im Gürtel eingehakt, vor ihnen auf. »Ich bringe tolle Neuigkeiten.«

»Ach ja? Mitrade-Parkk hat den schiefen Mund zu voll genommen, ihre gespaltene Zunge verschluckt und ist daran erstickt?« Wilbur spürte Tamras Fuß auf dem seinen. Sie mochte es nicht, wenn er provozierte. Aber das hatte er sich einfach nicht verkneifen können. Jeder wusste, wie Jason vor der Verwalterin buckelte.

Der Knechtgeborene machte viel Theater daraus, die Beleidigung großmütig zu überhören. »In der Tat komme ich gerade aus dem Büro der Hohen Verwalterin. Wo mir unsere Herrin das Amt eines offiziellen Minderheitensprechers verliehen hat.«

»Na, da gratuliere ich aber. Durftest du auch ihren Speichel vom Boden auflecken?« Wilbur blies verächtlich eine helle Haarsträhne aus der Stirn.

»Ich hatte nicht erwartet, dass du begreifst, was das bedeutet, Donning. Ab sofort verfügen wir über einen Sitz im Bezirksrat von Dekombor und können dort unsere Anliegen ungehindert zu Gehör bringen.«

»Lass mich raten. Mehr larische Schönheitssalons?«

»Spiel den Renitenten, solange du willst. Verrenn dich weiter in deine naiven Fantasien von Heimkehr in ein Imperium, das unsere Vorfahren ausgestoßen, davongejagt und schmählich im Stich gelassen hat.«

Das war die neueste Stimmungsmache der Massenmedien: Im Reich der Menschlinge, behaupteten sie, herrschten schon ewig Misswirtschaft und Überbevölkerung. Um derer Herr zu werden, setzten die gewissenlosen Machthaber Alteras seit Generationen immer wieder altersschwache Schiffe voller Unerwünschter im galaktischen Niemandsland aus, wo sie entweder erbärmlich verendeten, den Posbis zum Opfer fielen – oder von den unermesslich selbstlosen Laren gerettet wurden. Denen sie fortan zur Last fielen, die Haarnester von den Köpfen fraßen und sich nicht einmal dankbar zeigten.

»Und ausgerechnet du vertrittst uns also im Bezirksrat? Da kann sich Mitrade auch gleich selbst auf diesen Sessel setzen. Abgesehen davon, dass besagtes Gremium reine Augenauswischerei darstellt. Weil nämlich das, was dort gefaselt oder beschlossen wird, keinerlei Konsequenzen hat.«

»Wie lang lebst du schon auf Caligo, Strohschopf? Bald zwanzig Jahre. Und doch bist du geistig noch immer nicht hier angekommen, sondern trauerst nach wie vor der bitteren Not und dem Unrechtsregime nach, dem wir glücklicherweise entronnen sind. Schau dich um!« Neko vollführte eine Armbewegung, die den Marktplatz umfasste. »Sieht so ein Gefängnis aus? Ein Straflager? Bist du blind, oder was? Sind das Häftlinge, liest du Bitternis in ihren Mienen? Nein. Sondern Zufriedenheit, Optimismus, Fröhlichkeit. Und zu Recht! Leiden sie etwa Hunger oder sonstige Entbehrung? Frieren sie, haben sie kein Dach überm Kopf, müssen sie in vergammelten Hütten ihr kärgliches Dasein fristen? Nein. Ganz im Gegenteil, Elbanger-Tan, der Erste Hetran, hat ihnen, uns allen, einen wunderschönen, unseren Bedürfnissen perfekt angepassten Stadtteil geschenkt!«

»Das Klopapier wurde erst vorige Woche wieder rationiert.«

»Ja, spotte nur. Zerreißt euch ruhig das Maul, du und deine Schwarzmaler-Freunde. Niemand verbietet es euch. Auch das sollte dir zu denken geben, falls du einer solchen Anstrengung überhaupt fähig bist. Inzwischen errichte ich, langsam aber sicher, Stein für Stein, eine tragfähige Basis für unser kleines, schwaches Völkchen.«

Wilbur verdrehte die Augen. Nekos übersteigertes, blauäugiges Sendungsbewusstsein war schlichtweg unerträglich. Warum verzog sich der selbstzufriedene Trottel nicht endlich? Weshalb belästigte er sie, statt sich von seinen Anhängern und Verehrerinnen umgarnen zu lassen? Was wollte er überhaupt?

»Schau selbst«, sagte Wilbur. »Und dann sag mir, wer von uns beiden verblendet ist.« Er zeigte auf die Maahks, die vor dem Tor des Verwaltungsgebäudes Wache schoben, Betäubungsstöcke in den Pranken. Auf die automatischen, per Fernsteuerung auslösbaren Strahlenkanonen unter den Dachfirsten, die jeden Winkel des Platzes bestreichen konnten. Auf die Polizeigleiter, deren Positionslichter am sich allmählich verdunkelnden Himmel blinkten. Zuletzt klopfte er sich gegen den Nacken, wo der Peilchip saß. »Schöne Freiheit, das.«

»Wer partout alles schlechtreden will, findet immer was zu bemäkeln. Im Frühling freuen sich die einen, weil die Wiesen grünen und die Blumen erblühen, und die anderen jammern darüber, dass es noch nicht Sommer ist.«

Das kam so salbungsvoll, bevormundend, paternalistisch und larisch, dass Wilbur endgültig der Kragen platzte.

»Früher die Tourneen der Vagabunden, jetzt die Schandknecht-Kettentrupps – nennst du das Fortschritt, Mann? Was kommt als Nächstes? Spektakulär inszenierte Massenhinrichtungen?«

Er hatte geschrien, und er hasste sich dafür. Denn jetzt konnte Jason Neko erst recht den Kühlen, Überlegenen mimen.

Gelassen erwiderte der: »Wir leisten unseren Beitrag in schweren Zeiten, so wie alle anderen Gunstbolde und Vasallen auch. Und wenn wir uns vernünftig und erwachsen, also reif verhalten, werden wir reich belohnt. Meine Ernennung ist erst der Anfang. Am Ende steht die Anerkennung der Vollbürgerschaft für alle, die guten Willens sind. Im Übrigen konnte ich bereits in der heutigen Aussprache erreichen, dass diese zugegebenermaßen unerquicklichen Einsätze ab morgen auf die Hälfte reduziert werden. Dafür sind wieder Arbeitsdienste in Privathaushalten gestattet, sofern sie unter Ausschluss der Öffentlichkeit vor sich gehen. Du siehst – wenn du sehen willst –, alles wendet sich zum Guten; nein: zum Besseren. In Kürze wird diese kleine Krise gänzlich überwunden sein, und die positiven Kräfte werden gestärkt daraus hervorgehen. Die Gesellschaft der Laren ist stabil, die stabilste der ganzen Galaxis. Bald gehören die Hetztiraden gegen uns Menschlinge der Vergangenheit an, und niemand mehr wird sich daran erinnern. Niemand, Donning. Nur du wirst weiter Gift und Galle spucken. Nun, wenn's dir Spaß macht ... Offenbar muss es auch unbelehrbare Nörgler geben. Platz ist genug unter der Sonne Illindor. Der Stern der Laren leuchtet für alle.«

»Ich bewundere dich, Neko«, stieß Wilbur hervor, sich mit größter Mühe beherrschend. »Ehrlich. Deine Chuzpe möchte ich haben. Du schwafelst das Violette vom Himmel herunter, wie paradiesisch wir es hier nicht hätten. Und da, direkt vor dir, sitzt der Mensch, der am allermeisten unter deiner ach so guten Herrin leidet, die Frau, die tagaus, tagein von Mitrade gepeinigt wird.« Noch während er den Satz zu Ende brachte, erkannte Wilbur, dass er schnurstracks in die Falle gegangen war. Jasons grüne Augen blitzten triumphierend auf. Genau dieses letzte Argument hatte er hören wollen.

Tamra, um den Hals das unvermeidliche Sloppelle, versteifte sich und rückte prompt von Wilbur ab. »Hör auf. Ich kann für mich selbst sprechen.«

»Eben. Und auch selber denken. Du brauchst keine zwangspessimistischen Einflüsterer, nicht wahr, Tamra? Zumal ich ermächtigt bin, dir eine frohe Botschaft zu überbringen.« Neko drehte sich elegant um 180 Grad, setzte sich, die Beine übereinander schlagend, auf die Armlehne der Bank und beugte sich vertraulich zu Tamra hinab. »Die Hohe Verwalterin ist der Meinung, du hättest genug gebüßt, und gewillt, dir die Hand zur Aussöhnung zu reichen. Sofern auch du ihr einen Schritt entgegenkommst.«

»Der wäre?«

»Setz ein Zeichen der Bereitschaft, dich vorbehaltlos in die Gesellschaft der Menschlinge von Dekombor einzuordnen.«

»Was schwebt ihr vor?«

»Heirate.«

Tamra lachte lautlos. »Und wen?«

»Wen du willst.« Nach einer Kunstpause, die er durch einen Schmachtblick füllte, ergänzte Neko, anzüglich lächelnd: »Zum Beispiel mich.«

»Ist das ein Antrag?«

»Ich kann auch hier und jetzt auf die Knie fallen, so du das wünschst.«

»Oh, das muss wirklich nicht sein.« Sie streichelte geistesabwesend ihr penetrant riechendes Vieh, das Wilbur schon im Internat zuwider gewesen war. Aber er würde sich hüten, ein Wort gegen das Sloppelle zu verlieren. Tamra drohte ihm ohnedies zu entgleiten.

»Wir haben eine Zukunft«, säuselte Jason Neko ebenso ein- wie zudringlich. »Wir Menschlinge von Dekombor. Und wir zwei, Tamra, du und ich. Privat, vor allem aber als Integrationsfiguren. Unserem Beispiel folgend würden Frei- und Knechtgeborene vereint zu angesehenen Partnern der Laren aufsteigen. Wir beide könnten unsere kleine Volksgemeinschaft wieder zu den Sternen führen!«

Jetzt hielt der Kerl sich auch noch für einen auserwählten Propheten, wenn nicht gleich für einen zweiten Perry Rhodan! Wilbur biss sich auf die Unterlippe, um nicht erneut als keifender Rabauke dazustehen. Außerdem musste er, wenn er ehrlich war, vor sich selbst zugeben, dass er ähnliche Phantasien mit Tamra Cantu hegte. Deshalb trübte wohl Eifersucht sein Beurteilungsvermögen.

»Selbstverständlich brauchst du dich nicht sofort zu entscheiden«, schnurrte Neko wie ein brünstiger Kater. »Überlege es dir in Ruhe. Das Angebot steht.«

Tamra lächelte, den Blick in unergründliche Fernen gerichtet. Über die Holoschirme flimmerten Reklamen für larische Hochzeitskleider und putzig bunte Kinderzimmer-Einrichtungen.

»Nicht nötig. Ich nehme an«, sagte Tamra – und bei diesen Worten stockte Wilbur der Atem – »du freust dich auch schon auf reichen Nachwuchssegen?«

Neko strahlte. »So ist es.«

»Ich mag dich, Jason. Du bist kein böser Mensch, führst nur das Beste im Sinn. Aber daraus wird nichts. Mitrade benutzt dich, um mich zu brechen. Sie ist sehr schlau, will zwei Kakerlaken mit einem Stiefel zertreten und die Freigeborenen schwächen, indem sie sie eines weiteren Vorbilds beraubt. ›Seht her, auch Tamra fügt sich; ich habe die Widerspenstige gezähmt.‹ Da kann ich nicht mitmachen, so leid es mir tut. Ich werde in Knechtschaft keinen Hausstand gründen, mit keinem Mann verkehren, keine Kinder bekommen. Das bin ich meinem Vater schuldig. Kannst du das nachfühlen? Falls nicht, wärst du sowieso nicht der Richtige für mich.«

»Verstehe.« Jason Neko sprang auf, als wäre die Banklehne unter seinem Hintern plötzlich glühend heiß geworden. »Ist es wegen dem da?« Er zeigte auf Wilbur. »Ziehst du diesen Aufwiegler mir vor?«

»Ich sagte doch, dass ich allein bleiben und mich nicht fortpflanzen will. Nimm es nicht so schwer, Jason. Du kannst unter Dutzenden von Frauen wählen. Nur mich lass bitte in Frieden.«

»Schön. Ich gebe mich geschlagen. Auch wenn du einen fatalen Fehler begehst. Und du, Strohschopf Donning« – er glühte Wilbur an, der sich, unendlich erleichtert, ein Grinsen nicht verkneifen konnte – »sei bloß vorsichtig. Glaub nicht, mir wäre verborgen geblieben, dass ihr insgeheim Ränke schmiedet und von Rebellion träumt. Ich werde ein Auge auf dich haben, das schwöre ich dir, und notfalls zu verhindern wissen, dass du Tamra, und uns alle, mit in den Untergang reißt.«

Er tippte sich, nach larischer Art grüßend, mit zwei Fingern der rechten Hand an die linke Schulter, dann schob er ab. Innerlich kochte Neko vermutlich; nach außen hin ließ er sich nichts anmerken, sondern scherzte gleich wieder mit einer Passantin.

»Ich wünschte, er hätte nicht gefragt«, sagte Tamra leise. »Aber es musste wohl so kommen.«

Wilbur nickte. »Auf die Gefahr, mich weiter unbeliebt zu machen: Ich bin froh darüber.« Er räusperte sich. »Ich möchte dir schon lange etwas erzählen. Jason hat keine Ahnung, worum es geht. Das vorhin war gewiss nur ein Schuss ins Blaue. Aber ich gehöre tatsächlich einer geheimen Vereinigung an. Wir nennen uns ›Liu I-Ming-Bund‹ ...«

Nackte Leiber tanzten als Silhouetten vor dem rot-orangen Flackerschein hellauf lodernder Feuer. Beißender Qualm mischte sich mit den scharfen Gerüchen menschlicher Ausdünstungen, diverser Alkoholika und sonstiger Rauschmittel. Tamras Schädel brummte. Obwohl sie sich die Ohren zuhielt, gingen ihr die gellenden Schreie, das schrille Jaulen der Dudelsäcke und der ekstatische Trommelrhythmus durch Mark und Bein.

Skeptisch folgte sie Wilbur Donning, der ihnen mit den Ellenbogen einen Weg durch die Menge bahnte, zu einem improvisierten Ausschank an der Laderampe.

»Zwei doppelte Schenkelspreizer, aber vom härteren Stoff!«, orderte Wilbur, gegen den Hintergrundlärm anplärrend. Er bezahlte mit den nur in Dekombor gültigen Münzen, nahm die Becher entgegen und trug sie zu Tamra, die sich in eine einigermaßen ruhige Einbuchtung der Fabrikswand drückte. »Prosit! Auf ex!«

»Ich warne dich«, zischte sie. »Falls das hier ein Vorwand sein sollte, mich betrunken zu machen und mir an die Wäsche zu gehen ...«

»Na komm, Mädel, zier dich nicht!«, grölte Wilbur und schob sie noch tiefer in die Nische. »Heute ist die Längste Nacht, da gibt es keine Unkeuschheit. Alles ist erlaubt – vertrau mir!«, fügte er geflüstert hinzu.

Sie stieß mit ihm an und nippte vorsichtig. Obwohl das

Getränk nach Starkpunsch roch, schmeckte Tamra keinen Alkohol, sondern bloß Fruchtsaft.

»Spitzen-Gesöff, was?« Wilbur zwinkerte. »Kriegt nicht jeder. Da muss man schon Beziehungen haben. Runter damit!«

Sie leerten die Becher. Wilbur rülpste lautstark, dann lehnte er sich gegen Tamra, sodass es für zufällige Beobachter aussehen mochte, als dränge er sie ins Eck und rücke ihr auf die Pelle. Tatsächlich aber wahrte er trotz der körperlichen Enge die Distanz. Im Takt der Musik seine Hüften wiegend, hauchte er Tamra ins Ohr: »Du musst nicht so tun, als hättest du plötzlich alle deine Prinzipien über Bord geworfen. Es reicht, wenn du vorgibst, dir diese Veranstaltung einmal ansehen zu wollen, dich von mir mitschleppen zu lassen und dir einen leichten Schwips zu vergönnen. Dann wird niemand argwöhnisch, zumal ohnehin alle berauscht sind.«

»Schöpft denn keiner Verdacht, wenn wir uns hier zeigen? Ich dachte, Freigeborene meiden die larischen Feste, und speziell dieses.« In der längsten Nacht des Sonnenjahres wurden diverse Fruchtbarkeitsriten vollzogen, bei denen alle moralischen Schranken aufgehoben waren.

»Wir verweigern die Fortpflanzung in Gefangenschaft«, antwortete Wilbur ebenso leise, »jedoch nicht die Sexualität als solche. Es gibt Techniken, Mittel und Wege ... Guck nicht so entsetzt, wir sind schließlich auch Menschen aus Fleisch und Blut. Vor allem aber bieten solche Feste eine optimale Tarnung; du wirst schon sehen. Verhalte dich möglichst natürlich, eben als wärest du aus reiner Neugierde gekommen. Trenn dich zwischendurch von mir, aber behalte mich im Auge. Wundere dich nicht, falls sich manche Personen etwas ... merkwürdig benehmen. Und stütze mich später, wenn ich scheinbar total betrunken bin, als wärst du um meine Gesundheit besorgt. Was danach auch geschieht, bleib unbedingt bei mir, bis wir in Sicherheit sind. Ich weiß selbst noch nicht, wo wir landen werden. Das erfahre ich erst kurzfristig. Alles klar? Okay?«

»Okay.« Das war Alteranisch; eines der wenigen Worte, die Tamra, ohne lang zu überlegen, noch in der »verbotenen« Sprache beherrschte.

Wilbur holte zwei neue Becher »vom härteren Stoff«, dann zogen sie weiter. Tausende Menschen, gut zwei Drittel der alteranischen Bevölkerung, tummelten sich auf dem ausgedehnten Werksgelände. Viele von ihnen arbeiteten tagsüber in der Nahrungsmittelfabrik; so gut wie alles, was am Marktplatz von Dekombor erhältlich war, wurde hier aus den Früchten, Blättern, Rinden, Zwiebeln und Wurzeln der verschiedenen Olvid-Gewächse erzeugt. Auch Kitai Lechnoirs viel gerühmte Wurstkringel hatten nie ein Gramm Fleisch gesehen.

Lug und Trug, dachte Tamra. Schein und Schimäre allerorten, vom Größten bis ins Kleinste. Alles kippt, sobald du genauer hinsiehst. Die ganze Welt, das ganze Leben – eine einzige Ent-Täuschung. Hört das denn nie mehr auf?

Sie hatte gelernt, mitzuspielen und ihrerseits zu bluffen, mogeln, lügen. Ekelhaft erschien ihr diese permanente, allgegenwärtige Unaufrichtigkeit, ekelhafter noch als die Ausschweifungen, derer sie im Verlauf der Längsten Nacht Zeugin wurde, ob sie wollte oder nicht. Wenn sie sich in einen dunklen Winkel zu flüchten versuchte, erwies sich dieser oft von einem kopulierenden Paar oder gar Grüppchen besetzt. Andere trieben es mitten auf der Tanzfläche, mit wechselnden Partnern. Einmal meinte sie, im Zentrum eines Rings aus ölig glänzenden Leibern Frizzi Pasterz zu erkennen, splitternackt bis auf einige Blütenkränze. Zum Glück stumpften Tamras Sinne bald ab. Irgendwann nahm sie ringsum nur noch einen Wirbel aus Licht und Schatten wahr, nicht näher definierte Formen, Geräusche und Gerüche, als befände sie sich innerhalb eines gigantischen, alptraumhaften Gemäldes, einer monströsen, um sie rotierenden, sich endlos in alle Richtungen erstreckenden holografischen Installation. Sie ließ sich treiben, tauchte ziellos durch die orgiastische Fülle, innerlich leer.

Fast hätte sie den Zeitpunkt verpasst. Tamra erwachte aus dem tranceartigen Zustand, weil jemand zum wiederholten Mal ihren Namen lallte.

Zwischen Paletten, die aufgestapelt gewesen und umgestürzt waren, kugelten zwei Gestalten. Wilbur Donning und Wu Pasterz versuchten, ineinander verhakt, sich hochzurappeln, und scheiterten kläglich. Sie eilte zu ihnen, half ihnen auf die Beine. Die beiden jungen Männer schwankten, haltlos kichernd. Sie stanken wie eine Destillerie; wie zwei schwere, nasse Säcke hängten sie sich auf Tamra. Zusammen torkelten sie in Schlangenlinien über die volle, vor Ausgelassenheit kochende Tanzfläche, wobei Wilbur, nur scheinbar unzurechnungsfähig, die Richtung vorgab. Es war kurz nach Mitternacht, das Fest auf seinem Höhepunkt; niemand nahm Notiz davon, als sie durch ein angelehntes Tor in einen Schuppen verschwanden.

Tamra empfand die Kühle des düsteren, mit Kisten und Containern voll gestellten Lagerraums, in den nur gedämpft der Lärm von draußen drang, als immense Erleichterung. »Sind wir ...«, begann sie, doch Wilbur gab ihr durch einen Druck auf die Schulter zu verstehen, dass sie noch in der Rolle bleiben sollte. Also wankten sie weiter, treppauf, treppab, vorbei an echten Schnapsleichen, die in Pfützen von Erbrochenem lagen, mit offenem Mund schnarchten oder sie aus trägen, schielenden Augen anstierten. Erst, nachdem sich eine schwere Doppeltür mit schmatzendem Geräusch hinter ihnen geschlossen hatte, straffte sich Wilbur und entließ Tamra aus seinem Griff.

»So. Danke«, sagte er mit klarer Stimme. »Bitte verzeih, aber anders geht es nun mal nicht.« Er lachte. »Obwohl ... irgendwie macht das Theater auch Spaß, findet ihr nicht?«

»Hm. Hab mich schon besser amüsiert.« Sie schüttelte sich, sog die kalte Luft in tiefen Zügen ein.

Wu Pasterz wischte über sein bleiches, schweißnasses Gesicht, griff ans verdreckte Hemd und schüttelte es, um es zu lüften. »Morgen werde ich mir von meiner Frizzi ganz schön etwas anhören müssen. Sofern sie sich überhaupt noch erinnern kann, heißt das.«

»Ihnen ist klar, dass Sie niemandem, auch nicht Ihrer Gattin, von dieser Zusammenkunft berichten dürfen?«, erklang eine metallisch klirrende Stimme. »Egal, wie über Ihren Antrag beschieden wird?«

Wilbur, der Haltung angenommen hatte, schnalzte die flache Hand zur Schläfe. »Sir, ja, Sir. Die Probanden wurden diesbezüglich instruiert.«

Unterdessen hatten sich Tamras Augen an die Dunkelheit gewöhnt. Sie erkannte den Sprecher. Es handelte sich um einen alten, schlohweißen Mann, der ihr am Markt bisher nur als Rollstuhlfahrer untergekommen war, zu gebrechlich, um ohne Hilfe essen oder trinken zu können. Nun aber stand er, die Arme vor der Brust verschränkt, ebenso breitbeinig an der eisverkrusteten Hinterwand des Kühlraums wie Yilmaz Macmahon und das halbe Dutzend anderer Freigeborener neben ihm.

»Guilder?«, entfuhr es der verblüfften Tamra.

Er antwortete auf Alteranisch: »Kapitän Guilder Viñales, Kommandant des imperialen Transportraumschiffes MERCANT, unterwegs nach Neu-Szechuan. Und leider« – dabei lockerte er die Schultern ein wenig, und ein melancholisches Lächeln spielte um seine Lippen – »noch immer nicht am Zielort eingetroffen.«

Die Längste Nacht wurde ihrem Namen gerecht.

Guilder setzte die wenige Autorität ein, die ihm nach fast zwei Jahrzehnten der Erniedrigung verblieben war, um ihr dichtes Programm durchzubringen. Die Taoisten hatten sich viel vorgenommen. Das mussten sie wohl oder übel, denn Gelegenheiten, sich für längere Zeit in größerer Runde zu beraten, ohne dass die vermaledeiten Peilchips das konspirative Treffen als solches preisgaben und die Maahks oder gar die larische Polizei auf den Plan riefen, waren relativ rar.

Auch so hatten sie, trotz des im Areal der Olvid-Fabrik vorherrschenden Tohuwabohus, zahlreiche Sicherheitsvorkehrungen zu beachten. Ein Plenum abzuhalten, verbot sich. 60 Impulsgeber, 60 Punkte auf dem Schirm, ergo 60 Menschen, die über Stunden geballt in ein und demselben Raum verweilten – so gelangweilt konnte, wer immer gerade in der Überwachungszentrale Dienst schob, gar nicht sein, dass ihm das nicht aufgefallen wäre. Genauso wenig durften die dezentralen, übers ganze Gelände verteilten Kleingruppen aus den ständig gleichen Personen bestehen. Daher pendelte ein Teil der »üblichen Verdächtigen« in unregelmäßigen Abständen zwischen den Versammlungsorten hin und her. Außerdem hatten sie etliche arglose Halbwüchsige, deren Konstitution diese rüde Behandlung hoffentlich verkraften würde, systematisch bis zur Bewusstlosigkeit abgefüllt und in Räumen über oder unter den Treffpunkten deponiert, die sie zudem so ausgewählt hatten, dass in unmittelbarer Nähe möglichst viele Paarungs-Aktivitäten vor sich gingen.

Yilmaz verteilte Decken. Die Kühlaggregate waren, wie die ganze Fabrik, bis zum Beginn der Morgenschicht stillgelegt. Dennoch litten alle unter der Restkälte. Aber wann, seit die GORATSCHIN abgeschossen und die MERCANT aufgebracht worden war, hatten sie nicht gelitten? Von den armen Knechtgeborenen, die nichts Besseres kannten, ganz zu schweigen ...

»Erstens«, sagte Guilder Viñales. »Aufnahme neuer Mitglieder. Auf Sie, Tamra Cantu, warten wir seit langem, und die Zahl Ihrer Fürsprecher ist Legion. In meiner Funktion als Ranghöchster dieser Untergruppe verfüge ich deshalb, dass mir Ihr Schweigegelübde, eine Erklärung Ihrer Solidarität sowie der Schwur auf das Buch genügt, um Ihnen den Status der Mitgliedschaft auf Probe zu verleihen.«

Er hatte während seiner auf Alteranisch gehaltenen Ansprache die junge, fragile, doch abgehärtet und quirlig, ja hungrig wirkende Frau genau beobachtet. Bei manchen Passagen hatten sich ihre Lippen bewegt, als vollziehe sie die Lautkombinationen nach. »Das Wahre Idiom ist Ihnen bekannt, jedoch nicht geläufig«, stellte er fest. »Haben Sie alles begriffen?«

»Nein«, gestand sie. »Soli...dari...tät; ah ja. Diese, äh, Vokabel ... ich habe sie lange nicht mehr gehört, und ihre Bedeutung hat sich mir eben erst erschlossen. Solidarität. Ich verstehe. Zu wem? Und ... welches Buch?«

In Wahrheit hielt sie sich fantastisch.

Sie war vier Jahre alt, rief Guilder sich in Erinnerung, *als sie ihren Eltern entrissen, ins Internat der Heelghas gesteckt und dort einer Gehirnwäsche unterzogen wurde. Gleichwohl verfügt sie noch über einen derart umfangreichen, zumindest passiven Wortschatz. Das grenzt an ein Wunder.*

Und dann auch wieder nicht. Denn sie war Clees Cantus Tochter, dessen Erbin und Nachlass. Wie Wilbur, der hoch intelligente und zugleich rührend tolpatschige Wilbur, die für das Imperium Altera so bedeutende Linie der Donnings fortführte, trug auch Tamra ein Vermächtnis in sich. Guilder Viñales hatte mit ihrem Vater schon Sträuße ausgefochten, als dieser noch ein kleiner Kadett gewesen war.

Der Charakter liegt im Blut, dachte der alte Kapitän.

Er hatte nie an diesen Spruch geglaubt, mit dem schon die Han-Dynastiker der Neugründerzeit ihre extrem chauvinistische Politik gerechtfertigt hatten. Aber als sich Tamra, mager und kahlköpfig, ihm entgegenreckte, sprungbereit, das dürre Gestell gespannt wie eine Feder, und ihn mit den Glutaugen ihres Vaters durchleuchtete, schoss es Guilder durch den Kopf: *Ganz der junge Clees. Aufmüpfig. Trotzig. Widerständig, koste es, was es wolle.*

Plötzlich spürte der Kapitän wieder die Gicht in seinen Knochen. Er sehnte sich nach dem altvertrauten Rollstuhl. Aber er hatte hier und jetzt noch eine Aufgabe zu bewältigen.

»Welches Buch? Dieses«, sagte er, die mühsam rekonstruierte, von vielen Händen abgeschmuddelte Ausgabe hervorholend. »›Erwachen zum Tao‹, von Lui I-Ming. Nach diesem antiken Philosophen haben wir unseren Bund benannt. Und mit Solidarität ist gemeint: zu den anderen Mitgliedern, zur alteranischen Menschheit, zur alten, wahren Heimat. Wir glauben an uns, an unsere Würde wie auch unsere Hoffnung, und dass uns diese von den Laren nicht genommen werden können, was auch immer die Unterdrücker versuchen. ›Eins mit dem Großmut des Himmels und der Bescheidenheit der Erde‹, wie der Weise sagt, werden wir aushalten, um dereinst das Joch der Knechtschaft abzuschütteln und erneut zu den Sternen aufzubrechen.«

Tamra blätterte stirnrunzelnd im Buch, las einige Seiten, lächelte, nickte und legte den Schwur ab.

Danach wandte sich Guilder auf Larisch an den hünenhaften, muskelbepackten Wu Pasterz. »Bei Ihnen verhält sich die Sachlage komplizierter. Sie haben eine Frau und drei Kinder, was den Intentionen der Freigeborenen widerspricht, aus denen sich der I-Ming-Bund zusammensetzt.«

»Ich kann und will mich nicht von meiner Familie abwenden, die ich von Herzen liebe«, sagte Wu, unbehaglich sein Gewicht von einem Fuß auf den anderen verlagernd. »Trotzdem würde ich gern bei euch, äh, Ihnen mitmachen, aus Überzeugung. Ich bin Alteraner, kein feiger, unterwürfiger Menschling.«

Tamra hatte die Hand gehoben; Guilder erteilte ihr mit einem Kopfnicken das Wort. »Frizzi und Wu wurden in sehr unreifem Alter von den Heelghas verkuppelt. Damals haben sie diesen Entschluss nicht aus freien Stücken getroffen, und keineswegs willentlich gegen die Freigeborenen, von denen sie ja noch gar nichts wussten. Dass ihre Beziehung dennoch so lange gehalten hat, darf man Wu wohl kaum zum Vorwurf machen. Deshalb finde ich, eine Ausnahmeregelung wäre gerechtfertigt, gerade wenn es um Menschlichkeit und Toleranz geht.«

»Wohl gesprochen«, sagte Guilder. »Ich persönlich schließe mich dieser Argumentation an. Aber wir müssen erst noch die Meinung der anderen, parallel tagenden Untergruppen einholen.«

Boten wurden ausgeschickt, und andere Freigeborene kehrten kurz darauf an deren Stelle zurück. Sie überbrachten die Nachricht, dass Wu willkommen sei. Der Hüne strahlte übers ganze pausbäckige Gesicht.

Nachdem auch er vereidigt war, klärte Guilder die neuen Mitglieder über ihre Pflichten auf. Zuallererst mussten sie ihr Alteranisch perfektionieren sowie noch eine zweite, geheime »Sprache« erlernen. Die Taoisten bedienten sich nämlich eines Kodes, um auch im täglichen Leben und in aller Öffentlichkeit Informationen austauschen zu können. Unverfänglichen, häufig gebrauchten larischen Wörtern war eine zweite Bedeutung zugeordnet. Wenn sich Mitglieder des I-Ming-Bunds unterhielten, und einer kratzte sich dabei am Ohrläppchen, kam der verborgene Sinn zum Tragen. Darüber hinaus gab es noch eine Reihe weiterer Geheimzeichen. Wilbur bot sich an, in den nächsten Tagen mit Tamra zu üben, und ein Arbeitskollege von Wu würde für diesen den Lehrer abgeben. Guilder überreichte ihnen außerdem je eine handgeschriebene Fibel des Wahren Idioms.

»Gut. Dritter Tagesordnungspunkt: Nahziele. Leutnant Macmahon, berichten Sie!«

»Leider keine neuen Erkenntnisse von der Forschungsgruppe Peilchips, Sir. Das hängt natürlich damit zusammen, dass unsere Bewegungsfreiheit zuletzt stark eingeschränkt war. Nun aber wurden vom Hetranat unter der Hand wieder mehr private Knechte und Mägde bewilligt. Offenbar haben Gefolgsleute von Elbanger-Tan, die nicht auf die Annehmlichkeiten persönlicher Diener oder billiger Arbeitskräfte verzichten wollen, Druck auf den Ersten Hetran gemacht. Uns kann das nur recht sein. Allerdings sind derzeit keine Einsätze geplant, in deren Rahmen wir uns Zutritt zu Kyber-Kliniken oder Biotech-Labors verschaffen könnten.«

Guilder runzelte die Stirn. Seit vielen Jahren suchten sie nach einer Möglichkeit, die Peilchips zu manipulieren; ergebnislos. Auf das System, mit dessen Hilfe sie ihre Gunstbolde rund um die Uhr kontrollierten, gaben die Laren verständlicherweise besonders gut Acht.

»Ich kann mich erinnern, wie mir Boffään, unser Haustechniker im Aquadom der Parkks, den Chip verpasst hat«, sagte Tamra Cantu. »Das ging recht schnell. Könnte man die Dinger denn nicht für eine gewisse Zeit rausnehmen und danach wieder einsetzen?«

»Nein. Sie haben sich selbsttätig mit den Nervenbahnen verbunden. Eine unsachgemäße Entfernung würde einen Schock verursachen, der einem Schlaganfall gleichkommt. Man bräuchte einen Fachmann und eine speziell ausgerüstete Klinik. Beides haben wir in Dekombor nicht. Zudem brächte das nur Probleme. Jeder Polizist, der einen Gunstbold in freier Wildbahn sieht, überprüft sofort routinemäßig dessen Kennung mit einem Gerät, das zur Standardausrüstung gehört. Für den Fall, dass kein Peilsender geortet werden kann, besteht Schießbefehl.«

»Angeblich«, erklärte Guilder für die beiden Neulinge, »gibt es chiplose Alteraner, denen noch vor unserer Zeit gelungen ist, aus Dekombor zu fliehen, abzutauchen und die verfluchten Dinger loszuwerden. Sie leben – wenn's wahr ist – buchstäblich im Untergrund, in der Kanalisation von Taphior. Manche Adeligen betreiben die Jagd auf sie als eine Art Sport. Kontakt zu ihnen herzustellen, ist ebenfalls eines unserer Nahziele, und auch ihr sollt Augen und Ohren nach Spuren und Hinweisen offen halten. Freilich muss dies unter Wahrung größter Vorsicht geschehen. Denn wir dürfen, falls die Chiplosen tatsächlich existieren, unter keinen Umständen die Häscher auf ihre Fährte locken. Nächster Punkt. Gefreiter Donning!«

»Sir. Darf ich zuerst erläutern, womit ich befasst bin?«

»Bitte.«

»Sir, danke, Sir. Meine Arbeitsgruppe sucht nach Publikationsmöglichkeiten für unser taoistisches Manifest und weitere, an Gunstbolde anderer Völker sowie die larische Bevölkerung, die ja in vergleichbarer Weise vom Adel ausgebeutet wird, gerichtete Proklamationen. Hier zeichnet sich eventuell in naher Zukunft eine Chance ab. Der General-Direktor des planetaren Zivilfunkwesens soll zwecks Renovierung eines seiner Wochenend-Domizile vier menschliche Knechte angefordert haben. Es könnte gut sein, dass sich darin ein Studio mit Zugang zum Netz befindet; diese Typen arbeiten gern von ihren Ferienhäusern aus, damit sie sich auch während der Dienstzeit mit Konkubinen vergnügen können.«

»In diesem Fall sollte Leutnant Macmahon dem Renovierungstrupp angehören. Als ausgebildete und erfahrene Bordingenieurin verfügt sie von uns allen über das umfangreichste Fachwissen.«

»Genau das wollte ich vorschlagen, Sir. Es müsste auch möglich sein, Furzschnüffler Neko, der die Trupps einteilt, Yilm... Leutnant Macmahon unterzujubeln. Schließlich hat sie sich schon bei einigen Reparatur-Einsätzen hervorgetan.«

»Das sind erfreuliche Neuigkeiten, Gefreiter Donning. Halten Sie mich auf dem Laufenden. Letzter Punkt: Allfälliges. Irgendwelche Anträge? Nein? Schön. Dann wegtreten zur Kulturpflege!«

Froh, der eisigen Kammer entrinnen zu können, verteilten sich die Mitglieder in Zweier- und Dreiergruppen übers Fabriksgelände. Als Liebespaare oder Saufkumpane getarnt, würden sie sich gegenseitig alte terranische Lieder, Gedichte und Prosatexte beibringen, von prä-astronautischer Literatur über die Heldentaten des Großadministrators Perry Rhodan bis zur Donning-Chronik. Die Erinnerung durfte nicht versiegen, die Weitergabe des identitätsstiftenden Kulturguts nicht auf jene spärlichen schriftlichen Überlieferungen beschränkt bleiben, die sie und ihre Vorgänger aus den Schiffen gerettet und vor den Laren verborgen gehalten hatten.

Guilder Viñales selbst begab sich mit Tamra und Wu, der den Rollstuhl schob, in eines der Sudhäuser, wo tagsüber Olvid-Bier gebraut wurde. Hier lungerten zahlreiche sturzbetrunkene Knechtgeborene herum, die sich an vorsorglich versteckten Fässern gütlich getan hatten. Doch der Kapitän und die beiden sehr glaubhaft schwankenden Jungmitglieder fanden eine Ecke, in der sie ungestört waren.

»Erste Lektion«, begann Guilder mit gedämpfter Stimme. »Terranische Zeitrechnung. Wir schreiben das Jahr 4930 ...«

Sie tauschten Todeslisten aus, so ungerührt, als handle es sich um Mannschaftsaufstellungen für Flugball-Teams.

Zumindest galt das für Kat-Greer und die Eisfrau. Zlakore-Buld hingegen war alles andere als wohl in seiner Haut. Dutzende, Hunderte Namen wurden genannt; nicht wenige der Personen, die seine Mitverschwörer kaltlächelnd zum Abschuss freigaben, kannte Zlakore gut. Er sah die Grabstätten vor sich, die weinenden Angehörigen ...

»Gewissensbisse, mein Freund?«, fragte der General zynisch. Offenbar war es um Zlakores Verstellungskunst schlecht bestellt. »Du wirst doch nicht am Ende kalte Füße bekommen?«

»Keine Sorge. Ihr könnt euch auf mich verlassen, das weißt du. Und nicht nur, weil ich mich nicht über Nacht selbst auf dieser Liste wiederfinden will. Die Zeit ist reif für einen Wechsel, das sehe ich genauso wie ihr. Obwohl ich nie ein Geheimnis daraus gemacht habe, dass mir lieber wäre, wenn es mit geringerem Blutzoll abginge. Aber ihr seid die Experten, und ich vertraue eurem Urteil.«

Die Eisfrau warf ihm einen Blick zu, in dem unverhohlene Verachtung lag. »Du brauchst dir keinen einzigen deiner manikürten Finger schmutzig zu machen, Handelsherr. Das« – sie klopfte auf den Folienstapel – »erledigen ich und meine Leute. Sorge du dafür, dass zur richtigen Zeit diejenigen Produktionsbetriebe funktionieren, die den Nachschub unserer Truppen sicherstellen, und jene der Gegenseite sabotiert werden. Alles Übrige hat dich nicht zu kümmern.«

Einen letzten Einwand war sich Zlakore-Buld schuldig. »Würde es denn nicht genügen, das ... feindliche Lager durch einen punktuellen Handstreich der Führung zu berauben? Dann sollten doch eigentlich die übrigen Großen Boote zu uns überlaufen.«

»Rede nicht über Bereiche, von denen du nichts verstehst.« Die Eisfrau sah Kat-Greer an und rollte die Augen. »Reine Zeitverschwendung, mit Krämerseelen zu kooperieren.«

Der General hob beschwichtigend die Arme. »Es genügt nicht, die militärische Vormacht zu erringen. Mittel- und langfristig ist die wirtschaftliche Dominanz mindestens ebenso ausschlaggebend. Zlakore-Buld sichert diese Flanke. Daher hat er jedes Recht, in die Entscheidungsfindung eingebunden und über sämtliche Prämissen vorbehaltlos informiert zu werden.«

Beschwingt stand Kat-Greer auf, trat hinter Zlakore und legte ihm die Hand auf die Schulter. »Mein Freund, die Steuermänner des Großen Bootes Tan mögen schon viel zu lang am Ruder, verweichlicht, saturiert und nachlässig geworden sein. Aber Elbanger ist der Erste Hetran. Ein Attentat auf ihn vorzubereiten, ohne dass die zur gegnerischen Fraktion gehörenden Teile des Lichtnetzes Wind davon bekämen, übersteigt selbst die Möglichkeiten unserer überaus talentierten Freundin. Nein, die von uns entworfene Vorgangsweise ist die einzig Erfolg versprechende. Ich bin hundertprozentig überzeugt, dass sie zum Sieg führen wird.«

Zlakore drehte sich um und blickte zu Kat-Greer auf. Der General strotzte vor Selbstsicherheit, wie immer, wenn er sich von seinen persönlichen Ratgebern den Rücken hatte stärken lassen. Und er war unmittelbar vor Beginn der Besprechung aus der Fundament-Halle der Bastion Groschir zurückgekommen ...

»Die Säuberungsaktionen in Militär, Flottenauge und Industrie sind leider unumgänglich«, sagte er. »Sie werden mit chirurgischer Präzision durchgeführt, simultan, sobald der Startschuss fällt. Das könnte bereits in wenigen Wochen der Fall sein, denn die Planungen schreiten ausgezeichnet voran. Wir sind schon sehr gut aufgestellt. Die wichtigsten Schlüsselfiguren werden hinter den Kulissen gerade in Position gebracht. Alles läuft wie auf Leitstrahlen. Und nun lasst uns damit fortfahren, das zu tun, was getan werden muss. Du bist an der Reihe, Zlakore. Wer könnte dir und deinen Leuten gravierend in die Quere kommen, wenn es hart auf hart geht?«

Der Handelsherr seufzte, zog seine eigene Liste aus dem Koffer und fing an, Todesurteile zu verlesen.

Die Dinge gerieten in Bewegung; langsam zuerst, dann mit der unaufhaltsamen Wucht einer Lawine.

Yilmaz Macmahons Trupp schaffte es, unbemerkt und ohne Spuren zu hinterlassen, ein autonomes positronisches Konstrukt ins Zivilfunknetz einzuspeisen und auf diese Weise mehrere Stunden lang die Botschaft der Taoisten auf dem ganzen Planeten zu verbreiten. Sie bestand einerseits aus markanten, aufrüttelnden Zitaten Liu I-Mings, andererseits aus einer Deklaration des guten Willens und der Unschuld der Alteraner von Dekombor. »Die Anschläge und

Verbrechen, die uns zur Last gelegt werden, haben wir nicht begangen. Wir haben nicht einmal die Wände beschmiert. Wie sollten wir auch, angesichts dessen, dass jeder unserer Schritte lückenlos überwacht und dokumentiert wird? Nein, jemand anders will Unruhe stiften und Hass zwischen den Völkerschaften schüren. Dies ist nicht in unserem Sinn. Wir wollen in Frieden mit den Laren zusammenleben, uns aber keineswegs aufdrängen. Manche Stimmen fordern, uns ins Imperium Altera, in die alte, wahre Heimat abzuschieben. Sollte man uns ernsthaft dieses Angebot unterbreiten, würden viele von uns mit Freuden annehmen.«

Die Reaktionen auf das Manifest waren unterschiedlich. Einige wenige Kommentatoren äußerten sich wohlwollend und lobten die gewaltlose Aktion als vernünftigen Diskussionsbeitrag und positives Resultat der Integrationspolitik des Hetranats. Aber diese zur Besonnenheit mahnenden Stimmen gingen im Geheul jener Medien unter, die General Kat-Greer nahestanden: »Wie weit ist es mit dem Trovent der Laren schon gekommen, dass Gunstbolde Piratensender betreiben, ja sich erdreisten können, uns unverfroren zu kritisieren und Tipps zu geben, wie wir mit ihnen umzugehen hätten?«

Und das war noch einer der gemäßigteren Standpunkte.

Mitrade-Parkk zitierte Tamra zu sich, ließ sie in Ketten von den Maahks vorführen.

»Man prangert meine Milde an, zerfetzt mich förmlich in der Luft, wirft mir Verletzung meiner Aufsichtspflichten vor. Verdrießlich, sehr verdrießlich. Ich bin nicht amüsiert, Scheuche. Mir ist egal, ob du tatsächlich dahintersteckst oder überhaupt nichts damit zu tun hast. Jemand muss für diesen Frevel bezahlen. Das wirst im Zweifelsfall immer du sein.«

Ihre ehemalige Zofe zuckte die Schultern. »Was willst du mir noch antun? Mir das Sloppelle nehmen, das ohnehin bald sterben wird? Oder mein eigenes Leben? Nur zu, ich hänge nicht daran.«

»Oh, ich merke wohl, dass du die Rolle der Märtyrerin genießt. Aber wer sagt, die Strafe träfe dich direkt? Du selbst magst abgebrüht sein, vielleicht sogar perverse Befriedigung daraus ziehen, alle erdenklichen Qualen zu erdulden. Aber wie wirst du damit fertig, wenn definitiv Unbeteiligte unter deiner Verstocktheit leiden? Sieh her, ich zeige dir etwas.«

Sie legte das flache, doppelt daumennagelgroße Gerät vor sich auf die Tischplatte. »Ein hübsches kleines Spielzeug, das auf jeden Peilchip aufgesetzt werden kann. Damit lässt sich der jeweilige Gunstbold vollkommen in Fernsteuerung nehmen. Die Älteren in der Siedlung werden vielleicht schon davon gehört haben. Früher bezeichnete man aufsässige Knechte, die damit zur Räson gebracht wurden, als ›Untote‹. Muss eine äußerst unangenehme Erfahrung sein, wenn einem der eigene Körper nicht im Mindesten mehr gehorcht. Manche sollen sich danach geistig nie wieder erholt haben ... Hör gut zu, Scheuche: Falls du mir nicht binnen eines Tages die Namen der Missetäter verrätst, die jene Proklamation in Umlauf gesetzt haben, werde ich mein neues Spielzeug ausprobieren. Jedoch nicht an dir, sondern der Reihe nach an deiner alten Freundin Frizzi Pasterz und deren drei süßen Kinderchen.«

Yilmaz Macmahon und Wilbur Donning stellten sich.

Das war, mutmaßte Kapitän Viñales, der dazu geraten hatte, Mitrade-Parkk gar nicht so recht. Es hätte sie wohl glücklicher gemacht, Schuldlose zu quälen und damit auch Tamra Seelenpein zuzufügen. So aber verurteilte die Verwalterin, merklich missgelaunt, Yilmaz, Wilbur und ihre beiden Trupp-Kollegen zu drei Wochen verschärften Schandknecht-Dienstes, und damit hatte es sich.

Einstweilen.

Unmittelbar, nachdem die beiden ihre Strafe abgeleistet hatten, fand Wilbur in der Hosentasche seiner Lumpen-Verkleidung den Datenträger. Es handelte sich um einen unscheinbaren Speicherkristall, den ihm jemand während des letzten Einsatzes zugesteckt haben musste, wahrscheinlich, als sie beim üblichen Spießrutenlauf durch die Gasse der larischen Brüllaffen getrippelt waren. Der Datenträger passte in jedes Lesegerät und enthielt ein einziges Dokument, das sich problemlos öffnen ließ.

»Mein Name tut nichts zur Sache«, stand da auf Alteranisch. »Für euch will ich mich ›Heraklit der Dunkle‹ taufen, aus Hochachtung gegenüber der Vergangenheit.«

»Heraklit: ein Mineral, aber auch ein Philosoph der terranischen Antike«, sagte Guilder erstaunt. »Berühmt für seinen Ausspruch ›Panta rhei – alles fließt‹. Es gibt nicht viele, denen er noch geläufig ist. Unzweifelhaft will uns der Absender zu verstehen geben, indem er diesen Decknamen wählt, dass er sich mit unserer Frühgeschichte auskennt.«

Ihre Aktion und ihr Manifest, schrieb der Unbekannte weiter, nötigten ihm Respekt ab. Seine Lebensumstände erlaubten es nicht, sich offen zu erkennen zu geben, jedoch wolle er seine Sympathie zum Ausdruck bringen und ihr Anliegen, soweit ihm das möglich sei, fortan unterstützen. Er würde sich zu gegebener Zeit auf ähnliche Weise wieder melden.

Die Mitglieder des I-Ming-Bunds ergingen sich in den wüstesten Spekulationen, wer oder was sich hinter jenem mysteriösen Heraklit verberge. Er musste die Vorgänge im Bezirk Dekombor wenigstens zeitweilig verfolgen können, sonst hätte er nicht ausgerechnet Wilbur den Speicherkristall mit der Solidaritätserklärung zukommen lassen. Ein Angehöriger der Legion Alter-X, des imperialen Geheimdienstes von Altera? Ein adeliger Lare, der sie, aus welchen Gründen auch immer, protegieren wollte? Oder ... bezogen sich die erwähnten »Lebensumstände« auf etwas ganz anderes?

»Ein Chiploser!« Wu Pasterz reckte seine schwielige Faust triumphierend in die Höhe. »Wir haben endlich Kontakt!«

Kat-Greer fand keinen Schlaf.

Nachtmahre suchten ihn heim, bei klarem Bewusstsein. Maschinenwesen, die sich zu gewaltigen Kampfschiffen zusammenkoppelten, welche sich wiederum zu ungeheuren, den Himmel verdunkelnden Flotten formierten. »Seid ihr wahres Leben?«, funkten sie unaufhörlich. »Seid ihr wahres Leben?« Auf diese Frage gab es keine Antwort, die die Mörderroboter befriedigt oder gar befriedet hätte. »Seid ihr wahres Leben?«, funkten sie, und dann legten sie Caligo in Schutt und Asche.

General Kat-Greer wälzte sich in den seidenen Laken, geplagt von Zweifeln und Schuldgefühlen. War er es, der die Vernichtung über den Trovent und seinen eigenen Heimatplaneten brachte? Lud er Schuld auf sich, würde er sich versündigen wie noch kein Erster Steuermann vor ihm in der langen, ruhmreichen Geschichte der Laren und des Konzils der Sieben? Würden die Überlebenden – so es denn welche gab – ihn und seine gesamte Sippe verfluchen auf ewig, bis ins allerletzte Glied?

Er stand auf und zog sich an, dann verharrte er unschlüssig. Wo er Trost und Abhilfe gegen die innere Zerrissenheit fand, wusste Kat-Greer nur zu genau. Andererseits gab er seinem Sternbruder Zlakore-Buld Recht, der ihn mehr als einmal vor allzu häufigen Besuchen gewarnt und ihm ein bedenkliches, nachgerade suchtartiges Verhalten angekreidet hatte.

Sei's drum. Wenn er sich selbst zerfleischte, war auch niemandem geholfen.

Kat gab sich einen Ruck, schloss die Uniformjacke und marschierte los. Das Klacken seiner stahlplastverstärkten Stiefel hallte durch die Korridore und Treppenhäuser der Bastion Groschir. Die wenigen sichtbaren Wachen erwiesen ihm ihre Ehrbezeugungen; zu fragen, wohin er ging, wagte keiner. Er war der Herr dieser Burg, Kommandeur der Neunten Flotte, Lehensgeber unzähliger Vasallen und Aftervasallen. Nur einer, Elbanger-Tan, der Erste Hetran, nahm es an Macht und Einfluss mit ihm auf; noch.

Das alles rief Kat-Greer sich zu Bewusstsein, während er immer tiefer hinabstieg. Dennoch zitterte er, als er die uralten Kavernen erreichte.

»Wir grüßen dich, General und Erster Steuermann des Großen Bootes Greer!«

Nicht eine einzelne Stimme war es, die in seinem Geist erklang; sondern deren 2000: An'Gal'Dharan, die Kolonie, das Kollektiv der Ratgeber, die als Planer und Strategen bereits für das Konzil tätig gewesen waren. Kopfüber hingen sie in dichten Trauben von der Decke der Fundament-Halle, die Flughäute eng um die koboldhaften Körper gewickelt. 2000 Augenpaare musterten ihn. Starr, kugelrund, weit hervorquellend waren diese Augen, trotz der kleinen Schädel groß wie Kinderfäuste; sie glänzten nachtschwarz und strahlten unendliche Sanftmut aus.

Kat erwiderte den Gruß. Schon jetzt fühlte er sich besser, und die Zweifel begannen von ihm abzufallen. »Es ist nötig, nicht wahr?«, fragte er leise.

»Ja. Fürwahr, es ist nötig, mein General.«

»Der Prozess wurde initiiert und läuft planmäßig an. Noch könnte ich ihn stoppen und rückgängig machen. Aber das will ich nicht, oder?«

»Warum solltest du das wollen?«

»Ein Umsturz bringt tagelange Wirren mit sich. Bei einer überraschenden Attacke der Posbis wäre die Raumflotte kaum fähig zur Verteidigung. Caligo wird entblößt sein, nahezu schutzlos.«

»Für einige wenige Tage. Werden denn die Roboter demnächst angreifen?«

»Aller Voraussicht nach nicht so bald. Noch schrecken sie vor einer Großoffensive gegen uns zurück, nicht zuletzt wegen des langen Anmarschweges. Der Krieg hat den Trovent schwer geschädigt, jedoch stehen immer noch siebentausend Troventaare voll funktionstüchtig unter Waffen. Das Imperium von Altera ist übler dran. Ihre Flotten werden in absehbarer Zeit überrannt werden. Nicht, dass ich den Erzfeind nicht ebenso gern am Boden sähe und ausgelöscht wüsste wie jeder andere Lare, vom Ersten Hetran abwärts. Aber ...«

»Aber, mein General?«

»Wir haben das schon oft besprochen.«

»Weisheit und Einsicht zu vertiefen, kann niemals schaden.«

»Sobald die Posbis das Imperium Altera vernichtet haben, sobald die verwünschten Menschlinge ausgerottet sind, werden die Roboter deren Stützpunkte für sich selbst ausbauen – und von dort über uns herfallen. Dann ist die Entfernung kein Problem mehr für sie. Der Untergang der Alteraner bedeutet auch für den Trovent der Laren den Anfang vom Ende. Über kurz oder lang werden wir ebenfalls in schwerste Bedrängnis geraten, sofern es nicht gelingt, den Vormarsch der Posbis aufzuhalten.«

»Dein Weitblick ist bewundernswert, Oberster Steuermann. Teilt die derzeitige Führung des Trovents deine Ansichten?«

»Nur sehr bedingt, wie ihr wisst. Elbanger-Tan vertraut blind auf die Unbesiegbarkeit des larischen Soldatenvolkes. Fällt Altera, wird er sich feiern lassen, als hätten er und seine Junta die Menschlinge aus der Galaxis getilgt. Dabei hat seine Zögerlichkeit die drohende Misere erst verursacht!«

»Also?«

»Also muss ich es als meine heilige Verpflichtung erachten, den Putsch zu wagen, den Ersten Hetran zu stürzen und selbst die Macht zu übernehmen.«

»In der Tat. Zweifelst du noch?«

»Nein, An'Gal'Dharan, ich zweifle nicht mehr.«

»Ist es nötig, mein General?«

»Ja. Ja, fürwahr, es ist nötig.«

Zweitausendfaches Echo hallte in Kat-Greer nach, während er, wie neugeboren, federnden Schritts, mehrere Stufen auf einmal nehmend, zurück nach oben eilte: Nötig. Nötig. Nötig.

Genötigt.

Heraklit der Dunkle sandte Chip-Blocker.

Sieben Stück der flachen, münzgroßen Geräte enthielt das schmucklose Futteral, das Wu Pasterz von einem Reinigungsauftrag in der Kanalisation mitbrachte. »Es lag auf einmal neben meiner Proviantschachtel«, berichtete er, noch immer verblüfft. »Dabei könnte ich schwören, dass sich da unten nichts bewegt hat, abgesehen von uns und ein paar Stinkmolchen!«

Eine Gebrauchsanleitung lag bei. Demnach unterdrückten die dünnen Scheiben, wenn sie auf jene Stelle im Nacken geklebt wurden, unter der der Peilchip saß, dessen Impulse. »Überlegt euch gut, wann und wo ihr sie verwendet«, schrieb ihr unbekannter Sympathisant, und orakelhaft hatte er hinzugefügt: »Es sind deren sieben. Ebenso viele Wege führen hinein, jedoch nur der achte hinunter und hinauf gleich durch die Hölle in den Himmel gleich hinaus gleich heimwärts.«

»Sieben Wege«, sagte Wilbur nachdenklich. »Wie die sieben Zacken des Sterns der Laren?«

»Möchte Heraklit uns zu verstehen geben, wir sollten dort einbrechen? Im Monument-Museum, im Allerheiligsten der Unterdrücker? Wahnsinn, das wäre ein Coup!«, rief Wu.

Kapitän Viñales schüttelte den Kopf. »Undenkbar. Vergesst derlei Spintisierereien am besten gleich wieder. Der Sternturm wird mit Sicherheit rund um die Uhr bewacht.«

»Na ja ... Warum eigentlich?«, fragte Yilmaz Macmahon. »Er hat großen Symbolwert, aber keinerlei militärische oder sonstige infrastrukturelle Bedeutung. Soweit mir bekannt ist, befinden sich darin diverse Ausstellungen und etliche Repliken historischer Kunstgegenstände, aber die Kuratoren schleusen jeden Tag tausende Halbwüchsige durch. Würden sie das tun, wenn dort wirklich Unersetzliches zu Bruch gehen könnte? Wohl kaum. Vor den sieben Eingängen stehen Soldaten in Prunkuniformen, okay. Aber innen? Und erst recht nachts, wenn das Museum geschlossen ist?«

»Hinunter und hinauf ist gleich durch die Hölle in den Himmel, ist gleich hinaus, ist gleich heimwärts«, wiederholte Hubertus, einer der beiden Taoisten, die mit Wilbur und der Bordingenieurin das Manifest ins Funknetz geschmuggelt hatten. »Der achte Weg. Aus der Gefangenschaft, nach Hause. Er führt über die Hölle, den Orkus, die

Unterwelt. Das Abwässersystem! Es muss einen unterirdischen Zugang geben, vielleicht sogar von Dekombor aus.«

»Das wären ganz schön viele Kilometer.«

»Na und? Zeit spielt keine Rolle, solang sie uns nicht am Schirm haben.«

»Und wer sollte darüber besser Bescheid wissen als die Chiplosen?«

»Logisch. Die hausen dort unten seit Jahrzehnten!«

»Gemach, gemach«, dämpfte der alte Guilder die ausbrechende Euphorie. »Warum dringt dieser ominöse Heraklit nicht selbst mit seinen Leuten in den Stern der Laren ein, wenn es so einfach wäre? Und was soll das überhaupt bringen?«

»Sir, mit Verlaub, Sir.« Wilbur Donning wog das Futteral in seiner Handfläche. »Meiner Meinung nach deutet unser Gönner an, dass es darum geht, ein Zeichen zu setzen, und zwar ein für alle Mal. Wir können diese Dinger nur bei einer einzigen Aktion anwenden. Sobald die Laren spitzkriegen, dass wir über ein Mittel verfügen, ihre Peilchips zu blockieren, jagen sie uns wie die Hasen. Es sei denn, wir langen so kräftig hin, dass sie uns danach nur noch loswerden wollen; sprich, schleunigst zurück nach Altera befördern.«

Tamra hatte bis jetzt geschwiegen, da ihr die Sache nicht geheuer war. Nun sagte sie: »Ein derartiges Risiko willst du auf dich nehmen, nur wegen einiger weniger kryptischer Zeilen, von denen du nicht mal weißt, wer sie verfasst hat?«

»Begreifst du denn nicht? Heraklit serviert uns den Schlüssel zur Freiheit auf einem diamantenen Tablett. Vielleicht sind er und die anderen Chiplosen schlichtweg zu alt für ein solches Husarenstück. Immerhin müssen sie schon ein paar Jährchen auf dem Buckel haben, und die haben sie nicht gerade unter den günstigsten Bedingungen verbracht. Wie auch immer, der Schlüssel ist der Stern der Laren. Wir müssen dort nichts zerstören, keinerlei Unheil anrichten. Es genügt, den Beweis zu erbringen, dass wir es könnten, klar? Wir gehen rein, Yilmaz überwindet die Sperren, Wu haut gegebenenfalls dem Nachtwächter eins auf die Mütze, und dann befestigen wir ganz oben an der Außenseite ein taoistisches Transparent. Welch ein Eklat! Die Schlampe Mitrade wird sich auf die Faust beißen. Und Elbanger, seine Hetranigkeit höchst persönlich, wird uns und alle Alteraner, die mitkommen wollen, mit Handkuss in ein Raumschiff stecken und auf die Reise schicken; aber ohne Retourticket, bevor wir ihm noch viel größere Schwierigkeiten bereiten.«

»Mhm. Oder sie stellen uns an die Wand.«

»Womit sie allerdings ihre moralische Niederlage eingestehen würden.« Guilder strich sich über den weißen, kurz gestutzten Vollbart. »Und in Folge Gefahr liefen, Tausende kreuzbraver Knechtgeborener zu radikalisieren und gegen sie aufzubringen. Ich gestehe, ich habe irgendwie ein ungutes Gefühl, weil mir dieser Heraklit und seine Geheimniskrämerei nicht ganz koscher sind. Aber rein rational kann ich die Gedankengänge des Gefreiten Donning nachvollziehen. Die sauberste Lösung für die Laren wäre wohl, sie schafften sich uns lästige Störfaktoren vom Hals, ohne dass danach ihre lieb gewonnenen, pflegeleichten Menschlings-Gunstbolde widerborstig werden. Der I-Ming-Bund zählt mittlerweile über hundert Mitglieder. Die kann ich zeitversetzt über das Kommandounternehmen aufklären; alle diese Mitwisser einfach wegzuputzen, würde sogar Furzschnüffler Neko zum Nachdenken veranlassen, denke ich.«

»Meine Rede. Schlussendlich: Was haben wir zu verlieren, außer unsere Ketten?«, sagte Yilmaz hitzig. An ihrer Schläfe pochte eine blaue Ader.

Tamra war noch immer nicht überzeugt. »Mal angenommen, sie geben uns ein halbwrackes Schiff. Wie beispielsweise die ORTON-TAPH, die drüben am Rand des Flugfelds liegt; ihr wisst schon, wohin sie uns als Putzkolonne verfrachten, wenn Mitrade sonst keine Beschäftigung für uns einfällt. Also so was in der Art. Sie lassen uns damit starten, und sobald wir außerhalb des Systems sind, schießen sie den Kahn ab. Keine in Dekombor verbliebene Seele würde je davon erfahren.«

»Richtig«, sagte Wilbur, »und doch falsch. He, es herrscht Krieg, seit sechsunddreißig terranischen Standardjahren. Jede einzelne Einheit zählt. Selbst die vergammelte ORTON-TAPH, um bei deinem Beispiel zu bleiben, repräsentiert für das Flottenkommando einen weit größeren Wert als ein paar hundert oder tausend Knechte. Sonst stünde sie nicht immer noch am Reparaturdock, obwohl derzeit nicht daran gearbeitet wird. Nein, die werden uns an einem Außenposten absetzen, und zwar gesund und munter, um nicht einen Zwischenfall auszulösen und in einem Scharmützel mit alteranischen Raumern den Kürzeren zu ziehen. Und dann werden sie hurtig die Fliege machen.«

Ein Außenposten, dachte Tamra. Wie Neu-Szechuan. Weiße Bungalows am blauen Meer, unter lilafarbenen Palmen. In den dicksten Stamm wären die Namen Clees und Roslin geschnitzt ... »Niemand käme lieber von hier weg als ich. Aber ich habe schreckliche Angst, wir könnten einem Phantom, einer Fata Morgana aufsitzen.«

Wilbur lächelte sie an. In seinen treuherzigen Augen funkelte mehr als bloß Freundschaft. »Uns bietet sich eine Chance, die wir ergreifen müssen. Täten wir dies nicht, könnten wir uns genauso gut bei Jason Neko um einen Handlanger-Posten bewerben. Lies meine Lippen, Tamra Cantu: Ich schwöre, ich werde dir den Stern der Laren zu

Füßen legen, ganz so, wie du es damals im Internat von mir gefordert hast.«

»Ich habe nie ...«

»Psst. Sir, ich bitte um Ihre Erlaubnis, das gemeinsam skizzierte Vorhaben in Angriff zu nehmen.«

Guilder atmete tief durch. »Erlaubnis erteilt, Gefreiter Donning.«

Die simplen elektronischen Nähmaschinen in der Schneiderei liefen auf Hochtouren. Tag und Nacht schnurrten sie und produzierten lange, mit riesigen Lettern bestickte Stoffbahnen.

Jason Neko blieben diese Aktivitäten natürlich nicht verborgen. Man erklärte ihm, Frizzi Pasterz hätte die Eingebung gehabt, anlässlich der kommenden Sonnenfeier einen großen Umzug durch Dekombor abzuhalten: Kinder und Jugendliche in larischen Kostümen, nach historischen Motiven geschmückte Wagen, dahinter Hundertschaften von Knechten und Mägden, die Fahnen schwangen und besagte Stoffbahnen als Transparente trugen ... Deren Beschriftungen sowie der Aufmarsch als Ganzes sollten die Verbundenheit der menschlichen Bevölkerung von Dekombor mit dem Trovent und die tief empfundene Dankbarkeit gegenüber ihren guten Herren zum Ausdruck bringen. Nebenbei sollte ein Schlussstrich unter die kontraproduktive Dreistigkeit der renitenten Freigeborenen-Splittergruppe gezogen werden. Neko fand Gefallen an der Idee, spätestens, als die Pasterzes ihm den Vorsitz im Festkomittee antrugen. Er unterbreitete sie der Hohen Verwalterin als seine eigene und heimste umgehend Lob dafür ein sowie Mitrade-Parkks Bevollmächtigung, dass an die Teilnehmer der Prozession gratis Olvid-Getränke ausgeschenkt werden durften.

Derweil tüftelten die Taoisten darüber, wie die Spruchbänder unmittelbar vor der geplanten Aktion möglichst rasch zu einem einzigen gewaltigen Transparent zusammengefügt werden konnten und welche Botschaft darauf zu lesen sein sollte, wenn sie es am Sternturm hissen würden. Nach längerem Hin und Her einigte man sich auf folgenden Text, geschrieben sowohl auf Larion als auch Alteranisch:

Wahre Freiheit erlangt,
Wer Freiheit zugesteht,
Denn alle Wesen sind Brüder.

Das war, fanden sie, deutlich und blasphemisch genug, aber kaum als aggressive Drohung misszuverstehen. Im Übrigen war es hauptsächlich die Tat, die das Zeichen setzte und hoffentlich die erwünschte Reaktion auslöste.

Weder im ersten Speicherkristall noch im Futteral mit den Chip-Blockern hatte Heraklit der Dunkle einen Hinweis darauf gegeben, wie man umgekehrt ihm eine Nachricht zukommen lassen konnte. Wilbur Donning schlug vor, in einem der unterirdischen Abflusskanäle eine Flaschenpost auszusetzen. Dass ihr mysteriöser Unterstützer sich dort herumtrieb und sie beobachtete, stand wohl fest. Natürlich durfte es niemandem außer dem richtigen Adressaten möglich sein, den Inhalt ihrer Anfrage zu entschlüsseln. Daher schrieben sie: »Zu den Sternen, und zum Stern der Sterne! Wer weist den Weg, wer führt uns heim, wenn nicht Perry Rhodan oder die Weisheit I-Mings?« Durch diese Formulierung mochte der kleine, wasserdichte, mit Leuchtfarbe lackierte Behälter für einen weiteren, reichlich armseligen Versuch gehalten werden, die Anliegen ihres Bunds zu verbreiten, falls er in falsche Hände fiel.

Gesagt, getan. Schon zwei Tage darauf erhielten sie Antwort. Diesmal war es Yilmaz Macmahon, die Heraklits Botschaft fand, und zwar während ihrer Schicht im hydroponischen Glashaus. An Stelle eines der Stäbe, von denen die Olvid-Büsche gestützt wurden, steckte eine dünne Röhre im Kompostschlick. Sie enthielt eine eng zusammengerollte Folie – einen Plan der Unterwelt von Taphior, darauf eingezeichnet die Route, die sie von Dekombor zum Museums-Monument nehmen sollten. Am Rand stand in zittrig wirkender, alteranischer Handschrift gekritzelt: »Besser keine Vorab-Erkundungen versuchen! Umgebung unsicher; wir sorgen am Huldigungs-Tag für Ablenkung.«

»Wir huldigen dem Stern der Laren«, hörte Tamra unwillkürlich wieder die Heelghas singen. »Das ist geziemend und recht ...«

Weniger als zwei Wochen waren es noch bis zur Sonnenfeier, bis zum großen Tag. Längst stand fest, welche sieben Taoisten das Kommando-Unternehmen ausführen würden. Wilbur, Yilmaz, Tamra, Wu und die drei anderen Freigeborenen hatten es verstanden, Jason Neko einzureden, dass sie mit dem größten der Spruchbänder den würdigen Abschluss der Prozession bilden wollten, während er als offizieller Minderheitensprecher selbstverständlich auf den prächtigsten Wagen in der Mitte des Zugs gehörte. Möglicherweise argwöhnte er, sie hätten vor, die vereinbarte Aufschrift im letzten Moment durch eine andere Parole zu ersetzen; aber wenn dem so war, schien es ihn nicht zu bekümmern. Warum auch, ein einzelnes Transparent würde gewiss im allgemeinen Trubel untergehen und schlimmstenfalls als Beispiel für die Toleranz der Verwaltung wahrgenommen werden.

Es sei denn, das Transparent wehte von der Spitze des Larensterns ...

Sie würden also mindestens vier, fünf Stunden Vorsprung haben, bis jemand ihre Abwesenheit bemerkte. Das musste genügen, um die Distanz zum Larenstern-Turm zu überwinden. Es sah alles so aus, als könnte der waghalsige Plan gelingen.

Und doch ...

Etwas nagte in Tamra. Zu glatt, zu reibungslos, zu perfekt ausgeklügelt erschien ihr das Ganze, wenn sie allein war und nicht von der Begeisterung der anderen mitgerissen wurde.

Sie lag auf ihrer Pritsche im Ledigenhaus und starrte Löcher in die Dunkelheit. Die leisen, nächtlichen Geräusche, die sie umgaben, waren dieselben wie damals im Schlafsaal des Internats: Ächzen, Schnarchen, Flatulenzen, im Traum gemurmelte Satzfetzen ... Wie hatte sie darum gekämpft, wach zu bleiben, und welchen Preis hatte sie für ihren Wissensdurst bezahlt! Sie befühlte die Narbe auf ihrer Stirm. Ein »A«; wie sie inzwischen wieder wusste, stand es für Altera. Darüber hinaus war der Buchstabe eine Mahnung, vorsichtig zu sein und nicht alles arglos zu schlucken, was man ihr aufzwingen wollte.

Tamra rieb die Narbe, kaute auf ihrer Unterlippe, fasste einen Entschluss. Sie streichelte das Sloppelle, hob es sacht von ihrer Brust und setzte es am Kopfpolster ab. »Keine Sorge, Kleiner, ich bin bald wieder zurück.« Sie schlich aus dem Ledigenhaus und durch die engen, unbeleuchteten Gassen bis zu einem Wäldchen am Rand der Siedlung, wo sich in lauen Nächten wie dieser stets zahlreiche Liebespaare trafen. Wenn von den Dutzenden hier konzentrierten Peilpunkten am Überwachungsschirm einer erlosch, würde das wohl kaum auffallen. Die Chip-Blocker waren bereits aus Sicherheitsgründen ausgeteilt worden. Tamra tat drei tiefe Atemzüge, dann klebte sie sich die Scheibe in den Nacken.

Sie hätte nicht sagen können, was genau sie sich eigentlich dabei dachte. Heraklit der Dunkle hatte dezidiert davor gewarnt, die Strecke vorher auszukundschaften. Dennoch: Allem und jedem zu misstrauen, hatte Tamra bitter gelernt. Sie musste ganz einfach überprüfen, ob die Blocker wirklich funktionierten und ob zumindest das erste Stück der empfohlenen Route so beschaffen war, wie es auf dem Plan dargestellt wurde.

Ein modriger Geruch schlug ihr entgegen, als sie den Deckel des Gullys zur Seite gewuchtet hatte. Mit jeder Stufe auf der glitschigen Leiter verstärkte sich der Gestank nach Fäulnis und Exkrementen. Tamra schaltete ihre Stirnlampe ein. Armlange, bleiche Molche huschten aus dem Lichtkegel. Sie orientierte sich, rief sich ins Gedächtnis, wie sie zum nordwestlichen Überlaufkanal gelangte, und stapfte los.

Hier unten war es sehr still, nichts zu hören außer leisem, fernem Rauschen und dem Platschen ihrer Füße in der knöcheltiefen Brühe. Nach etwa einer Viertelstunde erreichte sie die Einmündung. Bis jetzt stimmte Heraklits Karte, die sich Tamra gut eingeprägt hatte. Auch die Information, dass der Überlaufkanal um diese Jahreszeit ausgetrocknet war, entsprach den Tatsachen.

Sollte sie umkehren? Sie überlegte. Sehr viel hatte sie noch nicht gesehen ... Eine weitere Viertelstunde, beschloss Tamra, würde sie dem Verlauf der knapp zwei Meter durchmessenden, mit Algen bewachsenen Röhre folgen, und es dann gut sein lassen.

Lautlos lief sie in leichtem Trab dahin, zwei Minuten, fünf, neun, vierzehn ... Abrupt blieb sie stehen.

Sie hatte Stimmen gehört.

Da! Kein Zweifel: In einem wenige Meter voraus liegenden Quergang unterhielten sich mindestens zwei Personen. Was sie sagten, konnte Tamra nicht verstehen; nicht einmal, um welche Sprache es sich handelte.

Geh zurück!, war ihr erster Impuls. Dreh um, noch hat man dich nicht bemerkt. Falls es Laren sind und sie dich erwischen, ist alles verloren; falls du auf Chiplose stößt, wirst du dir Heraklits Tadel zuziehen, weil du seine Anweisungen missachtet hast.

Andererseits spürte sie mit jedem ihrer Herzschläge, dass sie bis zum Tag der Sonnenfeier keine ruhige Minute mehr haben würde, wenn sie die Unbekannten nicht wenigstens ganz kurz belauschte. Nur so lange, bis sie wusste, mit wem sie es zu tun hatte und was sie hier unten trieben.

Sie löschte ihre Lampe, tastete sich lautlos vorwärts, bis die Stimmen klarer wurden.

»... freuen sich garantiert wie überreich belohnte Kinder, wenn sie die Antigravpacks entdecken. Damit ersparen sie sich immerhin fast tausend Höhenmeter Ab- und Aufstieg.« Das war Larisch; aber ...

»Du hast die Typen einfach ins Herz geschlossen, gib's zu.«

»Das leugne ich nicht. Im Ernst, irgendwie mag ich sie.«

»Ein wahrer Menschenfreund. Und mit so was muss ich arbeiten, noch dazu in dieser Kloake.«

»Hättest ja bei der Eisfrau um Versetzung ansuchen können.«

»Sicher. Guter Scherz. Den Posbi werd ich tun. Wenn die Alte jemanden versetzt, dann auf den Friedhof.«

»Bist ein kluges Kerlchen. Vergiss nicht, den Brief dazuzulegen. Damit sie die großzügigen Geschenke auch sicher mitnehmen.«

»Hihi. ›Heraklit der Dunkle‹, meine Fresse. Auf so was können auch nur Menschlinge hereinfallen.«

Tamra hatte genug gehört. Ihre Knie wurden weich, Schwindel drohte sie zu erfassen. Schwindel, ja: Wieder einmal war sie einem Schwindel aufgesessen, wieder für dumm verkauft worden; wieder kippte die Welt ins Bodenlose.

Sie musste zurück, unbedingt die involvierten Mitglieder des I-Ming-Bundes warnen. Sie wurden missbraucht, irregeleitet, ins Verderben geschickt, so viel stand fest, wenn auch keineswegs, von wem und wozu. Egal: Die geplante Aktion musste abgeblasen werden. Heraklit war nicht der, für den er sich ausgab, sondern ein Betrüger; ein Lare, oder ein Überläufer, der im Sold der Laren stand, oder überhaupt bloß eine millimetergenau auf die Wortführer der Freigeborenen zugeschnittene Fiktion.

Zeit, diesen Schock zu verarbeiten, blieb Tamra nicht. Sie machte auf den Hacken kehrt, wollte gerade die Stirnlampe aktivieren und loslaufen, da sah sie den Lichtkegel eines starken Scheinwerfers, der sich durch den Tunnel auf sie zubewegte. Dieser Rückweg war ihr versperrt. Ohne lang nachzudenken, bewegte sie sich in die Gegenrichtung. Den Plan der Kanalisation hatte sie verinnerlicht. Wenn sie ungesehen am Quergang vorbeikam, konnte sie vielleicht einen Bogen schlagen.

Hinter ihr näherte sich das Summen einer Maschine. Ein Wartungsroboter? Gut möglich, dass hier noch welche Verwendung fanden, weit unter der Oberfläche, wo sie niemanden verschreckten, in den Eingeweiden der Stadt. Aber darauf durfte Tamra nicht setzen. Genauso gut konnte das Gefährt bemannt sein. Also weiter, weiter, nur ja kein verräterisches Geräusch erzeugen, bis zur Gangkreuzung, flach gegen den Boden pressen, robben, robben, wieder hoch, weiter ...

»Was war das?«

»Was?«

»Weiß nicht. Hab nur eine Bewegung bemerkt. Sah aus wie eine Echse, aber eine verdammt große ...«

»Und wenn. Wozu gibt's den Wartungsdienst? Tuckert ohnehin gerade ein Kanalschleifer an. Überlass das denen.«

»Unser Auftrag lautet, das Gelände hundertprozentig zu sichern. Also los, schwing dich hinterher!«

»Ich? Wieso ich?«

»Weil meine Wenigkeit den höheren Rang und außerdem den besseren Draht zur Eisfrau ...«

Die Stimmen verklangen. Tamra war außer Hörweite, zweifelte aber nicht mehr daran, dass sie verfolgt wurde. Sie rannte, so schnell sie konnte, blindlings in die Finsternis. Prallte hart gegen eine Wand, taumelte, die Benommenheit abschüttelnd, weiter, weiter, die Biegung entlang, schaltete die Lampe ein, rannte, rannte ... Und hielt an, im letzten Moment, bevor sie in den Schlund gestürzt wäre, der sich vor ihr auftat.

Ein Schacht gähnte, etwa zwanzig Meter im Durchmesser; tiefer, als ihr schwacher Lichtstrahl reichte. Unmöglich, diesen Abgrund zu überspringen. Kein Sims, auf dem sie ihn hätte umrunden können. Sie erinnerte sich an ein Symbol auf Heraklits Karte, das keiner der Taoisten zu deuten gewusst hatte. Nun begriff Tamra, was es bedeutete. Hier knickte die Route im rechten Winkel nach unten weg, führte hinab auf eine noch viel tiefer gelegene Ebene, um sich erst unterhalb, innerhalb der subplanetaren Geschosse des Sternturms, wieder nach oben zu wenden. Hinunter und hinauf, durch die Hölle in den Himmel. Heraklit meinte das keineswegs nur metaphorisch! Fast tausend Höhenmeter Ab- und Aufstieg, hatte der Lare im Quergang gesagt. Deswegen die Gravopaks ...

Ein grobmaschiges Gitter überzog die Innenwand des Schachts. Tamra schwang sich über den Rand. Wenn sie weit genug hinabkletterte, dass sie von oben nicht mehr gesichtet wurde, und sich lang genug festhielt, lange genug still hielt, gab sich ihr Verfolger vielleicht damit zufrieden, dass sein Partner doch nur ein Tier gesehen hatte, eine Echse, die inzwischen in einem Wandloch verschwunden war. Sonderlich motiviert hatte er nicht geklungen. Tamra hangelte sich nach unten. Tritte fand sie ausreichend, auch ohne hinzusehen. Aber die Hände riss sie sich an den nadelspitzen, aus dem rostigen Metallnetz hervorstehenden Dornen auf, und ihr Puls raste, ihre Lungen brannten. Etwas rutschte aus ihrer Hosentasche, ein kleines, kompaktes Multifunktions-Werkzeug, und fiel in die Tiefe. So lange Tamra den Atem auch anhielt, vernahm sie keinen Aufprall.

Dafür erklang von oben ein schriller Pfiff.

»Na guck mal, was haben wir denn da in der Peilung?«

»Hallo, Vögelchen«, sagte Mitrade. »Ich begrüße es sehr, dass du dich nicht einfach hast fallen lassen. Es wäre regelrecht schade um dich gewesen.« Sie lächelte süffisant. »Wenn ich etwas an dir schätze, dann deinen Überlebenswillen und deine Leidensbereitschaft. Weißt du was, Scheuche? Dann wollen wir die doch gleich auf eine etwas härtere Probe stellen, hm?«

Sie genoss es, der gefesselten Tamra die nutzlose Scheibe vom Nacken zu reißen und ihr stattdessen das mikrominiaturisierte Fernsteuergerät zu applizieren. »Du wirst verstehen, dass ich dich außer Gefecht setzen muss, nicht wahr? Du weißt zwar längst nicht alles, aber doch eindeutig zu viel. Allerdings widerstrebt es mir, dich bereits jetzt zu töten. Nenne es Sentimentalität, weil wir uns nun schon so lange kennen ... Oder Lust auf ein bisschen mehr Spaß, da unsereins sich ja sonst kaum was gönnt ... Wie auch immer, deine Spießgesellen sollen nicht davon abgeschreckt werden, ihr so wahnsinnig tolles Ding durchzuziehen. Deshalb bin ich praktisch gezwungen, dich ein wenig vorzuführen und öffentlich zu misshandeln. Ohne Angabe von Gründen, und wohlweislich, ohne deinen nächtlichen Ausflug zu thematisieren. Nein, nichts von Heraklit und den angeblichen Chip-Blockern; bloß schiere Willkür. Jeder weiß, dass ich dich hasse. Ich hatte einfach einen schlechten Tag. Das wird die Elite der Taoisten, da sie dich doch so sehr lieben, nur noch mehr zu ihrer Heldentat anstacheln. Glaub mir, Menschenkenntnis ist die halbe Pacht. ›Jetzt erst recht! Für Tamra‹, werden sie sich gegenseitig schwören, ›für I-Ming und Heraklit, für Altera!‹ He, Scheuche, was für eine denkwürdige Sonnenfeier uns beiden bevorsteht. Zuerst die Prozession in Dekombor, und dann der Höhepunkt: das große Feuerwerk ...«

Alles fließt, dachte Tamra; alles kippt. Das Leben, die Welt, der ganze Kosmos ist eine Olvid-Zwiebel. Unter Tränen löst du die erste Schale ab, dann die zweite und dritte, noch eine und noch eine ... Und übrig bleibt am Ende: nichts.

Nichts.

Nichts, außer Hohngelächter.

Interludium: Ein Kind ohne Zukunft

»Da kommt sie.«

»Tamra. Die Untote.«

»Klappe, Flip! Und rück dein Haarnest zurecht!«

Die Herrin, die durch meine Augen sieht und durch meine Ohren hört, weidet sich, dessen bin ich mir sicher, an dem Unbehagen, das meine bloße Anwesenheit verbreitet. Die Knechtgeborenen wenden sich von mir ab, geben vor, mich gar nicht zu sehen. Alle haben plötzlich noch etwas an ihren Kostümen zu verbessern, bemerken einen winzigen Fleck auf einem ihrer blank polierten Schuhe oder verspüren das dringende Bedürfnis, am Blumenschmuck der Festwagen herumzuzupfen, die sich auf dem Marktplatz drängen. Mitrade lenkt meine Schritte so, dass ich durchs dichteste Gewühl muss. Ich sehe sie vor mir, wie sie grinsend in der holografischen Fernsteuer-Spinne hängt. Mit diebischer Freude tyrannisiert sie sowohl mich als auch meine unwissenden Artgenossen. Immer wieder zwingt sie mich, überraschende Haken zu schlagen und Leute, die nicht schnell genug ausweichen können, anzurempeln. »Ent-tchuuuli-kunng!«, entringt sie meiner aufgerauten Kehle. »Ent-tchuuuli-kunng!«

Niemand antwortet. Alles flieht. Es kann nicht sein, was nicht sein darf. Ich störe, also bin ich Luft.

Einzig Guilder Viñales, der alte Kapitän in seinem Rollstuhl, kreuzt absichtlich meinen erratischen Kurs, hebt verstohlen den Kopf und vollführt eines unserer Geheimzeichen. Halte durch, signalisiert er mir, das Kommando ist unterwegs. Er meint es gut und ahnt nicht, wie viel Schmerz er mir damit zufügt. Alles läuft nach Plan.

Ja, aber nicht nach unserem; sondern nach dem von Mitrade und ihren Hintermännern. Ich möchte schreien, Guilder aufklären, warnen, obwohl es zu spät ist; aber mein Mund bleibt zu.

Die Herrin, die meinen Körper besitzt, dirigiert mich zum Verwaltungsgebäude, nicht ohne mich auf den Stufen straucheln und lang hinschlagen zu lassen. Blut tropft von meiner Stirn, rinnt mir in die Augen. Sie patscht mir mit meiner eigenen Hand ins Gesicht und wischt die warme, klebrige Flüssigkeit weg.

Meine Beine staksen durchs Büro und hinaus auf den Balkon. Dort arretiert mich Mitrade. Ich stehe stocksteif, im Wind leicht vor und zurück wackelnd, gelähmte Puppe, die ich bin.

Nach einiger Zeit tritt die Herrin neben mich. »Schöne Aussicht, nicht wahr?«

Wir blicken auf den Festzug, der unter uns vorbeidefiliert. Mitrade winkt huldvoll, und die Menschlinge von Dekombor jubeln ihr zu. Mich sehen sie nicht, weil sie mich nicht sehen wollen. Stunden geht das so dahin. Auch Jason Neko gibt glaubhaft vor, er habe nur Augen für Mitrade, die ihm ein neckisches Kusshändchen zuwirft.

Illindor, die Flammende, geht unter. Am Horizont, hinter der Skyline von Taphior, in deren Mitte der Sternturm alle anderen Gebäude überragt, erglühen die Wolken in sattem Rot. Der Himmel verdunkelt sich allmählich. Es wird Abend, es wird Nacht. Die Teilnehmer der Prozession entzünden ihre Fackeln. Unablässig erklingen die alten, immer gleichen Lieder. »Wir huldigen dem Stern der Laren ...«

Mitrade-Parkk sieht auf ihr Armband-Chronometer. Sie schmunzelt, dreht sich zu mir, ergreift grob mein Kinn und justiert meinen Kopf so, dass sich der höchste aller Türme im Zentrum meines Gesichtsfelds befindet. »Schau genau hin«, raunt sie. »In diesem Moment wird Geschichte geschrieben. Und wir beide, ich und du, Scheuche, haben das Unsrige dazu beigetragen.« Mit hoher, singender Stimme zählt sie: »Sieben, sechs, fünf, vier, drei, zwei, eins ...«

Ein weißer, auf die große Entfernung alles andere als spektakulär wirkender Fetzen Stoff flattert aus einer der Öffnungen knapp unter der Spitze. Gleich darauf bildet sich ein Wölkchen. Der erste Knall ist fast komisch leise. Erst das Echo und die nachfolgenden, blendend grellen Explosionen erschüttern die Stadt. Unter uns stockt der Umzug. Einzelne, spitze Schreie, eine anschwellende Druckwelle des Entsetzens. Dann fassungslose Stille.

Der Stern der Laren zerfällt. Ganz langsam sinkt er in Trümmer, bis eine gigantische, sich ausbreitende und dabei zerfasernde Rauchwolke den Blick auf die Lücke versperrt, die klaffende Wunde im Herzen der Stadt. Aber das Bauwerk ist es nicht, worum ich trauere.

Wilbur, dröhnt es in mir. Yilmaz. Wu; nie wird mir Frizzi Pasterz verzeihen. Hubertus. Danji und Leila, die Kinderhüterinnen: ausgelöscht, verblasen wie Kerzen auf einem Geburtstagskuchen.

Mitrade erahnt meine Gedanken. »Man wird ihre Leichen finden und an den Resten der Gravo-Rucksäcke Sprengstoffpartikel nachweisen. Zusammen mit dem Transparent, dessen Aufschrift übrigens ›Es lebe das Alteranische Imperium!‹ lautet, eindeutige Beweise dafür, dass sie den Anschlag verübt haben. Hunderte Larenkinder waren im Sternturm – es ist der Tag der Sonnenfeier, da werden die besten Schüler Taphiors zu einer Nachtbesichtigung geladen. Das wusstet ihr nicht? Unter uns, niemand wusste das. Aber morgen früh wird der ganze Planet, der ganze Trovent von nichts anderem reden. Gunstbolde, Menschlinge haben den Stern der Laren gesprengt und hundertfachen Mord begangen. Der Turm ist gefallen, Elbanger-Tans Politik der patronalen Integration gescheitert. Man wird ihm zumindest indirekte Komplizenschaft vorwerfen. Hat er sich nicht immer schützend vor die Menschlinge gestellt? Also trägt er mit Schuld. Wenn nicht aktiv, so passiv. Wer zulässt, dass eine derartige Gräueltat geschehen kann, hat das Amt des Ersten Hetrans verwirkt. Sein Großes Boot wird sich wehren, wird die lang gewohnte Hegemonie nicht kampflos aufgeben. Resultat: Ab morgen Mittag, spätestens Abend haben wir Bürgerkrieg. Nur, dass wir, Kat-Greers Leute, bestens vorbereitet sind. Wir haben seit Monaten darauf hingearbeitet. Bald werden die Karten neu gemischt. Und ich halte keine schlechten Trümpfe in meiner Hand. Dank dir, Scheuche. Dank dir. Willst du mir nicht gratulieren? Sag doch was!«

Purer Hohn. Ich vermag nicht einmal mit einer Wimper zu zucken. Mirade versetzt mir einen Schubs, fängt mich gerade noch auf, bevor ich gegen die Brüstung knalle. Sie gibt mir einen Kuss auf die Wange. »Du und deine Taoisten, ihr alle habt euch für mich und meinen Lehnsherren die Hacken abgelaufen, so brav und folgsam, als hättet ihr schon seit der Geburt einen Fernsteuer-Chip eingebaut. Ein paar alteranische Sätze und Verweise auf eure ach so gloriose Geschichte reichten aus, um jeglichen Verdacht zu zerstreuen. Ja, glaubt ihr denn, das Lichtnetz weiß nichts über euch? Das Geheime Flottenauge schläft nie; es sieht alles, nicht bloß im Trovent, sondern auch im Bereich eures lächerlichen Pseudo-Imperiums.«

Inzwischen hat sich der Martkplatz geleert. Alle sind panisch in ihre Häuser verschwunden. Weggeworfene, glosende Fackeln bedecken das Pflaster. Nur ein einsamer Rollstuhl steht noch in der Mitte; Kapitän Guilder Viñales sitzt darin, zusammengesackt, die Hände vorm Gesicht, haltlos schluchzend.

»Ich habe noch eine weitere Neuigkeit für dich«, schnurrt Mitrade ganz nah an meinem Ohr. »Erinnerst du dich an den Tag, an dem ihr euer drolliges Manifest ins Funknetz eingeschleust habt? Nach eurer Zeitrechnung war das der achzehnte Januar. In jener Nacht habe ich dich narkotisieren und entführen lassen und dir ein herrliches Geschenk gemacht. Schon bald müsstest du spüren, wie es sich bewegt. In deinem Bauch, meine Scheuche, in deinem jungfräulichen Leib wächst ein kleiner Knechtgeborener heran!«

Sie wiehert vor Lachen. »Freust du dich gar nicht? Jubiliere, tanze, singe und springe! Du wirst Mutter. Kann es für eine Menschenfrau Schöneres geben? Darum werde ich dich, wie übrigens auch den Tattergreis dort unten, nicht als Mitverschwörer aufdecken. Da würdet ihr ja unverzüglich hingerichtet, und ich hätte gar keinen Spaß mehr mit euch. So aber bleiben mir viele Monate, mir auszudenken, was ich mit deinem Balg anstellen werde, süße Mama Tamra ... So. Und ab sofort werden wir dich mästen. Bist ja ganz vom Fleisch gefallen, du Arme. Und jetzt musst du doch für zwei essen, nicht wahr?«

Ihre vor Zynismus triefende Stimme scheppert in meinen Ohren. Ich zweifle nicht daran, dass sie die Wahrheit gesagt hat. Aus welchem Grund sollte sie mich belügen? Der Schock sitzt tief. Rasend schnell dreht sich die Welt um mich, verschwischt zu einem Kaleidoskop aus Farben und Formen.

Ich horche in mich hinein. Prompt scheint mir, da rege sich etwas.

Oh, wie raffiniert Mitrade ist! Sie kennt mich, weiß genau, dass ich, sobald sie mich aus der Fernsteuerung entließe, den Freitod wählen würde. Nach der Erkenntnis, ihr und Kat-Greer den ahnungslosen Handlanger abgegeben zu haben; nach dieser schrecklichen, fatalen Nacht, in der Wilbur Donning, Yilmaz Macmahon, Wu Pasterz und die anderen für das Gegenteil dessen, was sie erreichen wollten, gestorben sind; nach all dem, und nachdem ich mir sehr gut ausmalen kann, was dieses gemeine Komplott an Leid über Caligo und insbesondere die Alteraner von Dekombor bringen wird, will ich nicht mehr leben. Mich selbst umzubringen fiele mir leicht, denn der Tod brächte enorme Erleichterung. Aber das Ungeborene, das ich in mir trage, kann nichts dafür. Ob ich es hasse oder trotz allem Mutterliebe empfinde, weiß ich noch nicht. Mit wessen Samen ich befruchtet worden bin, ist mir egal. Der Vater kann kein Lare sein; unsere Rassen sind, ungeachtet der Ähnlichkeit, genetisch nicht kompatibel. Ein Menschenkind also.

Ein kleines, harmloses, unschuldiges Wesen.

Das Schicksal meint es nicht gut mit dir. Das sind die ersten Worte, die ich in Gedanken an das Baby, mein ungewolltes Baby richte.

Hättest du dir deine Mama aussuchen können, du hättest bestimmt nicht mich erkoren. Mit jeder anderen wärest du tausendmal besser dran. Aber ich verspreche dir, mich zu bemühen. Für die kurze Zeit, die uns dieses Scheusal namens Mitrade-Parkk noch gönnt, will ich dir eine gute Mutter sein.

»Essen fassen!«, ruft die Herrin überschwänglich. Dann steuert sie mich in ihre Teeküche und füttert mich grinsend, bis mir übel wird.

»Wer hat gewonnen?«, fragt sie dabei immer wieder. »Wer ist am Drücker und wird es bleiben? Ich. Wer verflucht den Tag, an dem sie geboren wurde? Du. Wer wird kommen, dich zu retten? Heraklit, Liu I-Ming, gar euer angebeteter Perry Rhodan? Nein.«

Sie hebt meine Hände, stopft mir damit das Erbrochene zurück in den Mund. »Niemand, Scheuche. Niemand nimmt dich mir weg. Lass es dir auf der Zunge zergehen, schluck's runter, verdau es. Niemand.«

Perry Rhodan

DER POSBI-KRIEG

ZWEITES BUCH

PYRAMIDEN

10. Sprunghafte Entwicklungen

Startac Schroeder reichte Perry und Mondra die Hände, um mit ihnen aus dem Schiff zu teleportieren, doch Rhodan winkte ab.

»Spring allein«, funkte er, »sieh dich um und komm zurück. Los!«

Er schaltete seinen Deflektor ein, konzentrierte sich auf einen imaginären Punkt zehn Kilometer schräg voraus in Flugrichtung, sprang ...

... und rematerialisierte.

Chaos und Zerstörung hatte er hinter sich gelassen, noch mehr davon empfing ihn. Die Mikropositronik richtete seinen Raumanzug mittels des Flugaggregats nach dem Schwerefeld des Planeten aus, sodass Startac sich rasch orientieren konnte. Subjektiv »unter« ihm schwebte eine grau-weiß gescheckte Kugel im All: Caligo. Gleißend helle Strahlen entsprangen einem der Kontinente, rasten auf Startac zu und rechts an ihm vorbei. In rascher Folge hin und her ruckelnd, schienen sie nach ihm zu tasten, verfehlten ihn jedoch. Er blickte nach oben, blinzelte. Troventaare, zum Greifen nahe, feuerten auf den Planeten, also wohl auf das Bodenfort, das sie seinerseits unter heftigen Beschuss nahm. Er befand sich zwischen den Fronten, mitten in einer Raumschlacht! Zwar nicht in deren Zentrum, aber auch nicht sehr weit davon entfernt. Startac zwang sich, den Fluchtimpuls zu ignorieren. Er redete sich ein, dass die Chance, getroffen zu werden, angesichts der großen Distanzen und der sehr engen Fokussierung der Strahlwaffen auch nicht höher war als die, vor lauter Panik einem Herzinfarkt zu erliegen. Leicht fiel es ihm trotzdem nicht, so lange auszuharren, bis er die MINXHAO entdeckte. Umschwirrt von Troventaaren, die sich gegenseitig beschossen, kam sie ihm entgegengeschlingert; alle beiden Teile. Der Walzenraumer war mitten auseinander gebrochen. Im Triebwerksbereich der Hecksektion ereignete sich eine Explosion. Ein Trümmerstück wurde weggeschleudert, überschlug sich mehrfach und verging als Glutwolke. Unmittelbar davor hatte Startac geglaubt, eine menschliche Gestalt zu erkennen. Er hoffte inständig, seine überreizte Wahrnehmung hätte ihm einen Streich gespielt.

Genug! Zurück!

Keine fünf Sekunden nach der ersten Teleportation war Startac wieder in der Zentrale. Er erstattete Perry via Helmfunk Bericht. »Flammen schlagen auch aus dem Vorderteil. Im Vakuum erlöschen sie, aber ...«

»Wie lange noch bis zum Atmosphäreneintritt?«

»Zwanzig, vielleicht dreißig Sekunden.«

»Rhodan an alle! Die MINXHAO ist verloren. Wer glaubt, es binnen einer halben Minute ab jetzt schaffen zu können, begibt sich in Abschnitt Zet-Eins. Alle anderen evakuieren auf eigene Faust. Anzugschirme und Deflektoren auf volle Leistung; da draußen tobt ein Krieg Laren gegen Laren. Rette sich, wer kann! Versucht, in Funkreichweite zu bleiben. Ich wünsche euch alles Glück dieser Galaxis. Perry Rhodan, Ende.«

Abschnitt Z-1, das war der als autarker Kugelraumer ausgeführte Kern der Bugsektion mit der Hauptzentrale, eine Art Überlebenssphäre ohne Linearantrieb. Startac wollte etwas sagen, doch Mondra Diamond schnauzte ihn an: »Still, ruh dich aus! Du wirst noch gebraucht.«

Er begriff und hielt die Klappe. Sein Herz hämmerte. Er hockte sich hin, bemühte sich, nicht zu hyperventilieren. Die Mikropositronik schlug ein Beruhigungsmittel vor. Startac lehnte ab. »Lieber noch zwei Einheiten Koffein.«

Rhodan war inzwischen bei der Pilotin. »Lässt sich die Bugkugel stabilisieren?«

»Sir, eventuell, Sir. Allerdings müssen wir zuvor den Mittelteil absprengen.« Kia Lungs Stimme klang gepresst.

Startac bemerkte, dass ihr rechter Unterschenkel in einem Winkel von 45 Grad nach oben wegstand. Mit anderen Worten, ihr Knie war nur noch Matsch. Sie musste grauenhafte Schmerzen haben, trotz der Injektionen, die ihr der Anzugmedo verabreichte.

»Zweiundzwanzig Sekunden ab jetzt«, bestimmte Perry.

Am oberen Rand der Innenseite von Stars Helm wechselten die Ziffern des Chronometers. Er rechnete nach. Rhodan hatte den Besatzungsmitgliedern, die durch das – und aus dem – Schiff flohen, soeben fünf zusätzliche Sekunden eingeräumt.

»Nottriebwerke? Funk?«

Elias Awadalla, der Cheforter, und ein Ingenieur, den Startac nicht namentlich kannte, meldeten Bereitschaft. Klar: Wenn sie den Laren auf Caligo nicht glaubhaft machen konnten, dass ihre Überlebenskugel aus eigener Kraft eine einigermaßen saubere Landung zustande brachte, schossen die sie spätestens in der Stratosphäre ab. Was ihnen nicht mal zu verdenken wäre. Niemand ließ zu, dass ein stählerner Komet mit 80 Metern Durchmesser und entsprechender Masse auf der Oberfläche seines Heimatplaneten einschlug.

»Freisprengung von Zet-Eins eingeleitet, Sir.«

»Schlagen Sie einen Haken, sobald es geht. Nur um zu belegen, dass wir das Ding unter Kontrolle haben.«

»Sir, zu Befehl, Sir.«

»Funkspruch absetzen: ›An den Oberkommandierenden der Neunten Trovent-Flotte. Beweisen Sie, dass Ihr Wort gilt. Wir versuchen eine Landung am angegebenen Ort. Es könnte allerdings sein, dass Sie uns ein wenig Hilfestellung leisten müssen. Gezeichnet: der Hochstapler.‹«

Alles ging drunter und drüber auf den Holoschirmen, die wieder Außenaufnahmen zeigten: Die Begleitschiffe, selbst in Gefechte verwickelt, vermochten das Abschirmfeld nicht mehr aufrechtzuerhalten. Strahlen blitzten auf, Raumtorpedos huschten vorbei. Startac sah Bruchstücke davonwirbeln, darunter eines mit der viele Meter hohen Beschriftung »NXHA« ...

»Startac?«

»Weiß schon, Perry.« Er setzte seinen parapsychischen Ortersinn ein.

Grob geschätzt 300 Menschen drängten sich in den Leitständen und Quartieren der Überlebenssphäre. Nochmals etwa 100 flogen hintenan, quasi im Sog der Zentralekugel. Und dann waren da noch ...

Startac Schroeder sprang.

Sternschnuppen verglühten in der Lufthülle Caligos.

»Die haben uns gerade noch gefehlt«, sagte Kat-Greer säuerlich, während er die Bildübertragung betrachtete. »Nichtsdestotrotz muss ich unbedingt in Erfahrung bringen, wie die Alteraner zu solch geheimen Informationen über das Hetos der Sieben gelangt sind. Nur allerhöchste Flottenstellen und der innerste Kreis des Lichtnetzes wissen Bescheid über diese Details der Organisationsstruktur, in die unsere Vorväter eingebunden waren.«

»Du mutmaßt, es gäbe einen Verräter innerhalb der Führungselite?«, fragte Zlakore-Buld.

»Vielleicht sogar ganz oben. Der Gedanke liegt nahe, oder etwa nicht?«

»Aber wenn ... wenn es Elbanger-Tan war, der diesen angeblichen Emissär eines Verkünders« – Zlakore schnaubte pikiert durch die Nasenöffnungen ob der dreisten, absurden Lüge – »diesen Menschling, der sich den Titel eines Ersten Hetrans anmaßt, ins Trovent-System gerufen hat ... warum lässt er dessen Schiff dann von einem der letzten Bodenforts abschießen, die seine Truppen noch halten?«

»Eben weil Elbanger ins Hintertreffen geraten ist und verhindern wollte, dass die Besatzung in unsere Hände fällt? Vielleicht könnten sie etwas über Geheimabkommen des Großen Bootes TAN mit den Alteranern ausplaudern. Das käme mir hinterher, bei den Aufräumarbeiten, durchaus gelegen.« Der General trat zu seinen Adjutanten an den Kommandostand, um neue Befehle an seine Streitkräfte auszugeben.

Zlakores empfindliche Ohren summten. Aufräumarbeiten! Als hätten die Eisfrau und ihre Killerkommandos nicht schon genug aufgeräumt!

Der Tod hielt reiche Ernte auf Caligo. In einer konzertierten Aktion waren praktisch gleichzeitig hunderte Vasallen Elbanger-Tans, die Schlüsselpositionen in Lichtnetz, Militär und Wirtschaft besetzt hatten, ausgeschaltet worden, hinterrücks gemeuchelt, auf Dutzende verschiedene Arten, eine heimtückischer als die andere. Nicht wenige der Namen hatte Zlakore auf die Todesliste gesetzt ... Er schüttelte den Anflug von Reue ab. Die Laren waren ein Soldatenvolk, ihr Lebensinhalt der Kampf, ihre Bestimmung der Sieg. Auch er, obwohl Zivilist, trug dazu bei, endlich das Große

Boot Greer an die Macht zu bringen. Er würde zu den Gewinnern dieses Krieges zählen. Nach Eliminierung seiner stärksten Konkurrenten würde Zlakore die Ökonomie des Trovents ähnlich dominieren wie General Kat-Greer die Armee. Diese Position erringen zu können, rechtfertigte jedes Mittel.

Wäre es nur schon vorbei ...

Leichenberge türmten sich vor seinem geistigen Auge. Wo Siedlungen von blühendem Leben übergequollen waren, erstreckten sich Ruinenfelder. Die Schreckensbilder zu verdrängen, die ihm seine Phantasie vorgaukelte, misslang dem Handelsherrn.

Überall wurde gekämpft, auf allen fünf Kontinenten Caligos, den beiden Monden Butreen und Gloygtrem, sogar in manchen der Raumhabitate. Freilich versicherte Kat-Greer, nur winzige Bruchteile der 895 Millionen Einwohner seien direkt betroffen, und nur sehr wenige, strategisch wichtige, infrastrukturelle Einrichtungen. Keine der beiden Kriegsparteien beabsichtigte, den Trovent-Planeten zu verwüsten. Außerdem hatte Kat-Greer das Überraschungsmoment auf seiner Seite. Das Hetranat war zwar argwöhnisch gewesen, hatte jedoch nicht damit gerechnet, dass der Oberkommandierende der Neunten Flotte so weit gehen würde, tatsächlich zu putschen. Nach dem Paukenschlag der Sprengung des Larenstern-Turms rissen Kats Truppen sofort die Initiative an sich. Zeitgleich mit den »Säuberungen« der Eisfrau besetzten sie zahlreiche Verwaltungszentren und Sendeanlagen auf und um Caligo. Die Saboteure, die Zlakore in gegnerische Wirtschaftsbetriebe eingeschleust hatte, trugen das ihre zur Schwächung des Großen Bootes TAN bei. Zu Beginn des Umsturzes schien es, als gelänge die Überrumpelung des herrschenden Regimes binnen weniger Stunden.

Aber leider war dem nicht so. Der amtierende Erste Hetran stand weit schlechter da als sein Herausforderer, mit dem Rücken zur Wand, ja auf fast schon verlorenem Posten. Aber er gab nicht klein bei, sondern wehrte sich. Elbanger-Tan kämpfte, ging mit den verbliebenen Getreuen zum Gegenangriff über. Es lag an der Mentalität ihres Volkes, dachte Zlakore-Buld. Laren unterlagen nicht, Laren unterwarfen. Laren kapitulierten nicht, nicht einmal vor ihresgleichen, solange noch der Funken einer Chance bestand, das Blatt zu wenden.

Aufgeheizt von den Medien, die sich mittlerweile vollständig in Kat-Greers Hand befanden, befürworteten inzwischen große Teile der Reichsbevölkerung die Revolte. Der »alteranische« Terroranschlag auf den Stern der Laren erschütterte den gesamten Trovent. Das Symbol für die Vorherrschaft der Laren in Forn-Karyan war zerstört worden! Die schockierenden Bilder vom Einsturz des siebenzackigen Turms brachten selbst die Bewohner der entlegensten Kolonialsysteme gegen den Ersten Hetran auf, der eine solche Schandtat nicht verhindern konnte. Kats Agitatoren legten nach, indem sie dieses Ereignis zum Beweis für die allgemeine Unfähigkeit und Führungsschwäche Elbanger-Tans hochstilisierten. Hatte er nicht gleichermaßen versagt, weil er schon viel zu lange tatenlos zusah, wie die Posbis mit dem unmittelbar bevorstehenden Fall des kränkelnden, todgeweihten Imperiums Altera in Kürze direkten Zugriff auf die larische Einflussphäre erhielten?

Nicht, dass Kat-Greer als Erster Hetran so wesentlich anders hätte handeln können. Um Altera anzugreifen, zu besiegen und in den Trovent einzugliedern, hatte er nicht die militärischen Mittel. Ein Zweifrontenkrieg zum gegebenen Zeitpunkt? Undenkbar. Zlakore schnaubte. Es ging nicht um eine gänzlich andere Außenpolitik, sondern um die

Macht im Reich, um Posten und Pfründe. Schlecht? Laren kämpften, Laren siegten, besiegten notfalls sich selbst, wenn der äußere Feind zu übermächtig war.

Laren gaben niemals auf. Elbanger-Tan und seine Gefolgsleute waren Laren. Als sie nach einer Schrecksekunde den Ernst der Lage erkannten, schlugen sie mit allem zurück, was sie noch hatten. Der scheinbar unaufhaltsame Vormarsch der Putschisten kam ins Stocken.

Über die wenigen Funkstationen, die er nach wie vor kontrollierte, rief der Erste Hetran die im Illindor-System verteilten Flotten zu Hilfe, die von Lehnsherren anderer Großer Boote befehligt wurden. An diesem Punkt fiel eine wichtige Vorentscheidung. In Kat-Greers Hauptquartier, der Bastion Groschir, reckte der gesamte Führungsstab triumphierend die Arme in die Höhe, als die fraglichen Oberkommandanten ihre Neutralität deklarierten. Nein, sie würden Elbangers Order, Caligo anzufliegen, Bodentruppen auszuschleusen und die Revolte zu beenden, nicht nachkommen. Dies zöge, erklärten sie, eine unverantwortbare Eskalation des Konflikts nach sich. Ihre Troventaare würden erst wieder Bodenkontakt einnehmen, wenn die Lage auf dem Zentralplaneten geklärt war.

Im Klartext hieß das, dass sie warten und sich am Ende auf die Seite des Siegers schlagen würden. Damit hatte Kat-Greer spekuliert. Der Machtkampf blieb auf Caligo beschränkt. Hier, nirgends sonst, wurde er ausgefochten. An hunderten Schauplätzen, jedoch reduzierte sich alles schlussendlich auf einen Antagonismus: Groschir gegen Taphior.

Kats Bastion gegen den Pyramidenzirkel.

Beide Millionenstädte lagen, 2700 Kilometer voneinander entfernt, auf dem größten Äquatorialkontinent Cal-Loo, getrennt durch das gewaltige, nord-südlich verlaufende Coor-Gebirge, dessen höchste Gipfel fast 11.000 Meter über Seehöhe erreichten. Weite Gebiete Taphiors hatten die wackeren Matrosen des Großen Bootes GREER mittlerweile eingenommen. Einzig den Regierungssitz hielten Elbanger-Tans Truppen noch. Allerdings handelte es sich dabei um eine Stadt in der Stadt, bestehend aus sieben, entlang eines Kreises mit drei Kilometern Radius angeordneten Pyramiden, deren Höhe zwischen 150 und 1500 Meter betrug, bei quadratischen Grundflächen, deren Kanten bis zu zweieinhalb Kilometer maßen. Hierin hatten sich der Erste Hetran und seine Leibgarde verschanzt. Sie auszuräuchern wurde noch ein schweres Stück Arbeit, zumal sich ein Bombardement aus dem All verbot: Die Verheerung des Pyramidenzirkels wäre ein Sakrileg, das der Sprengung des Larensterns gleichkam. Kat-Greer hätte sich selbst seines zugkräftigsten Arguments beraubt.

Aber auf welche Weise sonst wollte er seinem Kontrahenten den Todesstoß versetzen? Zlakore konnte sich nicht vorstellen, wie die Hetranats-Pyramiden in absehbarer Zeit zu erobern wären. Und solange sie Gegenwehr leisteten, würden die Scharmützel und Guerrilla-Attacken anderswo auf dem Trovent-Planeten nicht enden. Er versuchte sich ausnahmsweise mit den Worten der Eisfrau zu trösten: »Du brauchst dir keinen einzigen deiner manikürten Finger schmutzig zu machen, Handelsherr. Überlass die Drecksarbeit den Experten.«

Ja, klar. Er hätte sich zurücklehnen können, aus relativ sicherer Distanz zusehen, wie die Dinge ihren Lauf nahmen. Ohnehin war Zlakore als Zaungast in der Kommandozentrale der Bastion bloß geduldet, weil ihn mit dem General jahrzehntelange Sternbruderschaft verband. Er, kein anderer, hatte Kat-Greers politischen Aufstieg finanziert, die Anwerbung der Eisfrau und die heimliche Hochrüstung der Neunten Flotte sowie der inoffiziellen Spezialeinheiten erst möglich gemacht. Alles, sein ganzes, beträchtliches Vermögen und seine persönliche Zukunft, hatte er auf diese eine Karte gesetzt. Dass er nun, zur Tatenlosigkeit verdammt, eine reine Beobachterrolle einnehmen sollte, behagte ihm gar nicht. Zudem ließ ihm die Geschichte mit dem Schiff der Alteraner keine Ruhe. Stellte deren Auftauchen nur eine unvorhergesehene, bedeutungslose Anekdote dar, oder aber einen Faktor, der ihre Pläne gefährden, gar durchkreuzen konnte?

Der Handelsherr glitt von seinem Schwebe-Hocker an der Bar und schlenderte zu der Gruppe, die den Hologlobus umstand. Die angewiderten Blicke der Adjutanten ignorierend, fragte er Kat-Greer: »Neue Entwicklungen? Bezüglich des Menschling-Schiffs, meine ich.«

»Unsere Leute haben das Bodenfort lahmgelegt, bevor es noch mehr Schaden anrichten konnte. Der Alteranischen Kugelzelle wurde die Landung auf dem Flottenraumhafen von Taphior durch Traktorstrahler und Schmiegefelder erleichtert. Ich habe Befehl erteilt, die Menschlinge einzufangen, ausnahmslos alle, möglichst lebendig, und vorerst in Dekombor zu internieren. Mein Instinkt sagt mir, an der Sache ist was dran. Die Alteraner wussten, dass wir ihren Bluff durchschauen würden; trotzdem kamen sie hierher, wo sie auf Gedeih und Verderb unserer Gnade ausgeliefert sind! Irgendetwas müssen sie anzubieten haben, und die Art ihres Vorgehens sowie ihr Verhalten nach dem Abschuss zeigt, dass es sich keineswegs um Dummköpfe oder Größenwahnsinnige handelt. Egal, momentan kann ich mich nicht darum kümmern. Ich habe eine Schlacht zu schlagen. Du entschuldigst mich.«

Jemand reichte ihm einen überschweren Kampfanzug, der mit den Rangabzeichen des Generals verziert war.

Während Kat hineinstieg, fragte Zlakore ungläubig: »Was hast du vor?«

»Elbanger-Tan mag sich in seinen Pyramiden verkriechen. Ein Erster Steuermann des Großen Bootes GREER jedoch zeigt, dass er gewillt ist, auch selbst Hand anzulegen, und zwar an vorderster Front.« Er fixierte die Verschlüsse von Aufhängung und Helm, überprüfte die Funktionstüchtigkeit des Exoskeletts, lud klackend die schweren Strahlgewehre und Granatwerfer durch. »Wünsch mir kein Glück, Sternbruder; nur den Erfolg, der mir zusteht.«

Verschwommen, wie durch Nebel, bekam Startac Schroeder mit, dass die Landung der Überlebenssphäre gelang. Er war so erschöpft, dass er sich nur mithilfe seines Antigravs auf den Beinen hielt. 19 Besatzungsmitglieder hatte er einzeln durch Teleportersprünge aus den abgesprengten Wrackteilen geborgen, die meisten schwer verletzt. Einer starb unmittelbar nach der Rematerialisation in seinen Armen.

Aber 424, stellte sich heraus, hatten mehr oder minder lädiert überlebt. Diejenigen, die stehen konnten, ließ Captain Onmout auf dem Landefeld antreten. Die Verwundeten wurden im Schatten der Zentralekugel, des traurigen Überrests der MINXHAO, auf provisorische Liegen gebettet. Chefbordarzt Ian Fouchou nahm die Einteilung der Verletzten vor. Dem nachgerade grotesk dürren Mann, aus dessen turbanartiger Kopfbedeckung ein dicker Zopf ragte, wurde nachgesagt, dass er allmorgendlich seinen Arzneischrank plünderte und wahllos mehrere Handvoll Tabletten einwarf. In dieser Extremsituation war nichts davon zu bemerken. Ebenso zügig wie gewissenhaft bestimmte er den jeweiligen Verletzungsgrad und wies die ihm unterstellten Medotechniker an, wen sie zuerst versorgen sollten. Startac beneidete Fouchou nicht um diese Aufgabe.

Er selbst war heil geblieben, aber todmüde. Sternchen tanzten vor seinen Augen. Mondra musste ihn darauf aufmerksam machen, dass der Himmel über ihnen schwarz vor Kampfgleitern war. Auch Bodenfahrzeuge rückten von allen Seiten an.

»Das Empfangskomitee«, sagte sie. »Sieht nicht nach rotem Teppich, Blaskapelle, Kinderchor und barbusigen Schönheiten aus, die Blumenketten verteilen. Perry?« Rhodan, der sich mit Onmout besprochen hatte, klopfte diesem auf die Schulter, dann sprintete er zu ihnen herüber. »Wir drei sollten uns verziehen, solange das noch unauffällig möglich ist«, schlug Mondra vor. »Wenn sie erst einen HÜ-Schirm über uns errichtet haben ...«

»Schon klar. Ich denke, Dmetri und seine Leute kommen vorläufig zurecht. Schaffst du einen letzten Sprung, Startac?«

Er hätte gern gegrinst, brachte aber kaum ein Nicken zustande. »Einen haben wir immer noch genommen«, würgte er heraus. »Wohin?«

»Panoramahotel.«

Das war TLD-Kurzsprache für einen Ort, an dem man eine Weile vor Entdeckung geschützt war, aber auch Möglichkeiten vorfand, sich Informationen zu verschaffen.

Startac ortete im näheren Umkreis. Mehr als fünf, sechs Kilometer waren nicht mehr drin. Als er glaubte, etwas Passendes gefunden zu haben, ergriff er Mondra und Perry an den Händen. Auf ein Zeichen Onmouts bildete sich um die drei eine Menschentraube, damit ihr Verschwinden nicht beobachtet werden konnte. Sie mussten die Laren nicht unbedingt mit der Nase darauf stoßen, dass sich unter ihnen ein Teleporter befand.

»Wohin immer sie euch bringen mögen, wir holen euch da wieder raus«, versprach Perry leise den Umstehenden.

»Sir, wir zweifeln nicht daran, Sir!«

Startac schon. Über 400 Leute, also 200 Teleportationen – das wäre ein bisschen viel für ihn. Aber er sagte nichts, sondern konzentrierte sich, nahm seine letzten Kräfte zusammen und sprang ... in einen abgedunkelten Raum, eine Art Wohnzimmer mit zugezogenen Vorhängen. »Kein Intelligenzwesen näher als dreißig Meter«, stellte er mittels seiner Orterfähigkeit fest.

Vollkommen ausgelaugt setzte er sich auf das niedrige Sofa. Schlafen wäre schön gewesen, aber ... Er bemühte sich, nicht wegzukippen. Falls sie entdeckt wurden ... Der Gedanke, bald wieder teleportieren zu müssen, verursachte ihm Magenschmerzen.

Perry ging zum Fenster, schob den Vorhang einen Finger breit zur Seite und spähte durch den Spalt hinaus. »Ausgezeichnet, Startac«, lobte er. »Wir sind relativ hoch oben und haben freie Sicht zum Raumhafen.«

»Ich bringe mal in Erfahrung, was das hier darstellt.« Mondra beschäftigte sich einige Sekunden lang mit der Tür, dann ertönte ein Klicken. Sie schlüpfte hinaus.

»Unsere Kameraden werden mit vorgehaltenen Strahlern in Schach gehalten und entwaffnet«, berichtete Perry Rhodan, der die Teleskop-Funktion seines Helms einsetzte. Startac lauschte. »Die larischen Soldaten gehen nicht sehr zärtlich mit ihnen um, aber auch nicht offen feindselig. Beide Seiten verhalten sich erfreulich diszipliniert. O je ... Flohbein droht auszureißen ... Glück gehabt, Onmout hat ihn gerade noch rechtzeitig wieder eingefangen. Unsere Leute werden in Mannschafts-Schweber verfrachtet ...«

Dann hörte Startac nur noch ein Murmeln. Er schreckte hoch, war offenbar für Sekunden eingenickt. »Entschuldige, tut mir leid, ich ...«

»Vergiss es. Ruh dich aus. Falls nötig, wecken wir dich.«

»Danke.« Er legte die Beine hoch. Wenige Sekunden später, wie ihm schien, rüttelte ihn jemand an der Schulter. Es war Mondra Diamond. Seine Helmchronometerleiste zeigte ihm, dass er sechs Stunden geschlafen hatte, in voller Montur. Er hatte einen unangenehm pelzigen Geschmack im Mund. »Was ist passiert?«

»Hast nicht viel versäumt. Die Besatzung der MINXHAO wurde abtransportiert, auch die Verletzten. Weit sind die Schweber nicht geflogen, nur ein Stück Richtung Stadtzentrum. Da verläuft eine Hügelkette, hinter der sind sie niedergegangen. Sollte kein großes Problem werden, unsere Leute wieder aufzuspüren. Wie geht es dir?«

»Besser.« Er gähnte.

»Ich habe dich geweckt, weil Perry meinte, du solltest dir das ansehen.« Mondra zeigte zum larischen Äquivalent eines Trivids.

Startac setzte sich auf und öffnete den Helm. Die Luft schmeckte schal und abgestanden, mit einem Resthauch von Räucherwerk. Seine Glieder fühlten sich bleiern an. Auf Caligo herrschte eine um zwanzig Prozent höhere Schwerkraft als auf Terra, erinnerte er sich. Eins Komma zwo Gravos, das spürte man schon.

Das Trivid brachte einen Bericht von der Eroberung einer Polizeikaserne durch Einheiten der Rebellen. Dass die Sendeverantwortlichen mit diesen sympathisierten, war unschwer zu erkennen. Besonders hervorgehoben wurde, dass der Anführer der Putschisten, ein General namens Kat-Greer, selbst an der Spitze seiner Truppe mitkämpfte.

»Er ist auch Oberkommandierender der Neunten Flotte«, erklärte Perry. »Mit anderen Worten, unser Ansprechpartner. Eindeutig der kommende Mann im Trovent, sofern man Kriegsreportern trauen darf. Könnte nichts schaden, wenn du dir die Visage einprägst.«

Der Bericht war nach Art eines heroischen Actionfilms geschnitten, ja inszeniert. Schwer vorstellbar, dass dies im Rahmen einer Live-Übertragung eins-zu-eins bewerkstelligt werden konnte. Wahrscheinlich wurden Archivmaterial und für einen solchen Anlass von langer Hand vorbereitete Szenen mit Echtzeit-Bildern kombiniert. Kat-Greer, der in einem Monstrum von halb robotischem Kampfanzug steckte, erschien als kühner, jede Sekunde souveräner Kriegsheld. Wie zufällig umgab bei Nahaufnahmen stets eine Gloriole den markanten Schädel im volltransparenten Kugelhelm. Der General koordinierte nicht nur seine Soldaten mit knappen, schneidigen Befehlen, sondern erledigte höchstpersönlich, als wandelnder Panzer, das Gros der weit schwächer bewaffneten Regierungstreuen. Wie es sich für seine Heldenrolle gehörte, forderte er alle, die sich ihm in den Weg stellten, zuerst zur Kapitulation auf und nahm diese, wenn sie erfolgte, auch großmütig entgegen. Wurde er aber angegriffen, machte er gnadenlos kurzen Prozess. Der Trivid-Sender scheute nicht davor zurück, die Zahl von Kat-Greers Abschüssen am unteren Bildrand einzublenden.

Startac fühlte sich an die klischeehaften Heimpositronik-Ballerspiele seiner Jugend erinnert. »Widerlich.«

»Aber als Propaganda wirkungsvoll«, sagte Mondra. »Zumal der Gegenspieler, der amtierende Erste Hetran, als Feigling dargestellt wird, der sich nicht aus seinem letzten Zufluchtsort wagt.«

»Dem Regierungspalast, der allerdings sehr gut befestigt ist. Die Sache dürfte noch keineswegs so klar entschieden sein, wie man die Bevölkerung glauben machen will. Das hier« – Rhodan zeigte auf die Übertragung – »ist ein unbedeutender Nebenschauplatz in Groschir, der zweitgrößten Stadt, die sich längst fest in Hand der Aufständischen befindet. Reine Show, wenngleich mit echten Toten.«

Er und Mondra klärten Startac darüber auf, was sie bis jetzt herausgefunden hatten. Dieses Stockwerk des Wohnturms, in dem sich die drei Terraner aufhielten, sowie die jeweils darüber und darunter liegende Etage gehörten zu ein und demselben Luxus-Apartment. Plomben der larischen Kriminalpolizei an den Eingangstüren und ein ausgebrannter Schlafraum deuteten darauf hin, dass hier ein Verbrechen geschehen war. Den prunkvollen Uniformen in mehreren Kleiderschränken zufolge war der Hausherr, das vermutliche Opfer, ein hoher Offizier der Flotte oder des Geheimdienstes gewesen. In den Arbeitszimmern gab es keinerlei Unterlagen mehr; sie waren offensichtlich weggeschafft und sämtliche verbliebenen Rechner vollkommen gelöscht worden. Einzig die Unterhaltungskonsole in diesem Wohnraum funktionierte noch. Ihr hatte Perry allgemein zugängliche Informationen wie Stadtpläne und dergleichen entnommen, während Mondra den Umkreis des Apartments mit Mikro-Spionsonden gesichert hatte. Sie verfügten also wenigstens für die nächsten Stunden über eine brauchbare Operationsbasis.

Nachdem Startac sich mit Proviant aus seiner Anzugtasche gestärkt hatte, berieten sie ihre weitere Vorgangsweise. Hauptziel blieb, den Wissenschaftler und Posbi-Spezialisten Verduto-Cruz oder dessen Assistenten aufzutreiben. Denn nur, wenn es ihnen dank der Erkenntnisse der Laren gelang, das Rätsel der vor 36 Jahren plötzlich aktiv gewordenen Hass-Schaltung zu lösen, konnten sie die

Menschheit dieser Galaxis, 29 Milliarden Alteranerinnen und Alteraner, vor der Ausrottung bewahren. Aber wie sollten sie Verduto-Cruz inmitten der Wirren eines planetaren Bürgerkriegs aufstöbern?

»Das Chaos kann uns zum Nachteil, jedoch auch zum Vorteil gereichen«, meinte Perry. »Vor allem hier, in der nach wie vor heiß umkämpften Hauptstadt Taphior, binden sich die wichtigsten Kräfte derzeit gegenseitig. Was uns einen erhöhten Handlungsspielraum verschafft.«

»Zumindest, solange niemand von uns weiß«, erwiderte Mondra. »Allerdings dürfte diesem General Kat-Greer, auch wenn er momentan damit beschäftigt ist, den Superhelden zu mimen, in absehbarer Zeit auffallen, dass ausgerechnet der selbst ernannte ›Erste Hetran der Milchstraße‹ nicht unter den einkassierten Alteranern ist.«

»Bis dahin durchblicken wir hoffentlich die Situation auf Caligo ausreichend, damit wir uns dem Rebellenführer stellen und ihm ein Angebot zur Zusammenarbeit unterbreiten können. Sofern sich nicht herausstellen sollte, dass doch Elbanger-Tan, der Noch-Regierungschef, die besseren Chancen hat, letztendlich als Sieger dazustehen. Wie auch immer, diesem Problemfeld, also der Durchforstung und Analyse aller verfügbaren Info-Kanäle, werden wir uns widmen.« Er wechselte einen raschen Blick mit Mondra.

Startac seufzte. »Verstehe. Ihr macht es euch vor dem Fernseher gemütlich. Und ich kümmere mich derweil um unsere festgesetzte Elite-Besatzung?«

»Gut mitgedacht. Selbstverständlich dürfen wir die Mannschaft der MINXHAO nicht im Stich lassen. Such nach Möglichkeiten, sie zu befreien und in Sicherheit zu bringen, falls wir mit dem Gewinner des Bürgerkriegs auf keinen grünen Zweig kommen.«

»Wie soll das gehen? Wir haben kein Raumschiff mehr. Und um einen Troventaar zu kapern, ist momentan wohl nicht der günstigste Zeitpunkt.«

»Uns wird schon was einfallen. Sondier du erst mal unauffällig die Lage in Dekombor. So heißt der Stadtbezirk, in dem unsere Leute aller Wahrscheinlichkeit nach abgesetzt worden sind. Laut Angabe der Touristik-Behörde das hiesige Exotenviertel.«

Mitrade-Parkk durchlebte aufregende Stunden.

Einerseits genoss sie es, so nah am Zentrum des Geschehens zu stehen wie kaum je zuvor. Sie war dabei, mittendrin, in einer Schlüsselposition.

Andererseits bangte sie um ihre Zukunft, um ihr nacktes Leben.

Eine Frau hatte sie aufgesucht, die Mitrade vage bekannt vorkam; jedoch fiel ihr partout nicht ein, woher. Jedenfalls wollte sie dieser Frau, deren Blick kälter war als Eis, bestimmt nie mehr begegnen. »Wenn es nach mir ginge, hauchtest du soeben deinen letzten Atemzug aus«, hatte die ganz in schimmerndes Schwarz Gekleidete gesagt. Auch die Haare, die sie nach traditioneller Art zu einem Kegel aufgetürmt trug, waren in demselben Ton gefärbt, während die ungewöhnlich schmalen Lippen blutleer, fast braun wirkten. »Ich hasse überzählige Mitwisser. Aber der General meint, du hättest gut gearbeitet und dir daher eine Chance verdient. Nutze sie, mach keinen Fehler, Verwalterin. Und vor allem: Kein Wort zu irgendwem! Sonst sehen wir uns wieder, und zwar sehr kurz.«

Noch Stunden später lief es Mitrade kalt den Rücken hinunter, wenn sie an diese Drohung dachte. Zum Glück war für Ablenkung gesorgt. Dekombor wurde von tausenden Demonstranten regelrecht belagert. Der aufgebrachte, durch die angrenzenden Straßen ziehende Pöbel forderte in Sprechchören, sämtliche Menschlinge als potenzielle Terroristen und Mitschuldige am Attentat auf den Stern der Laren hinzurichten. Die reinste Ironie: Jüngst war aus der Hetranats-Pyramide genau dieser Befehl an die Bezirksverwaltung ergangen. Aber Mitrade hatte ihn, mangelhafte Übermittlung vorschiebend, ignoriert – weil sie wusste, dass ihr Lehnsherr kein Interesse daran hatte, den Wunsch der Schreihälse zu erfüllen. In seinen Presse-Dossiers versprach der General zwar ein »Ende der inkonsequenten Willkür im Umgang mit den alteranischen Missetätern«, kündigte »lückenlose Aufklärung der Hintergründe« an sowie für die Zukunft eine »Politik der strikten Null-Toleranz«. In Wirklichkeit aber wollte er das Thema noch möglichst lang am Köcheln halten. Was unmöglich gewesen wäre, hätte er alle Alteraner exekutieren lassen.

Sanktionen mussten freilich verhängt werden, um die Volkswut vorübergehend zu befriedigen. Da Kat-Greer und sein Führungsstab vollends damit ausgelastet waren, die Revolte voranzutreiben, blieb es Mitrade-Parkk überlassen, den Medien knackige Bilder von Züchtigungen an Menschlingen zu liefern.

Sie beauftragte Jason Neko, je hundert Männer, Frauen und Kinder auszuwählen, die öffentlich ausgepeitscht werden sollten. Der »Minderheitensprecher« – sie verkniff sich jedes Mal ein Grinsen, wenn sie ihn so titulierte – bettelte und flennte, bis sie die Quote gnädigerweise auf jeweils siebzig reduzierte. Genau diese Anzahl – zehn für jeden Zacken des Larensterns – hatte sie von Anfang an im Sinn gehabt. Aber sie wollte ihrem treuen Schoßhündchen die Gelegenheit bieten, das Endergebnis seinen Artgenossen als großartigen Verhandlungserfolg zu verkaufen.

Vom Balkon des Verwaltungsgebäudes aus sah Mitrade zu, wie die zweihundertzehn Sühnknechte mit nackten Oberkörpern am Marktplatz Aufstellung nahmen, schön brav und gesittet in Reih und Glied. Sie zweifelte nicht daran, dass es sich um Freiwillige handelte.

Es geht doch nichts über richtig gut erzogene Sklaven, dachte sie. *Spuck ihnen ins Gesicht, und sie bedanken sich noch dafür.*

Dann kamen die zwanzig Maahks mit den Peitschen. Ebenfalls faszinierende Wesen: Man bestellte »mittelschwere, allerdings nicht lebensbedrohliche Wunden, von denen etwa ein Fünftel bleibende Verstümmelungen hinterlässt«, und genau das lieferten sie ab. Einfach herrlich!

»Fangt erst an, wenn ihr mein Zeichen erhaltet!«, rief Mitrade vom Balkon, dann begab sie sich in den Raum mit der Fernsteuerungs-Spinne. Für diese kleine Perfidie war sie fast ein wenig stolz auf sich. Sie installierte das holografische Gespinst, schlüpfte in Tamra Cantus Körper, schaltete aus dem Paralyse- in den Aktivmodus und bewegte die Scheuche zum Marktplatz. Als einundzwanzigsten Schergen ...

War das ein Spaß, mit Tamras Armen die Peitsche zu schwingen! Rosige Kinderhaut platzte. Weiberstimmen wehklagten. Männer knirschten so laut mit den Zähnen, dass es in halb Dekombor zu hören war. Fassungslos glotzte Jason Neko die Scheuche an, die noch härter zuschlug als die Maahks. Natürlich wusste der Knechtgeborene, wer ihre Hand führte. Dennoch würde er dieses Bild nie mehr aus dem Gedächtnis verbannen können. Auf immer und ewig würde für ihn Tamra die untote Henkersmagd bleiben, was Mitrade, der Nekos Zuneigung zur Scheuche nicht verborgen geblieben war, erkleckliche Genugtuung verschaffte.

Auch beim Publikum kam die Darbietung, die bis in den hintersten Winkel des Trovents übertragen wurde, hervorragend an. Hinterher teilte einer von Kat-Greers Adjutanten Mitrade mit, der General habe sich durchaus wohlwollend geäußert über sie und die Art, wie sie den Knechtschaftsbezirk leitete.

Im selben Anruf wurde ihr eine neue, verantwortungsvolle Aufgabe zugeschanzt. Am Raumhafen der Neunten Flotte war ein Alteranisches Schiff notgelandet und dessen Besatzung in Gewahrsam genommen worden. Die Menschlinge sollten in Dekombor, wo sonst, ausbruchssicher interniert und zu bestimmten Äußerungen befragt werden, die der Kommandant beim Einflug ins Illindor-System über Funk getätigt hatte. Richtlinien legte der Adjutant bei.

Mitrade-Parkk fühlte sich geehrt. Man erteilte ihr einen Auftrag, den normalerweise Verhörspezialisten des Lichtnetzes ausgeführt hätten! Dass momentan, aufgrund des Bürgerkriegs, keine Agenten des Geheimen Flottenauges abkömmlich waren, tat dem keinen Abbruch. Die Anerkennung, die ihr bislang verweigert worden war, der gesellschaftliche Aufstieg, von dem sie immer geträumt hatte, lag auf einmal wieder greifbar nahe! Wenn sie diese Herausforderung meisterte, hatte sie eine erste Stufe erklommen. Die nächsten würden folgen. Im Geiste sah Mitrade eine Rolltreppe vor sich, die bis hinauf in die Wolken führte ...

Wo sollte sie die Mannschaft des abgeschossenen Spionageraumers unterbringen? Ausbruchssicher, hatte es geheißen. Das Alteraner-Viertel war mit Prallschirmen abgeriegelt, nicht zuletzt wegen der ringsum nach Lynchjustiz brüllenden Demonstranten. Doch das allein hielt Mitrade nicht für ausreichend. *Mach keinen Fehler, Verwalterin!*

Die gefangen genommene Besatzung zählte 420 Personen – vier Schwerstverletzte waren noch am Landefeld gestorben –, also eindeutig viel zu viele, um binnen kurzer Zeit Peilerchips für sie zu bekommen, zumal wegen des Bürgerkriegs Personalnot und Materialknappheit herrschten. Auch erschien es nicht ratsam, die Neuankömmlinge jetzt schon mit der Menschlings-Bevölkerung von Dekombor zusammenzubringen, insbesondere mit den sogenannten »Freigeborenen«.

Also internieren ... Internieren? Das Internat der Heelghas! Da in den letzten Jahren keine neuen »Schiffbrüchigen gerettet« worden waren, stand das Gebäude praktisch leer. Und es verfügte über alle notwendigen Einrichtungen, von einer kleinen Medo-Station bis zu diversen Kontrollanlagen und Disziplinierungs-Instrumenten.

Eine ideale Wahl. Mitrade informierte Güraldenip, das Ober-Heelgha, von der Umwidmung seines Instituts. Wenig später landeten die Transportschweber, und die Gefangenen wurden ausgeladen. Es waren einige recht abenteuerlich aussehende Gestalten darunter. Mitrade ließ die sieben ranghöchsten Offiziere absondern, die Verletzten in den Kliniktrakt bringen, den Rest auf die Schlafsäle verteilen und diese mit Betäubungsgas fluten. Bewusstlose neigten eher selten zu Fluchtversuchen.

Nachdem das erledigt war, nahm sie sich als Erstes denjenigen Menschling vor, der die Kapitänsabzeichen trug. »Du bist also Perry Rhodan?« Jenen Namen kannte Mitrade natürlich von den Mythen der Freigeborenen. »Erster Hetran der Milchstraße, gesandt von Hotrenor-Taak, dem Verkünder der Hetosonen?« So stand es in den Richtlinien des Adjutanten.

Der sogar für den Rang eines alteranischen Captains viel zu jung wirkende Menschling schluckte. Kurz schien er mit sich zu ringen, dann antwortete er: »Ja, der bin ich.«

Startac näherte sich vorsichtig dem Stadtviertel Dekombor.

Laut Analyse seiner Anzuggeräte war ein Teil davon quasi »eingezäunt«. Die dafür verwendeten Prallfelder wirkten als Barriere sowohl nach außen als auch nach innen. Einen 5-D-Schirm maß er nicht an. Nun, gegen Fäuste oder ballistische Geschosse reichten die Prallschirme allemal aus. Auch sonst gab es kaum hyperhysikalische Impulse. Die wenigen Emissionen waren charakteristisch für niederschwellige Antigrav-Anwendungen. Keine Spur von Kontra-Psi-Vorkehrungen; erklärlich, da in der Kleingalaxis Ambriador parapsychisch Talentierte weitgehend unbekannt waren. Startac wiegte sich trotzdem nicht vorzeitig in Sicherheit. Wenn jemand sich die Mühe machte, für potenzielle Teleporter Fallen aufzustellen, wurden diese gewiss auch bestmöglich getarnt.

Er stand, etwa zwei Kilometer vom Rand des Exotenbezirks entfernt, in luftiger Höhe auf dem Sims eines spindelförmigen, langsam rotierenden Bauwerks, das aus Formenergie errichtet zu sein schien. In Wirklichkeit wurde nur durch eine zugegeben raffinierte Kombination herkömmlicher Technologien dieser Eindruck erweckt. Für Startac brachte das den Vorteil mit sich, dass zahlreiche Nebeneffekte der Pseudo-Fassade die Streustrahlung seines Deflektors so gut wie vollständig überlagerten. In Dekombor hingegen, und speziell im abgeschotteten Gebiet, fehlte ein derartiges »Hintergrundrauschen« fast völlig. Falls es dort automatische Warneinrichtungen gab, die auf Deflektoren ansprachen, würde er Probleme bekommen.

So viel zur technischen Erkundung. Startacs Psi-Ortung brachte eine überraschende Erkenntnis. Er nahm nicht nur die Mentalimpulse der über 400 Besatzungsmitglieder wahr, sondern darüber hinaus noch diejenigen von etwa

8000 weiteren Menschen! Wohl hatten Perry und Mondra den über die Unterhaltungskonsole abfragbaren Dateien entnommen, dass Alteraner in Dekombor lebten. Aber so viele?

Des Weiteren hielten sich etliche Maahks in dem Viertel auf, dazu einige Vertreter ihm unbekannter Völker, aber kaum Laren. Vielleicht engagierten die sich ja im Bürgerkrieg, der nach wie vor heftig im Gang war. Immer wieder ertönten Geräusche von Strahlersalven und Explosionen, zeigten sich grelle Entladungsblitze und Rauchsäulen, die aus verschiedensten Stadtteilen aufstiegen. Startac sollte es recht sein, wenn dem Exotenbezirk derzeit wenig Aufmerksamkeit von Seiten der Herrscher dieses Planeten geschenkt wurde.

Und dann war da noch ... kurz etwas gewesen, etwas Anderes, sehr Fremdartiges, zugleich merkwürdig Vertrautes. Startac esperte intensiv, vermochte den eigenartigen Impuls jedoch nicht nochmals aufzuspüren. Tja, er war halt leider kein Gucky.

Weitere Vorkehrungen, die er hätte treffen können, fielen ihm nicht ein. Er atmete tief durch und teleportierte – und befand sich in einer weitläufigen Maschinenhalle. Von diesem Gelände, einem Fabrikkomplex, waren noch die meisten Emissionen ausgegangen, die dazu geeignet waren, die seines Deflektors zu überdecken.

Er ortete, horchte zugleich, ließ auch die Displays des Anzugs nicht aus den Augen. Keine Anzeichen plötzlicher Erregung bei den Menschen im näheren Umkreis, keine Alarmsirenen, keine eintreffenden Tasterimpulse. Alles ruhig, alles bestens.

Aber warum wallte dann derartige Nervosität in ihm auf, beschlich ihn die Vorahnung eines einschneidenden, ungeheuer bedeutsamen Ereignisses?

Der seltsame Mentalimpuls war wieder da, stärker nun und stabiler, jedoch gleichermaßen diffus. Startac fühlte sich davon angezogen. Er verspürte das starke Bedürfnis, sofort hinzuspringen, unterdrückte es aber und ermahnte sich zur Besonnenheit. Er war ein erfahrener Mann im besten Alter, seit Jahrzehnten Mitglied des »Inoffiziellen Mutantenkorps« der LFT; an der Seite des Terranischen Residenten hatte er schon sehr weite Reisen unternommen und mehr erlebt als die meisten seiner Zeitgenossen. Man sagte ihm auch in schwierigen Situationen stoische Unerschütterlichkeit nach. Er selbst sah sich als ausgeglichenen, fast schon langweiligen Menschen, verlässlich, aber blass und, wenn man sein Psi-Talent und die damit zusammenhängende Farb-Fehlsichtigkeit außen vor ließ, wenig originell. Das harsche, manchmal aufbrausende Gemüt seiner Jugend hatte er längst abgelegt. Nicht, dass ihm das viel ausgemacht hätte, im Gegenteil. Startac war froh darüber und in Summe recht zufrieden.

Er schob den irritierenden Impuls vorläufig beiseite und konzentrierte sich auf bekannte Mentalmuster. Fand auch zahlreiche, jedoch samt und sonders sehr schwache, als schliefe fast die gesamte Mannschaft. Betäubt? Gut möglich.

Und Captain Onmout ...

Demetrius Onmout schrie.

»Zum hundertsten Mal«, fauchte er die Larin an, »ich werde Ihnen meine Beweggründe nicht offenbaren! Nicht Ihnen und auch keinem anderen Subalternen. Sondern ausschließlich dem Kommandanten der Neunten Flotte! Er hat uns freies Geleit und seine Gesprächsbereitschaft zugesichert.«

»General Kat-Greer wird sich persönlich einschalten, sobald er es für richtig findet. Bis dahin bin ich seine offizielle

Repräsentantin. Sie verbessern Ihre Position, indem Sie sich mir gegenüber kooperativ zeigen.«

»Den Teufel werde ich tun. Bringen Sie diesen Kater oder wie er heißt hierher, oder meinetwegen mich zu ihm. Sie jedenfalls erfahren nichts von mir, Sie sind mir zu minder. Der Erste Hetran der Milchstraße gibt sich nicht mit Handlangern ab.«

Die mittelgroße, eher schmächtige Larin presste die gelben Lippen aufeinander. Dmetri sah, dass sie ihre Wut nur mühsam beherrschte. Sie hatte sich ihm als Hohe Verwalterin von Dekombor vorgestellt. Als Mischung aus Bezirksvorsteherin und Lagerkommandantin war sie offenbar gewohnt, im Kontakt mit Alteranern einen herrischen Ton anzuschlagen. Dmetri gegenüber hielt sie sich merklich zurück, hatte wohl entsprechende Anweisungen erhalten. Jedes »Sie« kostete sie Überwindung. Gut so. Je zorniger sie war, desto länger dauerte es hoffentlich, bis sie begriff, dass es ihm einzig und allein darum ging, Zeit zu schinden.

»Ich verfüge über Mittel und Wege, Sie zum Reden zu bringen. Zwingen Sie mich nicht, sie anzuwenden.«

»Bitte sehr, nur zu! Ihr General wird gewiss begeistert sein, wenn er erfährt, dass Sie mich gefoltert haben. Und mich unter Drogen zu setzen, wird Ihnen gar nichts nützen. Als Erster Hetran bin ich nämlich gegen Gifte immun.«

Auf Perry Rhodan traf das tatsächlich zu, wegen dessen Zellaktivator. Schwer einzuschätzen, wie viel diese Larin über alteranische Vorgeschichte wusste, aber sicher war sicher. Porträts von Rhodan waren beim Einflug ins Illindor-System wohlweislich nicht übermittelt worden, nur kurz, während des Funkgesprächs mit dem larischen Flottenoffizier, eine Weitwinkel-Aufnahme der Zentrale. Demetrius Onmout verspürte leichtes Schwindelgefühl, wenn er daran dachte, welche Blasphemie er gerade beging. Sich als

Großadministrator auszugeben, als sein Idol und das sämtlicher Alteraner seit vielen Generationen! Andererseits, die Anmaßung diente einem guten Zweck. Solange es Dmetri gelang, den Bluff aufrechtzuhalten, wurde nicht nach dem echten Rhodan gefahndet – was diesem hoffentlich einen Vorsprung verschaffte.

»Das werden wir sehen.« Die Larin nickte einem der beiden grauen Kolosse in Druckanzügen zu, die Dmetri flankierten. Wortlos schlang ihm der Giftgasatmer einen langen, biegsamen Arm um den Leib und drückte ihm mit dem anderen eine Injektionspistole an den Hals. Es zischte. Gleich darauf spürte Onmout, wie die Wirkung einsetzte. Hitze- und Kälteschauer, Verengung und Trübung des Sichtfelds, erhöhte Pulsfrequenz, Euphorie ... Er verkniff sich ein Schmunzeln. Dieses für den alteranischen Organismus maßgeschneiderte Wahrheitsserum war ihm wohlbekannt. Als Angehöriger der Legion Alter-X hatte er Erfahrung mit Verhören. Staatsmarschall Laertes Michou, sein Kommandeur und Förderer, war auf diesem Gebiet auch nicht gerade zimperlich.

Dmetri wartete noch eine Sekunde, um ganz sicher zu gehen, dass er das Mittel richtig identifiziert hatte. Dann presste er bei geschlossenem Mund die Zunge dreimal kurz hintereinander gegen den linken unteren Backenzahn, wodurch das im dortigen Mikro-Depot enthaltene Gegengift freigesetzt wurde. Keine zwei Atemzüge später klärte sich sein Blick wieder, und er höhnte mit bewusst überdeutlicher Aussprache: »Mehr haben Sie nicht anzubieten? Es versteht sich von selbst, dass ich schärfstens gegen diese Behandlung Protest einlegen werde.«

Falls die Verwalterin beeindruckt war, zeigte sie es nicht. »Beantworten Sie meine Frage. Wer sind Sie, wer hat Sie nach Caligo gerufen, und in welcher Absicht?«

»Zum hundert und ersten Mal ...«

Startac beging einen schweren Fehler.

Er handelte unprofessionell, gegen die Regeln. Er war sich dessen bewusst. Aber er konnte nicht anders.

Nachdem er ausgekundschaftet hatte, wo und unter welchen Bedingungen die überlebenden Besatzungsmitglieder der MINXHAO festgehalten wurden, hätte er sofort zurückspringen und Perry Rhodan Bericht erstatten sollen. Stattdessen teleportierte er zu dem Mentalmuster, das ihn wie magisch anzog.

Durch kleine Luken strömte warmes Abendlicht in einen lang gestreckten Raum, eine Art Dachboden mit schrägen Wänden, entlang derer etwa ein Dutzend Pritschen standen. Vor einer davon saß, zusammengesunken in einem Rollstuhl, ein alter Mann; die herabhängenden, schlohweißen Haare verdeckten sein Gesicht. Auf dem Bett lag eine junge Frau, fast noch ein Mädchen, glatzköpfig, abgemagert bis auf die Knochen. Sie schlief mit unnatürlich gerader, steifer Körperhaltung, die Arme vor der Brust gefaltet, wie aufgebahrt in einem unsichtbaren Sarg.

Schneewittchen, dachte Startac. *Sicher; und ich bin der Prinz, der sie wachküsst.*

Die Selbstironie half ihm nicht, sich der Faszination zu erwehren, die der Anblick dieser Frau auf ihn ausübte. Als läge hinter den eingefallenen, starren Gesichtszügen ein verborgener Zauber, ein Versprechen, eine Hoffnung. *Idiot!,* schalt er sich und verlagerte seine Aufmerksamkeit auf die Psi-Wahrnehmung.

Schlagartig erkannte er, was ihn so unwiderstehlich angelockt hatte. Die Mischung aus Ähnlich- und Andersartigkeit, völliger Fremdheit und naher Verwandtschaft erklärte sich daraus, dass es sich nicht um ein mentales Muster handelte, sondern um deren zwei! Dicht an Schulter, Hals und Kopf der jungen, halb verhungerten Frau geschmiegt, sodass er es zuerst für ein Kissen gehalten hatte, lag ein zweites Intelligenzwesen. Äußerlich eine Kreuzung zwischen flossenloser Robbe und kurzer, bepelzter Schlange, befand es sich ebenfalls in einer Art Dämmerschlaf. Dennoch ortete Startac geistige Aktivitäten in jenem Bereich des ultrahochfrequenten Spektrums, der für parapsychische Begabungen typisch war. Daher sein Gefühl der Vertrautheit, bei gleichzeitiger Exotik. Jenes kleine, wie ein reichlich abgeschmuddeltes Kuscheltier aussehende Wesen war ein Mutant wie er, während das kahl geschorene Menschenmädchen, mit dem es eng – und wahrscheinlich schon über lange Zeit – verbunden war, unterbewusst jene grenzenlose, aber keineswegs melancholische, sondern eher trotzige Einsamkeit ausstrahlte, die Startac von sich selbst allzu gut kannte.

Kein Wunder, dass er dermaßen irritiert und aufgewühlt war, seit er die Addition dieser beiden Schwingungen geortet hatte. Er musste mehr über dieses ungleiche Paar, dem er sich so ... angehörig fühlte, in Erfahrung bringen; und zwar sofort.

Ohne sein Deflektorfeld abzuschalten, ging er zu dem Greis im Rollstuhl, hockte sich neben ihn und sagte leise: »Bitte erschrecken Sie nicht. Ich bin ein Mensch wie Sie und komme von Altera.«

Die Reaktion des Mannes verblüffte ihn. Der Alte zuckte nur kurz und kaum merklich; dann raunte er, seine Sitzposition beibehaltend: »Legion Alter-X?«

»Ja.« Feinheiten konnten später erläutert werden. »Wird dieser Raum überwacht?«

Der Weißhaarige nickte mehrmals bedächtig, als führe er lautlose Selbstgespräche. Tatterig griff er an die Räder seines Rollstuhls, wendete und fuhr langsam quer durch den Raum zu einer Tür, die er beiseite schob und hinter sich offen ließ. Startac folgte ihm in die Toilette.

»Hier sind wir abhörsicher.« Die Stimme des Alten klang nun fest, befehlsgewohnt. »Und es gibt auch keine Kameras. Also zeigen Sie sich!«

Startac kam der Aufforderung nach. Sein Gegenüber musterte ihn kritisch. »Einen Kampfanzug wie den Ihren hatten wir zu meiner Zeit in der Flotte nicht. Neue Spezialeinheit?«

Der Infomationsaustausch ging flüssig vonstatten. Startac war ohnehin kein Mann ausschweifender Reden, und Guilder Viñales ein ehemaliger Raumsoldat, der es im Exil nicht verlernt hatte, knapp und sachlich zu rapportieren. Was Startac über das Schicksal des Siedlertransporters MERCANT, die Zustände in Dekombor und insbesondere über die junge Frau namens Tamra Cantu erfuhr, bewegte ihn so sehr, dass er spontan, ohne die Konsequenzen zu bedenken, einen Entschluss fasste – und unverzüglich in die Tat umsetzte.

11. Tragisches Ende eines Gunstbolds

Tamra schlug die Augen auf und erblickte Perry Rhodan.

Er trug nicht denselben Helm wie auf den historischen Abbildungen, und das Blond seiner Haare wirkte stumpfer, nicht ganz so leuchtend. Dennoch stand außer Zweifel, dass es der Großadministrator war, der sich über sie beugte.

Aber nein, unmöglich. Legenden erwachten nicht plötzlich zum Leben. Träumte sie? Wurden ihr Halluzinationen induziert, vielleicht über den Fernsteuer-Chip? Tamra blinzelte, bewegte die Zehen, spreizte die Finger, alles aus eigenem Willen. Kein Funkkontakt hinderte sie daran.

Sie war frei.

Und Rhodan ... real?

Sie wollte etwas fragen, brachte nur unzusammenhängende Laute heraus.

»Schschsch«, sagte der Großdaministrator beruhigend. »Du befindest dich in Sicherheit, wenigstens vorläufig.« Bei den letzten Worten warf er einem zweiten Mann neben sich einen tadelnden Seitenblick zu.

Perry Rhodan wird kommen, uns zu retten und heimzuholen, hieß es in dem uralten Schlaflied. Tamra hatte nie daran geglaubt, vermochte es auch jetzt nicht. So lange sie zurückdenken konnte, war sie enttäuscht worden. Jede Hoffnung hatte getrogen, jegliche Aussicht auf Besserung sich als nur noch gemeinerer Betrug entpuppt, Zwiebelschale für Zwiebelschale.

Ein Teil Tamras wollte unermesslich gern Rhodan für echt halten. Die andere Hälfte verwehrte sich mit den weitaus besseren Argumenten dagegen. Kindheitsträume gingen nicht in Erfüllung, und falls doch, dann auf desillusionierende Weise, als umso scheußlichere Zerrbilder. Gerettet vom leibhaftigen Perry Rhodan? Nein. Nicht in diesem Leben. Wahrscheinlich spielte bloß Mitrade abermals ein grausames Spiel mit ihr.

Dagegen anzugehen, aufzubegehren wie früher so oft, hatte Tamra nicht mehr die Kraft. Ein Heulkrampf überkam sie, und sie ergab sich ihm, schluchzte ungehemmt, schlug um sich, jedoch matt, lahm, schwächlicher noch als das todkranke Sloppelle, das sich mit beiden Ärmchen an sie klammerte. Die Furcht, ihr geliebtes Tier zu verletzen, brachte Tamra wieder zur Vernunft, und sie erschlaffte. »Lass mich. Geh weg«, flehte sie krächzend den Terraner an, der wie Perry Rhodan aussah. »Quäl mich nicht länger. Bring uns zurück ins Ledigenhaus. Bitte.«

Eine Frauenstimme hinter ihr sagte kühl: »Da siehst du, Startac, was du angerichtet hast.«

»Ich konnte sie nicht dort lassen«, verteidigte sich der zweite, etwas ältere, deprimiert wirkende Mann. »Die Folter, der sie seit vielen Tagen ausgesetzt war, darf man niemandem auch nur eine Minute länger zumuten. Das wäre unmenschlich.«

»Auch andere schweben in großer Gefahr oder werden misshandelt.«

»Aber nicht so unmittelbar, und nicht so bestialisch. Wartet ein Weilchen. Sie ist desorientiert, wen wundert's, doch zäher, als sie auf den ersten Blick aussieht. Tamra wird sich fangen, und ihr Partner wird ihr dabei helfen.«

Partner? Wen meinte er? Und woher wusste der Hagere mit dem wirren braunen Haar und dem gehetzten Blick so viel über sie?

»Deine Menschlichkeit in Ehren, nur haben wir das Mädchen jetzt am Hals, oder besser, am Bein, nämlich als Klotz.«

»Geduld, Mondra. Startac hat recht. Gib ihr etwas Zeit.« Vorsichtig griff der den Darstellungen des Großadministrators wie aus dem Gesicht Geschnittene nach Tamras Arm, hielt aber, als sie zurückzuckte, seine Hand in der Luft. »Entschuldige, ich wollte dich nicht erschrecken. Niemand wird dich berühren, wenn dir das unangenehm ist. Verstehst du, was wir sagen?«

Sie nickte. Obwohl sie diesen eigenartigen alteranischen Dialekt noch nie gehört hatte, bereitete er ihr wenig Schwierigkeiten. »Klar und deutlich.« Ihre Kehle war rau, malträtiert. Das Schlucken schmerzte, wie auch alle ihre Gliedmaßen. Gleichwohl kehrten langsam die Lebensgeister zurück.

»Gut. Wie gesagt, du und dein ... Kamerad, ihr seid vorläufig in Sicherheit. Eure Peilchips können derzeit nicht angemessen werden, wir schirmen sie mithilfe unserer Anzuggeräte ab. Das Problem ist nur, dass wir dazu mindestens zwei der Monturen zusammenschalten müssen. Das kann also keine Dauerlösung sein. Hast du Hunger?«

Tamra überlegte. Das letzte Mal war sie einige Stunden vor der Massen-Auspeitschung zwangsernährt worden. Sie verspürte keinen Appetit, durfte jedoch nicht nur an sich selbst denken. »Mhm.«

Der andere Mann reichte ihr eine Art Olvid-Riegel. »Konzentrat-Nahrung. Für jeden menschlichen Organismus leicht verdaulich.«

»Danke.« Während sie kaute, dachte sie nach. Das war kein Traum, auch keine aufoktroyierte, virtuelle Realität. Eine dermaßen intensive, vollkommen fehlerfreie Simulations-Technologie besaßen die Laren nicht, davon hätte Tamra irgendwann gehört. Und falls Mitrade-Parkk, die Kontakte zu einigen recht verrufenen Biotechnikern unterhielt, doch an den Prototyp einer Neuentwicklung gelangt wäre? Und diesen gerade an ihr ausprobierte?

Nun, das änderte nicht viel. Tamra war sowieso am Ende. Und zum Narren hatte sie sich schon so oft gemacht, da kam es auf ein weiteres Mal auch nicht mehr an. »Perry Rhodan?«, fragte sie.

Der Angesprochene lächelte. »Ja, Tamra Cantu?«

»Wie geht es Gucky, dem Mausbiber?«

»Als ich ihn zuletzt getroffen habe, in der Milchstraße natürlich, war er wohlauf und bester Dinge.«

Das klang glaubwürdig; trotzdem bewies es gar nichts. Jeder, der sich für den Großadministrator ausgab, würde diese Antwort parat haben. Und ihre eigenen Kenntnisse der terranischen Vorgeschichte waren viel zu beschränkt, als dass sie ihm hätte genauer auf den Zahn fühlen können. Sie zuckte mit den Achseln. »Was passiert nun?«

»Gute Frage«, sagte Rhodan.

Seine Sehnsucht nach der Fundament-Halle wuchs von Minute zu Minute. Jedoch wusste Kat-Greer, dass ihn An'Gal'Dharan, seine Ratgeber, unverzüglich wieder hinauf an die Oberfläche schicken würden. Es war alles besprochen, alles wie geplant im Gang, und musste nur noch zu Ende gebracht werden.

Der General der ruhmreichen Neunten Flotte und wagemutigste Erste Steuermann, der je das Große Boot GREER geführt hatte, sah den Sieg vor Augen, den finalen Triumph zum Greifen nahe. Er streckte die Hand danach aus ... und erreichte sein Ziel nicht. Wenige Millimeter fehlten, so sehr er sich auch anstrengte.

Nach wie vor hockte Elbanger-Tan wie ein Dachsbär in seinem Bau, dem Pyramidenzirkel. Stoßtrupp nach Stoßtrupp ließ Kat-Greer dagegen anrennen. Vergeblich. Jede einzelne seiner Infanterieeinheiten scheiterte, wurde bis zum letzten Mann in dem dreidimensionalen, weit ins Planeteninnere reichenden Labyrinth aus Fallen und automatischen Waffensystemen aufgerieben, das die Sockel der sieben Pyramiden lückenlos umschloss. Luftlande-Truppen, wie getarnt oder massiert auch immer, wurden mühelos abgeschossen, bevor sie auch nur den äußersten Kreis erreichten. Die ganze Anlage war so konstruiert, dass sie mit 200 Soldaten verteidigt werden konnte. Elbanger-Tan hatte sich mit 6000 Getreuen eingebunkert ... und es bis jetzt, wie zum Hohn, nicht einmal für nötig befunden, einen HÜ-Schirm darüber zu errichten!

Selbstverständlich war Kat und seinen Mitverschwörern die Unantastbarkeit des Pyramidenzirkels bei der Vorbereitung ihres Putsches bekannt gewesen. Zwei verschiedene Taktiken hatten sie dagegen entworfen. Einerseits wollten sie in der Öffentlichkeit Kat-Greer als kühnen Frontkämpfer, den Ersten Hetran hingegen als Feigling darstellen und diesen so zwingend provozieren, dass er die Herausforderung annahm und seinerseits persönlich eine Attacke auf die Bastion Groschir anführte. Dort, auf dafür präpariertem Terrain, hätten sie ihn mit Sicherheit gefangen genommen. Aber Elbanger-Tan pfiff ihnen etwas. Er nahm, gänzlich unlarisch, die mediale Demütigung fürs Erste hin! Warum, wusste Kat mittlerweile. Weil sein Kontrahent noch Trümpfe in der Hinterhand hatte, und leider sehr hohe.

Das zweite Kalkül ging ebenfalls nicht auf. »Bildsprechverbindung zum Taphior-Lichtnetz!«, befahl Kat-Greer.

Im Holo erschien das knochige Gesicht der Eisfrau. »General?«

»Besteht noch Hoffnung auf einen der Agenten, die du im Pyramidenzirkel eingeschleust hast?«

»Bedaure, nein. Sie wurden ausnahmslos enttarnt. Ihre Leichen baumeln von den Balustraden der höchsten Pyramiden, zusammen mit Dutzenden anderer, die sie vermutlich zu bestechen versucht haben.«

»Konnten sie wenigstens die Sabotage-Konstrukte im Netzwerk der Zirkel-Rechner aussetzen?«

»Es gibt keinerlei Anzeichen dafür.«

»Meine Bodentruppen beginnen bereits zu murren, weil ich eine Kompanie nach der anderen in den sicheren Tod schicke!«

»Wir waren uns dessen bewusst, dass nicht alle Risiken im Vorfeld abwägbar sind.«

»Verdammt, mehr fällt dir dazu nicht ein?«

»Elbanger mag auf manchen Ebenen geschludert und die Gefahr eines Umsturzes nicht ernst genug genommen haben, aber sein eigenes Boot und Haus sind besser bestellt, als wir dachten. Daher misslang die beabsichtigte Unterwanderung seiner Leibgarde.«

»Mangelhafte Aufklärung. Dein Ressort! Wie konnte das Geheime Flottenauge derart versagen?«

»Das Lichtnetz hat nicht versagt«, erwiderte die Eisfrau ungerührt. »Alles, was wir definitiv versprochen haben, wurde eingelöst. Sämtliche Zielobjekte sind fristgerecht eliminiert worden. Ich habe immer klargestellt, dass ich für die anderen Punkte keine Garantie abgebe.«

»Die Schläfer sind ebenfalls deiner Aufmerksamkeit entgangen!«

»Das ist richtig, war jedoch nicht zu verhindern. Ich erinnere daran, stets vor der Fehleinschätzung gewarnt zu haben, wir könnten Einflussbereich und Machenschaften der Tans vollständig überblicken. Ihr Großes Boot hat die Politik dominiert und den Ersten Hetran gestellt, seit die Flotte unserer Vorväter nach Forn-Karyan verschlagen wurde. Dass sie einen diskreten Apparat aufgebaut haben, der dem unseren mindestens ebenbürtig ist, stand zu befürchten. Umso höher sind unsere bisherigen Erfolge zu bewerten.«

»Die allesamt nichts zählen, solange Elbangers Kopf fest auf seinen Schultern sitzt, weil der Pyramidenzirkel uneinnehmbar bleibt!«

»Wir arbeiten daran. Mehrere Komissionen tagen. Auch ich würde gern dazu beitragen, wenn du erlaubst.«

Ohne weiteren Kommentar unterbrach der General die Verbindung. Zweifel nagten in ihm. Hatte er die Gegenseite sträflich unterschätzt?

In Minutenabständen überbrachten Kat-Greers Adjutanten schlechte Nachrichten. Die Verhältnisse auf Caligo hatten sich umgedreht. Zwar kontrollierten seine Truppen weit über 90 Prozent der gesamten Landfläche des Trovent-Planeten sowie beider Monde. Aber jetzt war er es, der Anschläge und Guerilla-Attacken abwehren musste. Und diese flauten nicht etwa ab, sondern nahmen stetig zu! Elbanger-Tan war es gelungen, über die wenigen ihm verbliebenen Kommunikationswege eine Vielzahl von »Schläfern« zu aktivieren. Fast pausenlos wurden Attentate verübt. Dabei kamen Angehörige von Fremdvölkern zum Einsatz, die offensichtlich speziell dafür konditioniert worden waren, zum Beispiel Quallenwesen, die sich in der Kanalisation fortbewegten, innerhalb ihrer Blasenleiber hochexplosive Stoffe produzierten und als organische Bomben halbe Wohnsiedlungen zum Einsturz brachten. Infamerweise tauchten aus noch unentdeckten Arsenalen auch Amok-fliegende Kampfroboter auf – keine Posbis, doch jenen ähnlich genug, dass sie eine Höllenpanik verbreiteten, bevor man ihrer Herr wurde. Die gleichgeschalteten Massenmedien schwiegen diese Ereignisse tot; Gerüchte machten dennoch rasch die Runde. Erste Stimmen ertönten, die den Putschisten vorwarfen, die Sicherheit der Bevölkerung nicht gewährleisten zu können. Sie würden lauter werden mit jedem Tag, an dem Kat nicht endgültig Ordnung geschaffen hatte. Die Stimmung, einstweilen noch klar auf Seiten der Revolte, konnte wieder umschlagen, das Pendel zurückschwingen, eh man sich's versah. Zumal der Satz »Früher war alles besser!« zu den mit Abstand beliebtesten bei den Laren gehörte.

General Kat-Greer ballte die Finger zu Fäusten. Er musste, musste, musste Elbanger-Tan möglichst bald zu fassen kriegen, ihm den Prozess machen und ihn samt seiner Führungsmannschaft exekutieren.

Aber er wusste nicht, wie. Und An'Gal'Dharan, die Ratgeber, schwiegen.

Perry Rhodan hatte in seinem drei Jahrtausende umspannenden Leben unzähligen Hochzeiten beigewohnt. Das blieb nicht aus. Dabei war ihm eine quasi kosmische Konstante aufgefallen: So gut wie immer ließ der Vater des Bräutigams irgendwann tränenerstickt vom Stapel: »Wir haben einen Sohn verloren, jedoch eine Tochter gewonnen.«

Dieser abgedroschene Satz ging Perry unwillkürlich durch den Kopf, als er Startac Schroeder und Tamra Cantu beobachtete. Nicht, dass er bei den beiden auch nur im Entferntesten an eine zukünftige Heirat gedacht hätte. Das zweiundzwanzigjährige, körperlich arg angeschlagene Mädchen war vollauf damit ausgelastet, sich in der ungewohnten Situation zurechtzufinden. Es machte außerdem nicht den Eindruck, sonderlich am anderen Geschlecht interessiert zu sein, und schon gar nicht am deutlich älteren Startac. Der Teleporter wiederum redete, ganz gegen seine sonstige Art, sich den Mund fusslig, beschwor sie, mehr Aufbau-Nahrung zu sich zu nehmen und sich von einem der Anzug-Cybermeds nachhaltiger behandeln zu lassen. Hatte er sich in die kahlköpfige, ausgemergelte junge Frau verguckt? Anzunehmen, wenngleich nicht im landläufigen Sinn. Unverkennbar machte er die »Personalie« Tamra Cantu zu seinem vordringlichsten Anliegen. Perry entsann sich keiner Person, auf die der ewig zurückgezogene, hinter seelischen Schutzschirmen verborgene Monochrom-Mutant je so stark reagiert hätte.

Mit anderen Worten: Es gab ein Problem. Schroeder war nicht mehr frei im Kopf. Blieb nur zu hoffen, dass das unversehens hinzugewonnene neue Team-Mitglied Tamra und ihr merkwürdiges Sloppelle diesen »Teilausfall« wettmachten.

Inzwischen hatten sie das altersschwache Wesen eingehend untersucht und eine frappierende Erkenntnis gewonnen: Es gehörte ursprünglich einer intelligenten, parapsychisch begabten Spezies an! Allerdings drosselte der Peilchip, den laut Tamra alle sogenannten »Gunstbolde« trugen, bei dem Sloppelle zusätzlich die Gehirnleistung, sodass es auf die geistige Stufe eines Haustieres zurückgeworfen wurde. Die von den Laren eines Modetrends wegen durchaus serienmäßig vorgenommenen Verstümmelungen beschränkten sich also nicht auf Beine und Flügel.

Sogar Mondra, die schon viel gesehen hatte, war schockiert. »Mit solchen Verbrechern willst du paktieren?«

»Wenn's sein muss ... Es wäre nicht zum ersten Mal.«

»Mir schmeckt das alles hier gar nicht.« Mondra wirkte gereizt. Keineswegs grundlos, fand Perry: Durch Startacs eigenmächtige Rettungstat hatte sich ihre Lage beträchtlich verkompliziert. Andererseits verfügten sie dank Tamra, die seit 18 Jahren auf Caligo lebte, nun über wertvolles Insiderwissen. Was freilich auch eine Belastung darstellte.

Wie zur Bestätigung dieses Gedankengangs kam Startac zu ihnen herüber, räusperte sich und sagte: »Wir müssen die Alteraner von Dekombor befreien. Nicht bloß die Mannschaft der MINXHAO, sondern mindestens auch die Freigeborenen.«

»Ein Viertel der Einwohnerschaft. Über zweitausend Menschen.« Mondra schnippte mit den Fingern. »Einfach so.«

»Eine bessere Gelegenheit als der Bürgerkrieg wird sich nie mehr ergeben. Wir dürfen uns vor dieser Verantwortung nicht drücken!«

»Schon richtig«, sagte Perry. »Allerdings tragen wir auch Verantwortung für die gesamte Menschheit von Ambriador. Wenn wir hier und jetzt einen Sklavenaufstand vom Zaun brechen, können wir das eigentliche Ziel unserer Reise gleich vergessen. Wir brauchen diesen Verduto-Cruz, und wir wollen mit ihm zusammen zurück nach Fort Blossom geflogen werden. Das sind schon mal zwei Bitten – Bitten wohlgemerkt, nicht Forderungen –, die uns die Laren erfüllen können, aber mitnichten erfüllen müssen.«

»Wir haben keine Verhandlungsmasse, mit der wir die Freilassung der Leute von Dekombor durchsetzen könnten«, ergänzte Mondra. »Und unsere Bemühungen, Verduto-Cruz ausfindig zu machen, verlaufen im Sand. Wir werden keine andere Wahl haben, als über offizielle Stellen an ihn heranzukommen. Es bedarf nicht viel Fantasie, sich auszumalen, wie eine solche Anfrage beschieden wird, während wir den Laren gerade fröhlich ihren Knechtschaftbezirk ausräumen.«

»Das eine muss nach außen hin nichts mit dem anderen zu tun haben«, beharrte Startac.

»Na prima.« Mondra schnitt eine Grimasse. »Wieso sollten sie auch ausgerechnet uns verdächtigen? Es existiert ja praktisch überhaupt keine Verbindung zwischen uns und den Alteranern in Dekombor!«

»Vielleicht«, sagte Perry bedächtig, »lassen sich beide Ziele unter einen Hut bringen. Aber dazu muss das Timing stimmen. Wenn Mondra und ich uns zum Zeitpunkt der Flucht – wie auch immer diese bewerkstelligt wird –, bereits im direkten Kontakt mit General Kat-Greer oder besser gesagt in dessen Gewahrsam befinden, könnte er uns nicht so leicht eine Beteiligung an dem Ausbruch unterstellen.« Er sah Startac Schroeder an. »Dann müsstest allerdings du die Hauptlast dieses Unternehmens tragen.«

»Traut ihr mir das etwa nicht zu?«

»Ich helfe ihm.« Tamra hatte sich so lautlos an die Seite des Teleporters gestellt, dass dieser jetzt erschrocken zusammenfuhr. »Gemeinsam können wir es schaffen. Ich hätte auch schon eine Idee.«

»Das trifft sich gut«, sagte Perry. »Ich nämlich ebenfalls.«

Was sie in den nächsten Stunden zu viert entwarfen, war noch viel wahnwitziger als selbst die verstiegenste Spinnerei der Taoisten – eine einzige Aneinanderreihung von Fraglichkeiten, Bruchstellen, Risikofaktoren. Dennoch beteiligte sich Tamra zu ihrer eigenen Verwunderung mit Feuereifer daran. Etwas von Rhodans Energie übertrug sich auf sie, trotz ihrer bisherigen, fast ausschließlich negativen Erfahrungen.

Die Frage, ob es sich bei ihm wirklich und wahrhaftig um den mythischen Großadministrator handelte, schob sie vorerst beiseite. Jedenfalls besaß dieser Perry Rhodan reichlich Führungsqualitäten: messerscharfe Intelligenz, außergewöhnlich rasches Auffassungsvermögen und die Gabe, andere mitzureißen. Aber nicht in der hitzköpfigen Art eines Wilbur Donning, oder schneidig-militärisch wie der alte Kapitän Viñales, sondern auf ruhige, abgeklärte, dadurch umso vertrauenerweckendere Weise. Tamra gestand sich ein, gern in seiner Nähe zu sein. Er gab ihr, ganz beiläufig, das Gefühl, ihr verpfuschtes Leben habe doch noch einen Sinn.

Seine Begleiterin – Partnerin? – Mondra Diamond stand Rhodan in puncto kühler Entschlossenheit kaum nach. Anfangs hatte sie sich zu Tamra reserviert verhalten und ihr Missbehagen darüber, dass sie »sie am Hals hatten«, deutlich gezeigt. Aber seit Tamra sich aktiv in die Diskussion einbrachte und bewies, keineswegs nur armes Opfer, aufzupäppelnde Patientin, verschrecktes Gänschen, kurz, eine Bürde zu sein, begegnete ihr die dunkelhaarige, sehr schöne Frau mit verhaltenem Wohlwollen und Respekt. Auch das tat gut.

Der Dritte im Bunde war Tamra ein wenig unheimlich, weil er sich gar so fürsorglich um sie kümmerte. Derlei war sie nicht gewohnt. Es passte irgendwie auch nicht zu dem hageren, zugleich grimmig und linkisch wirkenden Mann. Er sprühte nicht so vor Einfällen wie Perry und Mondra, doch was er beitrug, hatte Hand und Fuß, und er vertrat es mit glühender Vehemenz.

Startac Schroeder. Mutant.

Teleporter! Wie oft hatte Tamra davon geträumt, sich gleich Gucky mit purer Geisteskraft von einem Ort zu einem gänzlich anderen, weit entfernten versetzen zu können.

Was wäre ihr nicht alles erspart geblieben, besäße sie diese Fähigkeit ... Oft hatte sie sich vorgestellt, wie sie ihren Leib binnen eines Lidschlags auseinanderriss, in winzigste Partikel auflöste, durch den Hyperraum schleuderte und wieder zusammenfügte.

Tatsächlich war es ganz anders: geradezu prosaisch unspektakulär, zumindest als passiver »Passagier«. Startac gab ihr und Mondra die Hand – und ließ sie los.

Im Aquadom der Parkks.

Mit Mühe unterdrückte Tamra einen Aufschrei. Es hatte funktioniert! Bis zu diesem Augenblick, erkannte sie, hatte sie insgeheim befürchtet, dass Schroeder, Diamond und Rhodan sich als Scharlatane entlarven würden, als Maulhelden oder, schlimmer noch, Phantome: Einbildungen ihres endgültig in den Irrsinn abgedrifteten Verstands. Aber nein, sie kippten nicht. Sie hielten. Auf sie, wenn auf sonst nichts und niemanden, war Verlass.

»Sind wir richtig?«, fragte Startac.

»Ja.« Das kleine Zimmer, das Tamra als Hausmädchen und Zofe bewohnt hatte, sah genauso aus, wie sie es dem Teleporter beschrieben hatte; nur die Algen am Bullauge wucherten inzwischen noch üppiger. Es roch muffig, unbewohnt.

Schroeder schloss die Augen. »Einige Stockwerke weiter oben hält sich ein Fremdwesen auf; eine pflanzliche Intelligenz.«

»Boffään!« Tamra fiel ein Stein vom Herzen. Voll Freude streichelte sie ihr Sloppelle, das sie wie meist als Kragen um den Hals trug. Es erwiderte die Liebkosung mit matten Ärmchen. Da lief ein kalter Schauder Tamras Rücken hinunter. Dies war kein Tier, früher kein Tier gewesen. Laren hatten es beschnitten, deformiert, hatten es ohne die leisesten Gewissensbisse verblödet.

Laren wie Mitrade.

»Dein Bekannter ist nicht allein«, sagte Schroeder, immer noch in entrücktem Tonfall. »Ich orte ein larisches Bewusstsein, wach.«

»Im selben Raum?«, fragte Mondra Diamond.

»Möglich, jedenfalls nur wenige Meter entfernt. Soll ich trotzdem hinspringen?«

Tamra überlegte. Üblicherweise blieb Boffään nie lange am selben Platz, ausgenommen seine Werkstatt. Oder ... »Was tut er?«

»Ich bin kein Telepath, nehme höchstens Stimmungen wahr, und bei einer solch exotischen Lebensform ... Hm. Würde meinen, er ärgert sich. Neigt dein Freund zum Fluchen?«

»O ja. Wenn er etwas repariert, das durch unsachgemäße Behandlung kaputtgegangen ist. Verflixt! Das kann dauern.«

»Wir sehen's uns an«, entschied Mondra. »Allzu lange Verzögerungen können wir uns nicht leisten. Äußerst unwahrscheinlich, dass in einem Wohngebäude Geräte installiert sind, die Deflektor-Felder anmessen können. Okay?«

»Okay.«

»Ok...«

Abrupt wechselte die Umgebung. Tamra verschlug es den Atem. Nicht wegen der Teleportation, sondern weil keine fünf Schritte vor ihnen Mitrade-Parkk stand und kerzengerade zu ihr her sah.

Du bist unsichtbar, schärfte sich Tamra ein. Sie schaut durch dich hindurch. Die Deflektoren der Anzüge lenken die Lichtwellen ab, leiten sie an euch vorbei. Ihr könnt sogar reden, ohne dass sie euch hört, der Schall wird ebenfalls vollkommen gedämmt. Und ihre Ohren helfen Mitrade genauso wenig.

Laren waren indirekt nachtsichtig; einer der vielen Punkte, die sie Menschlingen voraus hatten. Die halbmondförmigen Ohrmuscheln dienten, ähnlich wie bei alteranischen Fledermäusen, als Sender und Empfänger für ultrahohe Schwingungen. Dadurch konnten sie Entfernungen per Reflexion und instinktiver Auswertung der ausgeschickten Wellen exakt bestimmen. Aber Perry Rhodan hatte Tamra versichert, dass Schroeder, Diamond und sie im Schutz der Deflektoren auch gegen eine Entdeckung mittels dieses speziellen Sinnes gefeit waren.

Trotzdem erzitterte sie, als Mitrade-Parkk scheinbar direkt zu ihr herschnauzte: »Wird das heute noch was? Trödel nicht, Bursche, ich habe einen harten Tag hinter mir.«

»Gnädigste Herrin, ich tue, was ich kann, ja?«

Tamra drehte sich um. Auf der anderen Seite des Salons, an der Bibliothekswand, hing Boffään blattüber, die weißlichen Wurzeln zwischen den Regalböden verspannt, und bearbeitete mit seinen Stängeln eine halb zerlegte Apparatur. »Das Lesegerät ist nicht nur ein Museumsstück, sondern innen von Kabelmotten zerfressen, ja? Muss praktisch jede einzelne Verdrahtung erneuern ... Aber ich hab's gleich, ja? Was wollt Ihr eigentlich abspielen, Herrin?«

»Eine alteranische Dokumentation.« Mitrade schwenkte einen Datenträger und ging damit auf Boffään zu.

Und auf Tamra. Die kam, beeinträchtigt durch Schock und argen Muskelkater, nicht vom Fleck. Schroeder und Diamond zogen sie gerade noch rechtzeitig zur Seite. Ihre Peinigerin stöckelte vorbei, so nahe, dass Tamra ihr leicht hätte einen Schlag oder Tritt versetzen können. Heiße Wut stieg in ihr hoch. Für einen Moment erwog sie, diesem Impuls nachzugeben. Aber erstens hätte sie damit ihre Anwesenheit verraten, und zweitens ... hätte sie es nicht vermocht. Keine Magd, die von klein auf die Erziehung der

Heelghas genossen hatte, war dazu fähig, mutwillig die Hand gegen eine Angehörige der Herrenrasse zu erheben. Das saß viel zu tief. Die Rangelei damals am Teehaus war etwas anderes gewesen, da hatte Mitrade angefangen.

Tamra biss sich auf die Unterlippe und wischte die Tränen weg. Etwas Trost spendete der Gedanke, dass endlich einmal sie der Kanaille einen Schritt voraus war.

»Fertig, ja?«, meldete Boffään. »Ich habe auch gleich die Bedienungselemente so umgruppiert, wie Ihr es von larischen Geräten kennt, ja?«

»Kannst dich verdrücken.« Kein Wort des Danks. Das fiele Mitrade im Traum nicht ein. Dank für Gnade stand nur den gottgleichen Laren zu.

Der Reparateur turnte blitzschnell die Wände entlang und hinaus. Tamra beobachtete ihre Erzfeindin, wie diese den Datenspeicher einige Sekunden in der Hand wog, gähnte und ihn schließlich in den dafür vorgesehenen Schlitz einführte. Die Hohe Verwalterin wirkte abgespannt, aber auch nervös und zielstrebig. Ein dreidimensionales, verschwommenes Holobild baute sich langsam auf. Bevor Tamra Einzelheiten erkennen konnte, entschwand der Salon und wurde von Boffääns Werkstatt ersetzt.

Startac war erneut teleportiert.

Das Kaktuswesen machte es sich gerade unter einer Art Wärmelampe gemütlich.

Mithilfe ihrer Montur checkte Mondra den Raum auf Sensoren. Aus den Augenwinkeln beobachtete sie dabei die junge Alteranerin, die schon so viel erduldet hatte. Tamra erweckte einen gefassten Eindruck. In Anbetracht der Umstände hatte sie sich sogar bemerkenswert gut im Griff. Es grenzte, trotz der erfolgten Behandlung durch die Anzug-Meds, an ein Wunder, wie sie sich aufrecht hielt: Sie wog, wenn es hochkam, 40 Kilo. Aber in diesem spindeldürren Persönchen steckte eine ganz außerordentliche Menge Willenskraft.

Mondras Mikropositronik gab Klarmeldung: keine optische oder akustische Überwachung aktiv. Sie nickte Tamra zu. »Bereit?«

»Ja.«

Startac und Mondra traten je zwei Schritte zur Seite, sodass das Mädchen nicht mehr von den Deflektorsphären erfasst und daher sichtbar wurde, die Abschirmung ihres Peilchips jedoch bestehen blieb. Jetzt kam es darauf an, ob Tamra den Haustechniker des Aquadoms richtig eingeschätzt hatte. Wenn er Alarm schlug, würden sie zwar höchstwahrscheinlich noch fliehen können; trotzdem war dann ihr Plan schon im Ansatz gescheitert.

»Hallo, Boffään. Bist du nach wie vor der Meinung, dass unsere ach so guten Herren einmal ordentlich eine aufs Haarnest kriegen sollten?«

Das Pflanzenwesen antwortete nicht, zeigte auch keine erkennbaren Symptome von Überraschung. Nur die winzigen Stielaugen, die anstelle von Staubgefäßen aus der fleischigen, hellblauen Blüte ragten, vibrierten leicht.

»Kennst mich schon noch, oder?«, setzte Tamra nach, weiterhin auf Larion. »Was würdest du dazu sagen, wenn ich für uns beide einen Weg aus der Knechtschaft wüsste?«

»Gar nichts. Weil ich mit dir nicht rede, ja? Was bildest du dir eigentlich ein, so mir nichts, dir nichts abzuhauen und mich hier mit dieser Furie allein zu lassen? Und dann tauchst du nach Jahren wieder auf und hast nicht einmal Eier dabei! Ist das eine Art, ja?«

»Falls du mir hilfst und wir Glück haben, kannst du dich bis an dein Lebensende in Eiern eingraben. Oder, noch besser, du wirst es nicht mehr für erforderlich halten, dich damit zu berauschen.«

»Mich deucht, eingespritzt bist eher du! Menschenkind, wo kommst du auf einmal her, und wie?«

»Kannst du Geheimnisse für dich behalten? Gesetzt den Fall, ein potenzielles, zukünftiges Leben in Freiheit hinge davon ab: Wärst du für eine solche Chance bereit, deine relativ bequeme Stellung hier aufzugeben? Früher hast du das steif und fest behauptet.«

Die Finger auf dem Kolben des Strahlers in ihrem Hüftholster, dachte Mondra: *Die Kleine macht ihre Sache gut. Als hätte sie eine xenopsychologische Ausbildung absolviert. Aber vielleicht hat sie das ohnehin, obgleich nicht auf dem herkömmlichen Bildungsweg ...*

Der Kaktusartige zögerte. Es bedurfte noch einiger Wortwechsel, bis er von Tamras Ernsthaftigkeit überzeugt war und so weit Interesse bekundete, dass Mondra und Startac es für vertretbar hielten, ihre Deflektoren abzuschalten. Eine hitzig geführte Debatte folgte. Nachdem sie aufgedeckt hatten, was sie von ihm erwarteten, erklärte Boffään die drei Menschen erst einmal für rettungslos übergeschnappt. Das überstiege seine fachliche Qualifikation bei weitem. Tamra versicherte, sie sei sich des hohen Risikos bewusst und trage die alleinige Verantwortung. Schließlich willigte der Hausmeister ein, wenigstens die technischen Möglichkeiten in Augenschein zu nehmen; mit dem Vorbehalt, dass er, falls er die Sache für aussichtslos erachte, sofort zurück ins Aquadom gebracht wurde.

Startac sprang mit allen drei – beziehungsweise, unter Einbeziehung des Sloppelles – vier Personen auf einmal; ihre gemeinsame Masse war ja relativ gering. Bei dem Ort, den Boffään ihm bezeichnet hatte, handelte es sich um eine private chirurgische Praxis mit angeschlossenem Biotech-Labor. Den Leiter, einen gewissen Kelton-Trec, hatte Tamras Gebieterin in den vergangenen Jahren gelegentlich konsultiert; vielleicht liebäugelte Mitrade-Parkk mit einer Schönheitsoperation.

Mitten in der Nacht, und wohl auch bedingt durch den Bürgerkrieg, waren die Räume der kleinen Medo-Station verwaist. Vom etwas vergammelt wirkenden Foyer führte ein Gang zu drei OP-Sälen, deren Türen kompliziert aussehende Schlösser sicherten. Mondra wollte ihr TLD-Besteck auspacken, aber Boffään kam ihr zuvor. Mit den mikromechanischen Werkzeugen, die anstelle von Stacheln an seinen Blattstängeln saßen, öffnete er die erste Tür in Sekundenschnelle.

»Wenn bloß alles so leicht und flott ginge, ja?« Drinnen gab das Kaktuswesen einen Laut der Verblüffung von sich. »Pardauz! Eines kann ich euch schon mal sagen, ja: Legal ist das hier nicht.«

Der Operationsraum sei vollrobotisch ausgelegt, erklärte Boffään, nachdem er so rasant zwischen den Apparaturen hin und her geflitzt war, dass ihm Mondra kaum mit Blicken hatte folgen können. Die Leistungsfähigkeit der Steuerpositronik, mit der die Medo-Einheit bestückt war, überschritt deutlich den Rahmen des seit der Posbi-Krise für zivile Einrichtungen gesetzlich Erlaubten.

»Schlecht?«, fragte Tamra, von Boffääns Erregung angesteckt.

»Ganz im Gegenteil. Großer Sukkulent, mit diesen Maschinchen hätten wir tatsächlich eine relle Chance, die verdammten Peildinger loszuwerden!«

»Du traust es dir also zu, die Medo-Positronik entsprechend zu programmieren? Letztendlich führt sie auch nur eine Form von Reparatur aus, oder?«

Der Kaktus tänzelte auf seinen Laufwurzeln.

»Ja?«

»Ja?«, echote Boffään schrill. »Ja? Unsere Nervensysteme sind ein wenig komplexer beschaffen als die Lötstellen eines Küchengeräts, ja? Da kann mörderisch was daneben gehen. Was mich betrifft, hätte ich noch die geringsten Sorgen, ich weiß schließlich, wie ich gebaut bin, ja? Aber was ist mit dir?«

Darauf fiel Mondra eine Antwort ein. »Unsere Anzugrechner enthalten äußerst detaillierte Kenntnisse der menschlichen Anatomie, mittlerweile sogar ergänzt um alteranische Besonderheiten. Falls es gelingt, diese Daten zu überspielen – würde dir das ausreichen?«

»Möglich, ja? Dennoch bleibt ein gewaltiges Restrisiko.«

Tamra straffte sich. »Tu's!«

Sie und Mondra warteten im Foyer, während Boffään zuerst den Eingriff an sich selbst vornahm. Startac war wegteleportiert, sobald alles in die Wege geleitet war; er musste anderswo in Taphior noch etwas erledigen.

»Ist er verheiratet? Ich meine, hat er eine Frau?«

»Startac? Nicht, dass ich wüsste.«

»Dachte ich mir.« Nach einer Pause fragte Tamra: »Glaubst du, verliert er bei jedem Teleporter-Sprung etwas von sich im Hyperraum? Ein winziges bisschen?«

»So habe ich mir das noch nicht überlegt ... Es strengt ihn jedenfalls ganz schön an, auch bei geringen Distanzen.«

»Trotzdem macht er es. Weswegen? Weil Rhodan es ihm befiehlt? Ist der ... Großadministrator euer Lehnsherr?«

»Nein, nichts dergleichen. Startac und ich tun aus freiem Willen, was wir tun. Und weil wir unsere bescheidenen Talente sinnvoll anwenden wollen. Wir fühlen uns nur der Menschheit und unserem Gewissen verpflichtet. Das gilt übrigens auch für Perry.«

Tamra wiegte nachdenklich den kahlen Kopf.

Schweigend saßen sie, bis Schroeder zurückkehrte. Kurz danach kam Boffään aus dem OP gesaust. Seinen Chip hielt er triumphierend an den Enden zweier Stängel hoch. »Den versenken wir im Meer, ja? Mit ordentlich Köderfleisch darum. Tragische Verzweiflungstat eines lebensmüden Hausknechts. Wäre nicht der erste Gunstbold, der sein Dienstverhältnis löst, indem er sich dauerhaft bei den Raubfischen einquartiert, ja?«

Die Entfernung von Tamras Peil- und Fernsteuerchip gestaltete sich schwieriger und demgemäß langwieriger. Startac lief die ganze Zeit im Foyer auf und ab wie ein Tiger im Käfig. Mondras Vorschlag, gleich ihr ein wenig zu dösen, sich zu regenerieren und Kräfte für das Kommende zu sammeln, registrierte er nicht einmal.

Endlich meldete Boffään Vollzug. Aber erst, als die Lokalanästhesie abgeklungen war und weder Tamra noch die Anzug-Cybermeds negative Auswirkungen der Operation feststellten, entspannte sich Startac. »Du bist frei«, sagte er voll Freude und kaum verhohlenem Stolz.

»Nicht, bevor Caligo viele Lichtjahre hinter uns liegt«, dämpfte die Alteranerin seinen Enthusiasmus.

»Natürlich.«

»Bliebe Nummer drei, ja? Soll ich jetzt oder soll ich nicht? Ja? Nein? Oder was?« Boffään schaffte es, sich so zu verrenken, dass Mondra assoziierte, er stemme gar nicht vorhandene Arme in gar nicht vorhandene Hüften.

Über das Sloppelle hatten sie schon zuvor diskutiert. Konnte man guten Gewissens verantworten, das Wesen zu »ent-drosseln«? Es hatte die weitaus größte Spanne seines Lebens als Tier zugebracht. Würde es den Schock, wieder »ungehemmt« denken zu können, überhaupt verkraften? Tat man ihm Gutes damit – oder begingen sie eine vergleichbare Sünde, eine ähnliche Vergewaltigung wie die

Laren, die seinen jetzigen Zustand herbeigeführt hatten? Außerdem war den Medo-Einheiten über seinen Organismus nur wenig bekannt, der Ausgang des Eingriffs daher umso zweifelhafter.

Tamra herzte das Sloppelle, von dem ein strenger Geruch ausging. »Es ist schon recht alt und krank«, sagte sie leise, aber bestimmt. »Ich möchte es nicht wegen des Peilchips irgendwo allein zurücklassen müssen. Wenn es stirbt, was ohnehin bald der Fall sein kann, dann in meinen Armen.«

Startac nickte beipflichtend. Mondra war froh, dass ihr diese Entscheidung abgenommen wurde, und erhob keine Einwände. Zusammen mit dem Sloppelle und Boffään verschwand Tamra im OP-Saal.

Diesmal legte Startac ein Nickerchen ein, während Mondra die Zeit lang wurde. Plötzlich schreckte der Monochrom-Mutant auf, blinzelte und starrte zur Tür, die sich wenige Sekunden später öffnete.

Tamra kam heraus, das Sloppelle auf dem Arm. Sie weinte wie ein Schlosshund. Das Pelzwesen jedoch, dessen graubraunes Fell von orangen Blutstropfen gesprenkelt war, fiepte mit heller Stimme, gut verständlich: »Mama?«

12. Noch ein Unfall am Arbeitsplatz

»Ich zeige dir jetzt etwas, Menschling.«

Mitrade-Parkk projizierte Reproduktionen uralter Schriftstücke, die Demetrius Onmout sehr gut kannte. Schon in der Grundschule hatte er die sogenannten Rhodan-Konvolute ehrfürchtig bestaunt. Auch zahlreiche Bilder des Großadministrators waren dabei. Selbst Laren, die keinerlei Erfahrung mit terranischer Physiognomie besaßen, hätten nur sehr geringe Ähnlichkeiten zu Dmetri festgestellt. Die Hohe Verwalterin hingegen hatte ständig mit Alteranern zu tun ... Ihre smaragdgrünen Augen funkelten siegessicher.

Der Bluff war geplatzt.

Recht so.

»Na schön, Sie sind mir auf die Schliche gekommen«, sagte Dmetri. Weiter zu lügen, hätte keinen Sinn gehabt, zumal er inzwischen sämtliche Antidot-Spender in seiner Mundhöhle verbraucht hatte. »Ich gebe zu, ich bin nicht Rhodan. Ihm und seiner Leibwächterin ist es während der Landung gelungen, sich abzusetzen.«

Die Larin fixierte Dmetri, verblüfft von seiner unvermuteten Mitteilsamkeit. »Was willst du mir jetzt wieder auftischen? Euer abstruser Halbgott hat, wenn überhaupt, vor Jahrtausenden gelebt!«

»Und er erfreut sich immer noch bester Gesundheit, dank seines Zellaktivators. Steht alles da drin. Haben Sie es nicht gelesen?« Dmetri wusste von Perry und Startac, die in der Nacht bei ihm in der Zelle gewesen waren, dass Mitrade nicht sehr viel Zeit gehabt hatte, die umfangreichen Konvolute zu übersetzen und zu durchforsten. Gleichwohl mahnte er sich zur Vorsicht. Er durfte den Bogen nicht überspannen.

»Du willst mir weismachen, dieser Mann war mit euch an Bord?«

»Genau. Und jetzt treibt er sich irgendwo auf Caligo herum. Hören Sie, wir wollten eigentlich noch einen Tag warten, aber da Sie den Bluff schon früher durchschaut haben ... Der Großadministrator hat Ihrem General Kat-Greer ein Angebot zu unterbreiten. Wir besitzen Kenntnisse, die ihm die Eroberung des Pyramidenzirkels ermöglichen und somit den Endsieg bringen werden.«

Im Gesicht der Verwalterin zuckte ein Muskel. Sie litt unter Schlafmangel, und das war kein Nachteil. »Flunkere, so viel du willst«, fauchte sie, wohl um ihre Irritation zu übertünchen. »Ich lasse so oder so die Wahrheit aus dir herausprügeln.«

»Das ist weder nötig noch zielführend, Geschätzte, da ich Ihnen ohnehin alles brühwarm erzähle. Unsere MINXHAO war ein Experimentalraumer, speziell ausgerüstet für Spionagezwecke. Selbst in der kurzen Zeit zwischen dem Treffer des Bodenforts und der Absprengung der Außensektionen konnten wir uns deshalb einen guten Überblick der Lage auf Caligo und in Taphior verschaffen.«

Das stimmte nicht im Mindesten. Aber wie sollten die Laren seine Behauptung nachprüfen? Die fraglichen Teile waren in der Atmosphäre verglüht. Außerdem hatte Rhodan gemeint, es schade nicht, mit ominösen Technologien aufzutrumpfen.

»Der Großadministrator«, fuhr Dmetri fort, »wird morgen von sich aus Kontakt mit Ihrem Revolutionsführer suchen; er wollte diesen noch ein wenig schwitzen lassen. Aber ich denke mir, es wäre für alle Beteiligten angenehmer, wenn Kat-Greer schon heute von Ihnen die Hintergründe erführe. Immerhin dürfte einigen Leuten recht peinlich sein, dass ihnen die beiden wichtigsten Personen unserer Delegation durch die Lappen gegangen sind.«

Und dir könnte man einen Strick daraus drehen, hieß das zwischen den Zeilen, dass du deren Fehlen nicht herausgefunden hast. So aber stündest du deutlich besser da ...

»Was sind das für Kentnisse über den Pyramidenzirkel?«

Dmetri hob die Arme. »Oho, werteste Verwalterin, wir sind nicht dumm; wir haben Sicherheitsvorkehrungen getroffen. Die Informationen wurden auf mehrere Personen verteilt. Sie, beziehungsweise Ihre Vorgesetzten, müssen schon alle zusammen an den richtigen Ort bringen, nämlich zu Kat-Greer in dessen Bastion Groschir.«

»Welche Personen?«

»Drei Techniker und Wissenschaftler aus der MINXHAO-Mannschaft; meine Wenigkeit; sowie den Großadministrator und dessen Leibwächterin.«

»Die ich wo finde?«

»Wo? Keine Ahnung.« Die Larin sah drein, als wolle sie Dmetri jeden Moment ins Gesicht springen. Rasch fügte er hinzu: »Aber ich weiß, wie.«

Warnsignale gellten durch die Bastion.

Posbi-Angriff!

Auch das noch.

Kat-Greer, der mit einer Gruppe von Taktikern über dem Problem Elbanger-Tan gegrübelt hatte, eilte in die Kommandozentrale. Zum Glück, stellte sich heraus, handelte es sich nur um einen kleinen Verband von Roboterschiffen, die aus dem Linearraum ausgetreten waren und nun auf Einflugkurs ins Illindor-System gingen.

Kein ungewöhnlicher Vorfall. Seit geraumer Zeit testeten die Posbis trotz der weiten Flugdistanzen, die sie dafür in Kauf nehmen mussten, immer wieder die Verteidigungsbereitschaft der Laren. Aber Maschinenwesen kannten nun einmal keine Langeweile, und den Begriff der Zeitvergeudung wohl ebenso wenig.

Kats Ärger verflog. Mit etwas Geschick, begriff er, konnte er sich diese eher lästige denn Besorgnis erregende Störung sogar zunutze machen. Er beorderte die Teile seiner Neunten Flotte, die nicht auf Caligo engagiert, sondern übers System verteilt waren, auf Abfangkurs. Dann ließ er diejenigen Kommandanten anderer Kriegsflotten, die sich für neutral erklärt hatten, anfunken und bat sie um Assistenz gegen den Posbi-Verband. Diese Unterstützung konnten sie ihm schwerlich verweigern. Wenngleich sie ihn damit nicht formell als Ersten Hetran anerkannten, folgten sie doch seinem Aufruf und unterstellten sich für die Dauer des Zwischenfalls seinem Oberbefehl.

Knapp an der Systemgrenze entbrannte die Raumschlacht. Sie verlief ebenso heftig wie kurz. Ehe sie ernsthafte Verluste erlitten, zogen die Posbis wieder ab. Wenn die Mörderroboter Aufschlüsse gewonnen hatten, die sie nach dem langen Rückflug ihrem Zentralplasma überbringen konnten, dann nur die, dass sich die Laren nach wie vor sehr gut zu wehren wussten.

Etwas besser gelaunt wies Kat-Greer seine Presse-Offiziere an, das im Prinzip unbedeutende Ereignis weidlich medial auszuschlachten. Der Erste Steuermann des Großen Bootes Greer habe seinen legitimen Führungsanspruch unter Beweis gestellt und eine gefährliche feindliche Attacke auf das Illindor-System abgewehrt, wohingegen sich

Elbanger-Tan feig im Pyramidenzirkel verkrochen und es nicht der Mühe wert befunden hatte, für die gemeinsame Heimat aller Laren zu kämpfen, und so weiter und so fort. »Borstenviehfutter« eben, wie derlei Massenpropaganda intern genannt wurde.

Als auch diese Pflichtübung absolviert war und Kat-Greer sich gerade mit Zlakore-Buld zum Mittagsmahl begeben wollte, überbrachte ein Adjutant dem General eine dringliche Depesche aus Taphior. »Die Verwalterin des Bezirks Dekombor hat sich auch nach Androhung von Disziplinarmaßnahmen nicht abwimmeln lassen. Sie behauptet, Euch unbedingt persönlich sprechen zu müssen, es sei von höchster Wichtigkeit«, entschuldigte sich der Stabsoffizier.

Kats Magen knurrte. Aber er entsann sich des alteranischen Hochstaplers. Und er schätzte jene Mitrade-Parkk, eine Jugendfreundin seiner Tochter Nindel, für zu klug ein, als dass sie ihn wegen einer Bagetelle behelligen würde.

»Durchstellen!«

Mitrade schilderte, was sie dem Alteraner, der seinen wahren Rang und Namen als Captain Demetrius Onmout angab, im Verhör entlockt hatte; wohlweislich, ohne sich darauf festzulegen, wie weit sie ihm seine Geschichte abnahm.

Ihr war klar, dass sie sich auf knisternd dünnem Eis bewegte. Falls der Menschling sie abermals hereinlegte und dieser mysteriöse Rhodan gar nicht existierte, konnte sie ihre Karriere in den Hypersturm schreiben und noch heilfroh sein, wenn sie mit dem unbedeutenden Lehen ihres Vaters davonkam. Dies waren Tage des Umbruchs, der Neuordnung, Tage, in denen Weichen gestellt wurden für die kommenden Jahrhunderte. Wer die falsche Abzweigung wählte, blieb auf der Strecke, mitsamt seiner Sippe und Nachkommen. Jedoch stellte ängstliches, passives, rein defensives Verhalten nicht die Lösung dar. Nach oben, weiter hinauf als von der Abstammung diktiert, gelangte man nur mit Mut zum Wagnis. Versäumen war schlimmer noch als Verfehlen. Sollten sich die Enthüllungen des alteranischen Captains als Windei erweisen, war Mitrade ruiniert. Umgekehrt würde sich Kat-Greer nicht lumpen lassen, wenn er über sie den Schlüssel zum Pyramidenzirkel in die Hand bekam. Dann wäre wahrscheinlich sogar Nindel-Greer genötigt, vor ihr das Haupt zu neigen. Herolde, die schlechte Nachricht überbrachten, wurden nicht selten zu Unrecht bestraft, während Glücksboten ebenso unverhältnismäßig überreiche Prämien winkten. Deshalb hatte sie ihren Lehnsherrn auch unbedingt persönlich sprechen wollen.

»Was verlangen die Kerle?«, bellte der General, nachdem sie geendet hatte.

»Vorerst nur eine Zusammenkunft mit Euch in der Bastion Groschir. Das Ziel ihrer Reise war, mit dem mächtigsten Mann des Trovents zu konferieren.«

»Und wie erreichen wir den Ober-Hochstapler?«

Die ironische Parallele entging Mitrade nicht. Ein sehr altes Sprichwort besagte, dass man einen Dieb bräuchte, um einen Dieb zu fangen. Bedurfte es analog dazu eines angeblichen Ersten Hetrans, um einen wahren, alteingesessenen Ersten Hetran zu entthronen?

»In den Medienberichten soll gehäuft der Begriff ›Hypton-Kolonie‹ vorkommen«, gab sie Onmouts Forderung weiter. »Was immer das bedeuten mag. Dann weiß dieser Rhodan, dass ... Ist Euch nicht gut, General?«

Als hätte ihn ein elektrischer Schlag getroffen, war Kat-Greer zurückgezuckt, getaumelt und aus dem Erfassungsbereich der Optik geraten. Es dauerte einige Sekunden, bis sein markantes Antlitz wieder erschien. Dann sagte er rau: »Ab sofort übernimmt Groschir. Du hast richtig gehandelt, Mitrade-Parkk, und wirst deine Belohnung erhalten sowie weitere Anweisungen. Ich danke dir.«

Das Holobild erlosch. Unschlüssig, ob sie frohlocken oder ihre Habseligkeiten zusammenpacken und sich für die Verbannung auf irgendeinen abgelegenen Bauernplaneten rüsten sollte, stierte Mitrade noch einige Atemzüge lang auf die Kommunikations-Einheit. Vollends begriff sie nicht, was hier ablief. Vermutlich war sie schlicht zu müde.

Aufmunterung tat Not. Sie schleppte sich zum Fernsteuer-Netz. Die verhasste Scheuche zu quälen, hatte ihr noch jedes Mal einen erfrischenden Kick verschafft.

Ungehalten drosch sie auf den virtuellen Aktivierungs-Punkt, weil keine Kopplung zustande kam. Ein Energieausfall? Suchte eine Hyperstörung die Region heim? Oder hatte man ihr wegen des Bürgerkriegs die Stromzufuhr unterbrochen?

Nein. Die Anzeigebalken leuchteten in sattem Braun. Somit schieden diese Erklärungen aus. Mitrade schaltete um auf individuelle Peilchip-Erfassung.

Nichts.

Keine Tamra Cantu. Kein Sloppelle.

Die Scheuche war verschwunden, und ihr stinkendes Vieh mit ihr.

Startac teleportierte Perry und Mondra ins Stadtzentrum. Nachdem er sie in einem leeren Hausflur abgesetzt hatte und zurückgesprungen war, schalteten sie die Deflektoren aus und verließen das Gebäude. Sie überquerten die wenig belebte Fußgängerzone, die Spuren von Kämpfen mit Thermo-Waffen aufwies, und steuerten den ersten Uniformierten an, der ihnen über den Weg lief.

»Hallo. Du kannst relativ reich und berühmt werden«, sagte Perry in perfektem Larion, »wenn du uns verhaftest und deine Dienststelle dazu bringst, unverzüglich General Kat-Greer davon zu verständigen, dass sich der Großadministrator des Terranischen Imperiums und Erste Hetran der Milchstraße, Perry Rhodan, dir ergeben hat.«

In diesem Moment hasste und liebte ihn Mondra gleichermaßen. Wie das zusammenging, hätte sie nicht sagen können. Aber so war es, und sie fühlte sich gespalten; wissend, dass sich nichts ändern würde, bis sie daran zugrunde ging. *Odi et amo. Qua re id faciam, fortasse requiris. Nescio, sed fieri sentio, et excrucior.*

Diese Präpotenz! »Juhu, ich bin Perry Rhodan; führ mich zu deinem Chef, damit ich seine Bude übernehmen kann.«

Und das Schlimmste war: Es funktionierte. Der arme, überforderte Militärpolizist nestelte seinen Strahler aus dem Halfter – Mondra wäre schneller gewesen. Ihr Zeigefinger kitzelte schon den Druckpunkt, da hätte der anvisierte Lare noch nicht einmal entsichert gehabt –, überlegte es sich jedoch anders und zückte stattdessen sein Funkgerät.

Zehn Minuten später verwirbelten die Prallfelder eines landenden Beiboots den Staub, der den Platz bedeckt hatte, zu durchaus hübschen Fontänen. Sie stiegen ein. Perry ließ Mondra galant den Vortritt.

So was gefällt ihm, dachte sie. Da läuft er zu großer Form auf.

In der Bastion Groschir passierten sie Hundertschaften von bis über die Sichelohren Bewaffneten, bevor sie in ein Gemach geführt wurden, dessen Ausstattung das Attribut »schwülstig« nur unzulänglich beschrieben hätte. Captain Onmout wetzte seinen nicht unknackigen Hintern auf einem Plüschhocker; der Cheffunker der MINXHAO,

Elias Awadalla, lehnte an einer Fensterbank, neben einem blonden, übergewichtigen Technikingenieur, dessen Name Mondra nicht einfiel. Flohbein zog wie üblich einen erratischen Kurs durch den Raum, verfolgt von schwebenden Mikro-Multisensoren.

Und dann waren da noch, abgesehen von der Eskorte, zwei Laren. Ein Mann und eine Frau. Sie ganz in Schwarz gekleidet, Blick und Körperhaltung wie eingefroren, blankes Eis. Er Macht ausstrahlend, säuerlich, herb, sendungsbewusst und berufen.

Kat-Greer.

»Sie sollten«, schnarrte der General, »sehr schnell begründen, warum Sie meine Zeit stehlen, Hochstapler.«

Perry Rhodan korrigierte mit einer kokett langsamen Bewegung seinen Seitenscheitel. »Alteranische Käfig-Transmitter«, sagte er und studierte dabei die Stukkaturen an der Decke, als ginge ihn das alles nichts an. »Tolle Sache. Wenn man sie in Gang kriegt. Ich denke, ihr habt euch damals, als euer Geheimdienst an die unvollständigen Konstruktionspläne kam, die Beute geteilt und um die Wette daran herumgebastelt. Ergo stehen wegen anhaltenden Misserfolgs aufgegebene Prototypen sowohl hier in Ihrer Burg als auch in einer der Hetranats-Pyramiden.«

Am Aufblitzen von Kat-Greers Augen erkannte Mondra, dass Perry ins Schwarze getroffen hatte. »Wir« – er umfasste die Gruppe der Menschen – »verfügen zusammen über das nötige Fachwissen, die Transmitter fertigzustellen. Das müsste in etwa einem Tag zu schaffen sein.«

»Selbst wenn ihr meine Prototypen einsatzfähig macht ... das allein nützt uns gar nichts«, bewies der General, dass ihm die Funktionsweise im Prinzip vertraut war. »Denn an die vorgesehenen Empfangsapparate im Pyramidenzirkel kommen wir nicht heran.«

»Irrtum«, erwiderte Perry. »Falls der Grundstock so weit zusammengebaut wurde, wie wir aufgrund der vom Lichtnetz ergatterten Unterlagen vermuten, besteht eine sehr gute Chance, dass wir auch diese Transmitter aktivieren können, und zwar von hier aus, über die Gegenstationen! Die Geräte sind darauf ausgelegt.«

Das war schlichtweg Humbug. Startac würde ins Hetranat teleportieren müssen, um die dortigen Transmitter empfangsbereit zu machen. Aber dass sie einen Teleporter in der Hinterhand hatten, wollten sie dem Anführer der Putschisten nicht auf die Nase binden.

Kat-Greer warf der schwarz gewandeten Larin einen fragenden Blick zu. »Klingt reichlich phantastisch«, sagte sie kalt. »Doch in Anbetracht unserer übrigen Optionen ...«

»Wieso sollten wir etwas versprechen, das wir nicht halten können?«, fragte Perry, die Arme ausgebreitet. »Es liegt in unserem Interesse, Ihnen zu helfen.«

»Den Versuch ist es wert«, entschied General Kat-Greer. »Aber zuerst will ich Antworten. Wer sind Sie wirklich? Weshalb sind Sie nach Caligo gekommen? Warum unterstützen Sie mich, und was verlangen Sie als Gegenleistung?«

Perry verzog keine Miene. Nur Mondra konnte nachvollziehen, welcher Stein ihm vom Herzen fiel. Sie hatten soeben eine weitere, vielleicht die größte Hürde genommen.

Tamra erwachte aus einem Schlaf voller wirrer Träume, in denen neugeborene Babies und sprechende Kuscheltiere vorgekommen waren.

Neben ihr lag das Sloppelle. Es sah sie aus weit geöffneten Kulleraugen an. Gewohnheitsmäßig wollte sie es an sich ziehen und streicheln, hielt jedoch verlegen inne. »Hallo«, sagte sie stattdessen.

»Hallo, Tamra.« Seine Stimme klang hoch wie die eines Kleinkindes. Tatsächlich befand es sich ungefähr auf der intellektuellen Stufe eines Fünfjährigen. Aber es lernte rasch, furchterregend rasch.

Was musste in diesem so liebenswürdig und knuddelig wirkenden Kopf vorgehen? Empfand das Sloppelle die Freisetzung seiner geistigen Kapazitäten als Gewinn, als erlösendes Auftauchen aus jahrzehntelangem Dämmerzustand? Erinnerte es sich an seine Haustier-Zeit? Und wenn, wie beurteilte es diese? Konnte ein denkendes Wesen damit zurechtkommen, derart grausam an Leib und Seele verkrüppelt worden zu sein, aufzuwachen als kindliches Bewusstsein in einem von Misshandlung, Krankheit und Alter gezeichneten Körper?

»Ich habe dir nie einen eigenen Namen gegeben«, flüsterte Tamra. »Bitte verzeih. Du warst für mich immer ... einfach mein Sloppelle.«

»Macht nix.«

»Wie soll ich dich ab jetzt nennen?«

»Sloppelle passt schon. Zahlt sich nicht mehr aus, das zu ändern.«

Tamra schluchzte, vermochte die Tränen nicht zurückzuhalten. Da geschah etwas schockierend Wunderbares. Eine unsichtbare Hand strich über Tamras Wangen, sanft und zart wie ein Hauch. Sie erschrak, dann begriff sie. Startac Schroeder hatte beim Sloppelle eine parapsychische Begabung geortet. Diese kam nun zum Ausbruch. Es war Telekinet!

So wie Gucky, der Mausbiber ... Nur ungleich schwächer, stellte sich im Lauf des Tages heraus. Tamra übte mit dem Sloppelle, was beiden großen Spaß bereitete. Sie lachten viel. Kleine, leichte Gegenstände konnte es heben und durch die Luft fliegen lassen, aber schon an Boffään scheiterte es, sehr zu dessen Beruhigung.

Er und Schroeder bastelten an der Unterhaltungs-Konsole im Wohnsalon des Apartments herum, das ihnen nach wie vor als Unterschlupf diente. Auch anderen Geräten entnahmen sie diverse Teile. Eine abenteuerlich aussehende Apparatur entstand. Boffään zeterte wie ein Sumpfspatz und verfluchte nahezu pausenlos die mangelhafte Qualität der larischen Erzeugnisse, ganz wie Tamra es von ihm gewohnt war. Schroeder, den er ebenfalls kontinuierlich wegen seiner »zwei linken Stängel« beschimpfte, ertrug dies mit stoischem Gleichmut. Später zogen sie Tamra hinzu, um rascher voranzukommen. Soviel sie verstand, lag ihnen hauptsächlich daran, möglichst viel überflüssige Masse einzusparen, damit Startac das Endergebnis per Teleportation transportieren konnte.

Schließlich äußerte auch das Sloppelle den Wunsch, sich an der Arbeit zu beteiligen. Zuerst maulte Boffään, aber bald stellte es sich als erstaunlich geschickt und nutzbringend heraus. Mit seiner feintelekinetischen Fähigkeit erreichte das Sloppelle Stellen, an die selbst die Werkzeug-Stacheln des Kaktushaften nicht gelangten; und wenn ihm Boffään genau beschrieb, was es tun sollte, führte es dessen Anweisungen zuverlässig und präzise aus.

Die schönen, unbeschwerten, ja ausgelassenen Stunden vergingen im Flug. Am Abend war Tamra rechtschaffen müde, aber auch glücklich wie kaum je zuvor. Schroeder kochte aus den Beständen des Vorratsschranks ein einfaches Gericht. Sie aß, ohne sich dazu zwingen zu müssen, mit großem Appetit.

2700 Kilometer entfernt, auf der anderen Seite des mächtigen, bis in die Wolken aufragenden Coor-Gebirges, fühlte sich Captain Demetrius Onmout bedeutend unwohler.

Das lag einerseits an den wenig heimeligen Werkshallen und Lagerräumen der Bastion Groschir, vor allem aber an der die Menschengruppe beaufsichtigenden Lichtnetz-Agentin. Sie strahlte noch mehr Kälte aus als die unverputzten Steinwände. Dmetri hatte mit manch knallharten Typen der Legion Alter-X zu tun gehabt, allen voran Kommandeur Laertes Michou. Die eisige Larin jedoch wäre sogar dem Staatsmarschall nicht gleichgültig gewesen. Misstrauisch schnüffelte sie jedem Handgriff hinterher. Nichts entging ihr und ihren Mikrosensor-Sonden. Nicht einmal die üblichen Wahnsinnigkeiten Flohbeins, dessen uneingeschränkte Bewegungsfreiheit Rhodan durchgesetzt hatte, vermochten ihre Aufmerksamkeit zu beeinträchtigen.

Und darin lag das Problem. Denn sie waren keineswegs nur hier, um die fünf Prototypen der Käfig-Transmitter funktionstüchtig zu machen.

Diesen Punkt ausgenommen, hatte Perry Rhodan dem Laren-General Kat-Greer reinen Wein eingeschenkt und bedingungslos die Wahrheit erzählt: Dass er wirklich einst von einem Verkünder der Hetosonen als Erster Hetran seiner Heimatgalaxis eingesetzt worden war, woher sein Insider-Wissen über die Struktur des historischen Konzils der Sieben rührte. Wegen des gespannten Verhältnisses zwischen Alteranern und Laren hatte er sich für die Notlüge entschieden, um dieses Gipfelgespräch anzubahnen. Auch, dass das Hetos untergegangen und die Milchstraße seit 1345 Terra-Jahren wieder unabhängig war, verschwieg er nicht. General Kat-Greer nahm diese Information hin, ohne Betroffenheit zu zeigen. Wahrscheinlich hatten sich die Laren ebenso wie die Alteraner schon vor geraumer Zeit damit abgefunden, dass Forn-Karyan oder Ambriador vom Rest des Universums isoliert und ein Verlassen der Kleingalaxis mit den verfügbaren Triebwerks-Technologien aussichtslos war.

Rhodan berichtete von Lotho Keraete, dem Boten der Superintelligenz ES, und dessen dringlicher Bitte, sich der Posbi-Krise anzunehmen. Er erläuterte seinen Plan, einen erbeuteten Fragmentraumer wieder flottzumachen und als Vehikel zum Zentralplaneten der Positronisch-Biologischen Roboter zu benutzen, da er dort, und nur dort, eine Lösung herbeizuführen hoffte. Kat-Greer horchte auf, als der Name Verduto-Cruz fiel. Ja, sagte er, er kenne den Kybernetiker, und auch dessen derzeitigen Aufenthaltsort. Ob er ihn allerdings zusammen mit Rhodan und dessen Begleitern ins Gebiet des Imperiums Altera überstellen würde, hing von der siegreichen Beendigung des Bürgerkriegs ab – und natürlich davon, wie viel die Käfig-Transmitter dazu beitrugen.

Diesbezüglich sorgte sich Demetrius Onmout relativ wenig. Han Tsutaya, der blondmähnige, am ganzen, fülligen Leib tätowierte Techniker von der MINXHAO, war bis zu seiner Inhaftierung wegen wiederholter schwerer Körperverletzung Spezialist für diese Geräte gewesen. Notfalls hätte Tsutaya sie auch allein in Gang bringen können. Flohbein, Rhodan, dessen Leibwächterin und Dmetri selbst waren im Wesentlichen zur Ablenkung mit von der Partie. Die heimliche Hauptaufgabe kam Cheffunker Elias Awadalla zu. Nur, dass der noch keine Gelegenheit bekommen hatte, diese auszuführen – weil ihm die kaltschnäuzige Lichtnetz-Agentin peinlich genau auf die Finger sah. Die anderen zur Bewachung und Handreichung abgestellten larischen Soldaten und Ingenieure ließen sich locker verwirren; schon Flohbein machte sie irre. Aber die Eisfrau nicht.

Und die Stunden verstrichen ... Mehrfach versuchte Mondra Diamond, die selbst lange als Geheimagentin tätig gewesen war, ihre »Kollegin« in ein Gespräch zu verwickeln; fruchtlos. Anders als die Flotteningenieure, die nach einer Phase des gegenseitigen Abtastens recht angeregt mit Rhodan, Awadalla und Tsutaya fachsimpelten – auch larische Techniker stellten Wissenserweiterung allemal über rassistische Vorurteile –, blockte die Lichtnetz-Offizierin jegliche Annäherung brüsk ab. Umgekehrt hielten ihre eigenen Leute größtmöglichen Abstand zu ihr. Dmetri konnte sich zusammenreimen, welchen Rufs sie sich auf Caligo, ja vermutlich im gesamten Trovent erfreute ...

Han Tsutaya, auf dessen Overall sich große Schweißflecken abzeichneten, kroch unter dem Käfig-Transmitter hervor, an dem er gearbeitet hatte, und richtete sich ächzend auf. »Wir sind so weit, dass wir einen Testimpuls aussenden könnten.«

»Hervorragend«, lobte Rhodan, und nach einem Blick auf sein Armband-Chronometer: »Sogar früher als veranschlagt.«

»S' gibt allerdings ein Problem.« Tsutaya wischte sich die fettigen Haarsträhnen aus dem Gesicht. »Wir sollten sicherheitshalber mit minimaler Intensität fahren. Die Chance, dass der ultrakurze 5D-Rafferimpuls zufällig aufgefangen wird, ist gering, aber 's wär schön blöd, wenn die Pyramidenheinis vorzeitig Wind bekämen.«

»Klar. Was spricht dagegen, es so zu machen?«

»Wollen wir auch bei geringster Sendeleistung verwertbare Ergebnisse bekommen, müssen hier drin sämtliche Störquellen deaktiviert werden. Auch die lustigen Sensor-Dinger; die streuen nämlich ein wie Sau.« Angewidert schlug er nach einer Mikrosonde, die ihn summend umschwirrte und seiner Hand automatisch auswich.

Sofort baute sich die Eisfrau vor ihm auf. »Untersteh dich, Menschling!«

»Gelblippe, schieb endlich ab! Du trampelst schon lang genug auf meinen Nerven rum.« Tsutaya hob drohend die Fäuste.

Plötzlich funkelte eine Klinge in der Hand der Larin. Behänder, als man es ihm zugetraut hätte, sprang der Transmitter-Spezialist einen Schritt zurück und ergriff ein langes Stahlrohr. Die Spannung, die sich den ganzen Tag über aufgebaut hatte, drohte sich zu entladen.

Perry Rhodan ging mit erhobenen Händen dazwischen. »He! Ruhig, keine Dummheiten!« Mondra Diamond eilte hinzu, vorbei an drei Soldaten, die ebenfalls aufmerksam geworden waren und ihre Waffen hoben.

Und dann ergab sich eine verblüffende Kettenreaktion, ein Domino-Effekt, den Dmetri erst im Nachhinein zu rekonstruieren vermochte. Flohbein war um die Ecke gebogen und ließ erschrocken ein mitgeschlepptes Bauteil fallen. Fast alle reagierten auf das scheppernde Geräusch, indem sie die Köpfe in diese Richtung drehten. Mondra geriet dabei aus dem Gleichgewicht, stürzte und riss einen der Raumsoldaten mit sich. Der taumelte in Rhodans Arme, wurde weitergeschubst, knallte gegen die Eisfrau. Beide erhielten einen zusätzlichen, abwehrenden Stoß von Tsutaya und stolperten über dessen Stahlstange. Der larische Soldat schrie erstickt auf und schlug der Länge nach hin. Die Agentin, ungleich beweglicher, rollte katzenhaft ab, kam dadurch allerdings Mondra Diamond in die Quere, die sie, die angewinkelten Beine ausstreckend, zur Seite katapultierte. Flohbein hatte sich inzwischen nach dem Bauteil gebückt, kickte es jedoch versehentlich mit der Schuhspitze noch ein paar Meter weiter von sich weg – genau unter die Eisfrau, die einen Sekundenbruchteil später darauf landete. Ein greller Lichtblitz blendete Dmetri. Als er wieder sehen konnte, füllte schwarzer Rauch den Raum, und der Gestank verbrannter Haut und Haare.

All das war so schnell gegangen, dass die übrigen Uniformierten erst jetzt klickend ihre Waffen entsicherten. »Sanitäter, rasch!«, rief Rhodan, der damit, seine ganze Autorität einsetzend, sowohl das Kommando übernahm als auch die Situation entkrampfte. Flohbein befahl er: »Schalt das sofort ab!«

Der Wissenschaftler kam der Aufforderung nach. Aber es war zu spät, die Eisfrau war bereits hirntot. Hinterher sollte man sich darauf einigen, dass es sich um einen bedauerlichen Unfall gehandelt habe, eine Verkettung unglücklicher Zufälle, und niemandem böse Absicht unterstellt werden konnte; am ehesten noch der Eisfrau, die schließlich als Erste eine Waffe gezogen und mit ihrem Messer sogar den eigenen Soldaten leicht verletzt hatte. Das bestätigten auch die Laren, ebenso, dass sich Rhodan und dessen Leibwächterin um Deeskalation bemüht hatten.

Dmetri war sich da insgeheim nicht ganz so sicher ...

Kat-Greer wurde in der Kommandozentrale verständigt und kündigte eine eingehende Untersuchung an. Jedoch war kaum zu überhören, dass auch er der Agentin keine Träne nachweinte; und das bereits erfreulich weit gediehene Transmitter-Projekt ging jedenfalls vor.

Als sich der Rauch verzogen hatte und die verkohlte Leiche der Eisfrau abtransportiert worden war, rief Elias Awadalla, in die Hände klatschend: »Leute, noch sind wir im Zeitplan. Aber wenn wir ihn weiter einhalten wollen, sollten wir uns sputen.«

Dabei wirkte der Cheffunker gar nicht besorgt, sondern im Gegenteil recht zufrieden.

13. Elbanger-Tan bekommt Besuch

»Behalt das. Ich will es nicht«, sagte Tamra. Sie schob Mondras Kombistrahler, den ihr Startac hingelegt hatte, zurück über die Tischplatte.

»Hach, sei doch nicht so stur! Du wirst für unbestimmte Zeit allein im Apartment sein. Ich kann nicht vorhersagen, wie lange wir brauchen werden. Falls inzwischen jemand kommt ...«

»... verstecke ich mich im Schrank. Außerdem, wer sollte herein wollen? Die Türen sind versiegelt.«

»Bitte nimm den Strahler an dich, mir zuliebe. Ich habe einfach ein besseres Gefühl, wenn du nicht völlig schutzlos bist, ja?«

Sie grinste. »Du redest schon wie Boffään.«

»Das färbt wohl ab.« Startac kratzte sich am Kopf. Immer wieder schaffte sie es, ihn in Verlegenheit zu bringen. »Wir müssen weg. Kannst dich ruhig hinlegen und pennen, Mondras Wächterlein ...«

»... warnen mich, wenn sich jemand den Zugängen nähert, ich weiß. Startac?«

»Ja?«

Sie hob die Hand, als wolle sie ihn am Oberarm berühren, überlegte es sich dann aber doch anders. »Viel Glück. Und pass gut auf mein Sloppelle auf!«

»Versprochen.« Boffään hatte darauf bestanden, den Feintelekineten mitzunehmen, weil sie durch die mittlerweile erprobte Kombination ihrer Fähigkeiten Eingriffe in Geräte vornehmen konnten, ohne diese zerlegen zu müssen. Das Sloppelle war Feuer und Flamme gewesen, regelrecht aufgekratzt. Dabei vermochte es kaum mehr seine Ärmchen zu heben.

Wir sind schon eine Truppe, dachte Startac, seine ungleichen Mitstreiter betrachtend, die es sich oben auf der krude zusammengestückelten Apparatur bequem gemacht hatten. Ein hyperaktiver Kaktus, ein altkluges, beinamputiertes Greisenkind, und ich, der schlechteste Teleporter in der Geschichte terranischer Mutanten, gegen eine Festung, die von der gesamten Militärmacht der Neunten Flotte und des Lichtnetzes nicht geknackt werden konnte.

Sieben Pyramiden. Bis zu 1500 Meter hoch, mit bis zu zweieinhalb mal zweieinhalb Kilometern Grundfläche! Wie sollten sie in diesen riesigen Bauwerken eine Handvoll Käfig-Transmitter finden, die in irgendeiner Abstellkammer verstaubten?

Während des Tages war er mehrmals in die Nähe des Hetranats teleportiert und hatte das Terrain so weit erkundet, wie ihm das von außen möglich gewesen war. Es gab etliche größere Areale, in denen er bei keiner dieser Gelegenheiten Laren oder sonstige Intelligenzwesen geortet hatte. Insgesamt hielten sich, grob geschätzt, 6000 Individuen im Pyramidenzirkel auf. Klar, dass die sich innerhalb des beträchtlichen Gesamtvolumens verliefen. Die meisten konzentrierten sich entlang der Außengrenzen sowie an einigen Brennpunkten, die vermutlich als Befehlszentralen fungierten.

Welchen der unbelebten Bereiche sollte Startac anpeilen? Tamra, das Sloppelle und Boffään waren keine Hilfe bei der Entscheidungsfindung. »Gehüpft wie gesprungen, ja?«, hatte der Reparator ironisch – oder sarkastisch? – geäußert.

Na prima.

Startac legte eine Hand auf den unförmigen Apparat, die andere auf den Rücken des Sloppelles, dessen Hinterteil von einem biegsamen, knallgrünen Blatt des Pflanzenwesens umschlungen wurde. Er sammelte seine Kräfte, konzentrierte die psionische Energie, die ihm aus unbegreiflichen Kontinuen zuströmte, auf einen unendlich kleinen Punkt ... und setzte sie frei.

»Geh in die Knie, Nichtswürdiger!«, erschallte eine dröhnende Larenstimme. »Wirf dich zu Boden, ergib dich augenblicklich, dann lasse ich dich und deine Brut am Leben!«

Reflexhaft wollte Startac eine ungezielte Not-Teleportation einleiten, doch Boffään kam ihm zuvor. »Entwarnung!«, zischte er. »Das ist nur eine Projektion.«

»Geh in die Knie, Nichtswürdiger!«, wiederholte das dreidimensionale Abbild eines Laren, dessen schimmernde Rüstung über und über mit Edelsteinen besetzt war, im exakt gleichen Tonfall: »Wirf dich zu Boden, ergib dich ...«

Sie befanden sich in einem hohen, lang gestreckten Gewölbe, einer Art Ruhmeshalle oder Ahnengalerie. Startacs Anzug-Positronik verzeichnete keine eintreffenden Ortungsimpulse. Dennoch musste ihre Ankunft trotz des Deflektorschirms registriert und das Projektionsprogramm ausgelöst worden sein, vielleicht wegen der Luftverdrängung und -verwirbelung, durch gewichtssensitive Bewegungsmelder im Boden oder andere simple Mechanismen. Diese schienen aber nur die historischen Dioramen in Gang zu setzen; von Verknüpfung mit einer Alarmanlage war nichts zu bemerken. Dafür maß Startac ein relativ hohes energetisches Hintergrundrauschen an. Ähnlich wie bei den Fassaden draußen in der Stadt wurde auch hier mit vielen verschachtelten Mini-Prallfeldern, Holos und Traktorstrahlen eine Formenergie-Architektur simuliert.

Das war Startac, dessen Pulsschlag sich langsam wieder normalisierte, nicht unlieb. Er wagte es, den Antigrav so weit einzusetzen, dass er die Apparatur, Boffään und das Sloppelle trotz der erhöhten Schwerkraft ohne große Anstrengung durch die Galerie schieben konnte. Aus jeder Nische, die sie passierten, plärrte ein anderer Larenführer.

»Ganz gut getroffen, ja?«, sagte Boffään. »Kann mir nicht vorstellen, dass dieses grässliche Affentheater irgendjemand freiwillig besucht, schon gar nicht während eines Bürgerkriegs. Ich denke, wir können unsere Wunderkiste gleich hier installieren, ja?«

»Sofern die nötigen Anschlüsse vorhanden sind.«

»In einem larischen Protzbau? Die Typen wollen sogar am Klo mit ihren Untergebenen kommunizieren und sich von denen huldigen lassen, ja? Darum heißt es ja ›After-Vasallen‹, hihi.«

Sukkulenten-Humor, dachte Startac. *Kakteen-Witze.*

Immerhin, Boffään behielt recht. Es gelang ihnen überdies, den Apparat, nachdem sie ihn mit den rasch ausfindig gemachten Leitungen vernetzt hatten, durch Projektionen, deren Programm Boffään modifizierte, gegen optische Wahrnehmung und zufällige Ortung zu tarnen. Man musste schon genau wissen, was und wo man suchte, um das »Kuckucksei« zu entdecken.

Dieser Teil des Einsatzes war also unverhofft flott und glatt über die Bühne gegangen. Aber wie sollten sie eruieren, wo die Transmitter-Prototypen gelagert wurden?

Ihre Hoffnung, im internen Kommunikationsnetz unbemerkt eine Inventarliste aufstöbern zu können, hatte sich zerschlagen. Das Rechnersystem der Pyramiden war in eine Vielzahl von Sektoren zergliedert und jeder einzelne

Verbindungsknoten zwischen den Segmenten doppelt und dreifach gegen Infiltration abgesichert – wohl zum Schutz vor Virenbomben der Posbis. Ohne Hochrang-Autorisierung erhielten sie von der Ruhmesgalerie aus nicht einmal eine Übersichtskarte des Netzwerks, geschweige denn sonstige Auskünfte.

Ob es ihnen gefiel oder nicht, sie mussten in belebtere Gefilde.

»Elbanger-Tan, der Erste Hetran, ja? Kannst du erschnüffeln, wo seine Privatgemächer liegen?«

»Mit etwas Glück ... Aber findest du das klug? Billiger als mitten hinein in die Höhle des Löwen willst du es nicht geben?«

»Hab keine Erfahrung mit Raubfeliden, ja? Aber Laren kenne ich bis zum Verdorren. Hier wird mit Garantie alles überwacht, ausgenommen die persönliche Domäne des Ober-Überwachers, ja?«

Dem war eine gewisse Logik nicht abzusprechen. Startac schloss die Augen und esperte nach Ansammlungen von Bewusstseinen, denen das emotionale Sammelsurium von Dienstboten gemeinsam war: Servilität bis zur Selbstverleugnung, gepaart mit unterschwelligem, abgrundtiefem Hass auf das Objekt der Verehrung und dem hypertrophen Gefühl der eigenen Unersetzlichkeit. Nun, das traf auf ein Gutteil der Personen im Pyramidenzirkel zu, es handelte sich schließlich um einen Regierungssitz. Erst, als Startac typisch militärische Aggressivität, Standesdünkel und Analfixierung links liegen ließ und auch die biedere, mit wilden, »verbotenen« Phantasien durchwachsene Selbstgefälligkeit von Beamten aussonderte, gelang es ihm, eine Art Hausstaat zu lokalisieren, der das obere Drittel der zweitgrößten Pyramide einnahm.

Er teilte Boffään die Eindrücke seiner Ortungen mit, worauf der ehemalige Majordomus meinte: »Sollte mich wundern, wenn Elbanger nicht ein mittelgroßes Gefolge zur fröhlichen Verknospung unterhielte. Wie nennt man das bei euch Viergliedrern noch gleich, ja?«

»Einen Harem? Diverse Gespielinnen, Kurtisanen, Lustknaben?«

»Märchenerzähler, Schlafschaukler, Traumdeuter, was weiß ich; jedenfalls Egostreichler, vielleicht auch zwei, drei strenge Gouvernanten, ja? Schnupperst du so was?«

Tatsächlich wurde Startac fündig. Ihm war reichlich mulmig zumute, als er seine Para-Sinne auf die betreffende Suite richtete, sich hinschnellte ... und in einem stockdunklen Raum rematerialisierte.

Von sexuellen oder sonstigen Ausschweifungen war im näheren Umfeld nichts zu erfassen. Auch gab es, den Sternen sei Dank, keinerlei Anzeichen dafür, dass ihr Eindringen bemerkt worden wäre. Ob dies so blieb, wenn er den Helmscheinwerfer einschaltete, wollte Star jedoch lieber nicht ausprobieren. Auf Licht sprachen selbst primitivste Sensoren an. Und falls dann ein vergleichbarer Radau losbrach wie in der Ahnengalerie, wachten die Schlafenden in den angrenzenden Räumen auf. Schon plötzlich erklingende Musik mochte um diese Nachtzeit Neugierige oder Wächter auf den Plan rufen ... Die Infrarotsicht des Helms war mangels Wärmequellen nutzlos, desgleichen die Restlichtverstärkungs-Funktion, da es außerhalb der eng anliegenden Deflektor-Sphäre kein Restlicht zu verstärken gab. Wegen ihres Ultraschall-Sinns verzichteten Laren auf Notbeleuchtungen.

»Zappenduster, ja?«

»Mhm.«

»Da linst er, und trotzdem bleibt's finster. Kompost!«, fluchte Boffään. »Auf gut Glück im Dunkeln herumgrapschen ist eher nicht anzuraten, ja?«

»Nein. Und einen Schauer von Ortungsimpulsen auszusenden, ebenso wenig.« Das darf nicht wahr sein, dachte Startac. So nah dran, und dann scheitern wir am fehlenden Durchblick?

»Kann was ertasten«, fiepte das Sloppelle. »Ohne Hingreifen«, fügte es stolz hinzu.

»Telekinetisch?«

»Ja. Ein Ding, ziemlich ähnlich wie das, das wir gebaut haben.«

»Ein Kommunikationsrelais, ja?«

»Äh ...«

Es dauerte einige Zeit, bis sie das Sloppelle instruiert hatten, wie es das Gerät von innen bedienen konnte, ohne dass sich holografische Schirme oder Tastaturen aufbauten, deren Aktivierung möglicherweise unliebsame Nebeneffekte ausgelöst hätte. Boffään vollbrachte sogar das Kunststück, über ein »Medium«, das des Lesens und Schreibens nicht mächtig war, Daten abzufragen. Startacs Mikro-Positronik half zwar bei der Analog/Digital-Wandlung, dennoch gestaltete sich die Prozedur extrem umständlich, quasi über drei Banden. Am Ende war das Sloppelle fix und fertig und auch das Kaktuswesen ziemlich enerviert.

Aber sie erfuhren, in welchem Hangar die nach alteranischen Plänen entwickelten, unvollendet gebliebenen Käfig-Transmitter verstaut worden waren. Und sprangen hin. Und hatten ein drittes Mal unverschämtes Glück, auf keine für sie gefährlichen Sicherheitsvorkehrungen zu treffen. Gut, niemand in Ambriador rechnete mit Teleportern. Gleichwohl befürchtete Startac, sein Glück für diese Woche ausgereizt, wenn nicht schon weit überstrapaziert zu haben. Und sie schafften es, unter allerhand Gerümpel einen der Prototypen freizulegen, instand zu setzen, an eine Energieversorgung anzuschließen und ihn, buchstäblich in letzter Minute gemäß dem vereinbarten Zeitplan, mittels Han Tsutayas Software zum Laufen zu bringen.

»Geritzt, ja?«

Startac nickte erschöpft. »Auftrag ausgeführt. Die Hintertür steht offen.«

»Ihre Leibwächterin geht als Erste«, sagte Kat-Greer zu dem Terraner namens Perry Rhodan. »Und sie bringt mir etwas aus dem Pyramidenzirkel mit zurück.«

Er traute diesem angeblichen ehemaligen Hetran der Milchstraße fast ebenso viele hinterlistige Tricks zu wie sich selbst. Sicher war er nur in einem Punkt: Dass es sich bei Rhodan und dessen Begleiterin um keine gewöhnlichen Menschlinge handelte.

Der Erste Steuermann seines Großen Bootes wäre nie dorthin gekommen, wo er jetzt stand, hätte er nicht schon sehr früh beinah krankhaften Argwohn ausgebildet. Er musste die Möglichkeit einkalkulieren, dass er einem raffiniert angelegten Bluff aufsaß. Stellte ihm Elbanger-Tan mittels dieser ominösen Transmitter eine Falle? Sollte Kat in den Pyramidenzirkel gelockt werden, so wie umgekehrt er den Widersacher hatte dazu verleiten wollen, die Bastion Groschir anzugreifen? Oder war das ein Ablenkungsmanöver? Jedenfalls brauchte er, bevor er seine Elite-Stoßtrupps losschickte, einen Beweis, dass die Käfiggeräte funktionierten und die Verbindung tatsächlich in Elbangers Festung mündete.

»Akzeptiert«, antwortete Rhodan. »Aber sobald Mondra wieder zurück ist, muss es sehr schnell gehen. Wir dürfen uns auf keinen Fall verzetteln, zumal wir erst eines der dortigen Geräte aktiviert haben und den Rest besser direkt vor Ort betriebsbereit machen. Halten Sie sich und Ihre Leute bereit, General. Noch Fragen?«

Der Bleichhäutige hatte in legerem, keineswegs militärischem Tonfall gesprochen. Dennoch unterdrückte Kat den Reflex, ein zackiges »Nein, mein Herr!« zu schmettern. Genau das war es: Dieser für larische Geschmäcker hässliche, ungeschlachte, wasseräugige Kerl besaß so viel Autorität, dass er in geradezu frivoler Weise darauf verzichtete, sie lautstark herauszukehren. Als umgäbe ihn sowieso eine unsichtbare Aura. Als hätte ihn, mehr als einmal, der Hauch der Unendlichkeit gestreift.

Als hielte er sich für den legitimen Erben des Universums ...

Kat-Greer schob die törichten Gedanken beiseite und widmete sich dem Naheliegenden. »Keine weiteren Fragen.« Ihm war klar, dass er, solang die Transmitter-Verbindungen standen, so viele Lichtnetz-Spezialisten und schwere Infanteristen wie möglich hindurchschicken musste. Alles hing davon ab, dass sie einen Brückenkopf errichteten, bevor die Invasion des Pyramidenzirkels entdeckt wurde. Kapselte sich der Regierungssitz unter einem Halbraumfeld ab, ehe sie ausreichend Truppen eingeschleust hatten, scheiterte auch dieser Ansturm. Und Kats Berater hatten keine einzige vernünftige Idee zustande gebracht, wie Elbanger-Tan sonst beizukommen wäre ...

»Geggenschtatzion angepeild un passif emvangsvertig«, radebrechte einer der Menschlings-Techniker in fürchterlich schlecht akzentuiertem Larion. »Wir wärrn so weit.«

Kat-Greer sah zur Decke und las die Uhrzeit ab. Kurz nach Mitternacht. Eben brach ein neuer Tag an. Der letzte der Tan-Regentschaft? Und zugleich der erste, an dem endlich das Große Boot Greer den anderen vorausflog?

»Legt los«, befahl der General.

So jung so müde.

So alt so lebenslüstern.

Ging nicht zusammen. Kam nicht mehr auf gleich. Bewe-gungs-rich-tun-gen entgegengesetzt. Trafen sich nicht nein fraßen einander auf. Je mehr Wachsen desto mehr Schrumpfen. Je mehr Wissen desto mehr Verfall. Licht machte finster. Umso heller umso schwächer. Denken raubte Atem. Reden lähmte Glieder. Handeln kostete Leben.

Und te-le-ki-ne-tisch Zaubern zehrte das Letzte weg.

Das Sloppelle haderte nicht mit seinem Los. Es erkannte die Un-aus-weich-lich-keit des Endes. Welches so viel zu spät kam und so viel zu früh. Interessiert hätte das Sloppelle noch hunderterlei. Von neun-und-neun-zig Fach-gebie-ten kannte es nicht einmal die Bezeichnung. Bloß eins davon zu studieren kam nicht mehr infrage. Das war unfair, aber gerecht. Da es ja auch keinen Namen hatte. Nur das Sloppelle war, das sich Tamra erkoren hatte.

So leicht mutig so schwer mütig. Egal. Auftrag ausgeführt. Hintertür offen. Vordereingang zu. Nichts mehr rein. Nur mehr raus. Raus aus dem fauligen Fell. Weg ohne Wissen wohin.

Auslassen. Einfrieden.

Sterben. Jetzt.

Wäre nicht sie. Tamra. Um die dieses Sloppelle sich schlang seit viel viel lange. Die es trug und ertrug und ohne Betrug immer.

Sprang der Sprungmann zurück mit Sloppelle und Schnattergewächs. Wollte Sloppelle aufgeben Widerstand gegen Außen und verschlafen nach innen bis null.

Rief Tamra traurig: »Mein Sloppelle, nein!«

Beschloss Sloppelle sich weiter zu quälen ein wenig noch.

Perry Rhodan verfolgte die Eroberung des Pyramidenzirkels von der Bastion Groschir aus.

Nach Mondras Rückkehr hatte er angeboten, zusammen mit den alteranischen Technikern durch den Transmitter nach Taphior zu gehen. Aber General Kat-Greer ließ das nicht zu. »Sie und Ihre Freundin bleiben an meiner Seite, bis alles ausgestanden ist!«

Nun, dagegen hatte Perry gar nichts.

Tsutaya, Flohbein, Awadalla und Onmout aktivierten binnen kürzester Zeit die vier übrigen Verbindungen. Eine Flut larischer Agenten und Infanteristen ergoss sich in den Regierungssitz. Wie erhofft bemerkten Elbanger und seine Getreuen die Transportvorgänge nicht. Die alteranischen Käfiggeräte verfügten über sehr gute Abschirmungen. Für Ablenkung sorgte außerdem eine seit Stunden an der Außenseite laufende Großoffensive, in deren Rahmen ein Feuerwerk ständig wandernder 5-D-Impulse entfacht wurde.

Erst zwölf Minuten nach Beginn der Invasion baute sich das mit einem Hyperenergie-Überladungsschirm vergleichbare Halbraumfeld um die sieben Pyramiden auf, wodurch weitere Transmitter-Durchgänge unmöglich wurden. Zu spät: Bei einer Frequenz von fünf Personen pro Sekunde waren zu diesem Zeitpunkt etwa 3600 Elite-Kämpfer eingeschleust worden. Die 6000 Verteidiger des Hetranats mochten zahlenmäßig überlegen sein. Aber sie waren auf einen Angriff im Rücken, oder besser im Herzen ihrer Festung vollkommen unvorbereitet.

Vergeblich versuchte Perry, nicht an die Hundertschaften intelligenter, fühlender Individuen zu denken, die bei diesem Gemetzel auf der Strecke blieben. Traf ihn eine Mitschuld an ihrem Tod? Insoweit gewiss, als er dem Anführer der Putschisten die entscheidende Waffe in die Hand gegeben hatte. Andererseits rettete jede Stunde, die der Bürgerkrieg früher beendet wurde, Leben. Und nicht zuletzt waren da auch noch die hiesigen Terraner, fast achteinhalbtausend in Dekombor, 29 Milliarden in der Kleingalaxis ...

»Güterabwägung«, sagte Mondra leise. Wieder einmal hatte sie seine Gedanken erraten. »Rein rational gibt es kaum etwas, das wir uns vorwerfen müssten. Schlafen werde ich heute trotzdem nicht sonderlich gut.«

»Egal wie, hoffentlich bald.« Sie waren schon über 24 Stunden auf den Beinen, und Mondra besaß, im Gegensatz zu Perry, keinen Zellaktivator.

»Hm. Ich fürchte, das dauert. Bevor nicht sein Wimpel von der höchsten Pyramidenspitze flattert, bereitet uns dieser Kat-Greer mit Sicherheit kein Nachtlager.«

»Apropos Unterbringung ... Bestehst du weiterhin auf getrennte Betten?«

»Natürlich.«

»Begrüße das. Sonst hätte ich dir einen Korb geben müssen.«

Mondra Diamonds Figur war wohlgerundet, aber der Ellbogen, den sie Perry in die Seite rammte, schmerzhaft spitz.

14. Rädchen, die – Klick, Klack – ineinander greifen

Die Scheuche blieb verschollen. Weder Tamra Cantu noch ihr dummes Vieh tauchten wieder auf, so intensiv Mitrade auch nach ihnen suchen ließ.

Freilich hatte sie nur wenig qualifiziertes Personal zur Verfügung. Außer ihr selbst bemannten seit Ausbruch der Revolte gerade einmal sieben Laren die Bezirksverwaltung. Die Hilfspolizisten der Maahks erfüllten ihre Aufgaben brav und zuverlässig, jedoch fantasielos. Stur durchkämmten sie der Reihe nach alle Häuser der Alteraner-Siedlung, ohne auf den geringsten Anhaltspunkt zu stoßen. Jason Neko, den Mitrade mit der Befragung der Menschlinge beauftragt hatte, förderte ebenfalls nichts zutage. Nach der Auspeitschung, schwor er glaubhaft, hatte niemand mehr Tamra zu Gesicht bekommen.

Dass sie nicht feststellen konnte, wo die Scheuche steckte und wie sie dorthin gelangt war, machte Mitrade-Parkk rasend. Gewiss war eine abgängige Magd nicht das dringlichste Problem in diesen Tagen. 420 zusätzliche Alteraner mussten, betäubt oder nicht, versorgt werden, womit die Heelghas überfordert waren. Und es galt, die Ordnung im Bezirk aufrechtzuerhalten. Nicht, dass die Menschlinge oder die anderen Knechtvölker Schwierigkeiten gemacht hätten. Sie waren gut abgerichtet, hatten sich schon seit langem in ihren Status gefügt. Auch die Freigeborenen verhielten sich ruhig, standen wohl noch immer wegen der Sprengung des Sterns der Laren unter Schock. Nachlässig werden durfte man trotzdem nicht.

Mach keinen Fehler, Verwalterin ...

Obwohl Mitrade mit Pflichten eingedeckt war, kehrten ihre Gedanken, ob sie wollte oder nicht, immer wieder zu Tamra Cantu zurück. Wie, beim Hetos, hatte sie den Fernsteuer- und Peilchip überwunden? Es gab keine funktionierenden »Blocker«, hatte nie welche gegeben; die sieben den Taoisten Zugespielten waren ebenso eine Fälschung gewesen wie Heraklit der Dunkle.

Die Aufzeichnungen des Kontrollsystems erbrachten keinerlei Hinweis. Mir nichts, dir nichts erlosch Tamras Signal. Eben wurde sie noch im Ledigenhaus präzis lokalisiert – vollkommen unfähig, sich zu bewegen, blind und taub, da von Mitrade eigenhändig in die niedrigste Stufe des Paralyse-Modus geschaltet –, und dann, im nächsten Moment, verschwanden Scheuche und Sloppelle vom Schirm.

Fort. Entwischt. Als hätte sie der Erdboden verschlungen.

Wenigstens von der anderen, aktuell ungleich wichtigeren Front trafen Erfolgsmeldungen ein. Nach letzten, schweren, verlustreichen Gefechten ergaben sich die im Pyramidenzirkel verschanzten Regierungstruppen. General Kat-Greer nahm, hieß es in den offiziellen Nachrichtensendungen aller Trivideo-Kanäle, Elbanger-Tans Kapitulation und formelle Abdankung entgegen. Dem Ersten Steuermann des Großen Bootes Tan sei ursprünglich, typisch für Kat-Greers Großmut, freies Geleit zugesichert worden. Bei der Durchsuchung des Hetranats entdeckte man jedoch Beweise dafür, dass Elbanger-Tan unter dem Decknamen »Heraklit« jene alteranische Verschwörung angezettelt hatte, die in der Zerstörung des Larensterns gipfelte. Erschüttert und persönlich zutiefst getroffen, sah sich Kat-Greer gezwungen, den schurkischen Hochverräter sowie die mitkorrumpierten Generäle dessen innersten Führungszirkels zum Tode zu verurteilen. Die Exekutionen wurden unverzüglich auf den Ruinen des eingestürzten Turms vollzogen und in den gesamten Trovent übertragen.

Der Bruderkrieg der Laren war vorüber. Auf sämtlichen Kontinenten Caligos fanden spontane Freudenkundgebungen statt. Zahlreiche Berühmtheiten des öffentlichen und kulturellen Lebens huldigten aus ganzem Herzen dem Sieger und neuen Ersten Hetran. Künstler verschiedenster Sparten widmeten Kat-Greer überschwänglich ihre jüngst entstandenen Werke.

Insgeheim gratulierte auch Mitrade-Parkk: nämlich sich selbst. Sie hatte auf die richtige Partei gesetzt. Sie gehörte zu den Gewinnern.

Endlich.

Die Neuordnung der Verhältnisse würde einige Zeit beanspruchen, das war klar. Vorerst gab es nur noch mehr Anspannung. Am Rande nahm Mitrade zur Kenntnis, dass die vier alteranischen Hilfskräfte, die Unwesentliches zum Sturm auf das Regierungsviertel beigesteuert hatten, wieder in ihre Obhut beziehungsweise ins Internat der Heelghas überstellt wurden.

Wenig später erreichte sie ein Anruf aus dem Pyramidenzirkel. Die Funksendung trug zwei Signaturen, sowohl die Absenderadresse des Hetranats als auch den Siegelkode der Bastion Groschir. Mitrade sah deshalb so genau nach, weil sie fast nicht glauben wollte, was von ihr verlangt wurde.

»Order von Kat-Greer, Erster Hetran des Trovents der Laren«, näselte ein Mitrade unbekannter, recht junger Adjutant. »Sämtliche der Gattung Menschlinge angehörende Insassen des Bezirkes Dekombor sind so schnell wie möglich, spätestens bis zum morgigen Abend, ins neu geschaffene Knechtschaftslager nahe der Stadt Groschir zu überführen.«

Sie traute ihren Ohren nicht. Knechtschaftslager? Bei Groschir? Sämtliche Alteraner?

»Das sind über achttausendvierhundert Leute«, sagte Mitrade. Und die Entfernung betrug 2700 Kilometer! »Wie soll ich ...«

»Zu diesem Zwecke«, schnitt ihr der geschleckt wirkende Schnösel das Wort ab, »wird der unweit Dekombors geparkte Troventaar ORTON-TAPH kurzfristig wieder einer Verwendung zugeführt. Die Lagerräume der ORTON-TAPH reichen aus, die deiner Obhut unterstehenden Knechte, Mägde und Bälger vollzählig zu deportieren. Für den Transport zum Flugfeld hat die Bezirksverwaltung Dekombor zu sorgen. Kat-Greer wünscht strikte Diskretion; Rückfragen daher ausschließlich an diese Dienststelle im Hetranat.«

Zuerst verstand Mitrade den Sinn des seltsamen Befehls nicht. Zorn regte sich in ihr, weil sie dermaßen überfahren wurde und wegen der kaum zu bewältigenden logistischen Herausforderung. Dann aber, als sie den ersten Schreck überwunden hatte, begriff sie: Kat-Greer stammte aus Groschir. Dort befand sich nicht nur seine Bastion; die gesamte Region galt seit jeher als bedeutendste Hochburg des Großen Bootes Greer. Mit der Übersiedlung der Menschlinge wollte der General wohl ein erstes Zeichen des Dankes an seine dortigen, treuen Vasallen setzen. In Zukunft durften sie die Arbeitskraft der Alteraner ausbeuten.

Und wo bleibe ich?, dachte Mitrade bang. Laut fragte sie: »Diese neue Siedlung ...«

»Mit der Leitung des Knechtschaftslagers Groschir soll die verdiente bisherige Hohe Verwalterin von Dekombor betraut werden, vorausgesetzt, die Angelegenheit wird schleunigst und ohne in Taphior Aufsehen zu erregen, also insgesamt zur Zufriedenheit des Ersten Hetrans abgewickelt. Irgendwelche Einwände?«

Mitrade-Parkk verneinte. Dies waren keine Tage für lange Fragen oder naseweise, überschlaue Nachforschungen. Und sie als Mitwisserin in der Larenstern-Affäre tat erst recht gut daran, bedingungslose Loyalität an den Tag zu legen.

Grußlos unterbrach der Adjutant die Verbindung. Mitrade begann sofort zu planen und zu rechnen. Wollte sie Kat-Greers Forderung zeitgerecht erfüllen, würde sie alle Hände voll zu tun haben. 30, vielleicht 40 Transportschweber, die normalerweise in der Olvid-Landwirtschaft eingesetzt wurden, sollte sie auftreiben und adaptieren können. Stopfte sie in jeden davon 100 Menschlinge pro Flug, ergab das überschlagsmäßig ...

Er kam, um zu ernten.

Nicht als Anführer des Umsturzes, Oberkommandierender der siegreichen Neunten Flotte oder Steuermann seines Großen Bootes suchte er den Pyramidenzirkel von Taphior auf. Nein, als frisch inaugurierter Erster Hetran trat Kat-Greer aus dem Transmitterkäfig, um das Machtzentrum des larischen Trovents in Besitz zu nehmen.

Er trug seinen überschweren Kampfanzug. Einerseits wegen der unzähligen Aufnahmeoptiken, die diesen historischen Moment für die Nachwelt festhielten. Andererseits beförderte er in seinem Tornister einen überaus wertvollen Passagier.

Nachdem den Formalitäten auf dem großen, freien Platz inmitten der Pyramiden genüge getan war – Salutsalven,

Truppenparaden, Vasallenchoräle, die unvermeidlichen Tieropfer –, begab Kat-Greer sich ins unterste Kellergeschoss des ältesten Gebäudes. Die riesige Kaverne ähnelte der Fundament-Halle seiner Bastion Groschir. Auch hier hingen tausende koboldhafte, in wallende, transparente Gewänder gehüllte, milchig weiße, fast durchscheinende Wesen kopfüber von der Decke. Ihre nachtschwarzen Kugelaugen musterten ihn beunruhigt.

Tar'Kor'Fharan ...

Berater Elbangers und aller anderen Tan-Steuermänner beziehungsweise Hetrane vor ihm. Den Ton angebend, die Herrscher mit sanfter Stimme unterweisend, Politik und Strategie prägend. Seit Urzeiten, seit der Konvoi von SVE-Raumern, der beide Hypton-Kolonien zu ihren neuen Wirkungsstätten hätte geleiten sollen, in die Kleingalaxis Forn-Karyan zwangsversetzt und der Trovent gegründet worden war.

Unruhe ergriff die dicht an dicht hängenden Trauben. Das Gewisper steigerte sich zu einer Kakophonie des Hasses, als Kat-Greer seinen Tornister öffnete. Zum Vorschein kam ein einzelner Hypton, der Abgesandte An'Gal'Dharans – der Zweiten Kolonie, jener von Groschir, die sehr bald die erste und einzige sein würde.

»Wir sind am Ziel«, sagte Kat, nachdem der federleichte Gnom sich auf seiner Schulter niedergelassen hatte. Das hysterische Gezeter der Tar'Kor'Fharan-Meute beim Anblick des Rivalen ignorierte er, genauso wie ihren untauglichen Versuch, ihn parapsychisch zu beeinflussen. Die sanfte Unterrichtung kam erst nach Wochen oder Monaten zur Geltung und verfestigte sich über Jahre und Jahrzehnte.

»Ja, mein General«, vernahm er in seinem Geist die Antwort. »Es ist vollbracht. Wir sind am Ziel.«

»Und ihr«, überschrie Kat-Greer das Geschrei der Hyptons von Taphior, »seid Geschichte!«

Er entsicherte die schweren Waffen, richtete sie mit Unterstützung des Exo-Skeletts an die Decke und eröffnete das Feuer. Es war kein schöner Anblick, als die Flughäute verbrannten, die Leiber zerplatzten, die Kulleraugen sich in übel riechenden Dampf verwandelten. Aber was Kat-Greer tat, musste getan werden. Dies war nicht nur der letzte Akt der Machtergreifung, die Ablösung einer Konstellation, die ihren Zenit überschritten hatte, der Höhepunkt der langen Zurüstung und des kurzen, schmerzlichen Bürgerkriegs. Das war der Anlass, die Ursache, der wahre Grund.

Es war nötig.

»Sie kommen!«, rief Tamra. »Sie rücken tatsächlich an. Zwick mich, damit ich weiß, dass ich nicht träume. Nein, untersteh dich, Schroeder!«

»Keine Sorge.« Startac hätte nie gewagt, die so zerbrechliche und doch so wehrhafte junge Frau zu berühren, es sei denn, um mit ihr zu teleportieren, und auch das nur nach ausdrücklicher Vorwarnung.

Sie befanden sich in der Zentrale des Troventaars ORTONTAPH, einer 300 Meter langen Einheit, die schon bessere Tage gesehen hatte. Dass die Betriebsräume über die Jahre immer wieder mal von Putztrupps aus Dekombor gereinigt worden waren, änderte daran wenig. Das Schiff präsentierte sich in Mitleid erregendem Zustand. Aber Boffään hatte seinem Beinamen »Reparator« Ehre gemacht; den Rest würden hoffentlich Captain Onmout und die »einzigartige Besatzung der MINXHAO« in den Griff kriegen. Unterwegs, falls sie überhaupt die Chance erhielten, sich auf den Weg zu machen.

Einstweilen war verhaltene Zuversicht angebracht. Bis jetzt lief alles nach Plan. Aus Richtung Dekombor näherte sich dem kleinen Flugfeld, auf dem die ORTON-TAPH seit Jahrzehnten ruhte, eine lang gezogene Kette von Frachtschwebern. Jeder davon war, ortete Startac, randvoll mit aufgeregten, verunsicherten Menschen.

»Funkanruf«, meldete Boffään. »Aus dem vordersten Gleiter.«

»Annehmen.« Startac nickte Tamra zu, die sich breitbeinig in Positur stellte.

Das Holo zeigte ein bekanntes, wenig anziehendes Gesicht. »Mitrade-Parkk, Hohe Verwalterin von Dekombor und designierte Leiterin des Knechtschaftslagers Groschir. Ich bringe wie vereinbart die erste Tranche der zu deportierenden Menschlinge.«

»Ihr seid sehr pünktlich, Verwalterin«, antwortete Tamra, »und sehr tüchtig, dass Ihr diesen Transport in so kurzer Frist organisiert habt.«

Startac bewunderte die souveräne Gelassenheit, mit der Tamra ihrer Erzfeindin gegenübertrat. Auch wenn die nicht die kahlköpfige, ehemalige Zofe sah, sondern einen schmucken Laren in der Uniform eines Offiziers der Neunten Flotte. Das Trugbild generierte eine »Wunderkiste« gleicher Bauart wie jene, die von Boffään zusammen mit dem Funk-Relais in der Ruhmeshalle des Pyramidenzirkels installiert worden war. Für die Elemente, aus denen sich der virtuelle Offizier zusammensetzte, hatten sie sich in den Speichern der Ahnengalerie bedient, ebenso wie bei dem vermeintlichen Adjutanten, mit dem Mitrade inzwischen zwei weitere Gespräche geführt hatte. Signatur und Autorisierung verdankten sie Elias Awadalla, dem es in der Bastion Groschir gelungen war, die geheimen Daten zu kopieren. Der Cheffunker hatte die Kodes Startac übergeben, als das Einsatzteam wieder im Internat von Dekombor angelangt war.

In ihrer Rolle als vorübergehender Kommandant der ORTON-TAPH informierte Tamra Mitrade-Parkk davon, dass der altersschwache Troventaar für den kurzen Flug nach Groschir bereit sei. »Meine Mannschaft befindet sich an Bord und auf Posten. Die optischen Leitsysteme werden Euch anweisen, wo die Knechte unterzubringen sind. Diese Frachtbereiche bleiben ab sofort vom Rest des Schiffs abgeschottet. Dadurch ist die Sicherheit während des Transports gewährleistet, und zusätzliche Wächter werden nicht gebraucht.«

Dass sie die Heelghas, die die Schweber steuerten, und die zur Beaufsichtigung des Verladevorgangs eingeteilten Maahk-Polizisten nicht mitzunehmen brauchten, billigte Mitrade-Parkk. Die sollten sowieso in Dekombor verbleiben. »Ich selbst und die sieben mir unterstellten larischen Verwaltungsbeamten hingegen werden den Transfer auf jeden Fall begleiten. Ich bin meinem Lehnsherrn direkt für die Menschlinge verantwortlich und werde sie persönlich in Groschir abliefern.«

Startac verzog das Gesicht. Tamra, die Mitrades Charakter ausgesprochen gut kannte, hatte vorhergesagt, dass die Verwalterin so reagieren würde. Sie überließ ihre Sklaven nicht widerspruchslos einem unbekannten Raumschiffskommandanten. Dazu fürchtete die ehrgeizige Larin viel zu sehr, ausgebootet zu werden und in Dekombor sitzen zu bleiben, das ohne Alteraner stark an Bedeutung verlor. Und Mitrade war schlau. Ihr den nachvollziehbaren Wunsch brüsk abzuschlagen, hätte sie vermutlich argwöhnisch gemacht.

»Ihr seid selbstverständlich willkommen. Ich lasse euch acht Einzelkabinen unweit der Lagerräume herrichten. Ihr werdet wohl kaum zusammen mit den Menschlingen reisen wollen. Bitte habt Verständnis, dass die Zentralen und Maschinenräume während des Flugs unbedingt aus den erwähnten Gründen abgeschottet bleiben müssen. Wir sehen uns dann nach der Landung in Groschir von Angesicht zu Angesicht.«

»Eins noch. Besitzt Ihr Unterlagen über das neue Knechtschaftslager?«

»Bedaure, nein. Ich bin nur für die Übersiedlung zuständig. Doch nach dem, was man so hört, dürft Ihr davon ausgehen, dass die Zeit der Zärteleien vorbei ist.« Tamra lachte dreckig. »Kat-Greer hasst alles, was mit Altera zusammenhängt. So gut wie in Taphior unter Elbanger werden die Menschlinge es wohl nicht mehr haben.«

»Das ist ganz in meinem Sinne.«

»Dachte ich mir, Verwalterin. Man lobt Eure strenge Hand und gesunde Härte sehr. Angenehmen Flug!«

Gleich einer Viehherde wurden sie über Prallfeld-Rampen in den Bauch des Troventaars getrieben. Viele Weiber und Kinder weinten. Die Männer stapften gebückt unter schweren Lasten; es war ihnen gestattet worden, an Habseligkeiten mitzunehmen, was sie tragen konnten.

Mitrade erblickte Jason Neko in der Menge. Er hatte nur ein kleines Bündel geschultert. Offenbar vertraute der Idiot ihrer Aussage, die Siedlung bei Groschir sei noch viel luxuriöser ausgestattet als die alte von Dekombor. Nun, er würde sich wundern ...

Einer nach dem anderen entluden die Schweber ihre Last, manche schon zum zweiten Mal. Flott und ohne Komplikationen ging die Einschleusung vonstatten. Auch die Freigeborenen fügten sich in ihr Schicksal. Die Besatzungsmitglieder des abgeschossenen alteranischen Spionageschiffs wankten benommen dahin; man sah ihnen die Nachwirkungen des langen künstlichen Tiefschlafs deutlich an. Sie wirkten ebenfalls nicht, als würden sie Schwierigkeiten machen.

Na bitte. Flutscht doch prächtig, dachte Mitrade-Parkk.

Aber warum verspürte sie dann so ein merkwürdiges Flattern im Magen? Wegen der nach wie vor verschollenen Scheuche? Es missfiel Mitrade sehr, dass ihre Rache unvollendet bleiben sollte. Hatte sich Tamra ihr entzogen, um in den Freitod zu gehen, so wie der verrückte Hausmeister Boffään? Nein, sicher nicht; sich auf diese Weise davonzustehlen, das konnte und würde eine Cantu dem Ungeborenen in ihrem Leib nicht antun. Sie musste Komplizen gehabt haben. Mitrade nahm sich vor, dem alten Viñales auf den Zahn zu fühlen, sobald die Dinge im Knechtschaftslager geregelt waren. Folter stand ab morgen sowieso täglich auf dem Menü. Obwohl sie sich nicht vorzustellen vermochte, wie der Tattergreis die Scheuche weggeschafft haben sollte. Mit seinem Rollstuhl? Wohin? Auch in der Kanalisation hatten die Maahks keine Spur eines Schlupfwinkels gefunden.

Oder ... Vielleicht dachte sie verkehrt herum. War Tamra etwa gegen ihren Willen entführt worden? Von wem? Ausschließlich einige wenige Laren besaßen die Mittel, solche Chips zu manipulieren. Kelton-Trec? Der Kyber-Chirurg brauchte immer wieder Versuchskaninchen für seine Experimente. Aber weshalb sollte er sich das Menschenmaterial auf einmal hinter Mitrades Rücken besorgen?

Sie kam nicht darauf. Später, vertröstete sie sich. Ihre volle Konzentration hatte dem Umzug zu gelten. Noch waren sie nicht in Groschir. Und die Menschlinge verhielten sich geradezu verdächtig lethargisch ...

Die Letzten wurden in die Lagerhallen gepfercht. Dort standen sie dicht an dicht oder hockten auf dem nackten

Boden. Sitzgelegenheiten? Liegen? Wozu? Von einem Vergnügungsausflug war nie die Rede gewesen, und für einen Troventaar, selbst einen ausrangierten, stellte die Strecke ohnehin nur einen kurzen Hüpfer dar.

Mitrade-Parkk und ihre sieben Beamten folgten den Ultraschallsignalen des Leitsystems bis zu ihren Unterkünften. Diese lagen an einem langen Korridor; aus unerfindlichen Gründen ließ sich nur jeweils jede zweite Tür öffnen. Mitrade wählte die letzte Kabine; kärglich eingerichtet und verstaubt waren alle. Egal. Sie lehnte sich an einen Spind, dessen verrostete Tür knarrte.

So kommt also die schrottreife ORTON-TAPH doch noch zu einem letzten Einsatz ...

Mitrades Bauchgrimmen verstärkte sich. Ausgerechnet jetzt, da sie für die Dauer des Flugs hätte ausspannen können! Stattdessen beschlichen sie plötzlich Zweifel. Etwas roch faul. Ihr wurden zu viele Informationen vorenthalten. Rein gar nichts wusste sie über das neue Lager, das angeblich bereits fix und fertig errichtet war. Wieso hatte man sie, die zukünftige Leiterin, dabei nicht involviert? »Kat-Greer wünscht strikte Diskretion.« Schön und gut, auch verständlich in den Nachwehen der Revolte, wenn viele Rechnungen beglichen und Unwägbarkeiten beseitig wurden. Aber gerade sie war doch Geheimnisträgerin ersten Ranges ...?

Eben.

Über das wahre Komplott, die wahren Drahtzieher hinter dem Anschlag auf den Stern der Laren, wussten ausschließlich engste Vertraute Kat-Greers Bescheid. Und sie, die kleine, ansonsten unbedeutende Vasallin! Bei allen Träumen und allem Optimismus, dem sie sich manchmal in Bezug auf ihre künftige Karriere hingab – zum innersten Kreis des Ersten Steuermanns und Hetrans zählte Mitrade-Parkk noch lange nicht.

Wollte man sich ihrer entledigen? Wer sagte, dass die ORTON-TAPH überhaupt Groschir anfliegen sollte? Ein Adjutant und ein Flottenoffizier, die Mitrade beide nur als Holografie kannte, mit denen sie sich nie im selben Raum aufgehalten hatte. Konnte das Ziel des klapprigen Troventaars nicht auch ganz woanders liegen? Falls es überhaupt ein Ziel gab. Mal angenommen, Kat-Greer fand es an der Zeit, die Alteraner, die nach seiner Machtergreifung ihre Schuldigkeit im Wesentlichen getan hatten, auf einen Schlag loszuwerden. Und eine latent unbequeme Mitwisserin gleich dazu ... Ha! Nichts einfacher, als das uralte Schiff, das kein Lare mehr brauchte, in den freien Weltraum zu lenken und »versehentlich« abzuschießen, oder mittels einer irgendwo im Triebwerksbereich versteckten Bombe zu pulverisieren.

Das ließ sich sogar per Fernsteuerung besorgen. Mit anderen Worten – hatte die ORTON-TAPH überhaupt eine reguläre Besatzung an Bord? Das würde auch erklären, warum der »Kommandant« so erpicht darauf war, dass die Verwaltungsbeamten weder Zentrale noch Maschinenräume aufsuchten ...

Ihr wurde heiß und kalt zugleich. Es hielt sie nicht länger in der engen, stickigen Kabine. Sie musste raus aus dieser Gefängniszelle und schleunigst Nachschau halten.

Zu allem entschlossen stieß Mitrade-Parkk die Tür auf. Sie lauschte. Stille. Kurz glaubte sie, ein Geräusch wie von einem dumpfen Fall vernommen zu haben, aber es wiederholte sich nicht. Wahrscheinlich hatten ihr die überreizten Nerven einen Streich gespielt.

Mit weit ausgreifenden Schritten lief sie den Gang entlang.

Nichts und niemand stellte sich ihr in den Weg.

Einen Laren nach dem anderen setzte Startac auf die gleiche Weise außer Gefecht. Dank des Deflektors unsichtbar, teleportierte er in die Kabine und paralysierte den Nichtsahnenden seelenruhig mit seinem Kombi-Strahler.

Verglichen mit den Anstrengungen der vergangenen Tage war das eine leichte Übung. Nur sein fünftes Opfer, ein besonders bulliges, übergewichtiges Exemplar, fing Startac nicht rechtzeitig auf. Er konnte den Sturz des wie eine Steinsäule Umkippenden zwar noch bremsen, jedoch nicht verhindern, dass dieser sich den klobigen Kopf an einer Tischkante aufschlug. Aber mit einer leichten Platzwunde würden sie beide leben können.

Startac esperte. Die angrenzende Kabine war leer; das hatten sie vorsorglich so eingerichtet, genau für solch einen Fall. Der Lare im übernächsten Raum vertrieb sich die Langeweile mit Tagträumen sexueller Natur; keinerlei Anzeichen, dass ihn irgendetwas gewarnt hätte. Startac sprang und legte auch diesen Mann schlafen.

Nummer sieben war eine Frau und gerade in der Hygienezelle. Darauf konnte Star leider keine Rücksicht nehmen: Ruhe sanft, dachte er gut gelaunt, während er sie mit den Lähmstrahlen bestrich. Danach zog er ihr die Hosen wieder rauf. Auch Gegnern hatte man einen gewissen Respekt zu erweisen.

Blieb Nummer acht, bei der es sich um die Verwalterin Mitrade-Parkk handeln musste. Sie ...

... fehlte.

Auch ohne aktives Leitsystem fand sich jedes larische Schulkind in einem Troventaar so weit zurecht, dass es wusste, in welcher Richtung die Hauptzentrale lag. Und Mitrade hatte erst vor einem halben Jahr ihren Vater auf dem Werftmond besucht, wohin man ihn abgeschoben hatte, und sich von ihm geduldig durch mehrere im Bau befindliche Schlachtschiffe führen lassen.

Dass in den gähnend leeren Korridoren der ORTONTAPH nur die Notbeleuchtung glimmte, machte ihr daher nichts aus. Kein einziges Besatzungsmitglied begegnete ihr. Auch in den Nebenkontrollräumen, an denen sie vorbeikam, hielt sich niemand auf, was Mitrades Verdacht bestätigte.

Ein geschlossenes Schott verwehrte den Zugang zum Zentralesektor. Sie hieb mehrmals auf den faustgroßen Öffnungsknopf, ohne dass sich etwas rührte. Die stählerne Lamellentür einzutreten, hätte es eines schweren Kampfanzugs bedurft, und Mitrade trug nur ein leichtes Sommerkleid. Also Endstation?

Mitnichten. Pulpon hatte ihr voll Stolz einen Trick gezeigt, den ihm die Werftingenieure verraten hatten, falls er bei einer Inspektionsrunde versehentlich eingesperrt wurde. Sie musste nur die Verschalung unterhalb des Knopfes ablösen, was sich zur Not mit einer Nagelfeile bewältigen ließ. Dann diese beiden Kontakte kurzschließen, wodurch ein armlanger Hebel ausklappte. Den mit aller Kraft nach unten drücken. Und schon klaffte das Schott weit genug auf, dass sie sich hindurchzwängen konnte.

Dahinter setzte sich der Hauptkorridor fort. Mitrade schlich auf den Zehenspitzen weiter. Kein Mucks war zu hören, nicht Mann noch Maus zu sehen. Die ganze Sektion wirkte vollkommen verwaist. Mitrades Herz klopfte wie wild. War dies tatsächlich ein robotisch gesteuertes Schiff, eine vollautomatische Todesfalle?

Erst in der eigentlichen Zentrale hielt sich eine Person auf. Allerdings kein Flottenoffizier. Überhaupt kein Lare. Sondern ein Menschling.

Eine Alteranerin! Obwohl sie Mitrade den Rücken zudrehte, war sofort sonnenklar, um wen es sich handelte. Der geschorene Schädel, das schmutzige, halb verweste Vieh um die Schultern ...

Tamra Cantu. Die lang vermisste Scheuche.

»Wiedersehen macht Freude«, sagte Mitrade-Parkk.

15. Marionetten und Fädenzieher

»Gratuliere. Sieg auf allen Linien. Die alteranischen Käfig-Transmitter haben entscheidend dazu beigetragen.« Perry Rhodan sprach halblaut und in heiterem Tonfall, aber mit Nachdruck. »Somit ist unser Teil der Abmachung erfüllt. Nun halten auch Sie Ihr Wort, Erster Hetran!«

Kat-Greer sog pfeifend Luft durch die vier Nasenöffnungen. Nachdem seine Anspannung nachgelassen hatte, machte er auf Mondra Diamond einen abgeschlafften, unkonzentrierten Eindruck. »Eine Passage zum nächst gelegenen Stützpunkt des Imperium Altera. Also nach Fort Blossom«, wiederholte er gedehnt Perrys Forderungen. »Sowie die Hilfe von Verduto-Cruz und seines Teams für Ihr abstruses Projekt mit der Posbi-BOX.«

»Richtig. Und zwar so schnell wie möglich. Unserer Einschätzung nach ist Zeit ein essenzieller Faktor. Die Posbis holen bereits zum finalen Schlag gegen Altera aus.«

Kat-Greer blinzelte träge. »Was bringt Sie zur Annahme, mich könnte das traurig stimmen?«

»Ihre Intelligenz. Ich schätze Sie klug genug ein zu erkennen, dass die Roboter als Nächstes den Trovent der Laren aufs Korn nehmen werden. Und dass Sie deren Kriegsmaschinerie wenig entgegenzusetzen haben.«

»Selbst wenn dem so wäre ... Ihr Plan ist purer Hasard. Versetzen Sie sich in meine Position. Für ein Vorhaben, dem ich äußerst geringe Erfolgsaussichten einräume, soll ich Ihnen einen unserer fähigsten Wissenschaftler und Techniker borgen?«

Perry warf Mondra einen vielsagenden Blick zu. Sie hatten erwartet, dass ihnen der General so kommen würde. Dankbarkeit war keine politische oder gar galaktostrategische Kategorie. Kat-Greer war nicht mehr auf die Alteraner beziehungsweise deren Transmitter angewiesen; und ein anderes Druckmittel besaßen sie nicht. Sie mussten wieder als Bittsteller auftreten, quasi zurück an den Anfang. Mit dem einzigen Unterschied, dass sie sich wenigstens im Zentrum der Macht bewegten – wenngleich de facto als Gefangene –, unmittelbar mit dem neuen Herrscher der Laren verhandelten und Perry sein Charisma in die Waagschale werfen konnte.

»So wichtig und unabkömmlich kann Verduto-Cruz derzeit nicht sein. Sonst wäre er auf die eine oder andere Weise in das hiesige Geschehen eingebunden gewesen.«

»Er lebt auf einem entlegenen Planeten des Trovents. Im Exil, falls Sie es genau wissen wollen. Er ist schon vor längerer Zeit bei Elbanger-Tan in Ungnade gefallen. Auch wenn ich Ihren Plan befürwortete, könnte ich Verduto nicht von einem Tag auf den anderen herbeischaffen.«

»Möglicherweise hängt die Zukunft der Galaxis Forn-Karyan und sämtlicher Bewohner von diesem Mann ab. Verdammt, ohne ihn komme ich nicht ans Zentralplasma ran! Und ich beharre darauf, dass wir nur dort den Hebel ansetzen und die Hassschaltung außer Kraft setzen können.«

»Cruz. Zentralplasma. Hassschaltung.« Der General rieb sich die Schläfen, als plage ihn ein Migräne-Anfall. »Mir wird das heute zu viel. Lassen Sie uns dieses Gespräch vertagen.«

Gleich beugt sich Perry vor, dachte Mondra, legt die flache Hand auf den Tisch, zieht die linke Augenbraue hoch und holt das allerletzte As aus dem Ärmel.

Perry beugte sich vor, legte die flache Hand auf den Tisch und zog die linke Augenbraue hoch. »Ich habe nicht zufällig den Begriff ›Hypton-Kolonie‹ als Kennwort gewählt«, sagte er. »Dass Sie flugs darauf angesprungen sind, beweist mir, dass ich richtig lag. Führen Sie uns zu Ihren Ratgebern. Ich bin überzeugt, sie werden sich meinen Argumenten nicht verschließen.«

In Kat-Greers flächigem Gesicht arbeitete es. Larische Mimik stellte für Mondra Neuland dar. Jedoch schien ihr, als wechselten widersprüchliche Emotionen in rascher Folge: Scham, Gier, Verdruss, Hoffnung ...

Der Erste Hetran stemmte sich hoch. »Kommen Sie.«

»Wiedersehen macht Freude.«

Tamra wirbelte herum.

Hinter ihr stieß Boffään einen erstickten Zwitscherlaut aus.

»Und da haben wir ja gleich noch einen Abtrünnigen! Von den Toten auferstanden, Gunstbold?«, versetzte Mitrade-Parkk mit beißendem Spott. »Egal. Was immer hier vorgeht, ich bin sicher, es wird die Raumfahrtbehörde brennend interessieren. Wo war noch gleich der Auslöser für Vollalarm und Notruf? Ah, da ist er ja.« Sie durchquerte die Zentrale mit energischen Schritten.

»Bleib stehen.« Tamra hob den Kombi-Strahler, den ihr Schroeder gegeben hatte, und legte auf Mitrade an. »Oder ich schieße.«

Die Larin lachte. »Du? Du willst mir Angst einjagen? Drohst, mich zu töten? Sei nicht kindisch!« Sie ging weiter.

Tamra entsicherte und wollte von Thermo- auf Paralysator-Funktion umschalten, doch der Hebel klemmte. Keine Zeit für weitere Versuche. »Ich tu's«, rief sie. »Ich verbrenne dich zu Asche!«

»Nein, Scheuche. Das wagst du nicht. Ich bin deine Herrin. Kein Knecht ist dazu fähig, schon gar keine von Heelghas erzogene Zofe.«

»Ich tu's!«, schrie Tamra, der Verzweiflung nahe.

Doch sie konnte es nicht. Mitrade hatte recht. Die Konditionierung saß zu tief. Laren waren Götter. Böse, wie Tamra inzwischen wusste, heimtückisch, verabscheuungswürdig. Aber Götter. Unangreifbar. Sie dachte an die erlittenen Demütigungen, an Wilbur und die anderen ermordeten Taoisten, an ihre Mutter Roslin und ihren Vater Clees, sammelte all ihre Willenskraft, ihre Wut, ihren Mut ... und starrte auf den Zeigefinger, der sich nicht und nicht um den Abzug krümmen wollte.

»Na, was ist?«, höhnte Mitrade-Parkk. »Lähmungserscheinungen? Unangenehm, so was. Glaubtest du ernstlich, du könntest mir entkommen, Scheuche?« Sie streckte die Hand nach dem knallroten Schaltbügel aus. Wenn sie ihn umlegte, wurden das Flugfeld, alle Raumhäfen von Caligo und die gesamte Systemüberwachung in Alarmzustand versetzt. Dann war die Flucht gescheitert, bevor sie begonnen hatte. Tamra musste das verhindern, um jeden Preis.

Ihr Finger gehorchte ihr nicht.

Ihr Finger gehorchte nicht ihr, sondern einem fremden Willen.

Ihr Finger gehorchte einer unsichtbaren, schwachen, jedoch beharrlichen Kraft, welche gerade noch ausreichte, den Abzugshahn durchzudrücken.

Ein sonnenheller Thermostrahl fuhr aus der Mündung des Laufs und in Mitrades Leibesmitte. Ohne zu zittern, hielt Tamra die Waffe fest auf das Ziel gerichtet, eine halbe Ewigkeit lang, bis ihr Startac Schroeder den Strahler aus der Hand nahm.

Dann verlor sie die Besinnung.

Boffään berichtete stichwortartig und reichlich verdattert, was sich in der Zentrale ereignet hatte, bevor Startac – zu spät! – dort rematerialisiert war.

»Du hast nicht zufällig Hühnereier mitgebracht?«, schloss der Kaktusartige. »Ich könnte zwei, drei Kartons vertragen. Ja?«

»Nein.«

Der Verwalterin war nicht mehr zu helfen. In ihrem Bauch klaffte ein großes Loch, aus dem Rauch aufstieg und gelbes Blut sprudelte. Nicht zuletzt deshalb entschloss sich Startac, die Leiche sofort wegzubringen. »Gib Onmout Bescheid, dass sie die Leitstände besetzen können«, trug er Boffään auf. »Kommst du zurecht? Kannst du dich um Tamra kümmern?«

»Willst du mich beleidigen, ja?«

»Bin gleich wieder da.« Er teleportierte mit Mitrade-Parkks Leichnam in einen leer stehenden Schuppen am Rand des Flugfelds, den er vorab erkundet hatte. Auch die schlaffen Körper der übrigen sieben Laren legte er dort ab. Die Paralyse würde frühestens in einigen Stunden abklingen. Und da war die ORTON-TAPH hoffentlich schon weit, weit fort.

Als Star zurück in die Zentrale kam, hatte Captain Demetrius Onmout bereits das Kommando übernommen. Außer ihm waren von der Mannschaft der MINXHAO nur Tsutaya, der Transmitterspezialist, und Cheffunker Awadalla eingeweiht gewesen. Bei Flohbein wusste man es nicht so genau. Die übrigen Besatzungsmitglieder hielten sich jedoch keineswegs mit Fragen auf, was eigentlich los war, sondern schüttelten ihre Benommenheit ab und gingen hurtig ans Werk. Jeder dieser Halunken erkannte Vorbereitungen zum Ausbüchsen blitzartig, wenn er sie sah.

Startac suchte nach Tamra. Er fand sie in einer Ecke kauernd, das Sloppelle auf den Armen wiegend, Boffään neben sich. Dessen Blattstängel hingen welk herab. »Äh ... Seid ihr so weit okay?«

Tamra schüttelte kaum merklich den Kopf. Über ihr schmales Gesicht rannen Tränenbäche. Sie wollte etwas sagen, brachte aber kein Wort heraus.

Startac kniete sich zu ihr. Boffään turnte geschwind an ihm hoch und flüsterte ihm ins Ohr: »Sloppelle ist gestorben, ja? Hat mit letzter Kraft telekinetisch den Strahler manipuliert und uns alle gerettet, dann seinen Geist aufgegeben. Besser jetzt nichts reden, ja?«

Also hielt Startac schweigend mit Tamra Cantu und Boffään, dem Reparator, Totenwache für das Sloppelle, während Captain Onmouts Crew das Schiff startklar machte.

Schließlich sendete Elias Awadalla einen ultrakurzen Rafferimpuls an das Funkrelais in der Ahnengalerie des Pyramidenzirkels. Prompt erging von dort, per Hochrang-Kode autorisiert durch sowohl das Hetranat als auch das Oberkommando der Neunten Flotte in Groschir, an die ORTON-TAPH der offizielle Startbefehl. Dem kamen Onmout und seine Mannschaft nur zu gern nach.

»Abflug!«

»Sir, ja-woll, Sir!«

Sie hoben ab. Niemand vermochte zu diesem Zeitpunkt zu sagen, ob sie den alten Troventaar heil ins All und aus dem Illindor-System bringen würden, schon gar nicht, ob sie den Sprung in den Linearraum schafften. Das Startmanöver zumindest gelang. Die Raumschiffe in Ambriador, gleich welcher Bauart, waren robust, auf möglichst simpler Technologie basierend, die viel verzieh. Sonst hätte angesichts der hyperphysikalischen Wirrnisse in der Kleingalaxis interstellare Raumfahrt gar nicht funktionieren können.

Startac Schroeder fühlte sich trotzdem alles andere als wohl. Tamras Kopf lehnte an seiner Schulter. Sie schluchzte leise, während der Planet Caligo unter ihnen zurückblieb.

Die Decke der ausgedehnten Halle tief unten im Fundament der Bastion Groschir hing voller Hyptons; ein Anblick, geeignet, ungute Erinnerungen in Perry Rhodan zu erwecken.

Die fledermausähnlichen, im Schnitt rund 60 Zentimeter großen Kobolde waren im Gegensatz zu den Laren weder kriegerisch veranlagt, noch neigten sie zu direkten Gewalttätigkeiten. Sie besaßen keine eigenen Raumschiffe und keine nennenswerte Technik. Dass sie dennoch ihre Heimatgalaxis Chmacy-Pzan, laut terranischer Katalogisierung NGC 3187/HCG 44D, nach und nach unterjocht hatten, verdankten sie der Gabe, anderen Wesen ihren Willen aufzuzwingen. Wegen dieser im Lauf der natürlichen Evolution erworbenen Fähigkeit wurden sie als »Paralogik-Psychonarkotiseure« bezeichnet. Wer einer Hypton-Kolonie gegenüberstand, verspürte nicht die unbeugsame Gewalt, die von ihren Para-Impulsen ausging. Man glaubte höchstens, eine sanfte Unterrichtung zu erfahren, und später, dieses und jenes aus eigener Einsicht zu tun und zu denken. Das hatte damals für vom Konzil unterworfene Völker ebenso gegolten wie für die Angehörigen des Hetos der Sieben. Hyptons traten immer dann auf den Plan, wenn die Laren mit ihren Flotten eine Galaxis »befriedet« hatten; Dann waren sie deren weisungsbefugte Vorgesetzte als Planer, Umgestalter und Regulatoren. Transportiert wurden sie mit larischen SVE-Raumern, in großen Kolonien von oft mehreren tausend Exemplaren.

Perry bemerkte die Veränderung, die mit Kat-Greer vorging, als er die Halle betrat. Eben noch mürrisch, abgekämpft und überdrüssig, blühte er binnen Sekunden regelrecht auf.

Wie ein Süchtiger, wenn er seine Droge bekommt und die Entzugserscheinungen abklingen ... Das war keine Metapher. Kat-Greers Abhängigkeit von der Hypton-Kolonie ließ sich nicht übersehen. Der General und nunmehrige Erste Hetran, Anführer des Putsches, Drahtzieher der Verschwörung, er, der große Puppenspieler, war selbst eine Marionette. Kat-Greer mochte jetzt ganz oben stehen, die Spitze der Gesellschaftspyramide erklommen, die Macht im Trovent erobert haben, doch die wahren Entscheidungen fielen hier unten.

Tausendfaches Wispern erfüllte die Kaverne. »Willkommen, mein General. Du bringst zwei Gäste?«

»Von weit her, An'Gal'Dharan. Jedenfalls behaupten sie das.«

»Wie lautet ihr Begehr?«

Perry schilderte sein und Mondras Anliegen. Die kopfüber hängenden Kobolde hörten zu, ohne ihn zu unterbrechen. Er hatte gehofft, dass sie mit ihrem Psi-Talent die spezielle Aura eines Ritters der Tiefe, die ihn immer noch umgab, wahrnehmen würden. Schon oft war dadurch das Interesse sensitiver Wesen hervorgerufen worden. Ob dies auch für die Hyptons von Caligo galt, vermochte Perry nicht zu beurteilen.

Unmittelbar nachdem er geendet hatte, und noch bevor die Kolonie dazu kam, einen Kommentar abzugeben, sprach das Funkgerät an, das Kat-Greer am Gürtel trug. Ungehalten über die Störung trat der General einige Schritte zur Seite und nahm den dringlichen Anruf entgegen. Je länger er horchte, desto mehr verzerrte sich sein Gesicht.

Perry Rhodan konnte sich denken, welche Nachricht dem Ersten Hetran soeben zugetragen wurde.

Kat-Greer beendete das Gespräch, dann stürmte er auf sie zu. »Achttausendvierhundert Menschlinge!«, belferte er. »Sämtliche Alteraner von Dekombor, plus die inhaftierte Besatzung eures Spionageschiffs, haben einen Troventaar entwendet und sind damit vor Kurzem aus dem Illindor-System geflohen. Ziel unbekannt! Versuch nicht, mir weiszumachen, du hättest nichts mit diesem Schurkenstück zu tun!«

Er würde sich hüten, seine Freude zu zeigen. »Wir waren die ganze Zeit über bei Ihnen, wie sollten wir ...«

»Schweig! Hältst du mich für blöd? Dafür werdet ihr büßen. Ich hätte nicht übel Lust, euch auf der Stelle eigenhändig ...«

Auch er wurde unterbrochen, jedoch ungleich sanfter. »Auf ein Wort, mein General. Unter uns.«

Kat-Greer gehorchte knurrend. Er sperrte Perry und Mondra in eine Nebenkammer. Mittels der in ihren Stiefeln verborgenen TLD-Ausrüstung hätten sie vielleicht entkommen können. Aber wozu? Alles lag jetzt in den vierzehigen Greifklauen der Hyptons.

Was in der Fundament-Halle besprochen wurde, konnten die beiden Terraner nicht hören; zu dick waren die Wände. Nach etwa zehn Minuten entließ sie der General wieder aus dem Verlies. Er wirkte grüblerisch. »Ihr sollt trotz des Affronts gegen den Trovent und mich persönlich euren Willen haben. Aber die Flucht der Knechte ist leicht zu vertuschen und letztlich bedeutungslos. Frag mich nicht,

Rhodan, wieso An'Gal'Dharan meint, dir Unterstützung gewähren zu müssen. Ein Kurierschiff wird noch heute mit euch nach Fort Blossom aufbrechen.«

»Und Verduto-Cruz ...?«

»Muss erst via Funkbrücke verständigt und in Marsch gesetzt werden. Er kommt aus einer gänzlich anderen Richtung.«

»Bis wann wird er auf Blossom eintreffen?«

»In etwa zwei Wochen; keinesfalls früher, da ist nichts zu machen. Ihr zwei reist trotzdem sofort ab. Ich will euch hier nicht mehr sehen. So, und jetzt raus!«

Perry deutete eine Verbeugung an. »Wir danken für die Gastfreundschaft.«

Epilog: Zu den Sternen

Sie singen.

Irgendwer hat das uralte Lied angestimmt und einen neuen Text erfunden. Jetzt grölt die ganze Zentrale der ORTON-TAPH, und die Techniker in den Maschinenräumen wohl ebenso: »Wir hab'n den Laren 'nen Troventaar geklaut, Troventaar geklaut, Troventaar geklaut! Wir hab'n die Kerle auf die Nestschädel gehaut, Nestschädel gehaut ...«

Ich singe nicht mit, weil ich um das Sloppelle trauere. Und immer wieder schiele ich zu dem Alarmhebel hin, vor dem Mitrade-Parkk stand, als ich sie tötete. Meine Herrin, unsere Peinigerin, ist nicht mehr, ist Vergangenheit wie die Knechtschaft, die Kettentrupps, die Betteltourneen. Wir sind freie Menschen. Ich sollte mit den anderen feiern.

Doch ich wage es nicht, mich auf die Zukunft zu freuen. Schon einmal, vor 18 Jahren, war ich an Bord eines Raumschiffs, das voller Zuversicht zu den Sternen flog. Statt im Paradies bin ich auf Caligo gelandet, im Internat der Heelghas.

Wo wird diese meine zweite große Reise enden?

Sehr weit kommen wir mit der alten ORTON-TAPH nicht, das war von vornherein klar. Fort Blossom liegt außer Reichweite der stotternden Triebwerke, Altera sowieso. Captain Onmout und Startac Schroeder haben das 232 Lichtjahre entfernte Golth-System ausgewählt. Der Planet

Golthonga ist laut Sternkarten »begrenzt lebensfreundlich«. Dort wollen wir warten, bis uns Perry Rhodan und Mondra Diamond mit einer Einheit des Alteranischen Imperiums bergen.

Falls auch ihr Teil des Plans aufgeht.

Falls nicht ...

Sollten sie scheitern, sind wir auf Golthonga gestrandet, auf einer unwirtlich heißen Welt, die praktisch nur aus giftigen Sümpfen besteht. Definitiv kein blaues Meer, keine weißen Bungalows unter lilafarbenen Korkenzieher-Palmen. Aber der Großadministrator scheitert nicht, oder? Niemals. Er holt uns nach Hause. Allmählich bin ich geneigt, daran zu glauben, dass die uralte Prophezeiung in Erfüllung geht. Sofern dieses Schiff nicht schon demnächst mitten im Linearraum auseinanderbricht.

Die Beschleunigungsphase hat quälend lange gedauert. Nur mit Müh und Not, sagt Schroeder, haben wir die nötige Eintrittsgeschwindigkeit erreicht. Und jetzt rumpelt und knarzt es überall in der ORTON-TAPH, dass mir angst und bange wird. Vielleicht ergeht es der Mannschaft ja ähnlich, und sie singen deshalb so laut: »Wir hab'n den Laren 'nen Troventaar entrissen, Troventaar entrissen, Troventaar entrissen. Und ihnen auf die Nestschädel ...«

Mein Sloppelle werde ich begraben, sobald wir wieder Erdboden unter den Füßen haben. Einstweilen gebe ich es in einen Kühlbehälter. Startac hilft mir. Er meint, wir sollten bald den 8000 Alteranern, die sich in den Frachträumen drängen, bequemere Quartiere richten. Davor müssen wir sie über die Situation aufklären. Er findet, dass am Besten ich das übernehmen sollte, schließlich kennen mich alle. Ich fühle mich jedoch noch nicht bereit dazu. Die Freigeborenen werden jubeln, denke ich, und mich, Schroeder und Captain Onmout hochleben lassen. Aber wie werden all die anderen reagieren? Keiner hat sie gefragt, ob sie von Caligo fliehen und das, was sie als Heimat empfunden haben, gegen einen Flug ins Ungewisse eintauschen wollen. Ich kann mir schwer vorstellen, dass etwa Frizzi Pasterz oder Jason Neko restlos begeistert sind. Wie auch immer, diese Konfrontation bleibt mir nicht erspart.

Noch ist dieses Abenteuer nicht ausgestanden. Die nächsten Stunden und Tage werden spannend, so viel steht fest.

Ich fürchte, da kommt noch einiges auf uns zu.

Anhang

Das Whistler-Museum von Terrania
Zweiter Teil der Führung: Zukunftsmusik

Der Herbst hängt über Terrania wie ein schwermütiger Traum. Die Wetterverwaltung hat Regen über die Stadt verfügt. Regen klopft mit seinen zahllosen Fingern an die Fenster der Wohntürme. Menschenkinder hocken dort und drücken ihre Nase an den atmenden Glassitscheiben platt, Gataser-Nachwuchs reibt die Zungen an den Fenstern, Unither-Kinder schnüffeln mit den Rüsseln. Alle riechen den Duft des Regens, der durch das Glassit dringt. Alle folgen sie den Spuren, die die Tropfen ziehen, geheimnisvolle Zeichen, nur für Kinder lesbar.

In den unteren Stockwerken der babylonischen Türme fließen die Tropfen an den Scheiben herab. Hoch oben treibt sie der Wind die Scheiben hinauf, und es sieht aus, als würden unzählige winzige Raumschiffe in Richtung Unendlichkeit starten, zäh und langsam und auf sonderbar verschlungenen Wegen. Um irgendwann im Hyperraum der Kinderträume zu verschwinden.

Kaum zu glauben, dass heute noch die Kinder der sternenfahrenden Nationen in den Regen schauen, da die Konkurrenz so groß ist: Sie könnten in interaktiven Trivid-Shows mitspielen, mit ihren Positroniken virtuelle Abenteuer erleben, an einem pädagogischen Tag teilnehmen, an dem wie in alten Tagen ein leibhaftiger Lehrer die Rolle der Instruktionsmaschinen übernimmt – oder sie könnten kurzerhand mit dem Gleiter auf einen Kontinent fliegen, wo der Sommer regiert. Der Gleiter-Servo würde ein Auge auf sie haben, wenn sie am Strand liegen, auf den Wellen reiten, mit Atemschalen um die Münder tauchen ...

Aber sie tun es nicht. Denn der Zauber des Regens ist mächtig.

Nicht nur die Kinder erliegen ihm. Viele, die einen Blick in den Regen geworfen haben, finden plötzlich, dass sie eine Besorgung zu erledigen hätten, die man ungern dem Haus-Servo überlässt: eine Angelegenheit, die einen unbedingt aus der Wohnung führt. Und dann steht man im Regen, irgendwo. Man läuft die prachtvolle Khoolon Road entlang, hält sich vielleicht Richtung Erjinaki-Ring – alles etwas ziellos, denn irgendwie hat der Regen das Ziel verwaschen, dessentwegen man unbedingt aus dem Wohnturm musste. Man hält Ausschau. Vielleicht entdeckt man eine Person, die genauso ziellos durch die Stadt streift, vom Regen gerufen. Man könnte sie ansprechen, auf einen Kaffee einladen, ein wenig mit ihr plaudern und zuwarten, welche Pläne der Regen so verfolgt.

Wenn aber die anderen ziellosen Personen schon vergeben sind, trinkt man den Kaffee eben allein. Oder flüchtet sich in einen der turmhohen Kaufpaläste von Terrania. Oder geht ins Museum. Zum Beispiel ins neue Whistler-Museum von Terrania, ins Museum für Androidengeschichte.

Wenn man dort nicht alleine durch die erstaunlichen Räume gehen möchte – die übrigens wie überlebensgroße Tropfen gestaltet sind, die in einem phantastischen Flussbett fließen –, dann schließt man sich einfach einer Führung an.

Der Museumsführer nickt einem freundlich zu, heißt einen willkommen und sagt: »Kommen wir nun in den Raum der Musikroboter – wer Ohren hat, der höre!«

Nun haben nicht alle Gäste seiner Gruppe, die er im Augenblick betreut, tatsächlich Ohren. Aber alle verfügen doch über irgendwelche Gehörgänge oder über technisches Gerät, das akustische Reize in Symbole übersetzt, die sie verstehen.

Also lassen sie dem Museumsführer dieses kleine verbale Missgeschick durchgehen und folgen ihm in den nächsten Raum ...

Der tropfenförmige Saal legte an einen anderen an, eine Lamelle öffnete sich in der Wandung und bildete den Übergang. Gedämpfte, altertümliche Musik war zu hören. Wer sich auf altterranische Sprachen verstand, hätte den leichten Liverpooler Akzent bemerkt. Der Museumsführer sang das Lied leise mit:

> Standing in the hall of the great cathedral,
> waiting for the transport to come.
> Starship 21-ZED-NA 9,
> a good friend of mine
> studies the stars,
> Venus and Mars are all right tonight.
> Come away on a strange vacation,
> holiday hardly begun. Run
> into a good friend of mine,
> sold me her sign,
> reach for the stars,
> pass Venus and Mars
> start our quest:
> This is Arkon –

I'm
the Robot Sovereign
Be my guest!

Sie betraten die Halle der Musikandroiden.

»Dieses Lied«, erhob der Museumsführer seine Stimme, »stammt von einer Musikkapelle, über deren wahren Namen sich die Gelehrten bis heute uneins sind. Manche meinen, die vier Musikanten hätten sich nach ihrer Herkunft aus dem so genannten Pfefferland *Sgt. Pepper's Lonely Hearts Club Band* genannt, andere glauben, ihre korrekte Bezeichnung sei *The Silver Beatles* oder einfach *The Beatles* gewesen – meiner Information nach ein altterranisches Wort für *Käfer*. Beide Lösungen scheinen mir eher surreal.

Wie auch immer: Die Gruppe muss sehr populär gewesen sein in jener Phase der terranischen Geschichte, in der sich die Menschheit von einer planetaren zu einer interstellaren Kultur entwickelte. Wir wissen, dass diese Band die erste Musikgruppe war, die außerhalb des Solaren Systems gastierte, und zwar 1975 in Thorta auf Ferrol.

Das Stück, das wir eben von diesen Musikern hörten, heißt *This is Arkon – Be My Guest* und stammt von ihrem epochemachenden Album *Reach for the Stars*. Es ist das einzige Stück, das John Lennon und Paul McCartney in Zusammenarbeit mit einer Kompositionspositronik geschrieben haben.«

»Ich hätte nicht gedacht, dass dem Museum für Androidengeschichte eine Unterabteilung für terranische Geräuschkultur angegliedert ist«, mokierte sich einer der Gäste. »Denn was hätte das eine mit dem anderen zu tun?«

Der Museumsführer lächelte. »Man muss wissen, dass in der Frühphase des terranischen Roboterbaus an Musikandroiden gearbeitet worden war. Ja, man kann die Musik-

Perry und die Zukunftsmusiker

androiden als die wahren Pioniere des irdischen Robotertums bezeichnen!«

Während der Museumsführer vortrug, watschelte eine Ente auf die Gruppe zu. Der Wasservogel schien aus einem nahe liegenden Teich entlaufen zu sein. Wo das Tier seine Schwimmfüße hinsetzte, ließ es kleine Pfützen zurück. Die Ente schnatterte wie im Selbstgespräch, schlug mit den Flügeln, sah sich mal hier, mal dort um und schloss sich endlich der Gruppe an.

Jetzt wurde auch der Museumsführer auf sie aufmerksam. Ohne seinen Vortrag zu unterbrechen, kramte er aus einer Tasche in seinem Gewand ein paar Körner hervor, die er der Ente hinwarf. Das Tier pickte die Körner auf, watschelte ein paar Runden und entleerte dann den Darm auf den Schuh eines Gastes.

»Holla. Jacques, du benimmst dich ungezogen!«, tadelte der Museumsführer und pfiff nach einem kleinen Hygienerobot. Die Maschine summte auf einem Luftpolster herbei, saugte das Malheur vom Stiefel des Betroffenen und polierte ihn noch mit etwas Schuhwichse. Dann entschwand er wieder. Auch die Ente zog ihrer Wege.

»Das war Jacques«, stellte der Museumsführer sie nachträglich vor, »unsere mechanische Ente. Mit ihr hat der Roboterbau auf Terra in der Praxis begonnen. Alle menschengemachten Androiden gehen letztendlich auf diese Ente zurück. Und alle Computer auch.« Die Gäste schauten dem watschelnden Tier, das sich gerade wieder entlud, interessiert hinterher.

»Natürlich ist Jacques nicht die echte historische Ente, sondern ein Nachbau jenes Automaten, den Jacques de Vaucanson Mitte des 18. Jahrhunderts gebaut hatte. Jacques Vaucanson wuchs als Sohn eines armen Handschuhmachers auf. Er wollte Uhrmacher werden – das Uhrmacherhandwerk war die Hightech seiner Zeit. Aber seine Einfälle führten ihn weit über das Uhrenmachen hinaus. Vaucanson wurde Ingenieur. Im Jahr 1737 baute er einen mechanischen Flötenspieler, der ein Repertoire von zwölf Liedern spielen konnte. Gerne hätte er einen voll funktionstüchtigen künstlichen Menschen gebaut – illusorisch für die Mittel seiner Zeit. Es reichte für eine Ente. Diese Ente aber war ein wahres mechanisches Wunderwerk. Sie bestand aus vierhundert beweglichen Einzelteilen: Sie konnte laufen, schnattern, mit den Flügeln schlagen, trinken, essen und mittels einer chemischen Reaktion in ihrem künstlichen Verdauungsapparat sogar verdauen – das Publikum bestaunte die kleinen nassen Häufchen, die das künstliche Tier auf die Böden der Pariser Salons machte. Ihr Darm war der erste biegsame Gummischlauch aus terranischer Produktion.

Doch Vaucanson wurde seiner Automaten müde und verkaufte sie. Als er zum Chefinspekteur der französischen Seidenmanufakturen aufstieg, baute er 1745 den ersten vollautomatischen Webstuhl. Programmieren ließ sich der Webstuhl mit Lochkarten – Vaucanson gilt daher vielen als Erfinder des ersten Computers.« Die Ente schwenkte noch einmal ihr prächtiges Hinterteil und entschwand den Blicken der Museumsbesucher.

»Sagtest du nicht, dass Musikandroiden die Pioniere des irdischen Robotertums gewesen seien? Konnte die Ente denn singen?«

Der Museumsführer seufzte leise. »Die Ente konnte nicht singen, aber Vaucansons künstlicher Flötenspieler konnte Flöte spielen. Im weiteren Verlauf konzentrierten sich die Automatenbauer in Europa – das ist die kleine, unscheinbare Halbinsel, das westliche Anhängsel von Asien – nicht auf die Weiterentwicklung künstlicher Enten, sondern künstlicher Musikanten.«

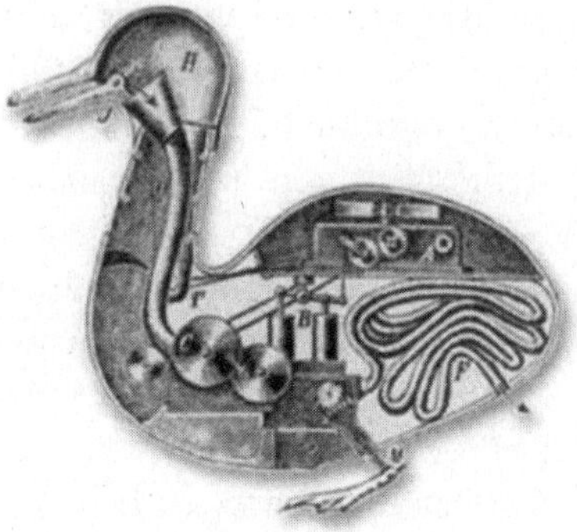

Erste Schritte ins mechanische Tierreich: die Ente des Jacques de Vaucanson

»Ein Wunder, dass dieses Volk es überhaupt bis auf seinen Trabanten geschafft hat«, spottete einer der Gäste. »Soweit ich mich entsinne, mit einer dampfgetriebenen Rakete.«

Der Museumsführer wies auf andere Ausstellungsstücke, einige von ihnen bloße Holographien, die schwerelos im Raum schwebten, sich drehten oder auf die Gäste zubewegten, wenn die Raumpositronik deren Interesse registriert hatte.

»Um die Mitte des 18. Jahrhunderts kamen zunächst die Spieluhren in Mode. Mechanik und Musik gingen eine fruchtbare, epochemachende Verbindung ein. Dieser Mann«, stellte der Museumsführer eine Projektion vor, »ist der Hofkammermaschinist Johann Nepomuk Mälzel, geboren im Jahr 1772 alter Zeitrechnung in der Stadt Regensburg.«

»Offenbar der alte Name von Terrania«, murrte einer der Gäste mit einem Blick hoch zur transparenten Deckenschale des Raumes, auf die der Regen plätscherte.

»Mälzel«, fuhr der Museumsführer ungerührt fort, »war ein enger Bekannter des deutschen Komponisten Ludwig van Beethoven. Auf dessen Anregung hin baute Mälzel das Metronom, einen mechanischen Taktgeber, mit dem man das Tempo eines Musikstückes präzise definieren kann. Ein einfaches mechanisches Gerät, das bis heute in manchen Haushalten in Gebrauch ist. Mälzel setzte gewissermaßen Vaucansons Bemühungen fort und baute einen mechanischen Trompeter. Als das Gehör des großen Beethoven mehr und mehr zu wünschen übrig ließ, konstruierte Mälzel ihm einige Hörrohre. Als Dank dafür schrieb Beethoven ihm 1813 ein Stück für ein Instrument, das Mälzel selbst gebaut hatte: für das Panharmonicon. Das Stück hieß: *Wellingtons Sieg oder Die Schlacht bei Vittoria.*«

Auf dieses Stichwort setzte sich eine merkwürdige Apparatur in Gang und erzeugte eine Kaskade kriegerischer Klänge: Zunächst Trommelwirbel, Kanonenschüsse, das archaische Volkslied *Rule Britannia* klingt auf, ein kecker französischer Marsch erhebt sein Haupt, der sich aber nicht durchsetzen kann und schließlich vom triumphalen *God Save the Queen* besiegt wird.

»Nicht schlecht, nicht schlecht«, lobte der vierarmige Gigant unter den Zuhörern und schlug sich begeistert auf den Bauch. »Wie, sagtest du, hieß der Komponist?«

»Beethoven. Er soll dieses Schlachtengemälde übrigens für sein bestes Stück gehalten haben.«

»Nur zu verständlich«, grollte der Vierarmige, dessen drei Augen vor Verzückung förmlich glühten. »So viel Kunstsinn hätte ich den Terranern gar nicht zugetraut. Warum hat Rhodan diesem Beethoven keinen Zellaktivator verliehen? Zu diesen erhabenen Klängen in die Raumschlacht zu ziehen, wäre doch sicherlich für alle Beteiligten ein großer Gewinn.«

»Zweifellos«, gab der Museumsführer ihm recht, »leider war Beethoven aber schon einige Jahre tot, als Rhodan geboren wurde.«

»Ein herber Schlag«, murmelte der Riese.

Der Museumsführer bat seine Zuhörer, näher an das musizierende Monstrum heranzutreten, das Beethovens

Favoriten gespielt hatte. »Dieses Panharmonicon ist ein mechanisches Musikinstrument, ein komplizierter Musikautomat, der von einem Blasebalg angetrieben wird. Seine Noten werden auf rotierenden Scheiben gespeichert. Um die Mitte des 19. Jahrhunderts wurden ähnliche Musikmaschinen gebaut: die Orchestrien. Ein Orchestrion imitiert etliche Instrumente. Es kann ebenso Beethoven-Symphonien und Opern-Ouvertüren spielen wie Militärmärsche oder Tanzmusiken. Die ersten Orchestrien wurden von Hand mit einer Kurbel angetrieben. Später trat ein Gas- oder Wassermotor, nicht selten eine Dampfmaschine an die Stelle des Kurblers. Die Musik, die das Orchestrion auszuführen hatte, wurde ihm auf gelochten Scheiben oder gelochten Kartonstreifen eingegeben.«

»Erstaunlich«, befand einer der Gäste, »eine echte Programmierung. Warum wurde das nicht früher industriell genutzt?«

»Weil zwei andere Erfindungen das Orchestrion überholten und außer Dienst stellten: der elektrische Schallplattenspieler und der Rundfunk. Wer stellte sich sperrige Orchestrien in den Salon, wenn es auch eine handliche Musiktruhe tat? Natürlich spielten nun wieder leibhaftige Musiker die Stücke ein. Dabei waren die Träume von einer mechanischen Musik, ja, von einem mechanischen, dampfgetriebenen Zeitalter hochfliegend gewesen – jedenfalls, wenn man sich die Visionen eines seiner Propheten ansieht.«

Der Raum verdunkelte sich ein wenig, und eine Gestalt schritt auf die Gruppe zu: ein dünner Mann mit eingefallenen Wangen, hohläugigem Blick, die Haare in zerzausten Locken nach allen Seiten abstehend, die schmalen Schultern hochgezogen.

»Das ist er«, hauchte der Museumsführer.

»Wer?«

»Das ist Grandville«, flüsterte der Museumsführer, wie um die fremde Gestalt nicht in ihren schlafwandlerischen Bewegungen zu stören. »Er beseelte alles und machte, nach Gott, alles leben, sprechen und gehen, er selbst aber verstand nicht, den rechten Weg zu seinem Glück einzuschlagen. – So steht es jedenfalls auf seinem Grabstein, und er hat diesen Spruch selbst geschrieben. Nun, in Wirklichkeit hieß er Jean Ignace Isidore Gérard, *Grandville* war sein Künstlername. Ein Miniaturmaler, der im Jahr 1803 in Nancy geboren wurde. Schon früh begannen sich die Figuren, die er zeichnete, zu verformen, zu entstellen, zu vermischen. Groteske Hybridwesen entstanden, Menschentiere und Tiermenschen – Karikaturen, wie man meinte.«

»Frühe terranische Mutationen. Terraner hatten immer eine Vorliebe für Mutanten«, sagte der Besucher mit dem diskusförmigen Schädel und blinzelte vielsagend mit allen vier Augen zugleich.

Der Museumsführer fuhr fort, ohne auf die Anmerkung einzugehen: »Grandvilles Leben war selbst etwas wie die Karikatur, die Fratze eines Lebens: Sein erster Sohn starb an einer plötzlichen Krankheit, der zweite Sohn erstickte elendiglich vor den Augen seiner Eltern an einem Stück Brot, seine Frau überlebte die Geburt des dritten Kindes nur um wenige Tage. Grandville arbeitete wie besessen, er malte gegen den Wahnsinn an. Er malte ein ganzes Buch – die Texte wurden später von einem Journalisten nachgetragen. Das Buch heißt: *Un autre monde – Eine andere Welt.* Aber es ist keine heilere Welt als die, in der Grandville leben musste. Er starb im Irrenhaus, keine 45 Jahre alt.

Die *andere Welt* trägt den Untertitel: *Transformationen, Visionen, Inkarnationen, Metamorphosen, Zoomorphosen, Lithomorphosen, Metempsychosen, Apotheosen und andere Sachen.* Sehr geheuer waren seinen Zeitgenossen die Bilder, die Grandville entwarf, nicht. Erst ein Jahrhundert nach deren Erscheinen begann man, das Werk zu schätzen.«

Merkwürdige Gebilde tanzten mit einem Mal den Gästen vor den Augen, fliegende Pilze, die sich in Regenschirme verwandelten, die Schirme in Fledermäuse, die Fledermäuse in Wagenachsen, die Achsen in Sternenbilder. Blumen in Frauen, Frauen in Blumen. Männer in Echsen, Echsen in Insekten. Harlekine jonglierten mit den Planeten des Solsystems. Man sah Kometen auf Pilgerfahrt und apokalyptische Ballette. Der Museumsführer verscheuchte den Spuk endlich mit seiner Hand wie eine Horde Fliegen.

»Die Handlung des Buches ist – nun ja, ein wenig abseitig: Drei heruntergekommene Gesellen namens Puff, Krackq und Hahblle erheben sich zu Göttern, erklären sich zu den Erben des Universums und teilen es unter sich auf – die Erde, das Meer und den Himmel. Anschließend begeben sie sich auf eine lange Reise durch ihr Königreich. Der Herr der Welt, der Neogott Dr. Puff, lädt zu Beginn des Buches die Erdbevölkerung zu einem großen musikalischen Ereignis ein, zu einem Dampfkonzert.«

Nun entstanden rund um die Gruppe imposante, großflächige Holographien von wunderlichen, mechano-biologischen Musikanten.

Und eine Stimme aus dem Nichts, die wie eine Mischung aus einem pfeifenden Wasserkessel und Zinngeschrei klang, erklärte:

»Wir erlauben uns, Ihnen folgende Kompositionen zu Gehör zu bringen:

ERSTE STATION:

1. Ouvertüre für ein großes Orchester aus der Oper ›Die Schienen-Noten‹.

DAS DAMPFCONCERT.

»... das Geheimnis, Sänger mit ehernen Gaumen zu schaffen und ein Orchester durch Dampf in Bewegung zu bringen.«

Mit hoher obrigkeitlicher Bewilligung.

Mechanisch = Metronomisches

Instrumental=, Vocal= und Phänomenal=

Concert

i n z w e i S t a t i o n e n.

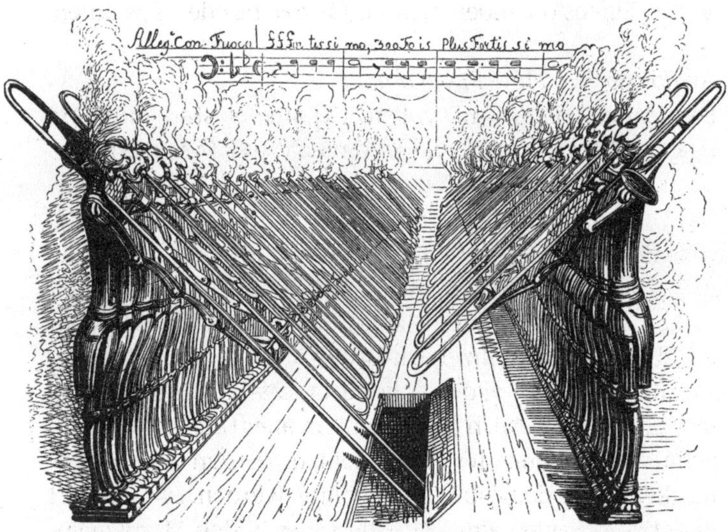

Am Schlusse:

Jubelhymnus für 200 Posaunen.

Herr Doctor Puff dirigirt die Maschinen.

Einladung zum Instrumental-, Vocal- und Phänomenal-Concert in zwei Stationen – Dr. Puff dirigiert die Maschinen

2. Eisenbahn- und Dampfschiff-Duett, vorgetragen von Fräulein Lokomotive und Herrn Schlotsang.

ZWEITE STATION:
1. Das Ich und das Nicht-Ich. Philosophische Symphonie in C-Dur.
2. Die umgeschlagenen Waggons. Polonaise für 400 Ophicleiden.
3. Der Dampfkessel. Symphonie für Hochdruck, mit 300 Pferdekraft.
4. Die Explosion. Jubel-Hymnus für zweihundert Posaunen.

An das hochverehrte Publikum:
Das Concert findet mit vollem Gasometer statt in einem tragbaren gegossenen Saal und macht vier Meilen Koloraturen in der Stunde. – Für die Inexplosivität der Musikanten wird Bürgschaft geleistet. – Die Eröffnung beginnt auf dem Bahnhof präcise fünf Uhr abends. – Die erste Fahrt ist in C-Dur. Die zweite in b-Moll.

Alle Zeichen der Missbilligung, alles Murren oder Pfeifen, die dem Luftstrom eine falsche Richtung geben und Gesundheit und Leben der Zuhörer in Gefahr bringen könnten, sind ausdrücklich untersagt. Um alles Unglück bei dem Schlusse des Concertes zu vermeiden, werden viele Ventile für den Abzug des Publikums geöffnet werden. Das Concert findet zum Besten eines Künstlers, der in den Mond geflohen ist, statt.«

»Sieh da«, hörte der Museumsführer einen seiner Gäste aus der zweiten oder dritten Reihe sagen, »die Terraner haben doch etwas wie Kultur!«

Ein eigenartiges Gefährt durchquerte den Raum: ein Harfenist, dessen Oberkörper biologisch schien, ein Musik-Zen-

Die Welt in der Hand der Maschinen

taur. Das Hybridwesen hatte eine Wiege im Schlepptau. Die Melodie klang ein wenig wehmütig. Alles blickte dem Gespann nach. War es eine Erfindung der hier waltenden Positronik? Ein Scherz? Oder war es ein drohendes Traumgesicht, wie die Zukunft der Menschheit aussehen könnte: eine Masse nie erwachsen werden wollender Kreaturen, die sich einlullen lassen von ihren Maschinen? Von Maschinen, die ihre Herren so lange ziehen, bis sie eines Tages merken, dass diese Herrschaften nichts mehr sind als unnötiger Ballast, den man getrost abwerfen kann?

Der Museumsführer seufzte leise. Der Grandvillsche Spuk hatte sich verflüchtigt, Grandville selbst in Schlieren farbiger Luft aufgelöst. Die Liga Freier Terraner brauchte Propheten wie Grandville nicht mehr. Sie folgte längst anderen

Visionen. Welchen doch gleich? Der Museumsführer nahm sich vor, gelegentlich darüber nachzudenken.

Er ging weiter zu den nächsten Ausstellungsstücken und erklärte: »Freilich spielten die frühen Musikandroiden, die mechanischen Flötisten, Trompeter und Orchestrien nur ihr Programm ab. Zu eigenständigen Interpretationen oder gar zu autonomen Kompositionsleistungen waren diese frühen Maschinen nicht in der Lage. Ja, manchmal müssen wir die elektronischen Maschinen der prä-astronautischen Ära eher als Instrumente ansehen, denn als vollgültige Androiden. Nehmen wir zum Beispiel das Theremin ...«

Der Museumsführer stellte sich an ein kastenförmiges, etwa hüfthohes Gerät, aus dem zwei Antennen hervor-

Mann am Aetherophon

wuchsen: eine gerade aufgerichtete und eine zu einer Schlaufe gebogene.

»Dieses wundersame Instrument stammt aus der Frühzeit des 20. irdischen Jahrhunderts. Man nannte es auch Aetherophon oder Ätherwellengeige. Man spielt es berührungsfrei: die eine Hand gibt die Tonhöhe vor, die andere Hand die Lautstärke. Warten Sie, ich demonstriere es ...«

Bedenkliche Töne füllten den Raum. Einige der Gäste duckten sich, der vierarmige Gigant verhärtete seine Körperstruktur zu einem ultraharten kristallinen Gewebe.

»Nun ja«, gestand der Museumsführer, »ich bin kein Meister dieses Faches. Auch ist das Theremin nicht eben einfach zu spielen, denn leider reagiert es nicht nur auf die Hände seines Spielers, sondern auch auf alle anderen Körperbewegungen – des Künstlers ebenso wie der Zuhörer, die sich in der Nähe befinden.«

»Kurios und irgendwie lieblich«, lobte einer der Gäste und pendelte genießerisch mit seinem Gesichtsrüssel.

»Jedenfalls ist das Theremin das erste wirklich benutzbare elektronische Musikinstrument der terranischen Geschichte«, versuchte der Museumsführer sein Konzert zu entschuldigen.

»In den Stücken von Tom Waits, einem späten Nachfolger von Beethoven, trifft man immer wieder auf das Theremin. Auch für Filmmusik wurde es gerne verwendet, für Science-Fiction-Filme der 1950er- und 1960er-Jahre alter Zeitrechnung zum Beispiel: in *The Day The Earth Stood Still, Mars Attacks* oder *The Machinist.*«

»Was sind Science-Fiction-Filme?«, fragte einer der Gäste nach.

»Das sind Filme, die sich mit der Zukunft befassen«, erläuterte der Museumsführer geduldig.

»Sozusagen Orakel?«, fragte der Gast nach. »Religiös-sakrale Kunstwerke?«

Der Museumsführer versuchte, ein nachsichtiges Lächeln aufzusetzen: »Man pflegte in alter Zeit die Vorstellung, die Zukunft könnte ein einziges Abenteuer sein. Weswegen in diesen Science-Fiction-Filmen der Held häufig auf Reisen in die Tiefen des Weltalls geht oder die Erde und ihre Menschheit vor extraterrestrischen Gefahren rettet.«

»Interessantes Genre«, grollte der Vierarmige. »Werden heute noch derartige Kunstwerke produziert?«

Der Museumsführer lachte leise. »Meist genügt es, wenn man im Holovid die Tagesschau sieht.«

»Das Abenteuer stirbt aus«, sprach der vierarmige Riese mit Grabesstimme. Einige andere Gäste pflichteten ihm bei.

Der Museumsführer versuchte, seine Gesellschaft wieder auf Kurs zu bringen, und ging zu den nächsten Instrumenten: »Nach dem Theremin kam das Trautonium, erfunden und gebaut von dem deutschen Ingenieur Friedrich Trautwein. Den ersten spiel- und konfigurierbaren Synthesizer stellte dann ein gewisser Robert Moog her. Auch dieses Gerät erklingt in Filmmusiken, beispielsweise in *Uhrwerk Orange*.«

Plötzlich ertönte eine hektische, piepsig Tonfolge. »Sie hören die Komposition *Popcorn*, den ersten weltweiten Tophit, der komplett mit dem Moog-Synthesizer erstellt wurde.«

»Stellt Beethoven damit die sagenhafte Raumschlacht im Wega-Sektor dar?«, riet einer der Gäste.

Der Museumsführer erklärte, dass sich das Stück eher als eine Hymne auf eines der Grundnahrungsmittel des 20. Jahrhunderts interpretieren ließe.

Man schritt an den Klangmaschinen des Arkoniden Moraynir von Yeran vorüber. Einige Takte aus *Planet Of Deadly Silence* erklangen, eine Musik des 25. Jahrhunderts. Sie war

Belgische Roboterband aus der prä-astronautischen Epoche

von Singh Boncard unter dem Eindruck der Verwüstungen des Dolan-Krieges geschrieben worden. Der vierarmige Gast pfiff lauthals mit. Man hörte in *Alpha und Omega* hinein, diese berühmte *Positronische Symphonie über die Odyssee der CREST III in Andromeda* des terranischen Tonsetzers Taran Badusew.

»In der Historie des terranischen Roboterbaus haben Musikandroiden, wie man sieht, eine bedeutende Rolle gespielt. Aber meist blieben diese Androiden, wie gesagt, bloße Interpreten, die programmierte Stücke abspielten.

Auf wirklich kreative Geister in der Maschine sind wir selten gestoßen. Zu Beginn ihrer hier besungenen Odyssee in ANDROMEDA landete die CREST III eines Tages auf der

Raumwerft KA-preiswert des Kosmischen Ingenieurs Kalak. Und dort gab es einen denkwürdigen Empfang ...«

Während der Museumsführer sprach, verwandelte sich der Raum. Holografische Aufbauten erweckten den Eindruck, man stünde in der Zentrale des legendären Ultraschlachtschiffes. Der Panoramaschirm erhellte sich gerade, und man blickte mit den Figuren der Zentralbesatzung – mit Perry Rhodan, mit dem Kommandanten Cart Rudo und Major Don Redhorse – auf das Geschehen, das sich soeben auf der gewaltigen Landeplattform der Werft abspielte.

Die uralte Aufzeichnung war nicht die beste. Sie wirkte ein wenig blass und verwaschen. Aber sie tat ihre Wirkung:

Batschadu, der Vielseitige, der Empfangsroboter der Werft KA-preiswert, blähte sich auf. Die hochelastische Haut

Willkommen in Andromeda!

seines Verformungskörpers wurde zu einem wurstartigen, etwa zwanzig Meter hohen Gebilde, aus dem menschenähnliche Arm- und Beinauswüchse hervorglitten. Batschadu versuchte, die terranischen Gäste zu imitieren. Er marschierte auf die Crest zu. Dreißig, vierzig Arme und Beine wuchsen aus ihm hervor. Instrumente erschienen. Hunderte Roboter, Gummibällen mit beschmierten Clownsgesichtern gleichend, sprangen an Batschadu hinauf. Sie begannen zu trommeln. Posaunen fielen ein. Ein Saxophon mit melodieführender Klarinette wurde hörbar. Was da aus Batschadu, dem andromedanischen Roboter hervordröhnte, war nichts anderes als der uralte *St. Louis Blues.*

Tausend andere Roboter begannen zu marschieren. »Glenn Miller, eh?«, brüllte Batschadu dazwischen. »Klasse, ja? Hei, da fliegen die Beine. Denkt daran, wie billig und gut KA-preiswert ist. War das eben eine exakte Triole? Jetzt kommt das Blech. Achtung ...!« Eine andere Melodie erklang. Batschadu sang zu den zarten Harmonien mit dunkler Frauenstimme:

»Just one more chance.«

Eine Dampflokomotive erschien in der holographischen Nachbildung des Panoramaschirms. Sie zog acht rumpelnde Wagen über Schienen, die sich vor ihr aus der Landeplattform bildeten. Batschadu sang:

»Pardon me boy, is that the Chattanooga Choo Choo ...«

»So also«, mischte der Museumsführer seine Stimme in das Schauspiel ein, »begann die Reise der CREST III durch Andromeda.«

Die Simulation erlosch. Der tropfenförmige Saal schmiegte sich an einen neuen Nachbarn an, die Lamelle öffnete sich. Der Museumsführer wartete, bis der letzte seiner Gruppe hinübergewechselt war. Dann ging auch er.

Der Regen prasselte auf das Glassitdach. Ein unsichtbares Metronom schlug von irgendwoher den Takt. Wie aus weiter Ferne ertönte eine Art Kanonendonner – oder war es nur ein Gewitter, das über Terrania aufzog?

Quellen:

J. J. GRANDVILLE: Un autre monde. Paris 1844.

J. J. GRANDVILLE: Karikatur und Zeichnung. Ein Visionär der französischen Romantik. Hannover 2000.

PAUL MCCARTNEY: Venus and Mars. 1975.

KARL HERBERT SCHEER: Die 6. Epoche. Perry Rhodan Nr. 250. 1965.

FRITZ ZOBELEY: Beethoven. Reinbek 1965.